KNAUR

Von Anna Bell sind bereits folgende Titel erschienen:
Eigentlich bist du gar nicht mein Typ
Sag einfach nur ja

Über die Autorin:
Anna Bell sagt von sich selbst, sie sei eine hoffnungslose Romantikerin und liebe nichts so sehr wie ein gut gemachtes Happy End. Bevor sie mit dem Schreiben begann, arbeitete sie als Museumskuratorin. Wenn sie nicht gerade am Laptop sitzt und am nächsten Roman arbeitet, findet man sie in den Bergen beim Wandern oder in einer französischen Patisserie beim Probieren von Köstlichkeiten. Derzeit lebt sie mit ihrem Mann, den sie bei einer Trekkingtour am Fuße des Mount Everest kennengelernt hat, und ihren zwei gemeinsamen Kindern in Frankreich.

ANNA BELL

Er muss ja nicht alles wissen

Roman

Aus dem Englischen
von Silvia Kinkel

KNAUR

Die englische Originalausgabe erschien 2014 unter dem Titel
»Don't Tell the Boss« bei Quercus.

Besuchen Sie uns im Internet:
www.knaur.de

FSC
www.fsc.org
MIX
Papier aus verantwortungsvollen Quellen
FSC® C083411

Deutsche Erstausgabe Juni 2017
Knaur Taschenbuch

Ein Imprint der Verlagsgruppe
Droemer Knaur GmbH & Co. KG, München

Redaktion: Gisela Klemt; lüra – Klemt & Mues GbR
Covergestaltung: Franzi Bucher, München
Coverabbildung: Creative Market/Lilly Bimble; iStock/adekvat
Satz: Wilhelm Vornehm, München
Druck und Bindung: CPI books GmbH, Leck
ISBN 978-3-426-52039-0

2 4 5 3 1

Für Mum und John:
Danke, dass ihr mich stets ermutigt habt,
meinen Träumen zu folgen.

Kapitel eins

Prinzessin auf Sparkurs – Ruhe bewahren und weitermachen

Knopflöcher reißen ein, Slips malen sich ab, die Schweißflecken unter den Achselhöhlen des Bräutigams werden größer und größer – welche Katastrophe dieser Art auch immer an deinem großen Tag eintritt, du solltest sie nicht überbewerten. Ich war noch nie bei einer Hochzeit, bei der ich gedacht habe: »O Mann, in der Tischdeko ist ja eine Blume abgeknickt.« Und wenn doch, dann war es keine bleibende Erinnerung. Frage dich, ob eingerissene Knopflöcher oder Schweißflecken dich und deinen Bräutigam etwa davon abhalten, euch das Jawort zu geben. Wohl kaum, es sei denn, du wirst von dem Schweißgeruch ohnmächtig. Kurz gesagt: Mach dich nicht verrückt wegen Kleinigkeiten. Solange ihr eure Namen nicht vergesst und sagt »Ja, ich will«, ist alles andere an diesem Tag unwichtig.
Tags: Hochzeit, Schweiß

Es ist fast zwanzig nach elf. Wo zum Teufel steckt sie? Bräute genießen zwar das Privileg, sich verspäten zu dürfen, und ich sollte eigentlich die Klappe halten, da meine Hochzeit alles andere als pünktlich anfing, aber so langsam bekomme ich klaustrophobische Anwandlungen. Dieser Tisch ist nicht dafür gemacht, dass sich Menschen darunter verstecken. Normalerweise verstecke ich mich natürlich nicht unter Tischen, aber ich spiele bei dieser Hochzeit eine entscheidende Rolle als Kapellmeisterin.

Wenn die Braut durch den Gang schreitet, soll Musik erklingen. Lara und Ben heiraten auf dem Standesamt, und eine der Bedingungen der Braut war, dass die Zeremonie nicht dilettantisch oder peinlich wirkt. Ich habe strikte Anweisungen, dass die Musik nahtlos einsetzen muss, ohne dass jemand erkennbar auf die Play-Taste gedrückt hat. Mein Job besteht also darin, die Lautstärke zu erhöhen, wenn Lara den Raum betritt, und die Musik verklingen zu lassen, wenn sie vorne ankommt. Das sollte sogar ich hinbekommen.

Das einzige Problem besteht in der schlechten Wahl meines Verstecks. Dieser Tisch ist echt winzig, und mir zittern bereits die Beine. Vielleicht hätte ich mich hinter die schweren Seidenvorhänge stellen sollen. Dann würden mir wenigstens nicht die Füße einschlafen. Außerdem könnte ich dann einen Blick auf die Braut erhaschen, wenn sie den Raum betritt. Von meinem Platz aus muss ich froh sein, wenn ich unter der Tischdecke hervor auf ihre Schuhe peilen kann. Aber keine Sorge, das genügt, um sie sofort zu erkennen. Ich habe ihre Brautschuhe nämlich schon gesehen, und ihr Kleid auch. Genau genommen kenne ich sämtliche Details dieser Hochzeit – weil ich sie geplant habe.

»Wo ist sie, Penny?«, zischt mir Ben zu.

Ich bin eindeutig nicht die Einzige, die sich fragt, wo die Braut bleibt. Er hat sich hingehockt und macht sich an seinen Schnürsenkeln zu schaffen.

»Keine Sorge, bei Bräuten gehört es dazu, dass sie zu spät kommen«, flüstere ich so beruhigend wie möglich.

»Ich hoffe, verdammt noch mal, dass sie kommt.«

»Sie wird kommen. Natürlich wird sie kommen!«

Eine Frau wie Lara, die während der vergangenen Wochen rund um die Uhr kein anderes Thema hatte als ihre Hochzeit, würde niemals ihre Trauung platzen lassen. Im Gegenteil, sie hat mich in den letzten Tagen mehr als einmal angerufen, weil sie plötzlich Angst bekam, dass *Ben* nicht auftauchen würde. Sie befürchtete, dass er sich mit seinem Trauzeugen am Abend vorher so betrinken könnte, dass er es am nächsten Morgen nicht zum Standesamt schafft. Aus diesem Grund bekam ich aus dem Hochzeitshauptquartier im Haus von Laras Mutter heute Morgen um acht einen Anruf und wurde losgeschickt, um Ben zu wecken und dafür zu sorgen, dass er pünktlich hier aufkreuzt.

Laras Sorge erwies sich als berechtigt. Als ich bei Ben ankam, sah er aus, als wolle er für die Rolle eines Neandertalers vorsprechen. Doch nach dem Duschen, einer Rasur und einer Ladung Mundwasser »extrastark« wurde er langsam wieder vorzeigbar, und mit jeder verstreichenden Stunde ähnelte er weniger einem Vampir und mehr einem voll funktionsfähigen menschlichen Wesen.

Keine Ahnung, was üblicherweise in die Jobbeschreibung einer Hochzeitsplanerin gehört, aber aus meinem Anfängerfehler mit dem Tisch haben Sie vermutlich schon geschlossen, dass ich kein Profi bin. Ich arbeite normalerweise im Bereich Human Resources, genau genommen in der Personalabteilung eines Großunternehmens, und habe mich bereit erklärt, diese Feier zu organisieren. Hochzeiten sind mein Steckenpferd. Das fing an, als ich meine eigene Hochzeit mit meinem Jetzt-Ehemann Mark plante. Und damit meine Fixierung auf das Thema Hochzeit weiterhin ihr benötigtes Futter bekommt, auch wenn es nicht mehr um meine eigene geht, habe ich einen Blog für Bräute mit begrenztem Budget ins Leben gerufen: *Prinzessin auf Sparkurs*. Als mich dann eine meiner Leserinnen bat, ihre Hochzeit zu organisieren, habe ich die Gelegenheit beim Schopf gepackt.

»Würden Sie sich bitte für den Einzug der Braut erheben«, sagt die Standesbeamtin. Das ist mein Stichwort! Die Gäste stehen auf, und Ben hat endlich aufgehört, wie ein Tiger im Käfig auf und ab zu marschieren.

Wenn ich jetzt den iPod einschalte und auf »Play« drücke, muss *Halo* von Beyoncé erklingen. Ich drücke, der iPod ist an, aber kein Ton kommt heraus. Ich habe es doch vorher ausprobiert, und es hat prima funktioniert! Schließlich hat Mark mir alles über die sieben Ps beigebracht: *Prior Preparation and Planning Prevents Piss-Poor Performance* – kurz gesagt: Gute Vorbereitung bewahrt dich vor dem Reinfall. Und wieso läuft es dann jetzt schon schief?

Die Standesbeamtin räuspert sich vernehmlich, um mir ein Zeichen zu geben, aber das zerrt nur noch mehr an meinen Nerven. Meine Finger sind jetzt so feucht vom Angstschweiß, dass sie über den Touchscreen des iPods rutschen. Aber dann, zu meiner großen Erleichterung, mit nur einem Hauch von Knistern aus den Lautsprechern, erschallt plötzlich das Lied. Jetzt kann ich mich entspannen, während die Braut durch den Gang schwebt und es allen den Atem darüber verschlägt, wie toll sie aussieht. Echt schade, dass ich die Gesichter der Gäste nicht sehe, aber ich kann sie mir vorstellen.

Moment mal, höre ich da etwa Lachen? Warum lachen die Leute denn?

Oh. Mein. Gott. Aus den Lautsprechern ertönt nicht *Halo*, sondern *Single Ladies*. Wie verrückt drücke ich auf dem Touchscreen herum, der aber von meinen feuchten Fingern keine Befehle annimmt.

Vielleicht kann Lara ja eine Showeinlage daraus machen. Sie wissen schon, so wie Beyoncé durch den Gang tänzeln. Das passt sowieso besser als dieses *Halo*. Schließlich spielen heute Ringe eine entscheidende Rolle. Das wäre dann wie unser eigenes Musical, in dem wir die Songs zu einer Geschichte zusammengestellt haben. Dafür muss Ben lediglich Lara theatralisch den Ring an den Finger stecken, wenn sie bei ihm ankommt.

Ich stelle mir vor, wie Lara mit ihren voluminösen E-Körbchen und dem tief ausgeschnittenen Dekolleté à la Beyoncé herumwackelt. Gar nicht gut. Vielleicht lassen wir das mit der Showeinlage doch lieber.

»Ähm, Penny«, sagt die Standesbeamtin dicht neben mir. Die Tischdecke ist an der Seite angehoben, und Deborahs Knopfaugen sehen mich an.

»Ich versuche es ja«, presse ich zwischen zusammengebissenen Zähnen hervor und stoße mir prompt den Kopf. Autsch. Ich beiße mir auf die Lippen, um nicht laut zu fluchen. Vermutlich sind die Gäste sowieso schon dahintergekommen, dass ich unter dem Tisch hocke, aber es ist nicht nötig, dass ich noch mehr Aufmerksamkeit auf mich ziehe.

Schließlich klicke ich *Halo* an, und der Takt von *Single Ladies* wird ersetzt durch sanfte Klänge. Ich höre leises Gemurmel, und das Aufblitzen einer Kamera verrät mir, dass die Braut nun endlich den Gang entlangschreitet. Während alle anderen den wunderbaren Moment genießen, drehe ich fast durch vor Angst, dass ich es nicht schaffe, das Lied langsam auszublenden.

Die Standesbeamtin räuspert sich schon wieder, so verschleimt, wie ich es von starken Rauchern kenne. Es ist das vereinbarte Zeichen, dass die Musik leiser werden muss. Dann mal los. Zu meiner großen Erleichterung verklingen die Töne langsam. Ich bin nicht gerade ein Fan von Totenstille, aber in diesem Moment ist es besser als alles, was ich je gehört habe.

»Ich danke Ihnen allen. Sie können jetzt wieder Platz nehmen«, sagt die Standesbeamtin. »Wir sind heute hier zusammengekommen, um die Liebe von Lara und Robert zu feiern, die den Bund der Ehe eingehen wollen.«

Ähm, Moment mal, Robert? Wer zum Teufel ist Robert? Leises Lachen wabert durch den Raum.

»Wer ist Robert? Lara, möchtest du mir vielleicht etwas sagen?«, fragt Ben.

»Natürlich nicht!«

Ich kann Lara nicht sehen, aber ich höre ihre Stimme – amüsiert klingt anders. Erst die Panne mit der Musik und jetzt der Klops mit dem Namen. Das hier entpuppt sich als dilettantisch *und* peinlich. So langsam frage ich mich, ob Lara mein Honorar bezahlen wird.

»Ach du meine Güte, Sie heißen nicht Robert, stimmt's?«, fragt die Standesbeamtin.

»Nein. Versuchen Sie es mit Ben«, zischt Lara sarkastisch.

»Ben, natürlich. Bitte um Verzeihung. Wie ich schon sagte, sind wir also hier zusammengekommen, um die Liebe von Lara und *Ben* zu feiern«, schreit die Standesbeamtin jetzt förmlich.

Mein lieber Schwan. Wenn ich meine restlichen musikalischen Pflichten nicht in den Sand setze, werden sich die Leute hoffentlich an diesen Fauxpas erinnern und nicht an meinen.

Sobald die Standesbeamtin mit der Trauungszeremonie beginnt, blende ich ihre Stimme aus. Jetzt muss ich nur noch bis nach der Trauung warten und dann Jason Mraz spielen, während das glückliche Paar zum Ausgang schreitet. Anschließend überwache ich das Schießen der Hochzeitsfotos, sorge dafür, dass Brautpaar und Gäste im Restaurant ankommen, und danach sind meine Pflichten als Chefin der Hochzeitsplanung beendet, und ich kann zu meinem richtigen Job zurückkehren.

Eine traurige Vorstellung, dass dies die letzte Hochzeit ist, die ich geplant habe. Es macht so viel Spaß! Mehr noch als bei meiner eigenen, weil nicht alles um eine Lüge herum organisiert werden muss. Ich wollte damals eine pompöse Märchenhochzeit und verlor 10 000 Pfund beim Online-Bingo, als ich versuchte, genug Geld zu gewinnen, um meine Träume wahr werden zu lassen. Und statt es Mark zu beichten, habe ich idiotischerweise eine Hochzeit im Stil von »Sag nichts dem Bräutigam« geplant. Der arme Mark tappte bei sämtlichen Details im Dunkeln – nicht der beste Weg, um in die Ehe zu starten.

Obwohl es vermutlich der größte Fehler meines Lebens war, meine Spielsucht zu verheimlichen, hatte es auch eine gute Seite: Ich habe es geschafft, für 5500 Pfund eine umwerfende Hochzeit zu organisieren. Das eröffnete mir eine völlig neue Welt. Ich erkannte, was möglich ist, wenn man sparen muss, und das wiederum inspirierte mich zu meinem Blog *Prinzessin auf Sparkurs*.

Das Tolle ist, dass ich aufgehört habe mit dem Glücksspiel, und dieser Blog füllt die dadurch entstandene Lücke in meinem Leben. Ich weiß, was Sie jetzt denken. Die Idee, einen Blog ins Leben zu rufen, ist nicht gerade neu, und ehrlich gesagt habe ich auch nicht damit gerechnet, dass ihn jemand liest. Aber wissen Sie was? Viele Leute haben ihn gelesen. In den ersten sechs Monaten wurde *Prinzessin auf Sparkurs* mehr als 40 000 Mal angeklickt.

Mein Mann findet, es ist an der Zeit, dass ich meine Hochzeitsbesessenheit überwinde. Kann man ihm das vorwerfen? Sie hat mich zum Glücksspiel verführt und beinahe unsere Hochzeit platzen lassen. Aber er ist froh, dass ich kein Geld mehr verspiele. Stattdessen verdiene ich sogar etwas. Nicht viel, aber die Anzeigen auf dem Blog haben ein paar hundert Pfund eingebracht, und ich hoffe, irgendwann (nach vielen, vielen Jahren) wieder eingenommen zu haben, was ich als besessene Spielerin verloren habe.

Als Lara mich zum ersten Mal fragte, ob ich ihre Hochzeit organisieren könnte, habe ich gelacht. Ich dachte, sie will mich auf den Arm nehmen, aber es war ihr tatsächlich ernst. Nach kurzer Recherche wusste ich, dass es tatsächlich keine Hochzeitsplaner für kleine Budgets gibt. Das hat irgendwie damit zu tun, dass Hochzeitsplaner in der Regel ein Honorar verlangen, das in etwa so hoch ist wie das gesamte Hochzeitsbudget mancher Bräute. Also erklärte ich mich bereit, Laras Hochzeit für das Pauschalhonorar von 500 Pfund zu organisieren. Nicht gerade das weltbeste Geschäftsmodell, aber es ist ja auch eine einmalige Aktion. Das habe ich Mark versprochen. Er machte sich nämlich Sorgen, dass ich süchtig danach werden könnte, Hochzeiten zu planen, und dann überhaupt keine Zeit mehr für ihn hätte. Dem konnte ich nichts entgegensetzen; schließlich wollen wir nicht, dass die Hochzeiten anderer Leute unsere Ehe ruinieren.

Bisher waren es leicht verdiente 500 Pfund. Ich habe Lara geholfen, innerhalb ihres Budgets zu bleiben, indem ich durch cleveres Verhandeln 1500 Pfund einsparen und meine Freundin Betty dazu bringen konnte, das Hochzeitskleid von Laras Mum für sehr viel weniger Geld zu ändern, als eine professionelle Schneiderin es vermocht hätte.

Die Gäste applaudieren. War es das? Ich schaue auf meine Armbanduhr und sehe, dass es 11.40 Uhr ist. Fünfzehn Minuten? Das ging aber schnell, wenn man bedenkt, dass meine Hochzeit anderthalb Stunden gedauert hat. Wir wollen allerdings lieber nicht erwähnen, dass es eine kleine Verzögerung gab, weil Mark erst nicht auftauchte und ich dann auch noch in Ohnmacht gefallen bin …

Da fällt mir ein, dass ich die Musik einschalten muss. Ich starte den iPod, suche Jason Mraz aus und drücke auf Pause. Dieses Mal werde ich pünktlich startklar sein. Ein trockenes Hüsteln der Standesbeamtin ist mein Zeichen. Ich drücke auf »Play«, und – Halleluja! – es funktioniert. Möglicherweise bilde ich es mir nur ein, aber ich meine, Lara erleichtert seufzen zu hören.

»Penny, Sie können jetzt rauskommen«, sagt die Standesbeamtin ein paar Minuten später.

»Gott sei Dank!«, antworte ich und krabble mühsam unter dem Tisch hervor. Sämtliche Muskeln sind taub, und ich stakse wie Bambi auf Eis, weil ich einen nahenden Wadenkrampf spüre.

»Wie ist es gelaufen?«, frage ich.

»Abgesehen von der musikalischen Panne?«

»Abgesehen davon«, antworte ich geknickt.

»Und meinem kleinen Namensproblem. Es war schön. Ich glaube, Lara und Robert werden glücklich miteinander.«

»Lara und Ben«, korrigiere ich sie.

»Mist! Schon wieder! Hoffentlich ist es mir nicht bei den Ehegelübden passiert, die sind sonst nicht rechtskräftig«, sagt sie lachend und sortiert ihre Unterlagen. »Gut, ich muss los zu einem Termin mit dem nächsten Paar. Wenn Sie mich bitte entschuldigen würden?«

»Natürlich. War schön, Sie kennenzulernen«, verabschiede ich mich, sammle die Lautsprecher und meinen iPod ein und verlasse den Raum.

In der Lobby stehen Lara und *Ben*, und sie wirken so glücklich! Die beiden posieren für Fotos. Lara sieht umwerfend aus. Ich habe sie zwar beim Probeschminken, Probefrisieren und bei der Kleideranprobe gesehen, aber das hat mich nicht auf den Anblick vorbereitet, wenn alles zusammenkommt: Sie strahlt nur so.

Für einen Moment wünsche ich mir, ich würde dort stehen, von allen bewundert am glücklichsten Tag meines Lebens. Ob ich Mark wohl dazu bringen könnte, unser Ehegelübde zu erneuern, oder fände er das zu früh? Ich würde ein hübsches maßgeschneidertes Kostüm tragen, irgendetwas Klassisches, und wir würden wieder auf dem Gelände des Museums feiern.

»Entschuldigung, sind Sie die Hochzeitsplanerin?«

Abrupt werde ich aus meinen Tagträumen gerissen. Vor mir steht eine große Frau mit kastanienbraunem Haar.

»Ja, das bin ich«, antworte ich und spüre, dass mir das Blut in die Wangen schießt, weil ich sofort an die Panne mit der Musik denke. »Ich freue mich ja so, Sie kennenzulernen«, sagt sie, hängt sich bei mir ein und führt mich in eine ruhige Ecke der Lobby. Mein Gefühl sagt mir, dass ich bei Lara bleiben sollte, während die Fotos geschossen werden, aber wer auch immer diese Frau ist, sie hat eine ziemlich energische Art.

»Ich bin eine Kollegin von Lara, und sie hat mir erzählt, wie Sie diese hübsche Hochzeit geplant haben, so …« – sie beugt sich zu mir und fährt flüsternd fort – »… kostengünstig.«

Sie sagt dieses Wort, als sei es etwas Obszönes. Mit ihrem vornehmen Höhere-Töchter-Tonfall klingt es besonders lustig, und ich hätte beinahe gekichert.

»Richtig«, bestätige ich und frage mich, worauf sie hinauswill.

»Ich möchte, dass Sie auch meine Hochzeit so planen.«

»Oh, ich fühle mich geschmeichelt, aber genau genommen bin ich keine Hochzeitsplanerin«, erwidere ich.

»Aber das sollten Sie sein!«

Macht sie Witze? Die Melodie von *Single Ladies* klingt mir in den Ohren.

»Waren Sie während der ganzen Zeremonie hier? Sie wissen schon … auch als die Braut hereinkam?«

»Ja, ich bin seit elf Uhr hier.«

»Und Sie haben die Musik gehört?«

»Sie meinen, als Sie *Single Ladies* gespielt haben? Das war genial. Was für eine witzige Idee, um die Stimmung aufzulockern. Das hat den Bräutigam unheimlich entspannt. Genauso stelle ich es mir vor.«

Na großartig, sie will mich als Hochzeitsplanerin engagieren, damit die Leute etwas zum Lachen haben. So wie ein Zauberer oder Luftballonkünstler. Es hat gar nichts damit zu tun, dass ich eine tolle Hochzeit geplant habe.

»Ich möchte eine Hochzeitsplanerin, die mir helfen kann, einen ganz besonderen Tag zu erleben, auch wenn ich … Sie wissen schon, eine kostengünstige Hochzeit auf die Beine stellen muss«, sagt sie.

Das Wort »kostengünstig« kommt ihr alles andere als selbstverständlich über die Lippen. Außerdem blickt sie ständig über ihre Schulter, als wolle sie sichergehen, dass uns niemand belauscht.

»Wie gesagt, ich bin eigentlich keine Hochzeitsplanerin. Aber ich fühle mich wirklich geschmeichelt. Vielen Dank.«

»Was auch immer Lara Ihnen zahlt, ich biete das Doppelte.«

»Es geht nicht um das Geld«, erwidere ich.

Allerdings – kämen mir 1000 Pfund sehr gelegen. Zehn Hochzeiten mit diesem Honorar, und ich hätte das Geld wieder drin, das ich beim Internet-Bingo verspielt habe. Ich weiß, dass ich Mark versprechen musste, es bei dieser einmaligen Aktion zu belassen, aber gegen einen Zusatzverdienst hätte er doch bestimmt nichts, oder? Ich meine, so anstrengend und zeitaufwendig war es nun wirklich nicht, die Hochzeit von Lara und Ben zu organisieren. Ich kenne mich in diesem Bereich ziemlich gut aus. Außerdem muss ich meine Blogposts für *Prinzessin auf Sparkurs* schreiben und könnte zwei Fliegen mit einer Klappe schlagen. Und ich bekomme Rabatte bei Geschäften im Ort, die auf der Website erwähnt werden möchten. Es spricht also viel dafür, die Hochzeit zu organisieren, nur noch diese eine …

Habe ich den Verstand verloren? Ich kann das nicht tun. Ich musste es Mark versprechen und weiß doch, dass es dieser ganze Spaß nicht wert ist, unsere Beziehung aufs Spiel zu setzen.

»Wenn es nicht ums Geld geht, worum dann? Was kann ich tun, damit Sie meine Hochzeit planen? Ich bin mit meinem Latein am Ende. Mein Verlobter besteht darauf, dass wir mit 10 000 Pfund für die Hochzeit hinkommen müssen, und ich weiß nicht, wo ich anfangen soll. Was kann ich mit dieser Summe denn schon groß erreichen? Ich dachte, so viel würde allein mein Kleid kosten.«

Ein Schauer jagt mir über den Rücken, weil mir diese Situation sehr bekannt vorkommt.

»Ganz im Ernst, Penny, bitte, ich flehe Sie an.«

Ich kann doch nicht nein zu jemandem sagen, der mich anfleht, oder? Vielleicht bringe ich Mark ja dazu, dass er mich versteht. Und bevor Sie fragen: Ja, ich muss es ihm sagen. Ich hatte ihn wegen meiner Geheimniskrämerei fast verloren und mir geschworen, künftig immer ehrlich zu ihm zu sein. Und das bin ich auch – außer wenn ich Schuhe kaufe.

»Wann soll die Hochzeit denn sein?«, frage ich und hoffe, dass ich es nicht bereuen werde.

»Möglichst diesen Sommer. O Penny! Ich freue mich riesig, dass Sie mich als Kundin akzeptieren. Wirklich riesig.«

»Moment, ich habe noch nicht ja gesagt. Hören Sie, ich muss zuerst mit meinem Mann darüber sprechen. Und dann können wir uns vielleicht treffen und darüber reden, okay?«

»Klingt gut. Wann denn?«

»Nennen Sie mir doch bitte zunächst mal Ihren Namen und Ihre Telefonnummer.«

»Einverstanden. Mein Name ist Henri. Henri mit i, und der Nachname ist Scott.«

Während ich Henris Telefonnummer in meinem Handy speichere, schaue ich hinüber zu Lara und Ben, die anscheinend mit der Fotosession fertig sind und jetzt die Gäste begrüßen. Plötzlich habe ich es eilig. Ich muss die beiden aus dem Standesamt und zu ihrem Empfang bringen, und zwar bald, da ich um 13.30 Uhr wieder im Büro erwartet werde.

»Danke, Henri. Ich melde mich.«

»Super«, sagt sie und wackelt auf ihren Wolkenkratzer-Absätzen zurück zu den anderen Gästen. Ich kann gar nicht glauben, dass mir die Schuhe bisher nicht aufgefallen sind. Wenn ich mich nicht irre, sind die von Miu Miu – aus dieser Saison. Plötzlich verstehe ich, warum ihr das Wort »kostengünstig« so schwer über die Lippen kommt.

Als ich mein Handy gerade in die Tasche schieben will, piept es mich an.

Hey, Süße, hoffe, die Hochzeit ist gut gelaufen. Wollte Dir nur viel Glück für das Meeting heute wünschen, bin sicher, Du zeigst es ihnen.

Woran liegt es nur, dass Mark sich immer meldet, wenn ich gerade etwas aushecke? Als hätte er einen sechsten Sinn. Und das Meeting! Bei dem ganzen Theater mit dem abgestürzten Bräutigam, der heute Morgen zuerst nicht mehr als »äh« sagen konnte, habe ich das Meeting total vergessen. Ich treffe meinen neuen Boss. Er möchte alle aus dem Team der Reihe nach kennenlernen. Ich schaue auf meine Armbanduhr. Ich muss Gas geben, damit ich nicht zu spät komme. Ich habe so eine Ahnung, dass dieser neue Chef eine harte Nuss ist.

Kapitel zwei

Prinzessin auf Sparkurs – etwas Geliehenes

Dass die Braut am Hochzeitstag etwas Geliehenes trägt, ist quasi Gesetz. Warum diesen Brauch nicht auf die ganze Hochzeit ausdehnen? Was kannst du von den dir nahestehenden Menschen für deinen großen Tag ausleihen, erbitten oder stibitzen? Einen Schleier zum Beispiel, und es soll Glück bringen, einen Schleier zu tragen, der einer glücklich verheirateten Frau gehört (wähle also klug). Aber es gibt noch jede Menge anderer Dinge wie eine Tiara oder sonstigen Schmuck, den du bei Freundinnen und der Familie borgen kannst, um die Kosten niedrig zu halten. Vielleicht kann auch der eine oder andere Gast leihweise etwas beisteuern, um den Empfang ein bisschen aufzupeppen: eine Polaroid-Kamera oder Requisiten für witzige Fotos wie eine aufblasbare Gitarre oder Hüte zum Verkleiden?
Tags: Hochzeit, Leihen, Sparen

Was für ein schöner Hochzeitsempfang! Wenn ich nicht vergangenes Jahr die schönste aller Hochzeiten gefeiert hätte, würde ich ein Fest wie dieses wollen. Das griechische Restaurant erwies sich als Volltreffer. Es fühlte sich an, als wären wir von diesem verregneten Apriltag in Guildford in die Ägäis gebeamt worden.

Das obere Stockwerk war komplett umgeräumt. Die Tische standen in einem Quadrat, und die dreißig Gäste saßen ringsherum. Über den Zimmerpflanzen blinkten Lichterketten, überall flackerten Kerzen. Der Duft von Lamm Kleftiko hing in der Luft, und Lara und Ben erzählten mir, dass es sie an ihre erste Begegnung in Griechenland erinnerte, wo sie beide als Reiseleiter gearbeitet hatten. Das Einzige, was fehlte, war offenbar der latente Ouzo-Geruch in ihren Apartments. Aber als perfekte Hochzeitsplanerin sagte ich ihnen, dass sie den später in der Honeymoon-Suite wiederherstellen konnten. Ich ließ ihnen als Abschiedsgeschenk sogar eine Flasche Ouzo da, die ich im Restaurant gekauft hatte.

Ich wünschte nur, ich hätte nicht gehen müssen, als die Feier gerade anfing, aber meine Arbeit war erledigt. Schließlich war ich nur die Planerin, und bei gerade einmal dreißig Gästen hätte ich schon eine sehr gute Freundin von Lara sein müssen, um eingeladen zu werden. Also sitze ich jetzt wieder an meinem Schreibtisch, an einem ganz gewöhnlichen, nieseligen Freitagnachmittag.

»Penny, ich habe jetzt Zeit für Sie.«

Ich schaue hoch und sehe Giles Bishop, meinen neuen Chef, neben meinem Tisch stehen. Möglichst unauffällig spähe ich zu meinem Bildschirm, um zu checken, ob ich die Website mit den Miu-Miu-Schuhen geschlossen habe. Nicht etwa, dass ich nachsehen wollte, was Henris Schuhe kosten oder so.

Zu meinem Glück ist auf dem Bildschirm nur meine randvolle Inbox zu sehen. Es wirkt also tatsächlich so, als sei ich wahnsinnig beschäftigt und mein Chef hätte mich bei der Arbeit gestört statt bei meinen Tagträumen über Hochzeiten und teure Schuhe.

»Fabelhaft«, sage ich mit der aufgesetzt fröhlichen Stimme, die ich für Fremde am Telefon und Vorgesetzte reserviert habe. Es ist eine schreckliche Angewohnheit, die ich meiner Mutter anlaste.

»Soll ich irgendetwas mitbringen?«, frage ich wie eine Streberin und schnappe mir Block und Stift, weil ich beides immer zu Meetings mitnehme – und es dann nur für Listen mit Blogpost-Ideen benutze.

»Nein, kommen Sie einfach so«, antwortet Giles und geht zu seinem Büro.

Ich arbeite in einem multinationalen Großunternehmen, und die meisten von uns Lakaien sitzen in einem Großraumbüro. Mein Schreibtisch steht gegenüber von Shellys, und auf der anderen Seite des Gangs sitzt Marie. Genau genommen habe ich einen super Platz, denn hinter meinem Rücken ist eine Wand. Dadurch kann ich unbemerkt und von niemandem beobachtet im Internet surfen. Abgesehen von der alles sehenden IT-Abteilung, die vermutlich ein wachsames Auge darauf hat, was wir so tun, oder Leuten wie Giles, die an meinen Tisch geschlichen kommen, ohne dass ich es merke.

Die Tür zu Giles' Büro hinter Shellys Schreibtisch liegt den Gang runter. Seit er vor zwei Wochen hier angefangen hat, bleibt sie geschlossen. Sein Führungsstil ist meilenweit entfernt von dem unseres vorherigen Chefs Nigel »meine Tür ist immer offen, komm doch rein« Pearce.

Ich setze mich auf einen Stuhl, der so neu ist wie Giles. Nigel hatte bequeme Drehsessel, in denen man sich sofort entspannte. Der Stuhl, auf dem ich jetzt sitze, ist aus weißem Plastik und sieht aus wie ein Sonderangebot von Ikea – dabei könnte ich wetten, dass er ein Vermögen gekostet hat. Hier drin ist es irgendwie kühl, und mich fröstelt. Vielleicht liegt es an den weißen Oberflächen, dass der Raum so kalt wirkt. Suchend schaue ich mich um und hoffe, einen Hinweis zu finden, dass Giles ein menschliches Wesen und kein seelenloser Zombie ist.

Wenn das hier mein Büro wäre, dann gäbe es gemütliche Kissen, Fotos von Mark und einen Fußwärmer unter dem Schreibtisch. All die wichtigen Dinge eben. Außerdem würde ich den Hausmeister die Wände in einem warmen Gelb streichen lassen, und auf den Boden würde ich vielleicht den leuchtend orangefarbenen Läufer legen, den ich in Marokko gekauft habe. Derzeit versauert er im Schrank in dem unbenutzten Zimmer bei uns zu Hause, weil Mark ihn scheußlich findet.

»Also, Penny ...«

Ich schaue zu Giles und bin beinahe überrascht, ihn hinter dem Schreibtisch zu sehen, so lebendig war mein Tagtraum.

»Ja?«

»Wie Sie wissen, halte ich diese kleinen Meetings mit der Abteilung ab, um ›alle kennenzulernen‹.«

Ich kann nicht glauben, dass er jetzt tatsächlich mit den Fingern Anführungsstriche in die Luft gemalt hat. Giles ist genauso peinlich wie mein Dad.

»Ja.« Ich nicke verstehend und versuche ihm den Eindruck zu vermitteln, dass ich für mein Alter sehr weise bin.

»Super. Sie arbeiten jetzt seit vier Jahren hier?«

»Das ist richtig«, bestätige ich.

»Und anhand Ihrer Beurteilungen kann ich erkennen, dass Ihre Leistungen hervorragend sind. Nigel hat sehr positive Berichte über Sie geschrieben.«

Das freut mich. Nigel war zwar immer sehr wohlwollend bei unseren Beurteilungen, aber mir gefällt der Gedanke, dass ich in meinem Job gut bin.

»Nun, wie Sie wahrscheinlich schon mitbekommen haben, werde ich ein paar Veränderungen vornehmen.«

Ich hätte jetzt gedacht, dass das Wort »Veränderungen« Anführungszeichen erfordert. Mir ist klar, was für Veränderungen ihm vorschweben. Giles hat Nigel nicht einfach als Leiter der HR-Abteilung abgelöst. Er ist Senior Director und offenkundig nur eine Interimslösung für die Besetzung von Nigels Posten.

Und ich weiß, wie er vorgeht.

Vergangenen Monat war ich in Schweden bei dem jährlichen Meeting aller HR-Abteilungen unseres Unternehmens und habe mich mit Kim unterhalten, einer jungen Frau aus dem US-Büro. Als ich erwähnte, dass Giles Bishop mein neuer Boss werden würde, konnte sie mir nicht mehr in die Augen sehen. Erst nachdem ich sie mit

Plätzchen bestochen hatte, konnte ich ihr den Grund ihrer Reaktion entlocken. Wie sich herausstellte, hatte Giles auch bei ihnen vorübergehend die Abteilung »geleitet«, alles umstrukturiert und nicht nur das HR-Team verkleinert, sondern auch etliche andere Personen aus der Zweigstelle »abgebaut«. Zum Abschied gab sie mir den Rat, dass ich mich von Anfang an mit ihm gutstellen sollte. Aber wie stellt man sich mit einem seelenlosen Zombie gut?

»Sind Sie glücklich hier, Penny? Sie gehören seit vier Jahren zum Team und wurden nie befördert.«

Na super. Danke für den Hinweis, Giles. Mir ist absolut bewusst, dass ich keine Aufstiegsmöglichkeit habe. Der einzige Schritt nach oben wäre Nigels Job, für den ich aber nicht qualifiziert bin. Ich könnte natürlich versuchen, in eine Zweigstelle in einem anderen Land zu wechseln, aber dann müsste sich auch Mark beruflich verändern, und da seine Firma die Kosten für die Weiterbildung zum Steuerberater übernommen hat, muss er alles zurückzahlen, wenn er innerhalb von drei Jahren kündigt. Und ganz davon abgesehen will ich gar nicht wechseln, da Mark und ich versuchen, schwanger zu werden (Phase sechs unseres Lebensplans), und meine Firma hat ausgezeichnete Mutterschutz- und Elternzeitregelungen.

»Nein, keine Beförderung«, bestätige ich.

»Wie bei Shelly. Sie beide haben etwa zur gleichen Zeit hier angefangen.«

»Richtig, sie kam kurz vor mir.«

»Nun, während meiner Zeit hier werde ich mir ansehen, wie die Abteilung läuft.«

Jetzt geht's los. Jetzt sprechen wir also über Entlassungen.

»Wie stellen Sie sich Ihre berufliche Weiterentwicklung vor, Penny?«

Wie zum Teufel soll ich das wissen? Er soll auf keinen Fall denken, dass ich hier nur meine Zeit absitze, bis ich schwanger werde und so lange Jahr für Jahr in Mutterschutz gehen kann, bis ich all die Kinder habe, die ich gern haben möchte. Andererseits weiß er ganz genau, dass es hier keine Aufstiegsmöglichkeiten für mich gibt.

»Nun ja, ich hätte natürlich gern mehr Verantwortung und möchte irgendwann Managementaufgaben übernehmen.«

Gut so, schön vage bleiben, Penny. Das soll nicht heißen, dass ich keinen Ehrgeiz habe. Es wäre schön, Karriere zu machen, aber ich will mir nicht die nächsten paar Jahre den Hintern aufreißen, um dann für Kinder alles aufzugeben. Oder schlimmer noch, um jeden Tag bis spätabends zu arbeiten und meine Kinder von einer Betreuung in die nächste zu karren.

»Das ist gut. Sehr gut. Und dass wir Sie zu HR-Fachschulungen beim CIPD schicken, ist dabei sicher von Vorteil?«

»Ja«, stimme ich zu.

»Ausgezeichnet. Nun, ich bin ja gerade erst angekommen und habe noch keinen Überblick, aber ich könnte mir vorstellen, dass wir Nigels Position abschaffen.«

Aha, jetzt kommen wir endgültig zur Sache. Als Nächstes wird er mir sagen, dass wir gar keine HR-Abteilung mehr brauchen.

»Ach, wirklich?«, frage ich, und meine Stimme klingt seltsam brüchig.

»Ja. Bei all den Kommunikationsmöglichkeiten, die uns heutzutage zur Verfügung stehen, ist es nicht nötig, überall regionale HR-Leiter zu haben. Nachdem ich mir Nigels Aufzeichnungen angesehen habe, überlege ich, eine neue Position als HR-Supervisor einzurichten, mit ein bisschen weniger Verantwortung, als Nigel hatte. Dennoch wäre es ein kleiner Aufstieg von der Sachbearbeiterposition.«

Jetzt schlägt mein Herz vor Aufregung schneller. Das klingt nach der perfekten Beförderung für mich. Will Giles mich etwa befördern, jetzt sofort? Und ich dachte, er sei hier, um radikal Stellen zu streichen. Vielleicht habe ich ihn völlig falsch eingeschätzt. In meinem Kopf fließt das Geld, das ich dann mehr verdiene, bereits auf mein Konto.

»Ich denke, die Position wäre perfekt für Sie oder Shelly.«

Für mich oder Shelly? Äh, das klingt jetzt aber nicht gut. Hoffentlich führen sie mit uns keine Bewerbungsgespräche für ein- und dieselbe Stelle. Außerhalb des Büros sind Shelly und ich nicht sonderlich eng miteinander, aber als Kolleginnen kommen wir super klar. Sie lagert zum Beispiel immer Minitüten mit Chips in der Schreibtischschublade und gibt mir eine, wenn mich nachmittägliche Knabbergelüste überkommen und ich absolut keine Lust habe, zum Verkaufsautomaten zu gehen.

»Stimmt.« Ich versuche, mir die Enttäuschung nicht anhören zu lassen. Ich habe mir bereits vorgestellt, wie ich die neuen Visitenkarten verteile und – noch wichtiger – mein höheres Gehalt ausgebe. Diese Miu-Miu-Schuhe von Henri kosten 750 Pfund, normalerweise ist das nicht meine Liga, aber wenn ich nur ein bisschen (oder viel) mehr verdienen würde, könnte ich sie mir leisten.

»Für solche Überlegungen ist es natürlich noch zu früh. Aber ich dachte, Sie würden das vielleicht gern im Hinterkopf behalten«, sagt er und zieht eine Braue hoch, als würde er die Hauptrolle in einem alten Schwarzweißkrimi spielen.

»Okay, das mache ich.«

Ich versuche, ein Lächeln in mein Gesicht zu zaubern, aber es fällt mir schwer. Ich will weder die nächsten Monate damit verbringen, Shelly mit Papierkügelchen zu beschießen, noch will ich, dass sie meine Chefin wird.

Die meiste Zeit ist sie supernett, aber wenn du sie ärgerst, kann sie unheimlich nachtragend sein. Einer unserer Kollegen hat sich mal ihren Tacker ausgeliehen, während Shelly zu Tisch war, und ihn erst am darauffolgenden Tag zurückgebracht. Nicht nur, dass sie Verhöre wie bei der Polizei durchführte, um den verschwundenen Tacker aufzuspüren, sie sprach anschließend auch drei Monate lang kein Wort mit dem Übeltäter.

»Bestens. Danke, dass Sie sich Zeit für dieses Gespräch genommen haben, Penny«, sagt Giles lächelnd.

Er ist mir echt ein Rätsel. Dafür, dass er in einem derart sterilen Büro mit ständig geschlossener Tür arbeitet, ist er erstaunlich gut in der Lage, sich wie ein normales menschliches Wesen zu unterhalten. Und dann fällt mir wieder ein, was Kim aus dem US-Büro gesagt hat: Stell dich gut mit ihm.

Zögernd stehe ich auf. Giles erwartet offenbar von mir, dass ich jetzt gehe, denn er hat die Brille aufgesetzt und schaut auf seinen Computerbildschirm.

»Jemand hat mir erzählt, dass Sie früher schon mal hier gearbeitet haben – in Farnborough, meine ich.«

Giles schaut zu mir hoch, als habe er vergessen, dass ich noch hier bin.

»Stimmt. Bevor ich vor etwa fünfzehn Jahren in die Zentrale versetzt wurde.«

»Hmm. Und, ist es schön, wieder zurück zu sein?«

»Ich musste diesen Sommer sowieso herkommen, weil meine Tochter heiratet. Mit diesem Interimsposten schlage ich quasi zwei Fliegen mit einer Klappe.«

Hochzeiten, endlich ein Thema, über das ich reden kann.

»Ihre Tochter heiratet? Wie aufregend!«

Giles setzt die Brille wieder ab und reibt sich die Augen. Ich bin nicht sicher, ob das ein Zeichen von Verärgerung ist.

»Ja, vermutlich.«

»Das ist wunderbar«, versichere ich nickend. Jetzt reden wir schon fast wie Freunde, oder? »Wo wird sie denn heiraten?«

»Keine Ahnung. Ich nehme an, in London, oder zumindest irgendwo, wo es teuer ist, so wie ich meine Tochter kenne.«

Der Unterschied zu meiner 5500-Pfund-Hochzeit im Museum könnte garantiert nicht größer sein.

»Klingt herrlich«, schwärme ich ein bisschen übereifrig.

Er setzt die Brille wieder auf. Business-Giles ist zurück.

»Also, Penny, ich möchte, dass Sie mich während der kommenden Monate beeindrucken. Okay?«

»Okay.« Verflucht. Das ist genau das, was ich brauche: im Job gewissenhaft und beeindruckend zu sein. Aber wenn jemand diese Beförderung bekommt, dann bin das besser ich.

»Und sagen Sie Shelly bitte, dass sie zu mir kommen soll.«

Ich verlasse Giles' Büro mit dem Wissen, dass ich von nun an eine Freundfeindin habe. Während ich mich wieder an meinen Schreibtisch setze, überlege ich, wie ich mich ihr gegenüber verhalten soll.

»Und?«, fragt Shelly und sieht mich neugierig mit zusammengekniffenen Augen an.

»Giles möchte, dass du jetzt zu ihm kommst«, sage ich beinahe beiläufig und vermeide es, ihr in die Augen zu sehen. Sie wird schon früh genug erfahren, was los ist.

»Aber wie ist er so?«, fragt sie.

»Erstaunlich nett.« Oder überraschend menschlich – das trifft es wohl eher.

Als sie zu Giles geht, sehe ich ihr nach. Sie schleicht förmlich, so langsam bewegt sie sich. Sobald sie wieder aus diesem Büro herauskommt, wird sich mein Arbeitsleben verändern. Wir sind von nun an Konkurrentinnen, und dann wird eine von uns die Chefin der anderen. Die Arbeit wird nie wieder so wie vorher sein.

Natürlich bin ich melodramatisch, aber irgendwie ist das alles so deprimierend, als hätte ich einen Kater. Vielleicht liegt es auch daran, dass die Hochzeitsplanung abgeschlossen ist. Wie die Feier bei Lara und Ben wohl läuft?

»Und wie war es *wirklich*?«

Ich schaue hoch. Marie steht neben meinem Schreibtisch. Sie ist nicht mit im Rennen um die Beförderung, da sie frisch von der Uni kommt und erst seit sechs Monaten bei uns arbeitet.

»Nicht gut« ist alles, was ich sage. Ich möchte Marie da nicht mit hineinziehen. Dann widme ich mich wieder meinen E-Mails und will nur noch den Rest von diesem beschissenen Freitag hinter mich bringen.

»Hallo, Schatz«, sagt Mark, als er die Küche betritt.

»Na du, ich habe dich gar nicht hereinkommen hören.« Sonst hätte ich mich nämlich mehr angestrengt, so auszusehen, als würde ich tatsächlich kochen. Ich habe dagestanden und die Lachsfilets angeschaut, darauf gewartet, dass sie wie von Zauberhand allein aus der Packung und in den George-Foreman-Grill schweben. Sie mögen ja clevere kleine Kerle sein, die sogar stromaufwärts schwimmen können, aber wenn sie erst einmal in Zellophanpäckchen stecken, ist es damit anscheinend vorbei.

»Und, wie ist es gelaufen?«

»Es war umwerfend.«

»Da sind ja tolle Neuigkeiten, Pen.« Mark kommt zu mir, legt seine Arme um mich und zieht mich für einen Kuss an sich. »Das freut mich. Du hast dir also ganz unnötig Sorgen gemacht?«

»Na ja, ganz unnötig nicht, es gab schon ein paar kleine Missgeschicke. Ich habe die falsche Musik gespielt, als Lara hereinkam, und dann hat die Standesbeamtin Ben mit falschem Namen angeredet.«

Mark seufzt, und ich kann an seiner Miene ablesen, dass er nicht die Hochzeit meinte.

»Du redest von dem Treffen mit Giles«, sage ich kleinlaut.

»Allerdings. Sosehr es mich auch interessiert, ob die Hochzeit ein Erfolg war, möchte ich doch gern wissen, ob du jetzt arbeitslos bist.«

Das ist irgendwie nur fair.

»Von Entlassung war nicht die Rede, allerdings von Beförderung«, sage ich und fange endlich an, den Lachs zuzubereiten. »Sie wollen Nigels Posten streichen und durch die Stelle eines HR-Supervisors ersetzen.«

»Das wäre perfekt für dich.«

»Ich weiß, aber so wie es aussieht, kommen Shelly oder ich dafür in Frage.«

»Und weißt du schon, wann es so weit sein wird?«

Ich schüttle den Kopf. »Nicht in den nächsten Monaten. Giles hat gesagt, dass ich ihn beeindrucken muss.«

»Ihn beeindrucken?«

»Yep. Es wird wohl ein Wettkampf zwischen Shelly und mir.« Ich seufze theatralisch.

Mark öffnet den Kühlschrank und holt eine Flasche Weißwein heraus.

»Es wird kein Wettkampf, Pen. Du bekommst die Stelle mit links. Diese Beförderung gehört dir, Baby«, sagt er, schenkt ein großes Glas Wein ein und reicht es mir.

Ich nehme es dankbar an – genau das brauche ich jetzt.

»Dann erzähl mir jetzt von der Hochzeit. Ich sehe doch, dass du jeden Moment vor Mitteilungsbedürfnis platzt.«

Während sich Mark an den Tisch setzt und seine Krawatte auszieht, erfährt er sämtliche Details, vom katastrophalen Zustand des Bräutigams am Morgen bis zur Beyoncé-Panne.

»Und dann hat Henri mich angesprochen«, sage ich vorsichtig und stelle ihm den Teller mit seinem Essen hin. War das jetzt zu früh? Eigentlich wollte ich bis nach dem Essen warten, wenn er satt und zufrieden ist und wegen meines nächsten Abenteuers als Hochzeitsplanerin nicht mit der Wimper zuckt. »Sie ist eine Arbeitskollegin von Lara und möchte, dass ich ihre Hochzeit plane.«

Ich setze mich und starre auf meinen Teller, als seien gedünstete grüne Bohnen das Interessanteste, was ich je im Leben gesehen habe. Mark legt Messer und Gabel wieder auf den Tisch.

»Ich dachte, die Organisation der Hochzeit von Lara und Ben war eine Ausnahme?«

»Genau das habe ich Henri auch gesagt, weil ich es dir versprochen habe.«

»Aber irgendetwas sagt mir, dass du es trotzdem tun wirst. Du hast diesen Ausdruck in den Augen.«

Was für einen Ausdruck? Verdammt sei meine Unfähigkeit, meine Gefühle zu verbergen!

»Nun, ich werde es nicht tun, wenn du nicht möchtest. Es ist nur so, dass sie mir 1000 Pfund zahlen will.«

Mark nimmt sein Besteck wieder auf und beginnt zu essen. Das ist ein gutes Zeichen.

»Sie bietet dir 1000 Pfund. Für ein bisschen Organisation? So wie du es bei Lara und Ben gemacht hast?«

»Hm.«

»Aber weckt das in dir keine Erinnerungen an die Glücksspiele?«

»Falls überhaupt, dann lenkt es mich davon ab.«

»Ich bin nicht überzeugt, Pen. Es kann doch nicht gesund sein, sich ständig mit Hochzeiten zu beschäftigen.«

»Ich weiß, was du meinst. Aber es ist etwas anderes, als mit offenen Augen von der eigenen Hochzeit zu träumen.« Ihn zu fragen, ob wir unser Ehegelübde erneuern sollen, vertage ich wohl besser.

»Es verschafft mir zugegebenermaßen einen Kick. Aber statt dass ich mich danach miserabel fühle wie bei den Glücksspielen, habe ich ein gutes Gefühl, weil ich jemandem helfe.«

Mark seufzt.

»Du weißt, dass du Zusatzeinkünfte bei der Steuererklärung angeben musst?«

»Ja«, sage ich stöhnend und denke, dass man sich aber keinen Hund hält, um dann selbst zu bellen. Wozu habe ich schließlich einen Steuerberater geheiratet …

»Hast du denn überhaupt Zeit, um diese Hochzeit zu planen?«, fragt Mark.

»Na klar«, versichere ich. Irgendwie ist das alles zu leicht. Ich hatte erwartet, dass ich zumindest ein bisschen nackte Haut zeigen müsste, vielleicht versprechen, etwas anderes im Bett anzuziehen als meinen Flanellpyjama. Aber anscheinend hat er nichts dagegen.

»Bist du sicher? Was ist damit, dass du deinen neuen Chef beeindrucken willst, und dann noch deine Arbeit als Mentorin in der Selbsthilfegruppe?«

Den Chef zu beeindrucken ist eine Sache. Das Planen der Hochzeit wird schon nicht mit meinem normalen Job kollidieren, aber das mit dem Mentoring habe ich echt vergessen. Ich, Penny Robinson, werde Mentorin. Ich bin jetzt ein Jahr clean, was meine Glücksspielsucht angeht, und das habe ich mit ein bisschen (oder eher ziemlich viel) Hilfe der Gruppe der Anonymen Spieler geschafft.

Ob ich stolz auf mich bin? Ich bin sogar verdammt stolz auf mich! Und jetzt ist Mary, die Gruppenleiterin, der Meinung, dass ich so weit bin, als Mentorin ein neues Gruppenmitglied zu betreuen. Leider ist der Andrang neuer Mitglieder so groß, dass wir die Gruppe teilen mussten.

Habe ich wirklich genug Zeit, um diese Hochzeit zu planen? Andererseits, wie viel Zeit kann es denn schon in Anspruch nehmen, Mentorin zu sein? Schließlich habe ich meinen Mentor, Josh, nur ein einziges Mal außerhalb unserer wöchentlichen Meetings angerufen.

»Das wird schon gehen.«

»Und dein Blog? Wirst du für den auch noch schreiben? Ständig sehe ich dich über den Laptop gebeugt.«

Das stimmt. Wenn man bedenkt, dass ich nur drei- oder viermal in der Woche etwas poste, brauche ich dafür erstaunlich viel Zeit.

»Und was ist damit, dass wir versuchen, schwanger zu werden?«

»*So* oft haben wir normalerweise auch nicht Sex. Es wird schon nicht auf Kosten unserer Zweisamkeit gehen.«

»So habe ich das nicht gemeint. Du hast letzten Monat gesagt, dass es wichtig ist, nicht unter Stress zu stehen, wenn man schwanger werden will.«

Das habe ich gesagt? Mann! Mark ist ein wirklich guter Ehemann und hört meinem Geschwafel offenbar aufmerksam zu.

»Und was ist, wenn es klappt? In dem Buch über Schwangerschaften, das wir gelesen haben, stand, dass du zu Beginn der Schwangerschaft schnell müde sein wirst und möglicherweise unter Übelkeit leidest. Möchtest du wirklich die Hochzeit von jemandem organisieren, während du dich hundeelend fühlst?«

Mark hat ja recht, aber nicht jede Schwangere leidet unter Morgenübelkeit, und manche Leute führen ein noch geschäftigeres Leben als ich und bekommen das mit der Schwangerschaft hin.

»Ich denke einfach nur, dass es der falsche Zeitpunkt für dich ist, bei all dem, was du um die Ohren hast.«

»Aber …«

Ich weiß nicht, was ich sagen soll. So wie Mark es darstellt, habe ich mehr zu tun als der Premierminister. Dabei arbeite ich schließlich in einer hektischen HR-Abteilung, bin geübt im Projektmanagement und kann mit verschiedenen Aufgaben gleichzeitig jonglieren. Und falls ich tatsächlich schwanger werden sollte, wird die Hochzeit längst über die Bühne sein, bevor das Baby auf die Welt kommt.

»So viel Zeit muss es ja gar nicht kosten. Ich werde Henri nur bei den großen Sachen helfen und vorher ein paar Grundregeln festlegen, damit es nicht mit meinen anderen Verpflichtungen kollidiert.«

Ich weiß nicht, ob ich Mark überzeugt habe oder nicht. Seine gerunzelte Stirn gibt keinerlei Anhaltspunkte.

»Also, kann ich es machen?«, frage ich erwartungsvoll.

»Penny, ich würde mich dir nie in den Weg stellen. Du weißt, was ich von dieser Hochzeitsbesessenheit halte, aber du hast gestrahlt wie ein verdammter Weihnachtsbaum, als du von Laras Hochzeit erzählt hast. Ich will dich doch nicht davon abhalten, so glücklich zu sein.«

Ich beuge mich über den Tisch und gebe Mark einen dicken Kuss. Igitt! Wir riechen beide nach Fisch.

Ich bin die glücklichste Frau der Welt, dass ich einen so geduldigen und verständnisvollen Ehemann habe. Ich darf nicht vergessen, Henri morgen früh eine Nachricht zu schicken, um unser erstes Treffen zu vereinbaren.

Wow, die nächsten Monate werden super: eine Hochzeit organisieren, neue Verantwortung als Mentorin in der Selbsthilfegruppe, möglicherweise eine Beförderung im Job und – wer weiß – vielleicht sogar ein Mini-Robinson. Und es ist nur eine Frage der Organisation, das alles zu schaffen.

Kapitel drei

Prinzessin auf Sparkurs –
Erfahrungsbericht: zu Hause im Ausland

Du möchtest gern im Ausland heiraten, kannst es dir aber nicht leisten? Lara und Ben haben ihre griechische Urlaubsromanze wiederaufleben lassen, indem sie ihre Hochzeit in einem griechischen Restaurant feierten. Draußen mag es ja in Strömen gegossen haben, aber drinnen fühlten sich die Gäste wie in einer Taverne unter der Sonne.
Es gab gefüllte Weinblätter und andere klassische Vorspeisen und anschließend als Hauptgang Kleftiko, ein typisches Lammgericht. Und wäre das Griechenlandflair vollständig, ohne dass Teller zerworfen werden? Um es Lara und Ben nachzumachen, müsst ihr eure Hochzeit mit ein paar Requisiten, Speisen und Getränken eures Wunschlandes ausstatten und, voilà, ihr feiert eure Hochzeit zu Hause im Ausland.
Wenn ihr mehr über Laras und Bens Hochzeit lesen wollt, klickt bitte hier!
Tags: Heiraten im Ausland, Lara und Ben

Ich war begeistert von deinem Text zu Laras Hochzeit in deinem Blog. Du hast die Atmosphäre so toll eingefangen, und die Fotos vom Restaurant sind traumhaft schön«, schwärmt Henri und setzt sich an den Tisch. Vorsichtig stellt sie ihren heißen Kakao mit Sahne und Marshmallows ab und rührt noch Zucker hinein.

Ich mache Stielaugen angesichts des zusätzlichen Zuckers, aber gut zu wissen, dass diese Braut keine Angst davor hat, ein paar Pfund zuzulegen. Ich würde sie nur ungern als Kundin annehmen, wenn ich den Verdacht hätte, dass sie pflegeintensiv ist.

»Danke, Henri. Ich habe jede Menge netter Kommentare zu dem Post bekommen und verschiedene Anfragen von Leuten, die möchten, dass ich ihre Hochzeit organisiere. Echt verrückt.«

»Das ist nicht verrückt, Penny. Viele Paare brauchen Unterstützung bei ihrer Hochzeit! Es ist ja auch schwierig: Es gibt Leute, die verkaufen dir alles unter der Sonne, doch man hat ständig das Gefühl, über den Tisch gezogen zu werden.«

»Das denke ich mir.«

»Und das Tolle an dir ist, dass du alles … im Rahmen hältst. Nach dem, was Lara mir erzählt hat, vertraue ich dir uneingeschränkt, dass du versuchst, alles zum niedrigstmöglichen Preis hinzubekommen und nicht nur aufs schnelle Geld aus zu sein.«

Ich rutsche unbehaglich auf meinem Stuhl hin und her. Es wäre gelogen zu behaupten, dass die 1000 Pfund kein ausschlaggebender Faktor für mich waren, um der Organisation dieser Hochzeit zuzustimmen. Aber sie hat schon recht, ich kassiere weder heimlich eine Provision von den Geschäften, die ich empfehle, noch will ich jemanden über den Tisch ziehen.

»Aber jetzt erzähl mal, wie war denn die Feier von Ben und Lara?«

»Lebhaft. Diese Griechen verstehen es wirklich, eine Party auszurichten. Geschirr wurde zerworfen, und wir haben auf den Tischen getanzt. Und die normalerweise so ruhige Lara ist nach ein paar Drinks eine völlig andere Frau. Ich glaube, für einige Gäste war das ein echter Schock.«

Ich lächle – mich überrascht das nicht, da ich einige von Laras Geschichten aus der Zeit vor Ben kenne. Ich hoffe nur, dass sie beim Tanzen auf dem Tisch die Kleider anbehalten hat. Schließlich war ihre Familie dabei.

»Und jetzt kann ich es nicht erwarten, meine eigene Hochzeit zu planen. Wo fangen wir an?«

»Zuerst müssen wir ein paar Grundregeln besprechen, damit du weißt, was du von mir erwarten kannst«, antworte ich und bin beeindruckt, wie professionell ich klinge. »Wir sollten uns regelmäßig zusammensetzen, um uns auf den aktuellen Stand zu bringen. Ich werde dir jede Woche einen Bericht mit detaillierten Informationen mailen, was ich erledigt habe und was noch zu tun ist. Wann immer es möglich ist, werde ich dich zu Locations oder Terminen mit Lieferanten begleiten.«

»Klingt alles gut.« Henri nickt.

»Wichtig ist aber, dass ich keine hauptberufliche Hochzeitsplanerin bin. Deshalb kann ich nicht rund um die Uhr zur Verfügung stehen.«

»Das würde ich auch nie erwarten!«

»Gut. Bei einem Notfall kannst du mich jederzeit erreichen, aber ansonsten findet unsere Kommunikation außerhalb der normalen Bürozeiten statt. Bei der Hochzeit selbst werde ich anwesend sein, um sicherzugehen, dass alles reibungslos läuft. Ich bleibe, bis die Feier losgeht. Von da an liegt alles bei dir!«

»Super, Penny, einfach super!«

Ich atme erleichtert auf, da Henri offenbar mit mir einer Meinung ist.

Wenn Giles mich doch jetzt nur sehen könnte – ich bin eine angehende Managerin.

»Also, hast du schon darüber nachgedacht, was für eine Art von Hochzeit du dir vorstellst?«, frage ich und halte den Stift startklar über meinen Notizblock.

»Nicht wirklich.« Sie zuckt mit den Schultern.

Nicht wirklich? Was für eine Frau ist sie denn? *Jede* Frau hat eine geheime Fantasie über ihre Hochzeit. Jedenfalls jede Frau, der ich bisher begegnet bin.

»Überhaupt nicht? Nicht einmal ein winziges bisschen?«, hake ich nach.

»Nun ja, nichts Ungewöhnliches. Ich möchte einfach nur ein umwerfendes Kleid, eine Feier, die meinen Gästen den Atem verschlägt, und die gute alte Tanzerei.«

»Das ist ein Anfang«, sage ich und schreibe wie wild.

»Ich bin ziemlich locker.« Henri zuckt erneut mit den Schultern.

»Das ist die beste Haltung, die man als Braut haben kann. Wenn du nicht aufs Geld achten müsstest, was würdest du dir wünschen?«

Henri erschauert, als ich das Finanzproblem andeute. In dem Moment fällt mir der Riesenklunker an ihrem Finger auf. Ich rede von einem Stein, der so groß ist, als hätte sich ein Zuckerwürfel an ihren Finger verirrt. Wie konnte ich den bisher übersehen? Scheiß auf die Spar-Hochzeit, sie könnte den Ring verkaufen und eine Hochzeit wie eine Königin feiern, ganz ohne Rabatte!

»Hm, es wäre schön, einen großen Landsitz zu mieten, so mit antiken Möbeln, Silberbesteck und so.«

»Ausgezeichnet«, sage ich.

»Und ich hätte gern eine Band oder jemanden, der singt.«

»Okay.«

»Und, du weißt schon, einen antiken Rolls, der mich zur Kirche bringt.«

»Natürlich.«

»Und ich mag diese Torten aus Käse, bei denen Trauben an den Seiten herunterhängen wie Blumen.«

»Okay …« Junge, für eine, die sich keine Gedanken über ihre Hochzeit gemacht hat, sprudeln die Ideen aber ziemlich rasch.

»Mir ist natürlich klar, dass ich die Tatsache berücksichtigen muss, dass wir« – sie holt tief Luft – »ein Budget haben.«

Henri spricht dieses Wort mit einem aufgesetzten französischen Akzent aus, als »Beau-jay«, wie die Hauptperson in dieser Sitcom *Mehr Schein als Sein*. Außerdem scheinen das nicht ihre Worte zu sein, und ich frage mich, ob ihr zukünftiger Ehemann in diesem Punkt den Ton angibt.

Wie ihr Verlobter wohl sein mag? Henri ist die klassische Privatschul-Absolventin. Sprachgewandt, makellos gekleidet – heute trägt sie ein yuppiemäßiges Outfit. Dennoch bleibt sie mir ein Rätsel. Aber ich bringe es einfach nicht fertig, sie zu fragen, warum sie eine preiswerte Hochzeit plant, die im völligen Gegensatz zu ihrem Äußeren steht.

»Ja, wir müssen uns nach eurem Budget richten. Aber 10 000 Pfund sind keine schlechte Ausgangslage. Ich hatte sogar nur 5500 Pfund. Es ist also machbar.«

»Wirklich?«

»Ja, ehrlich gesagt glaube ich sogar, dass du das ohne meine Hilfe schaffen würdest – und dann hättest du 1000 Pfund zusätzlich zur Verfügung.«

»O nein, Penny, das kann ich nicht«, widerspricht Henri. Sie gähnt, als würde es sie erschöpfen, nur darüber nachzudenken.

Henri erinnert mich stark an meine Freundin, oder besser gesagt die Frau von Marks bestem Freund, Jane. Sie hatte eine superteure Hochzeit, und ich rede hier von mindestens 50 000 Pfund. Sie engagierte einen Hochzeitsplaner, der sich um jedes noch so winzige Detail kümmerte, und trotzdem wirkte sie unheimlich gestresst. Jane ist jetzt schwanger, und ich warte auf eine Einladung zur Babyparty, ein Ritual, das sie zweifellos toll findet. Vermutlich wird die Party im Claridge's oder Ritz stattfinden, und die Geschenkeliste liegt bei Harrods aus.

»Gut, wenn du meinst. Ich bin sicher, dass wir ein paar meiner Kontakte nutzen können, um vernünftige Rabatte auszuhandeln.«

»Super«, sagt Henri. Sie hat einen riesigen Klecks Sahne an der Oberlippe, und ich versuche sie durch eine alberne Streichbewegung darauf aufmerksam zu machen.

»Oh danke, meine Liebe.«

»Du hast gesagt, dein Verlobter würde auch kommen. Um wie viel Uhr ist er denn hier?«

Henri schaut auf ihre Armbanduhr. »Er müsste jeden Moment auftauchen.«

»Prima. Ich halte es für ziemlich wichtig, den Bräutigam bei der Planung frühzeitig mit einzubeziehen«, sage ich und muss innerlich kichern bei dem Gedanken daran, dass mein eigener Bräutigam nicht ein einziges Detail unserer Hochzeit kannte. Aber ich habe mich informiert, wie eine gute Hochzeitsplanerin arbeitet, und das wurde empfohlen. Nun ja, ich habe mich mehr oder weniger informiert: Ich habe einen Chic-Lit-Roman gelesen, in dem eine Hochzeitsplanerin die Hauptfigur war. Das ist doch ausreichend, oder?

»Dem stimme ich absolut zu.« Henri nickt, als hätte ich gerade aus der Bibel zitiert.

Die Tür des Coffeeshops öffnet sich mit einem leisen Glockenbimmeln. Ich schaue hoch und sehe einen älteren Mann hereinkommen. Er trägt Fedora und Trenchcoat und sieht aus, als sei er der Serie *Mad Men* entsprungen. Leider ist er kein Don Draper. Ist *das* etwa Henris Verlobter? Er scheint mir ein bisschen zu alt für sie, aber das muss ja schließlich jeder selbst wissen.

Henri hat dem Mann den Rücken zugekehrt. Ich sehe ihn auf uns zukommen, doch als ich mich gerade erheben will, um ihn zu begrüßen, geht er an uns vorbei.

»Es gibt da noch eine Sache wegen der Hochzeit«, sagt Henri.

»Und das wäre?«, frage ich vorsichtig. Irgendetwas an ihrem Tonfall sagt mir, dass ich die Antwort nicht unbedingt hören will.

»Wir haben einen Familienhund, Archie, und ich hätte ihn gern bei der Hochzeit dabei. Genau genommen möchte ich, dass er die Ringe trägt.«

Bilder von handtaschengroßen Chihuahuas tauchen vor meinem geistigen Auge auf.

»Das ist bestimmt kein Problem«, versichere ich und kann nur hoffen, dass es stimmt. Die meisten Veranstaltungsorte sind doch hundefreundlich? Vielleicht sollte ich mir darüber Gedanken machen, wenn wir eine Location gefunden haben.

Wieder ertönt die Glocke über der Tür, und noch ein Mann kommt aus dem Regen herein. Ich beobachte, wie er den tropfenden Trenchcoat auszieht, und schaue dann schnell weg, tue so, als hätte ich ihn nicht gesehen.

Der Mann ist Nick. Nick der Geschäftsmann, wie ich ihn im Kopf nenne, einer meiner Mitstreiter aus der Selbsthilfegruppe. In der Hochphase seiner Spielsucht hat Nick in einer Nacht 10 000 Pfund verloren. Er war süchtig nach Aktienspekulationen. Es fing an mit gelegentlichen Investitionen, aber schon bald stand er mitten in der Nacht auf, wenn die Märkte in Asien öffneten. Ich glaube nicht, dass er uns je erzählt hat, auf wie viel sich seine Verluste insgesamt beliefen, aber ich freue mich, sagen zu können, dass er nun geheilt ist. Ich bemühe mich, dass es zu keinem Blickkontakt kommt. In der Gruppe herrscht das ungeschriebene Gesetz, dass wir einander nicht kennen, wenn wir uns irgendwo begegnen und einer von uns in Begleitung ist. Andernfalls gerät man nämlich in Teufels Küche, wenn man zu erklären versucht, woher man den anderen kennt – wie ich auf die harte Tour lernen musste.

Trotzdem schade. Ich habe Nick seit einer Ewigkeit nicht gesehen, weil er jetzt donnerstags in die andere Hälfte der Gruppe geht. Es wäre nett, sich gegenseitig auf den neuesten Stand zu bringen.

Plötzlich merke ich, dass jemand an unseren Tisch getreten ist, und mich überkommt das ungute Gefühl, dass es Nick ist. Ich schaue hoch und versuche, ihn mit diesem »Nicht jetzt«-Blick anzusehen, aber er nimmt mich gar nicht wahr. Er ist ganz auf Henri konzentriert.

»Darling«, schnurrt sie, »da bist du ja!«

Entsetzt sehe ich, wie Henri Nicks Arm streichelt und den freien Stuhl unterm Tisch wegzieht.

»Liebling, das ist Penny, die Hochzeitsplanerin.«

Nick setzt sich, wendet sich mir zu und erstarrt. Er sieht aus, als würden ihm jeden Moment die Augen aus dem Kopf fallen. Dann macht er ein Geräusch, als schnüre ihm etwas die Luft ab, und er versucht es zu kaschieren, indem er einen Hustenanfall vortäuscht.

»Ist alles in Ordnung, Schatz?«, fragte Henri. Sie beugt sich zu ihm und betrachtet ihn wie ein besorgtes Kind.

»Alles prima«, piepst Nick. Er räuspert sich und versucht es noch einmal. »Bestens«, sagt er zum Ausgleich mit übertrieben tiefer Stimme. »Penny, wie schön, dich kennenzulernen.«

Damit erübrigt sich die Frage, ob Nick zugeben würde, dass wir uns kennen. Ich weiß, dass wir einander nicht öffentlich »outen« sollen, aber in diesem Fall hätte ich nichts dagegen gehabt.

»Freut mich ebenfalls. Verzeihung, ich habe deinen Namen nicht verstanden«, erwidere ich, um nicht aufzufliegen, bevor es überhaupt angefangen hat.

»Äh … Nick«, antwortet er. Offensichtlich ist er es nicht gewohnt, diesen »Wir tun so, als würden wir uns nicht kennen«-Sketch zu spielen.

»Verzeihung, Penny. Ich hätte euch vorstellen müssen. Nicholas Eves – und das ist Penny Robinson.«

Es ist ein bisschen komisch, Nicks vollen Namen zu erfahren. Bisher war er für mich einfach nur Nick: Nick aus der Gruppe. Wir wissen nur ganz bestimmte Dinge voneinander und längst nicht alles Persönliche, zum Beispiel wo der andere arbeitet, mit wem er zusammenlebt, sein Lieblingsessen. Aber jetzt sehe ich Henri neben ihm sitzen und seine Hand streicheln, und Nicks Bild bekommt plötzlich Farbe.

Ich habe immer angenommen, dass Nick schon verheiratet ist; er hat die Ausstrahlung eines zuverlässigen 2,4-Kinder-Familienmenschen. Schon witzig, wie sehr man sich irren kann.

»Penny hat mich gerade gefragt, was für eine Art von Hochzeit wir uns vorstellen.«

»Ach ja«, sagt Nick. »Richtig, die Hochzeit. Bist du schon lange Hochzeitsplanerin, Penny?«

»Nein, genau genommen ist das erst meine zweite.«

Und mit ziemlicher Sicherheit die letzte. Ich glaube nämlich nicht, dass mein Herz diese Aufregung auf Dauer aushält.

»Aha. Nun … Henri, Liebes, findest du nicht, wir sollten jemand mit mehr Erfahrung nehmen?«

»Nicholas! Sei doch nicht so unhöflich. Du hättest sehen sollen, welch wunderschöne Hochzeit sie für Lara und Ben organisiert hat, und die beiden hatten viel weniger Geld zur Verfügung als wir. Tut mir leid, Penny. Ich weiß nicht, was in ihn gefahren ist«, sagt Henri, als ginge es um ein ungezogenes Kleinkind und nicht um ihren Verlobten.

»Keine Sorge, Henri. Ich kann Nick verstehen.«

»Nein, es ist nicht in Ordnung. Entschuldige dich, Nick.«

»Tut mir leid, Penny.« Er seufzt.

Ich ahne einen Zusammenhang zwischen Henris Wunsch nach einer preiswerten Hochzeit und Nicks Spielsucht. Aber nicht nur er hat ein Problem damit, dass ich diese Hochzeit plane. Auch ich habe ein mulmiges Gefühl. Das Ganze erinnert mich an meine eigene Hochzeit, als ich Mark meine Spielsucht verschwiegen habe. Hoffentlich ist Nick ehrlich zu Henri. Ich möchte nicht noch einmal in eine solche Situation geraten.

»Ist schon gut, Nick. Aber ich möchte dich nicht drängen. Wenn du dich mit einem erfahrenen Hochzeitsplaner wohler fühlst, so habe ich dafür vollstes Verständnis.«

»Komm schon, Nick, es war deine Idee, die Hochzeit nicht so teuer werden zu lassen. Und wenn wir noch dieses Jahr heiraten wollen, brauchen wir Unterstützung. Du hättest es eben nicht jahrelang rausschieben dürfen«, bearbeitet Henri ihn und lächelt.

Ich lächle ebenfalls, aber verlegen, denn ich kann mir vorstellen, warum er es so lange aufgeschoben hat.

»Henri hat recht. Du leistest bestimmt gute Arbeit, Penny.«

»Prima«, lüge ich. »Dann sollten wir uns kurz über eure Vorstellungen für den großen Tag unterhalten. Denkt ihr an eine kirchliche Hochzeit oder eine standesamtliche Trauung?«

»Kirche«, antwortet Nick.

»Standesamt«, sagt Henri.

Das nenne ich einen perfekten Einstieg. Henri und Nick sehen einander verwirrt an und wenden sich dann mir zu.

»Ich denke, ihr solltet das in Ruhe besprechen und mir dann Bescheid geben. Was für eine Art von Location schwebt euch denn vor? Eher die klassische Variante Hotel oder etwas Unkonventionelles?«

»Hotel«, sagt Henri.

»Unkonventionell«, sagt Nick.

»Okay.« Ich hole tief Luft. »Kehren wir zurück zum Wesentlichen. An welchen Termin habt ihr gedacht?«

»August«, sagt Henri.

»Dezember«, sagt Nick.

Du liebe Güte, langsam bekomme ich Angst, die beiden überhaupt noch etwas zu fragen.

»Habt ihr eigentlich schon mal darüber gesprochen, was ihr euch bezüglich eurer Hochzeit vorstellt?«, frage ich vorsichtig, um nicht wie ein Seelenklempner zu wirken.

Henri seufzt tief. »Wir haben es versucht, aber jedes Mal endet es mit Streit, weil wir uns das, was wir wollen, nicht leisten können.«

Bei genauerer Überlegung war meine »Sag nichts dem Bräutigam«-Hochzeit eine geniale Eingebung. Keine Diskussionen, und wenn mir etwas nicht gefiel, war ich selbst schuld, weil ich es schließlich ausgesucht hatte.

»Okay. Wir müssen das alles nicht heute entscheiden. Vielleicht wäre es am besten, wenn ihr einen meiner Budget-Vordrucke mitnehmt und ausfüllt. Dann bekomme ich eine Vorstellung davon, wie viel ihr wofür ausgeben wollt. Auf der Liste stehen Punkte wie Essen, Unterhaltung und die Location. Wir werden die Liste dann gemeinsam durchgehen, um zu sehen, was euch am wichtigsten ist. Macht euch keine Sorgen, falls ihr das Budget überschreitet. Es geht erst einmal nur darum, dass ich herausfinde, wo eure Prioritäten liegen. Außerdem solltet ihr darüber sprechen, ob ihr in einer Kirche oder auf dem Standesamt heiraten möchtet. Das macht es einfacher, nach einer Location zu suchen – vor allem, wenn euch ein bestimmter Ort für die Trauung vorschwebt. Es ist Unsinn, eine Location für den Empfang auszusuchen, die meilenweit von der Kirche entfernt ist.«

Henri nickt begeistert, aber Nick sieht aus, als würde er sich fragen, wo er da nur hineingeraten ist.

Ich ziehe einen Budget-Vordruck aus der Tasche und reiche ihn den beiden.

»Vielleicht blättert ihr auch mal ein paar Hochzeitsmagazine durch, um auf Ideen zu kommen. Die zielen zwar in der Regel auf sehr teure Hochzeiten ab, aber lasst euch davon nicht abschrecken. Es ist bestimmt etwas dabei, was euch gefällt. Und wenn wir ein bisschen kreativ sind, werden wir einen preisgünstigen Weg finden, es umzusetzen.«

»Wie wäre es, die Feier im Hubschrauber zu verlassen? Das fand ich schon immer toll.« Nick sieht mich erwartungsvoll an.

Ich werfe ihm einen warnenden Blick zu. Ich gebe mich hier als Hochzeitsplanerin aus und nicht als Wundertäterin.

»Nun … vielleicht kann ich auch ohne Hubschrauber leben.«

»Eine weise Entscheidung«, versichere ich. »Also dann, ihr habt eine Menge zu besprechen. Aber wenn du, Henri, tatsächlich an eine Hochzeit im August denkst, bleibt nicht mehr viel Zeit, und wir sollten uns bald wieder treffen.«

»Klingt super«, sagt Henri.

»Also gut.« Ich ziehe meinen Mantel an und rüste mich zum Gehen.

»Gehen wir auch, Henri?«, schlägt Nick vor.

»Warum? Meinst du nicht, wir sollten noch bleiben und über die Hochzeit sprechen?«, erwidert sie.

»Nein, lass uns nach Hause gehen. Da kann ich es mir mit einem Scotch bequem machen, und du erzählst mir, wie unsere Hochzeit ablaufen wird.«

»Na, meinetwegen«, stimmt Henri zu.

»Musst du noch mal zur Toilette, bevor wir aufbrechen?«

Nick klingt wie eine Mutter. Ich versuche verzweifelt, wegzukommen und diesem Gespräch zu entfliehen, aber meine Tasche hat sich an der Stuhllehne verheddert.

»Nicht nötig«, versichert Henri.

»Wirklich nicht? Bei deiner Blase?«

Ich würde sterben, wenn Mark das jemals in der Öffentlichkeit zu mir sagen würde. Ich versuche, den Tisch anzustarren, sehe aber aus den Augenwinkeln, dass Henri ein bisschen rot geworden ist.

»Nein«, wiederholt sie. »Ich muss nicht.«

Nick sieht nicht Henri an, sondern mich, mit flehendem Blick. Mir wird klar, dass er mit diesem Manöver versucht, einen Moment mit mir allein sprechen zu können.

»Also dann«, sage ich, nachdem ich endlich meine Tasche befreit habe. »Und denkt daran, dass ihr mich beide jederzeit anrufen könnt, falls es Fragen oder Probleme gibt. Vielleicht sollten wir beide auch Telefonnummern austauschen, für Notfälle oder Entscheidungen, die eher den Bräutigam als die Braut betreffen«, fahre ich an Nick gewandt fort und ziehe verschwörerisch die Brauen hoch.

»Ausgezeichnete Idee, Penny.« Er nickt.

Ich dachte mir, dass ihm das gefällt, und es ist sehr viel besser, als Blasenprobleme herbeizureden. Er zückt sein Handy schneller als ein Revolverheld im Wilden Westen die Waffe. Wir tauschen unsere Nummern aus, und ich könnte schwören, er hat mir zugezwinkert.

»Dann bis bald.«

Draußen vor dem Coffeeshop atme ich erleichtert auf. Die beiden haben ein paar heikle Gespräche vor sich. Ich sollte mich glücklich schätzen, dass ich das nicht mit Mark durchstehen musste. Der einzige Teil, bei dessen Planung er geholfen hat, war die Gästeliste, und das führte schon zu genügend Auseinandersetzungen.

Als ich bei meinem Wagen ankomme, piept mein Handy, und ich frage mich, ob Nick mir bereits eine Nachricht geschickt hat, aber sie ist von Henri.

> Danke für das nette Treffen. Ich freue mich sehr, dass Du uns als Kunden angenommen hast. Du musst Nick entschuldigen, bei ihm kommt manchmal sein Geschäftssinn durch. Er ist ein Knuddelbär, ehrlich, und er ist genauso froh wie ich, dass Du uns hilfst. Ich freue mich schon auf unser nächstes Treffen! ☺

Lächelnd lese ich den Text. Wenn ich Henris Begeisterung doch nur teilen könnte! Aber seit ich die Identität des Bräutigams kenne, fühle ich mich bei der ganzen Sache nicht mehr sonderlich wohl.

Kapitel vier

Prinzessin auf Sparkurs – die Hochzeit im Ausland: Pro und Kontra

Ich liebe die Vorstellung, im Ausland zu heiraten: Es gibt so magische Fotos vom Strand, wo das Meer über deine Füße schwappt ... Die Vorteile sind zahlreich: Du hast nahezu garantiert dein Wunschwetter, die Fotos sehen umwerfend aus, und das Fest kann etwas kleiner ausfallen, wodurch du Zeit hast, wirklich mit deinen Gästen zu feiern. Viele Leute glauben, dies sei die preiswerteste Variante, was es für dich auch sein kann. Deine Gäste müssen allerdings für ihre Flüge und die Unterkunft Geld hinblättern. Ganz davon zu schweigen, dass sie ihren kostbaren Jahresurlaub opfern und gezwungen sind, dort Ferien zu machen, wo du heiraten möchtest!

Falls du über eine Hochzeit im Ausland nachdenkst, solltest du zuerst mit deinen Freunden und deiner Familie reden und ausloten, wie sie das finden. Und falls du es tatsächlich durchziehst, sei nicht enttäuscht, wenn ein paar Leute nicht kommen können – du kannst zudem für die zu Hause Gebliebenen hinterher eine Party geben!

Tags: Heiraten im Ausland, Reiseziel Hochzeit

Seit Giles uns die Neuigkeit verkündet hat, dass Shelly und ich Konkurrentinnen in Bezug auf die Beförderung sind, ist die Atmosphäre im Büro ein bisschen seltsam geworden. Ein Außenstehender würde die Veränderung allerdings kaum bemerken, denn auf den ersten Blick ist alles wie immer. Anscheinend fällt nicht einmal Marie, die direkt neben uns sitzt, die unter der Oberfläche brodelnde Anspannung auf. Aber mir schon.

Zum Beispiel unsere Kaffeepause um elf. Bisher teilten Shelly und ich uns dann ein Kitkat oder Twix. Aber jetzt nicht mehr. Heute Morgen um 10.42 Uhr packte Shelly einen Drifter-Riegel aus und aß ihn. Einen Drifter! Unser Favorit unter den geteilten Süßigkeiten! Nun war es so, als würde sie direkt vor meinen Augen damit protzen. Und ich musste zusehen und so tun, als ließe es mich völlig kalt, obwohl ich innerlich sabberte. Dann, um elf, musste ich meinen ganzen Breakaway-Riegel allein essen. Schade.

Und gestern Morgen, als sie an der Reihe war, Tee zu holen, fragte sie auch Giles, ob er ein heißes Getränk haben wolle, dabei beziehen wir ihn normalerweise nicht ein. Sie hat an seine geschlossene Tür geklopft und ihn gefragt. Als er antwortete, dass er gern einen Kaffee hätte, hat sie ihm nicht einfach einen aus dem beschissenen Automaten geholt, der wie Teer schmeckt und dir durch den dünnen

Plastikbecher die Hand verbrennt. Nein, Shelly zog los, um Giles einen richtigen Kaffee aus einer anständigen Kaffeemaschine in der Kantine zu kaufen, wo sie echte Kaffeebohnen verwenden und der Kaffee viermal so viel kostet. Wir anderen haben natürlich das scheußliche Automatenzeug bekommen. Ich war überrascht, dass sie ihm nicht noch einen Muffin dazu serviert hat. So viel zum Thema »Ein Apfel für den Lehrer«.

Und dann ich: Neuerdings recherchiere ich während der Arbeitszeit nicht mehr im Internet. Nicht aus Angst, dass Giles mich auf frischer Tat ertappen könnte, sondern weil ich das eine Auge, das sonst immer die ASOS-Website im Blick hatte, brauche, um mitzubekommen, was Shelly vorhat. Mir ist aufgefallen, dass man nur die Buchstaben h-e-l aus ihrem Namen streichen muss, und schon bleibt sly – verschlagen – übrig.

Oh, hallo! Giles' Tür ist aufgegangen. Ich straffe die Schultern und betrachte stirnrunzelnd meine Mails, damit es so aussieht, als würde ich etwas schreiben müssen, das meiner ganzen Konzentration bedarf. Dabei ist es eine simple Nachfrage, die ich fast täglich bekomme und die sogar ein Affe beantworten könnte.

»Ach, Penny, ich muss zu Bob in die Finanzabteilung. Könnte ich, wenn ich zurückkomme, kurz mit Ihnen sprechen?«, fragt Giles.

Ich schaue auf meine Armbanduhr. Es ist zwanzig nach zwölf, und ich wollte in zehn Minuten Mittagspause machen. Nun kann ich es wohl vergessen, in die Kantine und wieder zurück zu tigern. Dabei habe ich mir heute Morgen an der Tankstelle die neueste Ausgabe des *Heat* gekauft und mich darauf gefreut, sie während der Mittagspause zu lesen. Aber wie Mark so schön sagt, sollte ich wirklich mein Bestes geben, um befördert zu werden. Und damit meinte er sicher nicht, zu lesen, was »in« ist und was nicht.

»Natürlich. Ich bin hier.« Ich lächle, als könne ich kein Wässerchen trüben, und spähe unauffällig hinüber zu Shelly. Sie starrt auf ihren Bildschirm, aber ich sehe, dass sie wütend die Nasenflügel bläht.

»Bin gespannt, worum es geht …«, sinniere ich, während ich ihn in den dunklen Tiefen der Finanzabteilung verschwinden sehe.

»Bestimmt kein Grund zur Beunruhigung«, sagt Shelly ungerührt.

Ich mache mir auch keine Sorgen, möchte ich ihr antworten. Das stimmt. Zum ersten Mal in meinem Leben bin ich nicht beunruhigt. Ich war nicht mehr so gewissenhaft bei der Arbeit, seit ich, nun ja, ins Berufsleben eingestiegen bin. Aber im nächsten Moment beschleichen mich Zweifel. Vielleicht hat Giles seine Meinung nach unserem Meeting geändert. Vielleicht ist ihm klargeworden, dass er in Großbritannien überhaupt keine HR-Abteilung braucht.

Nein, bestimmt ist Shelley nur eifersüchtig, weil Giles mich sprechen will und nicht sie. Will sie mich etwa verunsichern?

Mein Handy summt und lenkt mich von meinen Grübeleien ab. Lächelnd sehe ich, dass die Nachricht von Mark ist.

Freue mich auf Dich! Lust, heute Abend indisch essen zu gehen?

Im Kopf gehe ich meine Planung für heute Abend durch: einen Blogpost schreiben und Henris Budget-Liste prüfen. Aber Mark hat recht, in letzter Zeit haben wir nicht gerade viel Zeit miteinander verbracht. Ich kann ja morgen sehr früh aufstehen und den Blog vor der Arbeit schreiben. Also schicke ich ihm eine kurze Zusage und widme mich dann wieder der beunruhigenden Frage, was Giles von mir will.

Als ich endlich seinen stolz erhobenen Kopf auftauchen sehe, bin ich ein Nervenbündel. Shelly hat ein süffisantes Grinsen im Gesicht, als spüre sie meine wachsende Anspannung. Es ist meiner Aufmerksamkeit nicht entgangen, dass sie ebenfalls nicht zum Mittagessen gegangen ist und sich stattdessen mit einer Tütensuppe begnügt.

Als ich gerade aufstehen will, um Giles an seiner Bürotür in Empfang zu nehmen, piept mein Handy. Jemand hat mir eine Nachricht geschickt. Fest entschlossen, sie erst später zu beantworten, lese ich:

> Hochzeitsnotfall! Bitte so schnell wie möglich zurückrufen!

Ich habe Henri zwar gesagt, dass sie mich in absoluten Notsituationen jederzeit anrufen kann, aber was für einen Notfall könnte Henri bitte schön haben? Sie hat ja noch nicht einmal den verdammten Termin festgelegt. Es sei denn, sie hat entschieden, heute in der Mittagspause zu heiraten, und ist auf dem Weg nach Gretna Green. Aber in dem Fall könnte ich eh nichts für sie tun. Und jetzt ist definitiv kein guter Zeitpunkt.

Giles nähert sich unaufhaltsam, während ich in Höchstgeschwindigkeit eine Antwort tippe. Er soll auf keinen Fall denken, dass ich Nachrichten schreibe, statt hart zu arbeiten.

Bin im Meeting. Melde mich später.

Ich schaue hoch. Giles sieht mich an und zeigt mit dem Finger auf mich. Das lässt nichts Gutes erahnen, andererseits ist es wohl zu viel verlangt, von Giles ein freundliches Winken zu erwarten.

Zögernd stehe ich auf und lächle Shelly im Vorbeigehen an. Das ist alles so albern! In den Zeiten mit dem guten alten Nigel sind wir beide in diesem Büro ein und aus gegangen. Ich hätte nicht mit der Wimper gezuckt, wenn Shelly morgens um neun hineingeschlüpft und erst nachmittags um fünf wieder herausgekommen wäre.

Giles schließt hinter uns die Tür. Die Situation wirkt so geheimnisvoll, dass ich mich frage, ob ich für einen Spezialauftrag ausgebildet werden soll. Vielleicht werde ich am Ende gar nicht gefeuert, sondern irgendwo eingeschleust. Wie bei *Undercover Boss*. Möglicherweise muss ich mir die Haare färben. Allerdings ist das alles ziemlich unwahrscheinlich, da ich keine große Nummer in diesem Unternehmen bin. Es sei denn, es geht darum, als Sachbearbeiterin unauffällig das Management auszuspionieren. Das wäre wunderbar.

»Also, Penny, ich war bei Bob in der Finanzabteilung, um ein paar Budgets durchzugehen.«

Sagen Sie jetzt bitte nicht, Sie haben festgestellt, dass zu wenig Geld da ist, um Shelly und mich zu beschäftigen. Oder dass Sie die diesjährige Weihnachtsfeier streichen. Ich weiß, dass wir letztes Jahr zu viel dafür ausgegeben haben, aber ehrlich, die Kellner in Kriegermontur herumlaufen zu lassen (so wie in *Star Wars*) kam extrem gut an, das wurde mir zumindest gesagt. Ich hatte nur das Pech, als Prinzessin Leia zu gehen und im Internetshop das falsche Kostüm bestellt zu haben. Ich wollte das zeltähnliche weiße und bekam den goldfarbenen Bikini. Mark und ich sind gar nicht erst aus unserem Schlafzimmer rausgekommen. Mein Mann, der Kostümpartys hasst, entdeckte plötzlich seine Begeisterung für Verkleidungen und kann die nächste Gelegenheit kaum erwarten.

Ich nicke. Als wisse ich genau, über welche Budgets Giles mit Bob gesprochen hat.

»Nun, ich habe mir vor allem die Teambuilding-Events angesehen. Ich weiß, dass diese Veranstaltung letztes Jahr nicht stattfand, wegen, ähm, personeller Probleme.«

O ja, jene personellen Probleme, die so aussahen, dass einer der Manager vor zwei Jahren bei diesem Event seine Sekretärin geschwängert hat. Sorry, der *verheiratete* Manager seine Sekretärin geschwängert hat. Es war ein ziemlicher Skandal, und der Büroklatsch nahm kein Ende. Seine Frau warf ihn raus, er zog zu der Sekretärin ins Ein-Zimmer-Apartment, und drei Monate später haben beide gekündigt. Sie führen jetzt ein Bed & Breakfast in Ayrshire, das auf Tripadvisor fünf Sterne bekommen hat. Nicht, dass ich neugierig bin und einen virtuellen Rundgang gemacht habe.

»Das stimmt.« Ich nicke.

»Nun, es ist nur so, dass die Niederlassungen in den anderen Ländern diese Events durchführen und Gunther großen Wert darauf legt.«

Ich habe keine Ahnung, wer Gunther ist, außer dass ein Typ in der Serie *Friends* so heißt, der im echten Leben jetzt keine Haare mehr hat, weil er sie so oft blondieren musste. Giles ist offenbar mein vager, verwirrter Gesichtsausdruck nicht entgangen.

»Gunther, Sie wissen schon, Jacobson.«

Ach, der Gunther. Der Gründer und CEO unserer Firma.

»Natürlich.« Ich lächle, als wären Gunther und ich alte Freunde.

»Deshalb denke ich, dass wir das wieder einführen sollten. Ein paar Repräsentanten jeder Abteilung ... Das ist gut für die Moral.«

Ja, gut für die Moral der Zurückgebliebenen, die sich währenddessen totlachen über die armen, bedauernswerten Kollegen, die sich in ihren klammen Trainingsanzügen in Nordwales die Eier abfrieren. Die Moral von denen beim Event hingegen schwebt ganz knapp über dem Verlust des Lebenswillens. Bis ich dann regelmäßig meinen Geheimvorrat an Snickers hervorhole, weil die Meute kurz davor ist, mich zu lynchen, da ich die Teilnehmer ausgesucht habe.

»Haben wir denn dafür ein Budget? Ich weiß, dass Nigel die Gelder lieber in mehr Schulungsmaßnahmen stecken wollte und ...«

»Gunther war in diesem Punkt ziemlich deutlich. Er möchte, dass alle Niederlassungen diese Maßnahmen durchführen.«

Großartig. Und ich hatte gehofft, ich würde meine Kollegen nie wieder in Trainingsanzügen sehen müssen.

Aber worauf will Giles eigentlich hinaus, und warum hat er mich zu sich gerufen, wenn ihn meine Meinung sowieso nicht interessiert?

»Es könnte von Vorteil sein, dieses Jahr einen anderen Ort dafür auszuwählen. Sie wissen schon, wegen der Erinnerungen an die letzte Veranstaltung.«

»Gute Idee.«

Vorzugsweise einen Ort, an dem die Tür zwischen den Schlafräumen der Jungs und der Mädels abgeschlossen ist, so wie bei den Zimmern der Dienstboten in *Downton Abbey*.

Ich sehe uns schon in einem Spa oder Yoga-Hotel. Ich bin sicher, dass alle dafür sind. Kein Wildwasser-Rafting, keine Höhlenerkundungen, einfach nur gemütlich. Ich meine, wir können schließlich trotzdem diese bescheuerten Vertrauensübungen machen, bei denen man sich nach hinten fallen lässt, und solches Zeug – aber eben im Warmen.

»Während meiner Zeit in unserer Niederlassung in Sacramento waren wir einmal übers Wochenende bei einem Teambuilding-Event, das von Ex-Marines angeboten wird. Das war toll. Vielleicht könnten Sie etwas Ähnliches finden?«

Das Bild von mir in einer Packung aus Meeresalgen verblasst, und stattdessen höre ich, wie jemand Befehle brüllt. Aus Reflex will ich schon zurückschreien: »Sir, ja, Sir!«, als es an der Tür klopft.

»Herein«, sagt Giles seufzend. Zweifellos ärgern ihn Unterbrechungen. Dringend merken: Nur anklopfen, wenn es unbedingt sein muss.

Ich drehe mich um und sehe, dass Shelly die Tür öffnet. Vermutlich stirbt sie vor Neugier, was los ist, aber deshalb wagt sie sich hierher?

»Tut mir leid, das Meeting zu stören«, sagt Shelly und lächelt mich auf eine Art an, die nur eine Frau als gehässig erkennt. »Aber dein Handy klingelt die ganze Zeit, Penny. Ich dachte, es sei vielleicht wichtig, und als ich nachgeschaut habe, stand dort etwas von Notfall.«

Ich sehe Shelly an. Das ist ein neuer Tiefstand. Unser Meeting zu unterbrechen, um mir mein Privathandy zu bringen. Andererseits ruft mich eigentlich nie jemand bei der Arbeit an. Vielleicht gibt es wirklich einen Notfall, und Mum oder Dad versuchen mich zu erreichen. Panik ergreift mich, und mit zitternder Hand nehme ich das Handy entgegen.

»Danke, Shelly«, sage ich mit zusammengebissenen Zähnen. War das jetzt nett von ihr oder nicht? Früher und in Nigels Büro hätte ich keinen zweiten Gedanken daran verschwendet. Auf dem Display sehe ich, dass die sechs verpassten Anrufe – und der Himmel weiß, wie viele Textnachrichten – alle von Henri sind.

»Brauchen Sie eine Minute, Penny?«, fragt Giles mit hochgezogenen Brauen.

»Nein, nein, wir können weitermachen«, antworte ich, schalte mein Handy auf stumm und stecke es in die labberige Tasche meiner Strickjacke.

»Gut. Shelly, schließen Sie auf dem Weg nach draußen bitte die Tür«, sagt Giles.

Ich muss ein Kichern unterdrücken, als Shelly mit eingezogenem Schwanz davonschleicht.

Dann versuche ich, meine Aufmerksamkeit wieder Giles' Worten zu widmen, aber in meinem Kopf rasen die Gedanken durcheinander. Henri kann keinen echten Notfall haben. Es sei denn, die Hochzeit ist abgesagt, aber wozu dann die Panikmache?

»Ich möchte, dass Sie die Veranstaltung organisieren, Penny.«

»Pardon?« Ich bin immer noch abgelenkt.

»Das Event. Ich möchte, dass Sie es organisieren.«

»Mit allem, was dazugehört?«, frage ich, um sicherzugehen, dass ich richtig verstanden habe. Diese Teambuilding-Maßnahmen waren immer Nigels Domäne, und da ich diese »Ausflüge« nicht ausstehen kann, wollte ich auch nicht mehr als nötig damit zu tun haben.

»Ja, die komplette Veranstaltung. Ich bin sicher, dass Sie das schaffen, Penny. Sie organisieren doch auch die Info-Tage für die Hochschulabsolventen, stimmt's? Und als Supervisor müssen Sie solche Dinge im Schlaf erledigen können.«

Verdammt, sosehr ich mich auch für eine super Organisatorin halte, würde ich im Schlaf doch lieber interessantere Dinge tun. Nehmen wir zum Beispiel vergangene Nacht: Ich hatte einen wunderbaren Traum, in dem sich Robert Pattinson und Ryan Gosling wegen mir duellierten.

»Natürlich, Giles. Ich übernehme sehr gern die Organisation.«

Tja, Shelly, Pech gehabt. Verdammt, dieser Konkurrenzkampf verwandelt mich in ein Super-Miststück.

»Gut. Dann finden Sie am besten als Erstes heraus, ob hier irgendwo etwas Vergleichbares angeboten wird.«

»Ein Mitarbeiterausflug in die USA kommt wohl nicht in Frage?«, frage ich und denke sehnsüchtig an die amerikanischen Soldaten in ihren schneidigen Uniformen. Ungefähr so heiß wie die kalifornische Wüste. Und wenn wir schon einmal da sind, könnten wir den günstigen Wechselkurs nutzen und in eines dieser riesigen Einkaufszentren fahren …

»Definitiv nicht. Wales ist das einzige andere Land, das zur Debatte steht. Wenn Sie Glück haben, noch Schottland.«

Richtig exotisch. Wir brauchen keinen Reisepass und kommen nicht in den Genuss des niedrigen Dollar.

»Okay«, sage ich seufzend. »Und es muss das Militär sein?«

»Ja, etwas in der Art. Bei den Ex-Marines gab es sogar die passende Ausrüstung.«

Verkleiden? Tarnanzüge? Ein bisschen Efeu ins Haar und Tarnfarbe ins Gesicht … Vielleicht ist das am Ende ganz lustig. Shelly wird vor Neid erblassen.

»Klingt gut«, versichere ich und meine es auch so.

»Das *wird* auch gut, Penny. Und während Sie sich darum kümmern, kann Shelly das Prozedere bei den Leistungsbeurteilungen modifizieren.«

Wie bitte? Jegliches Frohlocken, dass ich die Planung übernehme, während Shelly am Schreibtisch festsitzt, ist sofort verflogen. Modifizierung der Leistungsbeurteilungen – das klingt für mich strategisch und managermäßig. Das beinhaltet bestimmt Benchmarking und Best-Practice-Analyse. Dinge, die gut ankommen, wenn du denen da oben zeigen willst, dass du bereit bist für die nächsthöhere Stufe.

»Sind Sie sicher, dass ich dabei nicht helfen sollte? Ich habe auch an den Änderungen für die Bewerbungsgespräche mitgearbeitet.«

»Ja, das steht in den Unterlagen«, sagt Giles und schaut sich geistesabwesend im Büro um. »Aber auf diese Weise haben wir eine sinnvolle Arbeitsaufteilung.«

Aus den Augenwinkeln sehe ich etwas blinken – es ist das Handy in der Tasche meiner Strickjacke. Ich kann nur hoffen, dass Giles es von der anderen Tischseite aus nicht bemerkt. Diese verdammte Henri und ihr Notfall! Ich muss mich ganz auf den Kampf um diese Beförderung konzentrieren.

»Natürlich. Ich freue mich darauf, das Teambuilding-Event zu organisieren«, gebe ich mich geschlagen.

»Also gut. Ich werde Ihnen Bobs Angaben zum Budget mailen, und dann wäre es schön, wenn Sie mich über die Fortschritte auf dem Laufenden halten.«

»Okay«, antworte ich. »Welchen Termin hatten Sie ins Auge gefasst?«

»Ich denke an Anfang Juli. Bevor alle in die Sommerferien verschwinden. Und dann ist es zum Beispiel in Wales angenehm warm.«

Giles ist zweifellos nie im Sommer in Nordwales gewesen. Thermounterwäsche und wasserundurchlässige Kleidung stehen auf der Liste der wichtigsten Dinge, die eingepackt werden müssen, und das Wort »Unterkühlung« fällt unter Haftungsausschluss.

»Angenehm warm«, wiederhole ich mit starrem Lächeln.

»Großartig. Wir sehen uns, Penny.«

Die Brille sitzt wieder auf der Nase, und unser Gespräch ist damit offiziell beendet. Langsam gewöhne ich mich an seinen seltsamen Führungsstil, bei dem er in der einen Minute beinahe menschlich wirkt und in der nächsten wie ein Alien.

Mit den Worten »Danke, Giles, dass Sie mir die Verantwortung übertragen« verabschiede ich mich. Zweifellos habe ich zu viele amerikanische Serien gesehen.

Ich gehe zu meinem Schreibtisch zurück.

»Und? Gutes Meeting?«, fragt Shelly.

»Ja, allerdings. Giles hat mir die Organisation des Teambuilding-Events übertragen.«

Ich kann förmlich sehen, wie sich in ihrem Kopf die Zahnrädchen drehen. Sie sieht aus, als würde sie grinsen, aber es bringt sie sehr ins Grübeln, dass *ich* diese Chance bekommen habe und nicht sie.

»Wird bestimmt lustig. Hoffentlich hast du deine Daunenjacke griffbereit.«

»Und die Thermounterwäsche.«

»Wenigstens besitzt du jetzt warme Handschuhe«, sagt Shelly lächelnd.

»Stimmt!« Die hatte ich ganz vergessen. Ich habe sie letztes Jahr beim Wichteln im Büro geschenkt bekommen. Als wir beide anfangen zu lachen, werde ich plötzlich traurig. So haben wir früher ständig gelacht. Ich will ihr gerade von ihrem bevorstehenden Projekt erzählen, als ich ein Kribbeln an einer Stelle spüre, die im Büro tabu sein sollte. Als ich mich setze, merke ich, dass meine Strickjacke zwischen meine Beine gerutscht ist und mein Handy vibriert.

»Ich hole mir mal rasch ein Sandwich«, sage ich zu Shelly.

»Gute Idee«, antwortet sie.

Ich eile ins Treppenhaus und greife nach dem Handy.

»Hallo«, begrüße ich Henri und frage mich, wie viele Gliedmaßen sie verloren hat, um eine solche Belagerung durch Anrufe und Nachrichten zu rechtfertigen.

»Penny? Gott sei Dank! Wenn ich wieder auf der Mailbox gelandet wäre, hätte ich mir die Kugel gegeben. Und wenn ich gewusst hätte, wo du arbeitest, wäre ich zu dir ins Büro gekommen.«

»Was ist los? Du sagtest etwas von einem Notfall.«

»Allerdings. Weißt du was? Meine Schwester hat Flüge von Australien hierher für diesen Sommer gebucht, deshalb müssen wir jetzt im Juli heiraten! Penny – das sind nur noch zwei Monate! Schaffst du das?«

Zwei Monate? Ich habe eine Art Déjà-vu. Meine eigene Hochzeit musste ich in drei Monaten planen, und das war schon nicht einfach. Und jetzt soll ich das alles noch einmal durchmachen – in nur zwei Monaten? Nun ja, dann wäre es zumindest schnell vorbei, ich könnte meine ganze Aufmerksamkeit dem Job widmen und müsste mich nicht weiter mit der Hochzeit anderer Leute beschäftigen. Dann könnte ich Giles so beeindrucken, dass es ihn umhaut.

»Zwei Monate sind okay, Henri. Und ja, wir schaffen das in der Zeit.«

Kapitel fünf

Prinzessin auf Sparkurs – auf die Schnelle eine Hochzeit organisieren

Es gibt ganz unterschiedliche Gründe dafür, warum man in wenigen Wochen eine Hochzeit planen muss, und die gute Nachricht ist, dass man es schaffen kann. Meine eigene Hochzeit habe ich in zwölf Wochen organisiert. Mein Top-Tipp lautet: Bleib flexibel. Sei nicht zu wählerisch, und manchmal musst du mit dem vorliebnehmen, was du bekommen kannst. Vielleicht ist die Location, wo du so gern feiern wolltest, an dem zeitnahen Termin nicht verfügbar, und du musst dir Alternativen überlegen, wie zum Beispiel, den Empfang auf einen Tag mitten in der Woche zu verlegen. Möglicherweise reicht die Zeit nicht, um ein Kleid nähen zu lassen, aber es gibt Alternativen: Musterverkäufe, Kaufhäuser, secondhand (eBay / Secondhandläden). Blitzhochzeiten sind jedoch nichts für die wählerische, kompromisslose Braut.
Tags: kurzfristig, Blitzhochzeit, Baby

Mit stolzgeschwellter Brust marschiere ich ins Gemeindezentrum. Früher war ich immer nervös, wenn ich zu meiner Selbsthilfegruppe musste, aber jetzt bin ich aufgeregt. Beim Eintreten begrüße ich alle, aber meine Augen suchen Beth.

Seit einem Monat bin ich ihre Mentorin. Sie ist süß und jung. Sehr jung. Beth geht noch zur Schule und fing im Sommer mit den Glücksspielen an, nachdem sie zum 16. Geburtstag ein Smartphone geschenkt bekommen hatte. Sie »borgte« sich die Kreditkarte ihrer Mutter und verspielte 5000 Pfund.

Ich entdecke Beth in einer Ecke. Bevor ich zu ihr gehe, hole ich tief Luft. Als sonderlich eng kann man unsere Beziehung noch nicht bezeichnen. Ehrlich gesagt glaube ich, dass Mary, die Gruppenleiterin, uns zusammengetan hat, weil ich nach Beth die Jüngste in der Gruppe bin. Vermutlich hofft Mary, dass wir irgendwelche Gemeinsamkeiten finden werden. Aber ich bin zwölf Jahre älter als Beth, und das fühlt sich an wie eine unüberwindbare Kluft. Falls ich mir tatsächlich eingebildet habe, ich sei noch nahe an den Kids, habe ich mich ganz schön geirrt. Ich dachte immer, ich sei seit der Teenagerzeit nicht viel erwachsener geworden, aber die Sache mit Beth beweist endgültig das Gegenteil.

»Hi, Beth«, begrüße ich sie. Sie sitzt in der Ecke und sieht aus, als sei ihr Handy operativ an ihr befestigt worden.

»Hey«, grummelt sie, ohne aufzuschauen.

»Was machst du da?«, frage ich und versuche, auf ihren Bildschirm zu spähen, während ich mich setze.

»Ich spiele nicht, falls es das ist, was du wissen willst«, blafft sie mich an und wendet sich von mir ab.

»Entspann dich, Beth.« Ich versuche, die Mutter in mir heraufzubeschwören. »Du hast mir letzte Woche gesagt, dass du damit aufgehört hast, und ich glaube dir.«

In Wahrheit glaube ich ihr nicht. Sie lügt, dass sich die Balken biegen. Mir ist aufgefallen, dass sie dann immer zu Boden schaut. Ich hatte so eine Ahnung und habe es dann vor einer Weile getestet, als sie zu Tee und Kuchen bei mir zu Hause war. Sie aß einen der Cupcakes, die ich gebacken hatte, und behauptete, er schmecke köstlich. Dabei waren sie viel zu dunkel geworden und in der Mitte wie Gummi, und später entdeckte ich den größten Teil ihres Cupcakes im Mülleimer. Das Problem ist, dass ich nichts tun kann, außer ihr meine Unterstützung anzubieten. Ich kann sie nicht zum kalten Entzug bewegen, solange sie es nicht selbst will. Naiverweise habe ich angenommen, dass sie so wie ich mit dem Spielen aufhören würde, sobald sie zur Gruppe kommt.

Ich kriege auch nicht raus, wie sie es anstellt, immerhin bewacht ihre Mutter die Kreditkarte jetzt mit Argusaugen, und Beth kann erst in frühestens einem Jahr eine eigene bekommen.

»Sorry«, sagt sie. »War einfach nur ein totaler Scheißtag in der Schule.«

Ich will sie gerade ermahnen, nicht »Scheiße« zu sagen, da fällt mir ein, dass ich nicht ihre Mum bin und eine coole Mentorin sein sollte.

»Verstehe, mein Tag war auch verfickt mies.«

Ich weiß, dass es nicht richtig ist, das F-Wort zu benutzen, aber ich versuche, sie mit meiner Flucherei zu beeindrucken. Und es scheint zu funktionieren. Ihre Augen leuchten auf, als ich das F-Wort sage. Vielleicht bin ich am Ende doch ein Teen-Flüsterer. Ob ich auf diesen kleinen Erfolg aufbauen und schwere Geschütze auffahren kann?

»Hast du schon entschieden, ob du studieren willst?«

»Keine Ahnung.« Sie zuckt mit den Schultern.

Mary hat vorgeschlagen, dass ich Beth dazu bringen soll, sich auf ihre Zukunft zu konzentrieren, um sie vom Spielen abzulenken. Aber jedes Mal, wenn ich das Thema anschneide, verschließt sie sich wie ein Gänseblümchen bei Anbruch der Dunkelheit.

»Vielleicht können wir irgendwann einmal darüber reden? Ich erzähle dir von meiner Studienzeit und zeige dir ein paar Fotos.«

Die Betonung liegt auf »ein paar«. Es gibt jede Menge Geschichten, die für Teenager-Ohren beeindruckend sind, aber völlig ungeeignet, wenn man so jung und beeinflussbar ist. Letzten Endes ist sie, das denke ich zumindest, eine wenig lebenserfahrene Sechzehnjährige.

»Vielleicht ein anderes Mal«, sagt Beth.

Bevor ich einen Versuch starten kann, sie zu überreden, bittet Mary uns alle, Platz zu nehmen, damit wir anfangen können.

Anderthalb Stunden später ist der offizielle Teil beendet. Beth stürmt aus dem Raum, bevor ich auch nur einen Termin für ein Treffen vorschlagen kann. Möglicherweise bin ich zu sehr wie eine Vertrauenslehrerin aufgetreten und habe sie verschreckt. Mit meinen bisherigen Versuchen, sie einmal wöchentlich auf einen Kaffee zu treffen, bin ich kläglich gescheitert. Da Teenager normalerweise nur mit einer begrenzten Anzahl von Buchstaben kommunizieren, sollte ich es vielleicht mit einer SMS versuchen.

Da alle anderen in Gespräche mit ihren Mentoren vertieft sind und ich außerdem todmüde bin, verabschiede ich mich. Den ganzen Tag zu arbeiten, ohne zwischendurch im Internet zu surfen, ist echt anstrengend. Außerdem muss ich ein paar Blogs für *Prinzessin auf Sparkurs* schreiben. Ich will unbedingt etwas über DIY-Maniküre und Nageldesign posten, nachdem ich am Wochenende ein bisschen experimentiert habe. Als ich zur Tür gehe, sehe ich jemanden draußen auf dem Flur herumschleichen.

»Nick!«, rufe ich überrascht. Er wirkt nervös und angespannt, als wolle er nicht hereinkommen.

»Ah, hi, Penny. Ich dachte schon, ich hätte dich verpasst. Ich bin schnell nach der Arbeit hergekommen.«

»Du hast mich gerade noch erwischt.«

»Wunderbar. Sollen wir irgendwo etwas trinken und kurz reden?«

»Sicher, gute Idee.«

Ehrlich gesagt überrascht es mich, dass Nick nicht schon längst angerufen hat. Als wir uns in dem Café getroffen haben, wirkte er so geschockt, dass ich annahm, er würde entweder Henri ausreden, die Hochzeit von mir planen zu lassen, oder mich sofort anrufen. Wenigstens können wir uns jetzt kurzschließen, bevor unser erstes offizielles Planungstreffen ansteht.

Auf dem Weg nach draußen winke ich Mary und den anderen noch einmal zu und folge Nick aus dem Gemeindezentrum. Wie von selbst steuern wir den Pub gegenüber an. Ich entdecke einen freien Tisch in der Ecke, und Nick eilt zur Bar, um die Getränke zu holen. Ein paar Minuten später kommt er mit zwei Gläsern Cola zurück.

»Also, Penny die Hochzeitsplanerin«, sagt er und stellt die Getränke auf den Tisch. »Wie groß sind die Chancen, dass so etwas passiert?«

»Keine Ahnung. Die Welt ist klein, nicht wahr?«

»Wie lange machst du das schon?«

»Das ist nur vorübergehend«, antworte ich und nippe an meiner Cola. »Ich hatte nie vor, Hochzeiten zu organisieren, aber ich schreibe einen Blog. Daraufhin hat mich erst Lara angesprochen, dann Henri – und sie war ziemlich hartnäckig.«

»Ja, ich weiß, wie beharrlich sie sein kann.«

»Ich habe immer gedacht, du seist schon verheiratet. Keine Ahnung, wieso.« Ich zucke mit den Schultern.

»Ehrlich gesagt sind Henri und ich das quasi auch. Wir sind schon lange zusammen und hätten bereits vor Jahren geheiratet, wenn da nicht mein kleines Problem gewesen wäre.«

Ich liebe es, dass alle aus der Gruppe immer Euphemismen wie »kleines Problem« verwenden, wenn wir über unsere Spielsucht reden, als ginge es nicht um Schuldenberge und die Zerstörung des Lebens unserer Familien, sondern nur um eine verlorene Brieftasche.

»Ich wollte Henri erst heiraten, wenn ich ihr das Leben bieten kann, das sie verdient hat, statt der Unsicherheit, ich könnte unser letztes Hemd verspielen.«

»Und jetzt bist du dir sicher?«

»Ja, ich habe seit achtzehn Monaten nicht mehr gespielt. Achtzehn Monate, seit ich Henri gebeichtet habe, warum ich schon so lange zögere.«

»Zum Glück weiß Henri Bescheid. Ich dachte schon, es wäre wie bei mir und meinem ›Sag es nicht dem Bräutigam‹-Fiasko.«

Nick lacht leise. Vermutlich erinnert er sich noch gut, wie ich beinahe auf spektakuläre Weise meine Hochzeit hätte platzen lassen. Mittlerweile kann ich auch darüber lachen.

»Ja, Henri weiß alles. Nachdem sie davon erfahren hatte, hat sie mich für ein paar Wochen verlassen, aber am Ende kam sie doch zu mir zurück, unter der strikten Bedingung, dass ich nie wieder am Aktienmarkt spekuliere. Ein Aktienkauf, und sie verlässt mich auf der Stelle.«

»Es ist gut, wenn mit offenen Karten gespielt wird. Dann gibt es keine Heimlichtuerei.«

»Schon, aber Henri sind meine Spielsucht und die damit verbundenen Schulden peinlich. Sie hat niemandem davon erzählt und es auch mir verboten. Deshalb darf sie auf keinen Fall erfahren, dass du im Bilde bist.«

»Aber wenn ihr klarwird, woher ich dich kenne, dann wird sie bestimmt …«

»Sie darf es eben nicht erfahren. Es würde sie umbringen. Schlimm genug, dass wir bei der Hochzeit mit wenig Geld auskommen müssen, weil ich immer noch Schulden abzahle. Es wäre für sie eine Demütigung, wenn andere wissen, dass sie einen Spieler heiratet.«

»Obwohl ich selbst eine Spielerin war?«

»Ja. Henri ist eine komplizierte Frau und sehr stolz. Sie gibt viel zu viel auf das, was andere Leute denken. Vor allem ihre Eltern.«

»Okay, ich schwöre, dass ich Henri nichts sagen werde.«

»Danke, Penny. Ich weiß das wirklich zu schätzen. Ich freue mich sehr, dass du dabei bist, auch wenn es vielleicht im ersten Moment nicht so aussah. Als Henri mir letzten Monat das Ultimatum gestellt hat, war ich echt besorgt, dass sie mit dem Budget nicht klarkommen würde.«

»Ultimatum?«

Offenbar ist mir da etwas entgangen.

»Hat Henri dir das nicht erzählt? Sie hat gedroht, mich zu verlassen, wenn wir bis Jahresende nicht verheiratet sind.«

»Wow.«

»Ich will sie nicht verlieren, also heiraten wir, müssen aber mit einem Budget von 10 000 Pfund auskommen.«

»Das ist doch immer noch ganz gut.«

»Penny, es gab eine Zeit, da war mein Aktienportfolio über 100 000 wert.«

Beinahe hätte ich den Schluck Cola, den ich gerade im Mund habe, zurück ins Glas gespuckt.

»100 000 Pfund?«

»Yep. Ich konnte das in der Gruppe nicht sagen, weil es mehr ist, als die meisten Menschen in ihrem ganzen Leben zusammensparen können. Damals hatte ich eine Menge Geld.«

»Dann ist der Stein an Henris Verlobungsring also echt?«

»So echt er nur sein kann. Ich sage dir lieber nicht, wie viel er gekostet hat. Henri wollte den Ring verkaufen, um die Hochzeit zu finanzieren, aber das habe ich nicht zugelassen. Sie hatte in den vergangenen achtzehn Monaten nicht viel Schönes, da konnte ich ihr nicht auch noch den Ring nehmen.«

Ich muss an die Miu-Miu-Schuhe aus der aktuellen Kollektion denken, sage aber nichts. Schuhkauf-Geheimnisse sollten Mädchen besser für sich behalten.

»Verstehe. Aber keine Sorge, mit 10 000 Pfund kann man eine schöne Hochzeit auf die Beine stellen.«

»Das hoffe ich. Wirklich.«

»Es wird alles gut«, versuche ich Nick zu beruhigen, weil ich merke, dass es ihn auffrisst. »Gibt es noch etwas, was ich wissen sollte, bevor ich Henri am Wochenende sehe?«

»Ihren Eltern ist immer nur das Beste gut genug. Ideal wäre eine Hochzeit, die aussieht, als hätte sie ein Vermögen gekostet. Henri sagt, dass du genau darauf spezialisiert bist: Hochzeiten für Prinzessinnen, die knapp bei Kasse sind. Und Henri ist definitiv eine Prinzessin.«

Dass er sie so sieht, sollte mir eigentlich Angst machen. Aber es flößt mir Ehrfurcht ein, wie Nicks Gesicht zu leuchten beginnt, wenn er von ihr redet. Hoffentlich hat Mark das gleiche Funkeln und diesen Ausdruck von Liebe in den Augen, wenn er von mir spricht.

Beim Gedanken an Mark verspüre ich ein sehnsüchtiges Ziehen im Herzen und möchte am liebsten sofort nach Hause. Nächstes Wochenende sind wir ein Jahr verheiratet, und ich kann gar nicht glauben, wie schnell die Zeit vergangen ist.

»Eure Hochzeit wird wunderschön, Nick«, sage ich, bin jedoch mit den Gedanken eher bei meiner eigenen als bei seiner, schwelge in Erinnerungen, wie wir uns beim Eröffnungstanz auf der Tanzfläche drehten. Auch wenn es klingt wie ein Klischee: Die Hochzeit ist der glücklichste Tag deines Lebens, unabhängig davon, wie alles gelaufen ist. Ich will damit nicht sagen, dass wir seither weniger glücklich sind, aber ich hatte einfach die schönste Hochzeit und würde diesen Tag gern noch einmal erleben.

»Das hoffe ich. Nach allem, was Henri ertragen musste, verdient sie einfach das Beste.«

Nick sieht aus, als würde er gleich weinen. Aufmunternd drücke ich seine Hand, weil ich diesen Blick aus eigener Erfahrung nur zu gut kenne. So fühlt sich jemand, der weiß, dass er seinem Partner viel Kummer und Schmerz bereitet hat.

Als ich endlich zu Hause ankomme, spüre ich die Liebe ganz deutlich. Mark ist in der Küche.

»Hallo, mein Schatz«, sage ich und schlinge die Arme um ihn.

»Selber hallo«, sagt er und küsst mich.

»Ich liebe dich so sehr, weißt du das?«, frage ich und seufze.

»Ich weiß es. Und ich liebe dich auch. Anstrengende Gruppensitzung?«

»So in der Art«, antworte ich. Als Mark das mit meiner Spielsucht herausfand, musste ich ihm versprechen, dass es keine Geheimnisse mehr geben würde, und ich habe es geschafft, Wort zu halten. Ich habe ihm sogar die meisten meiner heimlich erworbenen Schuhe gezeigt. Trotzdem ist mir nicht wohl dabei, ihm von Nick zu erzählen. Unsere Selbsthilfegruppe gründet auf Vertrauen und Anonymität, und wenn ich Mark von Nick und Henri erzählen würde, wäre das Verrat an Nick. Es fühlt sich ohnehin falsch an, dass Henri im Dunkeln tappt, aber wenn auch Mark Bescheid wüsste, wäre es noch schlimmer.

Genau genommen belüge ich Mark ja nicht, ich halte lediglich Informationen zurück. Außerdem versteht er, dass wir nichts über andere Gruppenmitglieder erzählen dürfen.

»Ich koche heute Abend, du kannst die Füße hochlegen. Wie war dein Tag?«

Ich seufze noch lauter. Das Thema Job ist noch deprimierender als der Gedanke an die Selbsthilfegruppe.

»Ganz okay«, sage ich und merke, dass ich mich in Beth, den Teenager, verwandelt habe, vielleicht färbt ihr Verhalten auf mich ab. »Ich informiere mich gerade über Militärcamps, die Teambuilding-Events anbieten. Es gibt tatsächlich ein paar, und leider passen alle in unser Budget.«

»Das klingt doch toll!«

»Hm. Aber es scheint knallhart zu sein. Die Kollegen, die an dem Ausflug teilnehmen, werden jede Minute schrecklich finden.«

»Es spielt allerdings keine Rolle, was sie davon halten, stimmt's? Entscheidend ist nur, wie gut du es planst. Du willst Giles beeindrucken und nicht alle anderen im Büro.«

Mark hat vermutlich recht, aber mir ist wichtig, dass die Leute mich mögen. Mark hat einen analytischen Verstand und denkt über alles auf geschäftsmäßige Weise nach. Aber ich sehe es mehr von der menschlichen Warte aus, was auch gut ist, da ich in der HR-Abteilung arbeite.

»Vermutlich«, sage ich. »Ich habe mir ein paar Videos auf YouTube angesehen. Anscheinend muss man mit einem Rucksack auf dem Rücken herumrennen, durch stockdunkle Tunnel kriechen und durch Flüsse und Sumpf waten. Und man trägt dabei keinen Neoprenanzug.«

Ich sehe nur Marks Rücken, während er Gemüse schnippelt, aber am leichten Auf und Ab seiner Schultern kann ich erkennen, dass er lacht. »Hör auf zu lachen, das ist nicht witzig«, sage ich beleidigt.

»Ich lache nicht«, erwidert er mit piepsiger Stimme.

»Ich sehe doch, dass du das tust!«

Mark dreht sich um und prustet los.

»Tut mir leid, ich habe mir nur vorgestellt, dass du mit einem Rucksack auf dem Rücken aussiehst wie eine riesige Schnecke. Und wie du versuchst, durchs Wasser zu waten.«

»Danke, Mark. Unterstütz mich nur weiter so.«

Ich drehe ihm den Rücken zu und blättere lustlos durch sein Exemplar der *Financial Times*, das auf dem Küchentisch liegt. Wenn es doch nur etwas wäre, das ich gern lese! Warum kann er nicht einen so niveaulosen Zeitschriftengeschmack haben wie seine Frau? Mark weiß natürlich genau, dass ich jetzt nur so tue, als würde ich lesen.

Er kommt zu mir und umarmt mich von hinten.

»Hey, ich habe mir einfach vorgestellt, wie süß du dabei aussiehst. Es wird schon nicht so schlimm werden. Geh es an wie eine Militäroperation, und alles läuft gut.«

Mark schmiegt den Kopf in meinen Nacken und macht es mir unmöglich, ihm länger böse zu sein.

»Gib dir keine Mühe«, sage ich und versuche, den schmollenden Ton in meiner Stimme beizubehalten. Allerdings knabbert er jetzt an meinem Ohr und haucht Küsse auf meinen Hals, dort, wo ich es besonders mag. Und jetzt fährt er auch noch mit den Händen über meine Taille und … oh, schon stecke ich in Schwierigkeiten.

»Wie wäre es, wenn wir nach oben gehen und an dem Baby-Projekt arbeiten?«

»Was ist mit dem Abendessen?«, frage ich, dabei ist mir das schnurzpiepegal, da Marks Hände bereits meine Oberschenkel erreicht haben. Und natürlich dürfen wir unser Baby-Projekt auf keinen Fall vernachlässigen.

»Das hält sich.«

Mark richtet sich auf und zieht mich hoch. Dann küsst er mich so leidenschaftlich, dass ich weiche Knie bekomme. Dieses Babymachen ist echt nicht übel. Es dauert zwar länger, als wir gehofft haben – wir versuchen es jetzt seit sieben Monaten –, aber wir genießen es trotzdem, solange es noch geht. Denn nach allem, was ich von meiner besten Freundin Lou gehört habe, ist das »Schmutzigste«, was du tust, wenn du ein Neugeborenes hast, vollgeschissene Windeln und Babykotze zu entsorgen.

Ich folge Mark ins Schlafzimmer, zu willensschwach, um ihm länger böse zu sein.

Kapitel sechs

Prinzessin auf Sparkurs –
einzelne große Blumen

Du willst Blumen, aber keine horrenden Rechnungen vom Floristen? Wie wäre es, wenn die einzigen Blumen bei der Hochzeit deine und die der Brautjungfern sind? Wähle leuchtende Farben, die die Blumen unvergesslich machen – und deine Gäste werden nicht einmal merken, dass keine anderen zu sehen sind. Falls du jedoch unbedingt Blumen als Tischdeko möchtest, nimm doch eine einzelne – zum Beispiel eine Sonnenblume, groß und leuchtend!
Tags: Blumen, Angebote

Heute ist Samstag, der Tag, an dem man folgende Dinge tun sollte: ausschlafen, sich mit einem fettigen Pfannenfrühstück verwöhnen und verkatert zu Hause herumgammeln. Doch ich kann mich ehrlich gesagt nicht daran erinnern, wann ich das zum letzten Mal gemacht habe. Stattdessen bin ich irrsinnig früh aufgestanden, ins Museum gefahren, wo ich immer noch ehrenamtlich arbeite, und jetzt unterwegs zu Henri.

Sie passt im Haus ihrer Mutter auf den geliebten Familienhund Archie auf, deshalb treffen wir uns dort. Angesichts des nur zweiwöchigen Zeitfensters im Juli, wenn ihre Schwester aus Australien hier ist, und der Tatsache, dass es bis dahin nur noch zwei Monate sind, müssen wir bei der Suche nach einer Location Dampf machen. Ich kann nur hoffen, dass sich Henri und Nick zusammengesetzt haben, um ihre unterschiedlichen Vorstellungen bezüglich der Hochzeit zu klären. Aber da ich inzwischen weiß, wie verknallt Nick in seine Verlobte ist, spielt es vermutlich keine große Rolle, was er möchte – er würde sich für sie ein Bein ausreißen.

»Bei der nächsten Möglichkeit rechts abbiegen«, sagt die Frauenstimme des Navis. Sie geht mir auf die Nerven. Wenn sie zu Mark spricht, werde ich immer ein bisschen eifersüchtig, wegen des verführerischen Untertons. Aber nachdem ich ein bisschen herumprobiert habe, welche Stimmen man herunterladen kann, und bei Yoda aus *Stars Wars* gelandet bin, wurde mir klar, dass die ursprüngliche Stimme das geringste Übel ist.

Hoffentlich bin ich hier richtig. Henri hat mir zwar die Straße und die Hausnummer genannt, aber ich kenne mich in dieser Gegend überhaupt nicht aus. Außerdem bin ich erst spät aus dem Museum weggekommen, weil ich mit den anderen Ehrenamtlern Tee getrunken und selbstgebackene Kekse geknabbert habe.

Ich biege um eine langgezogene Kurve und frage mich, wo ich denn hier bitte schön rechts abbiegen soll, da entdecke ich eine Querstraße. Sie ist ziemlich schmal, und auf beiden Seiten parken Autos. Mit meinem kleinen Wagen kann ich mich gerade so durchquetschen. Hochkonzentriert verenge ich die Augen und hoffe inständig, dass mir niemand entgegenkommt.

Nachdem ich eine scheinbare Ewigkeit den Atem angehalten habe, gelange ich zurück auf die Hauptstraße (echt super, dieses Navi!) und dann an einen Kricketplatz, gefolgt von einem Ententeich. Laut der Automatenstimme bin ich jetzt am Ziel. Es muss eines der Häuser gegenüber des Teiches sein. Während ich parallel zur Straße parke und mich umschaue, erkenne ich, dass ich in White Hartnell bin, einem idyllischen Vorort. Ich betrachte die Reihe der kleinen Häuser und überlege, welches mir gefallen würde. Da sehe ich Henri durch eines der Gartentore kommen.

»Du hast es gefunden!«, ruft sie.

Im Garten stehen hübsch in Form geschnittene Rosenbüsche und ein Baum mit rosa Blüten. Das Haus sieht aus wie aus dem frühen 20. Jahrhundert und verströmt ein gemütliches Cottage-Flair.

»Ich dachte schon, ich hätte mich verfahren«, antworte ich und schaue mich abermals um. »Hier ist es wunderschön.«

»Ja, nicht wahr? Meine Mum hat das Haus nach der Scheidung von meinem Dad gekauft. Es war innen ein bisschen heruntergekommen, aber sie hat viel dran gemacht. Da heute so schönes Wetter ist, dachte ich, wir setzen uns in den Garten, trinken Tee und besprechen alles dort.«

»Klingt gut.«

Ich folge Henri um das Haus herum in den Garten. Hier ist es noch hübscher als vorn. Ihre Mum hat entweder einen grünen Daumen oder einen guten Gärtner. Das Gras sieht aus wie mit Schere und Lineal geschnitten, in den Beeten drängen sich Blumen in allen Farben des Regenbogens, und es gibt weit und breit kein Unkraut. So einen Garten hätte ich auch gern. Meiner besteht aus einem rechteckigen Grasfleck. Nichts Blühendes, abgesehen von Unkraut, und selbst das bisschen Garten hält Mark nur mühsam in Ordnung.

Henri verschwindet ins Haus, und ich setze mich in einen der dick gepolsterten Gartensessel. Dann schließe ich die Augen und spüre die warmen Sonnenstrahlen auf meinem Gesicht – und etwas Feuchtes an meinem Bein. Was ist das, ein Rasensprenger? Ich öffne die Augen und erstarre vor Schreck. Direkt vor mir steht Beethoven – wie der Hund aus dem Film und nicht der längst verstorbene Komponist.

»Hau ab!«, schreie ich instinktiv. Der Hund fasst meine Überraschung anscheinend als Einladung auf, die Vorderpfoten auf meinen Schoß zu stützen und mich abzulecken.

Wunderbar. Hundespucke als Entferner für getönte Feuchtigkeitscreme.

»Runter, Archie!«, ruft Henri.

Zu meinem Erstaunen gehorcht Archie sofort und legt sich neben Henris Füße. Sie stellt ein Tablett mit Teekanne und Kuchen auf den kleinen Bistrotisch.

»Milch, Zucker?«, fragt sie und gießt Tee in Tassen mit Rosenmuster.

»Nur Milch, danke.«

»Tut mir leid wegen Archie«, sagt sie und zeigt auf ihn, als könne ich vergessen haben, von wem sie redet. »Meine Mum lässt ihn auf den Sesseln schlafen, und er dachte wahrscheinlich, du belegst sein Bett.«

Mit einem Satz bin ich auf den Beinen, weil ich kein Verlangen habe, diese Schmuseeinheit zu wiederholen. Aber da Archie neben Henris Sessel liegen bleibt, entscheide ich, dass wohl keine Gefahr besteht, wenn ich mich wieder setze.

»Mir war nicht klar, dass Archie so … groß ist«, sage ich diplomatisch. Ich hätte auch sagen können: »so ein sabberndes Monster ist«.

»Oh, er ist ein sanfter Riese, nicht wahr, Archielein?«

»Und Archie soll die Ringe tragen?«

»Ja. Das ist doch kein Problem, oder?«

»Und wenn doch?«

»Nun ja, es würde mir sehr viel bedeuten, Archie einzubeziehen.«

Henri setzt diesen »treuen Hundeblick« ein, der es einem unmöglich macht, ihr etwas abzuschlagen.

»Wie wäre es, wenn wir zuerst eine Location suchen und uns dann Gedanken zu Archie machen?«

»Okay«, stimmt Henri zu und krault den Hund hinter den Ohren.

Ich weiß, dass er bei dieser Hochzeit dabei sein wird. Vielleicht kann ich sie dazu bringen, selbst wegen der Location zu verhandeln – wenn sowohl sie als auch Archie mit treuem Hundeblick dort aufkreuzen, wird wohl kaum jemand ablehnen.

»Nick sagte, dass du ein paar Ideen bezüglich des Ortes für die Feier hast«, beginne ich und trinke einen Schluck Tee.

»Wann hast du denn mit ihm gesprochen?«, fragt Henri.

Obwohl sie mittlerweile ihre riesige Sonnenbrille aufgesetzt hat, weiß ich, dass sie mich durchdringend ansieht. Mist! Was antworte ich denn jetzt?

»Ich, äh …« Verdammt, Penny, denk nach. »Während der Woche.«

»Und worüber? Er hat mir gar nichts davon erzählt.«

Bei Henris Tonfall fürchte ich, dass sich diese Angelegenheit zu einer Staatsaffäre entwickelt.

»Das konnte er auch nicht«, sage ich.

Jetzt schiebt Henri die Brille auf den Kopf und mustert mich misstrauisch.

»Und warum nicht?«

»Weil er mit mir darüber sprechen wollte, für dich eine Überraschung zur Hochzeit zu organisieren. Ich hätte es nicht verraten dürfen.«

»Eine Überraschung?«

Henris Tonfall hat sich völlig verändert. Der frostige Klang ist verschwunden und einem hohen, kleinmädchenhaften Fiepen gewichen.

»Ja, aber mehr darf ich nicht sagen.«

Henri klatscht begeistert in die Hände, und ich darf nicht vergessen, Nick eine Nachricht zu schicken, dass er eine Überraschung für Henri planen muss. Er wird bestimmt begeistert sein.

»Also, was denkst du bezüglich der Location?«, versuche ich das Gespräch in sichere Gewässer zu lenken.

»Ein großes Landhotel würde mir gefallen. Es gibt eines ein Stück die Straße hinunter, und heiraten könnten wir in der Kirche dieser Gemeinde.«

Ich versuche zu schlucken, aber in meiner Kehle steckt ein Riesenkloß. In der Nähe gibt es nur ein Landhotel, und ich weiß mit absoluter Sicherheit, dass Henri es sich mit ihrem »Beau-jay« nicht leisten kann.

»Ich denke, das Walston gehört zu den teuren Alternativen. Aber wenigstens weißt du, was du willst. Es soll also eine Hochzeit auf dem Land sein?«

»Unbedingt! Ich liebe Fotos von Brautpaaren auf wunderschönem Rasen.«

»Und du möchtest kirchlich heiraten?«

»Ja, das ist besser für die Fotos, meinst du nicht?«

Ich nicke, weil Kirchen tatsächlich eine hübsche Kulisse für Fotos abgeben. Ich bin jedoch nicht sicher, ob der Pfarrer das als Grund akzeptieren wird, die beiden zu trauen.

»Hast du mal über eine eher unkonventionelle Location nachgedacht? Das ist manchmal sehr viel günstiger als ein traditionelles Ambiente.«

»O nein, das würde meinem Dad nicht gefallen. Es muss schon wie eine richtige Hochzeit aussehen.«

»Ich habe in einem Museum gefeiert, und es war wie in einem Hotel. Die Tische standen in einer ehemaligen Offiziersmesse –«

»Ich bin sicher, dass es sehr hübsch war, Penny. Aber ich denke, schlicht und traditionell ist am besten. Ein Country Hotel, ein historisches Gebäude unter Denkmalschutz oder ein altes Herrenhaus. Viele dieser Herrenhäuser werden für Hochzeiten vermietet, damit die Eigentümer die Instandhaltungskosten aufbringen können. Sogar das aus *Downton Abbey* kam man für Hochzeiten mieten, oder? Das ist auch gar nicht so weit weg, vielleicht wäre das eine Option.«

Mir fallen beinahe die Augen aus dem Kopf. Highclere Castle? Soll das ein Witz sein? Über die meisten Leute, die dort heiraten, wird im *Hello!*-Magazin berichtet. Katie Price und Peter Andre haben dort gefeiert – mitsamt gläserner Kutsche! Ich traue mich gar nicht zu überlegen, wie weit wir mit 10 000 Pfund kommen würden, aber vermutlich reichte es nicht einmal für die Anzahlung.

»Nur eine traditionelle Feier«, sagt Henri und nickt, als wäre das der bescheidenste Wunsch der Welt.

Eine traditionelle Hochzeit im Juli für maximal 10 000 Pfund. Das wird nicht leicht.

»Könntest du dir vorstellen, an einem anderen Tag als am Samstag zu heiraten?«

»Penny, es muss an einem Samstag sein! Andernfalls würden meine Eltern Zustände kriegen. Ich meine, wer heiratet denn bitte mitten in der Woche?«

Ähm, heutzutage eine Menge Leute, vor allem jene, die von den niedrigeren Preisen profitieren wollen. Aber ihrer Miene nach zu urteilen muss es wohl ein Samstag sein.

»Es wird sicher ein bisschen knapp, innerhalb von zwei Monaten noch eine Location zu finden, vor allem in dem Preisrahmen.«

»Ich weiß, deshalb brauche ich ja deine Hilfe!«

Ich Dummerchen! Natürlich, ich bin doch Penny, die Wundervollbringerin. Ich wedele einfach mit meiner magischen Hand und – voilà, sind alle Probleme beseitigt.

Ich seufze und habe das Gefühl, nicht weiterzukommen.

»Schon mal über die Anzahl der Gäste nachgedacht?«

»Achtundneunzig.«

»Das nenne ich präzise«, sage ich lächelnd.

»Es waren weit über hundert, aber Nick war da sehr rigoros und meinte, wir müssen unter hundert bleiben.«

»Sind das die Tagesgäste nach der Trauung?«, frage ich und hoffe verzweifelt, dass nur die Hälfte davon zum Essen bleibt.

»Sowohl als auch. Wir trennen das nicht. Die Leute kommen zu allem oder gar nicht.«

»Wunderbar«, presse ich zwischen zusammengebissenen Zähnen hervor. Ich übe mich ein bisschen in Kopfrechnen und komme zu dem Schluss, dass, selbst wenn ich einen Caterer finde, der so günstig ist wie meiner, allein das Essen fast 4000 Pfund kostet.

Damit bleiben 5000 für die Location, und an Henris Kleid denke ich erst gar nicht. Heute trägt sie ein Maxikleid von Yves Saint Laurent und an den Füßen Chanel-Wedges. Vielleicht sollten wir einen Kleidungsverkauf à la Becky Bloomwood veranstalten und die Hochzeit mit den Einnahmen aus Henris Schuhsammlung finanzieren.

»Ehrlich gesagt, Penny, solange es aussieht wie eine anständige Hochzeit in Weiß, bin ich zufrieden.«

Ich beiße mir auf die Unterlippe und nicke. Wie soll das alles gehen? Womöglich habe ich mir mit ihr ein größeres Stück abgebissen, als ich kauen kann. Es wäre eine andere Geschichte, wenn wir Jahre für die Planung hätten …

»Okay.« Ich hole tief Luft. »Aber wenn wir nicht auch in größerer Entfernung suchen und allzu pingelig mit der Auswahl sind, könnte es kniffelig werden. Wir müssen offen sein für Alternativen, wie zum Beispiel einen Gemeindesaal.«

Henri rümpft die Nase. Ich schmunzle, denn das war auch meine Reaktion, als meine beste Freundin Lou mir Vorschläge für Sparmaßnahmen bei meiner Hochzeit machte.

»Traditionell«, murmelt Henri nur.

»Okay, lassen wir das mit der Location für den Moment.« Die zu suchen macht sowieso viel mehr Spaß, wenn der Hochzeitstermin schon fast vor der Tür steht. »Was ist mit den anderen Dingen, über die wir gesprochen haben? Blumen zum Beispiel.«

»O ja, ich möchte Blumen als Tischdekoration. Exotische Blumen, Orchideen, Lilien, Strelitzien.«

»Äh, Blumen, die gerade Saison haben, sind natürlich viel günstiger ...«

»Natürlich. Aber eine Hochzeit hat doch etwas Spektakuläres verdient, oder?«

O Junge. Die Sonnenbrille thront wieder auf dem Kopf, und Henri sieht mich mit diesem Hundeblick an. Wo ist nur die Frau geblieben, die sich noch nie Gedanken über ihre Hochzeit gemacht hat?

»Was ist mit Fotos? Ich habe letztens einen tollen Fotografen kennengelernt, der noch nicht allzu lange in diesem Job tätig ist. Er ist preiswerter, weil er von zu Hause aus arbeitet und ohne Assistent auskommt. Er fertigt keine schicken Bücher oder teuren Drucke an, sondern gibt einem die Fotos auf einem Stick.«

»Auf einem Stick?«

»Ja …«, antworte ich gedehnt. »Dann kann man von den Bildern, die man haben möchte, selbst Abzüge anfertigen oder ein Buch bei einem Fotoshop im Internet herstellen lassen. Damit sparen wir ungefähr 1000 Pfund.«

»Tausend Pfund?« Henri neigt den Kopf zur Seite. »Das klingt gut.«

Puh. Ein Budgetbereich wäre damit geklärt.

»Allerdings will ich erst Arbeiten von ihm sehen. Um sicherzugehen, dass ich mit ihm zufrieden sein werde.«

»Unbedingt. Ich schicke dir den Link zu seiner Facebook-Seite. Dann kannst du dir Fotos von den Hochzeiten ansehen, die er in letzter Zeit fotografiert hat.«

»Großartig. Jetzt gönnen wir uns aber ein Stück Kuchen, nach all der harten Arbeit. Ich habe wirklich das Gefühl, dass wir etwas geschafft haben.«

Tatsächlich? Wenigstens eine von uns.

»Ich denke, damit hast du erst einmal genügend Informationen, um weiterzumachen. Als Nächstes könntest du dir doch ein paar potenzielle Locations ansehen.«

»Sollten wir nicht im Internet eine Vorauswahl treffen?«

»Nein, es ist besser, du siehst dir ein paar an und machst mir dann Vorschläge.«

»Okay.« Ich schiebe mir ein großes Stück Kuchen in den Mund. Das ist zwar erst die zweite Hochzeit, die ich plane, aber bei der von Lara und Ben war es ganz anders. Sie nannten mir ihr Budget und sagten, dass sie nicht pingelig seien. Und als sie dann erzählten, wo sie sich kennengelernt hatten, kam mir die Idee mit dem griechischen Restaurant, und alles nahm schnell Gestalt an.

Heute ist mein zweites Treffen mit Henri, und sie bleibt ein Mysterium. Eine gemeinsame Basis zu finden ist schwierig, da wir sehr unterschiedlich sind – abgesehen von Nick als gemeinsamem Nenner und einer Schuhsammlung, die ich am liebsten klauen würde. Sie hat zwar einen gewissen vornehmen Touch, aber im Gegensatz zu Jane ist Henri geradezu bodenständig. Ich wünschte nur, ich könnte ein besseres Gespür für die wahre Henri bekommen, dann käme mir sicher ein genialer Einfall für ihre Hochzeit.

Ich höre zu, wie sie von ihrem Traum-Brautkleid schwärmt, und versuche, kein Herzrasen zu bekommen, als die Worte »Schleppe« und »Swarovski-Steine« fallen. Vorerst lasse ich Henri träumen. Kommt Zeit, kommt Rat.

»Gut, Henri, ich muss dann mal los. Ich habe noch einen Friseurtermin, bevor ich mit Mark ausgehe – wir wollen unseren Hochzeitstag feiern.«

»Oh, wie aufregend! Wo geht ihr denn hin?«

»Ins Chez Vivant. Dort haben wir uns verlobt.«

»Chez Vivant! Wunderbar! Ich wünsche euch viel Spaß. Und wenn du schon einmal da bist, frag doch, was ein Hochzeitsempfang kosten würde. Dieses Restaurant wäre ein wunderbarer Ort dafür.«

Ich lächle und nicke Henri zu. Ich weiß, dass sie das Wort »Budget« nicht mag, aber mich beschleicht zunehmend der Verdacht, dass sie auch dessen Bedeutung nicht kennt. Unser Abendessen zu zweit, mit einem schönen Wein, wird bestimmt über zweihundert Pfund kosten. Mich schaudert es allein bei der Vorstellung, was die für Lokalmiete und das Essen bei einer Hochzeitsfeier nehmen.

»Ein ganzes Jahr verheiratet, Penny ... Dann kommt sicher bald das erste Baby«, sagt Henri.

Für einen Moment bin ich sprachlos. Das bin ich immer, wenn mich jemand auf unsere Familienplanung anspricht.

Es ist wie ein Schlag ins Gesicht, der mich daran erinnert, dass Mark und ich es bisher erfolglos versuchen. Diese Kommentare sind dermaßen aufdringlich! Es ist ja nicht so, als hätten Mark und ich offiziell Empfängnisprobleme, wir versuchen es doch noch gar nicht lange genug, um uns testen zu lassen. Aber für alle anderen bin ich automatisch unfruchtbar, und Mark schießt mit Platzpatronen. Also lächle ich nur und sage: »Das ist der Plan.« Als könnte man so etwas planen ...

»Irgendwann ist das bestimmt auch unser Plan.«

»Danke für die Einladung, Henri. Der Garten ist wirklich wunderschön«, versuche ich das Thema zu wechseln.

»Ich weiß. Zu schade, dass er nicht groß genug ist für ein Partyzelt. Nicht wahr? Es wäre eine super Location.«

Ich schaue mich um, ob es irgendeine Möglichkeit gibt, ein Zelt unterzubringen. Der Garten ist zwar ziemlich lang, aber es stehen einfach zu viele Wasserspiele, Blumenbeete und Bäume im Weg.

»Ja, wirklich schade. Ich werde jedenfalls scharf nachdenken und lasse dich nächste Woche wissen, ob ich eine Eingebung habe.«

»Großartig. Danke, Penny, und viel Spaß heute Abend«, verabschiedet sich Henri. Ich gehe zum Tor und winke, während sie wieder hinter dem Haus verschwindet.

Ich kann nicht widerstehen, schnell am Teich mit den Enten vorbeizuschauen. Enten füttern ist eine schöne Kindheitserinnerung. Während ich gerade eine Ente bei Tauchübungen beobachte, ertönt ein durchdringender Schrei, und als ich mich umdrehe, um zu sehen, was es damit auf sich hat, klatscht mir etwas voll ins Gesicht.

Im nächsten Moment sitze ich auf dem Hintern.

»Alles in Ordnung bei Ihnen?«, ruft ein weißgekleideter Mann. Er kommt auf mich zugelaufen, und für einen Moment frage ich mich, ob ich gestorben bin und er ein Engel ist. Aber so fest war der Schlag auf den Kopf nun auch nicht. Außerdem kann ich nicht sterben, wenn ich Phase sechs unserer Beziehung noch nicht erreicht habe (Kinder bekommen) und so hart im Büro arbeite – was für eine Verschwendung!

»Es tut mir so leid, wie haben einen neuen Schlagmann, der einfach nicht widerstehen kann, wenn er die Möglichkeit sieht, sechs Runs zu erzielen. Geht es Ihnen gut?«

Der Mann beugt sich herunter und hält mir die Hand hin.

»Können Sie stehen? Wir bringen Sie am besten ins Klubhaus. Michelle macht Ihnen einen Tee.«

Ich bekomme kein Wort heraus, was nur eines bedeuten kann: Ich stehe unter Schock. Anscheinend bin ich nicht tot, aber ich wurde von einem Kricketball am Kopf getroffen.

»Und dann besorge ich Ihnen ein bisschen Eis für Ihr Auge. Es sieht so aus, als würden Sie ein hübsches Veilchen bekommen.«

»Was?« Endlich habe ich meine Stimme wiedergefunden. »Nein, nein, kein blaues Auge! Ich gehe doch heute Abend ins Chez Vivant.« Ich fange an zu heulen. Mir ist klar, dass ich eine Drama Queen bin, aber ich bitte Sie, schließlich wurde ich gerade von einem verdammten Kricketball am Kopf getroffen! Ich sage Mark seit Jahren, dass es gefährlich ist, beim Sport zuzuschauen, aber er hört ja nicht auf mich.

»Chez Vivant – wie edel! Mit ein bisschen Make-up lässt sich das bestimmt überschminken«, sagt der Mann. Möglicherweise hätte ich ihm sogar geglaubt, wenn er dabei nicht so skeptisch dreingeschaut hätte.

Als wir zur Hauptwiese kommen, sehe ich, dass ein Kricketspiel in vollem Gang ist. Leute sitzen am Spielfeldrand und schauen zu, oder zumindest haben sie das getan, denn jetzt beobachten sie, wie ich über den Rasen geführt werde. Der Mann, der zu meiner Rettung herbeigeeilt war, plaziert mich in einen Sessel auf der Veranda eines Gebäudes, das vermutlich das Klubhaus ist. Es ist ein hübsches Haus aus weißem Holz mit erstaunlich vielen Fenstern, wenn man bedenkt, wie viele gefährliche Bälle einem hier um die Ohren fliegen.

»Hallo, ich hörte, Sie haben einen kleinen Zusammenstoß gehabt«, sagt eine Frau und bringt mir eine Styroportasse mit dampfendem heißem Tee. Sie beugt sich herunter und begutachtet meine Verletzung. »Oh, da wächst aber eine ganz schöne Beule. Ich hole mal Eis.«

Ich kann nicht mehr aufhören zu weinen, obwohl ich bereits versuche, mich mit der Tatsache anzufreunden, dass mein blaues Auge farblich zu meinem Kleid passen wird.

»Bitte schön«, sagt sie und reicht mir das Kühlpack. »Alles in Ordnung? Soll ich jemanden anrufen? Am besten fahren Sie nicht selbst Auto. Vielleicht haben Sie eine Gehirnerschütterung.«

Gehirnerschütterung? Na großartig.

»Sie haben wirklich Pech. Das erste Testspiel der Saison, und es gibt schon eine Verletzte!«

»Das ist typisch für mich. Müssen Sie hier oft Erste Hilfe leisten?«

»Normalerweise nicht, aber mit diesem neuen Spieler Johnson ändert sich das vielleicht. Mein Mann ist der Mannschaftskapitän. Ich kümmere mich um die Sandwiches und den Tee.«

»Das ist aber nett von Ihnen«, sage ich und überlege, ob ich wohl auch so hilfsbereit wäre, wenn Mark in einer Mannschaft spielen würde.

»Es macht Spaß, dabei zu sein. Außerdem kommt normalerweise eine ganze Schar von uns Spielerfrauen mit.«

»Es ist wirklich eine schöne Kricketanlage«, sage ich.

»Ja, wir hatten großes Glück. Wir haben unser neues Klubhaus mit einer Lotterie selbst finanziert, und es wurde letztes Jahr fertiggestellt.«

»Das ist toll.«

»Allerdings. Wir haben sogar eine Theke einbauen lassen.«

»Auch eine Bar? Und Toiletten?«

»Ja …«, sagt die Frau und sieht mich ein bisschen merkwürdig an.

»Wird der Rasen auch schon mal für Festzelte genutzt, zum Beispiel bei Hochzeiten?«

»Manchmal. Für die Leute aus der Gemeinde machen wir das. Natürlich nur, wenn das Feld nicht unmittelbar danach für ein Kricketmatch gebraucht wird.«

»Wenn die Mutter meiner Freundin dort drüben wohnt«, sage ich und zeige in die Richtung, »würde das als Gemeindemitglied zählen?«

»Vermutlich, aber Sie müssten mit dem Platzwart darüber sprechen.«

»Ist er heute hier?«

»Er steht dort drüben an der Grenzlinie. Aber in etwa zehn Minuten kommt er hierher, dann wird zum Tee gerufen. Ich stelle Sie ihm vor.«

»Perfekt«, antworte ich. Die Begegnung meines Kopfes mit einem Kricketball hat mich soeben auf eine geniale Idee für Henris Hochzeit gebracht.

Kapitel sieben

Prinzessin auf Sparkurs –
Frag Penny!

Liebe Penny,
wegen meiner zukünftigen Schwiegermutter verliere ich allmählich den Verstand. Ständig fängt sie von diesen »Save the date«-Karten an. Der Bruder meines Verlobten heiratet ebenfalls und hat bereits welche verschickt. Aber wir können es uns nicht leisten, mehr als zwanzig Pfund dafür auszugeben. Irgendwelche Tipps?
Eine verzweifelte Braut

Liebe verzweifelte Braut,
wie wäre es mit Magneten für Kühlschränke? Große Internetdruckereien fertigen die für ein paar Cent als Visitenkarten an. Als persönliche Note kannst du ein Foto von Euch ergänzen. Immer den Normal- und nicht den Expressversand wählen, und du bleibst bei fünfzig Magneten unter fünfzehn Pfund! Ich bin sicher, dass deine zukünftige Schwiegermutter beeindruckt ist, die Erinnerung an ihren Kühlschrank stecken und allen zeigen zu können.
Penny xx

Es ist schon schlimm genug, an einem normalen Montagmorgen zur Arbeit zu gehen, ganz davon zu schweigen, mit einem blauen Auge dort aufzukreuzen. Obwohl ich ziemlich tollpatschig bin und ständig irgendwo gegenstoße, hatte ich noch nie ein blaues Auge. Entsprechend naiv war ich auch, was die damit verbundenen Probleme angeht.

Samstagabend, gleich nachdem ich Henri rasch erzählt hatte, dass sie ihre Hochzeit in einem Zelt vor dem Kricket-Klubhaus feiern kann, sind wir tatsächlich ins Chez Vivant gegangen, und zu behaupten, ich hätte viel Make-up aufgelegt, ist hemmungslos untertrieben. Wie mit einer Kelle aufgetragener Zement trifft es eher. Gegen mich hätte Nikki Minaj wie eine Verfechterin des Natural Look gewirkt. Doch trotz der zwei Zentimeter dicken Schicht aus Abdeckcreme wurde mein Auge von Minute zu Minute dunkler. Und statt in einem Séparée zu sitzen, wie bei unserer Verlobung, befand sich unser Tisch mitten im Raum. Ich hätte erwartet, dass der Oberkellner uns gern außer Sichtweite seiner exklusiven Klientel plaziert hätte. Aber anscheinend wollte er denen etwas bieten, was sie begaffen konnten.

Ich wäre vermutlich mit den seltsamen Blicken zurechtgekommen, die mir in der Öffentlichkeit zugeworfen wurden, aber die waren nichts im Vergleich zu den Blicken, die

Mark kassierte. Die Leute guckten ihn böse an, und ich musste mehrmals klarstellen, dass er nichts mit meinem Veilchen zu tun hat. Das Problem ist, dass ich immer anfing, nervös zu kichern, wenn ich erzählte, dass ich von einem Kricketball am Kopf getroffen wurde. Das klingt so weit hergeholt, dass die Leute Mark noch wütender ansahen. Seit Samstagabend weigert er sich, mit mir das Haus zu verlassen, ehe die Schwellung zurückgegangen ist.

»Penny.«

Als ich Giles' Stimme höre, bleibe ich wie erstarrt auf der Treppe stehen. Ich drehe mich um und bete, dass er zu höflich ist, um anzusprechen, dass ich aussehe wie nach einem Zusammentreffen mit Lennox Lewis.

»Guten Morgen, Giles«, antworte ich mit meiner fröhlichsten »Ich bin ja so gern bei der Arbeit«-Stimme.

»Meine Güte, Penny, was ist denn mit Ihnen passiert?« So viel Glück habe ich also nicht.

»Ich, ähm, hatte ein unglückliches Zusammentreffen mit einem Kricketball.«

»Oh, spielen Sie?«

»Nein, ich war nur Zuschauerin.«

Er nickt, und das Aufflackern von Menschlichkeit verschwindet sofort wieder, macht dem roborterhaften Arbeitsmodus von Giles Platz.

»Schon etwas in Bezug auf das Bootcamp erreicht?«

»Ja, ich habe einen tollen Ort gefunden, der alle Bedingungen zu erfüllen scheint.«

Damit meine ich, dass es dort Leute gibt, die uns anschreien, man auch den letzten Rest Stolz verliert, was das äußere Erscheinungsbild angeht, und es alles in allem der Vorhof zur Hölle zu sein scheint.

»Es ist ein bisschen anders als Ihr Event in den Staaten«, fahre ich fort. »Es ist eine Art Überlebenstraining, bei dem wir Teambuildung-Aufgaben lösen und gleichzeitig aufpassen müssen, nicht von unseren Verfolgern erwischt zu werden.«

»Ausgezeichnet. Das klingt hervorragend! Da würde ich selbst gern mitkommen.«

Bevor ich mich zurückhalten kann, habe ich ein Bild von Giles im Jogginganzug aus den 1990ern im Kopf. Fast hätte ich mich geschüttelt.

»Oh, das wäre toll.« Erstaunlich, dass meine Nase jetzt nicht wächst wie die von Pinocchio.

»Ja. Und nochmals: Gunther hat großes Interesse daran, Penny. Dieses Thema ist ihm ungeheuer wichtig. Trotzdem, kein Druck.«

Ich schlucke mühsam. Nein, überhaupt kein Druck. Es könnte schließlich schlimmer sein. Gunther könnte sich entschließen, auch an dem Trip teilzunehmen.

»Haben Sie schon eine Idee bezüglich des Termins?«

»Ja, Mittwoch den 3. und Donnerstag den 4. Juli.«

»Großartig. Das Timing ist perfekt. Es passt wirklich hervorragend.«

Ich staune, dass er sich nicht die Hände reibt und die Knöchel knacken lässt, als hätte er einen teuflischen Plan.

»Gut«, sage ich und versuche, seine Begeisterung zu teilen.

»Haben Sie schon überlegt, wen Sie für die Teilnahme aussuchen werden?«, fragt Giles.

Wir sollten Lose ziehen. Die Glücklichen, deren Namen gezogen werden, dürfen hierbleiben, und die anderen müssen ins feuchte Wales.

»Ich wollte jede Abteilung bitten, drei Kandidaten zu nennen, die ihrer Meinung nach am meisten davon profitieren würden, Sie wissen schon, potenzielle Führungskräfte.«

»Wunderbar. Sie scheinen wirklich an alles gedacht zu haben.«

»Hoffentlich«, antworte ich.

Wir sind an meinem Schreibtisch angekommen, und ich bleibe verlegen neben dem Stuhl stehen. Shelly schaut hoch und blickt zwischen Giles und mir hin und her, als versuche sie herauszufinden, worüber wir sprechen. Auf ihrem Tisch stehen zwei dampfende Pappbecher Costa-Kaffee, und ich bin sicher, dass der zweite nicht für mich ist.

Giles schenkt mir ein knappes Lächeln und wendet sich dann zum Gehen. »Guten Morgen, Shelly, hallo, Marie«, sagt er im Vorbeigehen.

Shelly schaut auf den Pappbecher und dann wieder zu Giles. Ob sie ihm wohl hinterherlaufen wird, um ihm den Kaffee zu bringen?

»Möchtest du einen Kaffee, Penny?«, fragt sie und hält mir den Becher hin. Marie schaut uns überrascht an und ist offenbar genauso verwundert wie ich. Wir dachten wohl beide, dass der Kaffee für Giles sein sollte. Marie zwinkert mir verschwörerisch zu – sie trinkt nur Tee.

»Danke, Shelly. Das ist echt nett von dir.« Ich nehme den Becher und nippe daran. Der Kaffee ist so stark, dass mir fast der Kopf wegfliegt. Der war nie im Leben ursprünglich für mich gedacht. Ich bin eher die Latte-Trinkerin, und das hier schmeckt wie schwarzer Kaffee mit einem Extraschuss Espresso. Warum hat sie ihn Giles nicht gegeben? Das hätte ihr doch bestimmt ein paar Pluspunkte eingebracht.

Ich weiß, wo Shelly wohnt, und dort in der Nähe gibt es kein Costa.

»Du siehst aus, als könntest du den gebrauchen. Hattest …«

Ich blicke Shelly mit hochgezogenen Brauen an, um sie zu ermuntern, ruhig auszuspucken, was sie denkt.

»Hattest du ein, ähm, stürmisches Wochenende?«, fragt sie.

Ah, das blaue Auge. Darauf starrt sie die ganze Zeit. Oder genauer gesagt, deshalb starrt sie auf ihren Schreibtisch und vermeidet es, mir in die Augen zu sehen.

»Ich hatte ein schönes Wochenende. Aber ich war bei einem Kricketspiel und habe einen verirrten Ball abbekommen.«

Ich sehe ihr an, dass sie, wie die meisten Leute, denen ich diese Geschichte erzählt habe, darüber nachdenkt, ob ich wohl die Wahrheit sage.

»Das ist echtes Pech.«

»Allerdings. Aber danke für den Kaffee, Shel. Machst du heute dieses Beurteilungszeug?«

»Ja, ich habe einen Termin mit der Konstruktionsabteilung, um ein paar Tests durchzugehen.«

Meine Nasenflügel blähen sich vor Neid. Shelly wird Meetings mit allen möglichen Abteilungen in den Konferenzräumen durchführen, wo es gemütlich, warm und trocken ist. Und ich werde mit meinem Trupp durch den Schlamm kriechen, während alle kurz davor sind, mir den Hals umzudrehen. Chancengleichheit ist etwas anderes.

»Na dann, viel Spaß.«

»Danke.«

Shelly wendet sich wieder ihrem Rechner zu, und ich schalte meinen ein, um zu sehen, welche Freuden der Montagmorgen bringt. Aber noch bevor ich mich einloggen kann, klingelt mein Handy.

Es ist Mary aus der Selbsthilfegruppe. Was mag sie wollen?

»Hallo, Mary«, melde ich mich. Sie hat mich noch nie während der Bürozeiten angerufen. Genau genommen hat sie mich überhaupt erst einmal angerufen, als es um die Organisation unserer Weihnachtsfeier ging.

»Hi, Penny. Habe ich dich noch vor der Arbeit erwischt?«

»Ich bin gerade ins Büro gekommen. Bleib bitte einen Moment dran.«

Ich frage mich, was passiert sein kann, dass sie mich an einem Montag vor neun sprechen muss. Mir ist nicht entgangen, dass Shelly den Kopf leicht zur Seite neigt, als würde sie zuhören. Ich stehe auf, gehe vom Schreibtisch fort und finde mich kurz darauf in der geschützten Atmosphäre des Treppenhauses wieder. Im Büro kennt niemand mein schmutziges kleines Geheimnis, und so soll es auch bleiben. Ich weiß aus persönlicher Erfahrung, dass man Kollegen, die mit privaten Problemen kämpfen, nie wieder so betrachtet wie vorher, wenn man davon erfahren hat.

»Entschuldige, aber ich musste kurz rausgehen. Ist alles in Ordnung?«

»Es geht um Beth.«

Mary seufzt auf eine Art, die mir das Gefühl gibt, dass ich gar nicht hören will, worum genau es geht.

»Was ist mit ihr?«

»Ihre Mutter hat mich angerufen, um mir zu sagen, dass Beth Samstagabend in einem Spielkasino gewesen ist.«

»Ein Kasino? Sie ist doch gar nicht alt genug, um da reinzukommen!«

»Es war die Rede von einem gefälschten Ausweis.«

Jetzt seufze ich auch. Aber worauf will Mary hinaus?

»Ihre Mum befürchtet, dass Beth auch heimlich online spielt. Deshalb wollte ich dich um deine Einschätzung bitten.«

Ich beiße mir auf die Lippe und bekomme ein schlechtes Gewissen, dass ich Beth ein bisschen vernachlässigt habe. Ich hatte eigentlich vor, bei ihr vorbeizuschauen, um zu sehen, wie es ihr geht, aber ich habe so viel um die Ohren, dass es einfach nicht geklappt hat. Abgesehen von dem einen Mal, als sie bei mir zum Tee war, habe ich sie nur bei den Gruppentreffen dienstagabends gesehen.

»Ehrlich gesagt bin ich bisher nicht richtig zu ihr durchgedrungen und habe auch den Eindruck, dass sie immer noch …« Ich will das Wort »spielen« auf keinen Fall hier im Büro benutzen. »… dass sie immer noch, du weißt schon, aber ich habe keine Ahnung, wie sie es anstellt.«

»Ich hatte gehofft, du würdest mir etwas anderes sagen. Soll ich dich bei ihr unterstützen? Oder denkst du, dass du noch einen Draht zu ihr bekommst? Ich dachte ja, dass du als unsere jüngste Mentorin die besten Chancen hättest.«

Mary sorgt gerade dafür, dass ich mich schrecklich fühle. Ich hätte mir mehr Mühe geben müssen.

»Doch, wir haben einen Draht zueinander. Aber sie weicht jedes Mal aus, wenn ich mich mit ihr treffen will. Ich muss einfach hartnäckiger sein. Heute nach der Arbeit fahre ich bei ihr vorbei. Vielleicht kann ich ja dann mit ihr reden.«

»Würdest du das tun, Pen? Das wäre eine echt große Hilfe. Ihre Mum ist total aufgelöst. Beth in diese Gruppe zu schicken war ihre letzte Hoffnung.«

»Ich regle das, Mary.«

»Danke, Penny. Und vielleicht könntest du auch versuchen, mit ihr über ihre Zukunft zu reden. Ihr von deiner Zeit an der Uni erzählen oder darüber sprechen, welche Kurse sie belegen könnte.«

»Ich versuche es.«

»Wunderbar. Also, dann halte ich dich nicht länger von der Arbeit ab. Danke, Penny. Wir sehen uns morgen.«

»Ich gebe dir Bescheid, wie es gelaufen ist. Wünsch mir Glück.«

»Viel Glück!«

Ich lege auf und starre das Handy an. Das ist wieder einmal typisch für mich – mit einem Teenager überfordert zu sein. Ich kann nicht glauben, dass Beth ins Kasino gegangen ist. Ein winziger Teil von mir ist sogar beeindruckt, dass sie es überhaupt geschafft hat, dort hineinzukommen, da sie für ihr Alter ziemlich jung aussieht. Aber ehrlich, wieso macht sie das?

Als ich in die Gruppe ging, war mir klar, dass ich ein Problem habe, und ich wollte alles tun, um meine Spielsucht loszuwerden. Aber Beth kommt nicht freiwillig. Ihre Mum will es, und genau da liegt das Problem.

Vermutlich hat Beths Mutter gedacht, sie müsse ihre Tochter nur durch die Tür bugsieren, wir würden dann eine Zauberformel sprechen und – wusch, hat sich das Problem in Luft aufgelöst. Wir anderen wissen jedoch, dass es nicht so einfach ist. Es bedarf einer großen Selbstdisziplin, nicht online zu gehen und zu spielen. Du musst aufhören *wollen*.

Ich bin jetzt seit über einem Jahr »trocken«, aber noch immer gerate ich manchmal in Versuchung. Doch sobald ich den Drang verspüre, schreibe ich stattdessen einen Post oder beantworte einen Kommentar auf meinem Blog *Prinzessin auf Sparkurs*. Dass Leute meine Website mögen, verschafft mir einen ähnlichen Rausch wie das Spielen, nur dass auf diese Art von Kick kein Tief folgt. Was Beth braucht, ist Ablenkung, etwas, in das sie ihre Energie lenken kann.

Langsam gehe ich zu meinem Schreibtisch zurück und überlege, was ich mit Beth machen kann.

»Alles in Ordnung?«, fragt Shelly.

Ich setze mich wieder an den Schreibtisch und schaue zu ihr rüber. Sie sieht mich ehrlich besorgt an und reibt mir nicht etwa unter die Nase, dass ich während der Arbeitszeit private Anrufe entgegennehme. Das muss an dem blauen Auge liegen. Vielleicht hat dieses Ding am Ende doch ein paar Vorteile.

»Falls du ein paar Minuten für dich brauchst, würde ich dich decken, wenn jemand nach dir fragt.«

Überrascht runzle ich die Stirn. Natürlich haben Shelly und ich so etwas im Laufe der Jahre oft gemacht, aber nicht mehr, seit wir um die Beförderung konkurrieren.

»Ist schon okay, aber danke. Ich weiß das zu schätzen. Es ging um eine Freundin, die ein Problem hat. Nichts, was nicht bis nach der Arbeit warten kann.«

Zumindest hoffe ich das. Tagsüber habe ich keine Zeit, um länger darüber nachzudenken. Ich muss jede Menge Bewerbungsunterlagen sichten.

»Okay. Sag einfach Bescheid, falls du irgendetwas für deine ›Freundin‹ regeln musst.«

Um das Wort »Freundin« hat sie tatsächlich Anführungszeichen in die Luft gemalt. Ich starre sie mit offenem Mund an und würde am liebsten laut schreien – eine Freundin hat ein Problem, nicht ich! Aber was würde das bringen? Niemand glaubt mir, dass ich in Bezug auf das blaue Auge die Wahrheit sage. Sobald in den Köpfen der Leute einmal eine Geschichte über mein Veilchen entstanden ist, scheint es unmöglich zu sein, sie davon abzubringen.

Also widme ich mich meiner Arbeit. Nachdem ich die Mails gelesen habe, nehme ich den Stapel Bewerbungen in die Hand. Bei der ersten Durchsicht werden die Absolventen aussortiert, die zu schlechte Noten oder den falschen Abschluss haben. Und bei der zweiten Runde sehe ich mir genauer an, warum die Bewerber meinen, dass wir gerade sie einstellen sollten, und ob die entscheidenden Schlüsselwörter fallen. Danach geht Marie meine Auswahl noch einmal durch, und anschließend reiche ich die Liste der Kandidaten, die in die engere Wahl kommen, weiter an die Manager der entsprechenden Abteilungen. Klingt einfach, aber da sich die Arbeitsmarktlage für Absolventen in den letzten Jahren so zugespitzt hat, sind die Bewerberzahlen um 400 Prozent gestiegen. Was ich früher in ein paar Tagen erledigt habe, kostet mich mittlerweile eine ganze Woche.

Ich habe gerade erst zwei Bewerbungen durchgelesen, als mein Handy klingelt. Seufzend frage ich mich, ob das wieder Mary ist. Vielleicht ruft mich ja auch Beth an, um mir ihr Problem zu beichten. Aber als ich auf das Display schaue, sehe ich Henris Nummer. Es ist 9.17 Uhr. Was ist denn heute nur los? Obwohl ich die Grundregeln erklärt habe, scheint meine Definition von Notfall gravierend von Henris abzuweichen. Aus meiner bisherigen Erfahrung weiß ich, dass es besser ist, beim ersten Klingeln ranzugehen, als erst beim fünften oder sechsten. Henri ist dann für gewöhnlich viel ruhiger, und meine Kollegen sind weniger genervt.

»Hallo«, flüstere ich ins Telefon.

»Penny, tut mir leid, ungünstiger Zeitpunkt?«

»Ähm, ja, ich bin im Büro.«

»Ah, ich auch. Hör zu, es geht schnell. Mir ist nur etwas eingefallen. Glaubst du, wir können an den Seiten des Zelts Lichter anbringen? Diese Lichterketten mit normalgroßen Glühbirnen, aber in verschiedenen Farben? Das würde dem Ganzen die Atmosphäre eines englischen Sommerfestes verleihen.«

Ruft sie mich allen Ernstes deshalb an? Während ich arbeite?

»Ähm, war's das?«

»Ja, ich habe nur so überlegt, und da kam mir die Idee, als wäre mir ein Licht aufgegangen.« Sie lacht über ihr eigenes Wortspiel.

»Schön, warum machst du nicht eine Liste mit ›Erleuchtungen‹ dieser Art, und wir sprechen abends darüber?«, flüstere ich ins Telefon. »Bis die Beleuchtung dran ist, sind schließlich noch jede Menge anderer Dinge zu klären.«

Wie etwa ein Festzelt zu mieten, damit wir die Lampen überhaupt aufhängen können.

»Okay, Penny, das ist eine wunderbare Idee. Ich werde eine Liste machen und sie dir schicken.«

»Großartig, ich, ähm …«

Ich schaue hoch, weil ein Schatten auf meinen Schreibtisch fällt. Vor mir steht Giles. Beinahe hätte ich vor Schreck das Handy fallen lassen.

»Ich rufe später zurück.«

Ich lege auf und lasse das Handy schnell verschwinden, während ich versuche, mich zu fassen.

»Sorry, Giles, ein kleines persönliches Problem«, sage ich mit gesenkter Stimme.

Genau wie Shelly kann auch Giles mir nicht in die Augen sehen.

»Gut, also, falls Sie Zeit brauchen, um die Sache zu klären, nur zu.«

Dieses blaue Auge ist ein Phänomen. Vielleicht könnte ich Mark dazu bringen, mir tatsächlich ab und zu ein Veilchen zu verpassen. Bevor ich den Gedanken überhaupt verdaut habe, taucht vor meinem geistigen Auge Marks Gesichtsausdruck auf, als die Leute dachten, dass er seine Frau schlägt. Er wirkte sehr verletzt.

»Danke, Giles, aber ich mache weiter«, antworte ich mit einer Stimme, die in jede melodramatische Seifenoper passen würde. Erstaunlich, dass ich nicht den Handrücken gegen meine Stirn presse und in gespielter Ohnmacht auf den Stapel Bewerbungen sinke.

»Sehr nobel, Penny. Ich habe gerade mit Gunther über das Teambuilding-Event gesprochen, und er ist sehr erfreut, dass Sie es geschafft haben, die Sache zu organisieren. Da er in dem Zeitraum wegen Meetings in UK ist, hat er sich sogar entschlossen, mitzumachen. Ich wollte Ihnen das persönlich sagen, da ich wusste, wie Sie sich darüber freuen.«

Jetzt laufe ich wirklich Gefahr, in Ohnmacht zu fallen. Gunther kommt mit nach Wales? Gunther, der CEO der Firma? Gunther, der das Unternehmen im Keller seines Vaters gegründet hat, als er noch ein Teenager war?

»Das ist, ähm …« Penny denk nach! Du brauchst ein Adjektiv, das kein Schimpfwort ist! »Das ist, ähm, wunderbar«, presse ich mühsam hervor.

»Ich weiß. Eine ausgezeichnete Gelegenheit, um ihn zu beeindrucken«, sagt Giles.

Ich frage mich, was das für ihn oder mich bedeutet, da auf diesem Höllentrip in etwa solch eine Stimmung herrschen wird wie bei der Fahrt von Schweinen ins Schlachthaus. Wirklich beeindruckend wäre, wenn mich der aufgebrachte Mob *nicht* lyncht.

»Großartig«, fiepse ich mit einer Stimme, die keinen Zweifel daran lässt, dass ich in Schwierigkeiten stecke.

Giles verschwindet so leise wieder, wie er sich genähert hat, und ich versuche, die Neuigkeit zu verarbeiten. Wenn ich doch nur eine Papiertüte dabeihätte wie während meiner Spielerphase, falls ich hyperventiliere. Sie käme mir in diesem Moment gerade recht.

»Ist alles okay, Penny?«, fragt Shelly.

Ich spüre, dass mir sämtliche Farbe aus dem Gesicht gewichen ist.

»Ehrlich gesagt, nein. Ich glaube, jetzt brauche ich doch mal einen Moment.«

Kapitel acht

Prinzessin auf Sparkurs – Tischgestecke: Pro und Kontra

Tischgestecke sind ein kniffliges Thema. Einerseits sind sie eine hübsche Deko für die Tische, und du verleihst dem Fest deine persönliche Note. Andererseits sind diese Gestecke oft unglaublich teuer, und sie selbst anzufertigen ist zeitaufwendig. Und wenn sie zu groß und wuchtig geraten, können sich die Gäste rund um den Tisch nicht mehr sehen. Sprich doch mit den Betreibern der Location, bevor du dich entscheidest. Möglicherweise sind Kerzenständer oder Vasen vorhanden, die du für deine Feier nutzen kannst. Ich persönlich betrachte Tischgestecke als Feind – aber vielleicht hast du Tipps, wie man sie in Freunde verwandeln kann?
Tags: Tischgestecke, Hindernisse, Dilemma

Ich glaube nicht, dass ich genügend Energie habe, die Haustür zu öffnen. Falls es je einen Zeitpunkt gegeben hat, an dem ich mir eine Woche hätte freinehmen sollen (ja, ganz recht, eine ganze Woche), dann jetzt. Die Anzeichen gab es bereits seit Montag früh, und es ist nicht besser geworden.

Giles taucht neuerdings mit alarmierender Regelmäßigkeit an meinem Schreibtisch auf. Anscheinend will Gunther sämtliche Details über das Event wissen. Angefangen von dem, was wir auf dem Rücken tragen, bis zur Beschaffenheit der Toilettenanlagen. Und obwohl ich selbst entsetzt zusammengezuckt bin bei den Antworten, die ich vom Feldwebel bekommen habe, stieß Giles einen kleinen Freudenschrei aus und rief: »Gunther wird begeistert sein!« Ich gelange allmählich zu der Überzeugung, dass Gunther ein sadistischer Bastard sein muss.

Und dann musste ich auch noch diese Stapel von Bewerbungen durchgehen. Ich saß also mehrmals schon morgens um acht am Schreibtisch und war elf Stunden später immer noch da. Und obwohl bald Sommer ist, dunkelte es schon, wenn ich endlich nach Hause fuhr.

Und dann ist da noch Beth. Besser gesagt, *hätte* da noch Beth *sein sollen*, aber ich habe es die ganze Woche nicht geschafft, sie zu treffen oder auch nur mit ihr zu sprechen.

Jeden Tag bin ich nach der Arbeit bei ihr zu Hause vorbeigefahren, aber sie war nie da. Ich habe mit ihrer Mum Tee getrunken, und obwohl sie sehr nett zu sein scheint, löst es nicht die Probleme ihrer Tochter, wenn sie und ich ein bisschen plaudern. Immerhin hat Beth endlich auf meine vielen Nachrichten reagiert und versprochen, dass wir uns dieses Wochenende treffen können. Also genau das, was ich nach so einer Arbeitswoche brauche.

Und als wäre dies alles noch nicht genug Stress, schickt Henri mir ständig Listen. Ich bezweifle, dass ich die mentale Energie aufbringen kann, diese Listen jemals durchzugehen. Als ich ihr vorschlug, mir ihre Ideen zur Hochzeit zu mailen, hatte ich damit nicht gemeint, dass sie mir jeden einzelnen Gedanken mailt. Ich habe diese Woche viel über Henri gelernt, vor allem, dass sie lernen muss, ihre Gedanken zu filtern. Am Donnerstag startete sie einen E-Mail-Thread über die Frage, ob sie Strümpfe und Strumpfhalter oder halterlose Strümpfe anziehen solle. Ich setzte dem ein Ende, indem ich ihr sagte, dass wir zuerst ein Brautkleid für sie besorgen müssen. Dieses Vergnügen blüht mir nämlich in nicht allzu ferner Zukunft.

Falls ich dachte, es sei schwierig, mit meiner Mum ein Brautkleid für mich zu kaufen, dann steht mir vermutlich ein böses Erwachen bevor. Mum hat nicht mit der Wimper gezuckt, auch in Kaufhäusern auf Brautkleidsuche zu gehen, nachdem ich ihr gesteckt hatte, dass der Geldsparfuchs Martin Lewis das empfiehlt. Aber ich bezweifle, dass Henri denselben Respekt (oder dieselbe Schwärmerei) für Lewis hegt.

Erinnern Sie sich daran, dass ich sagte, die Planung von Henris Hochzeit würde mir bei meinem Blog helfen? Ich habe so viel Zeit mit dem Schreiben von E-Mails verbracht, dass ich in zwei Wochen nicht mehr als einen von Pennys Top-Tipps in den Blog stellen konnte.

Aber: Zum Glück ist Freitag. Als ich das Büro verließ, habe ich kurz Mark angerufen, und er sagte, er würde seine Triple-Cooked Chips zubereiten. Keine Ahnung, was es dazu gibt, weil ich danach nicht mehr richtig zugehört habe. Falls Sie je eine Folge von den *Simpsons* gesehen haben und wissen, wie Homer beim Anblick von Donuts sabbert, dann wissen Sie jetzt auch, was mir passiert, wenn Mark Triple-Cooked Chips macht.

Der Gedanke an die Chips lässt mich tief in meiner Tasche nach dem Schlüssel wühlen und gibt mir die Kraft, die Tür zu öffnen.

»Hallo!«, rufe ich mit einer Stimme, die man nur als zaghafte Kleinmädchenstimme beschreiben kann.

»Hey, ich bin in der Küche.«

Der Duft der Chips umfängt mich beim Eintreten, und wie in der alten Bistro-Werbung lasse ich mich von meiner Nase zu Mark führen.

»Hallo, Schatz«, begrüße ich ihn und schirme meine Augen gegen die helle Küchenbeleuchtung ab. Mark liebt unsere Küchenlampe. Und als wäre sie nicht schon so hell, dass ich mir ernsthaft Sorgen mache, die in Fairnborough ankommenden Flugzeuge könnten in die Irre geführt werden und versuchen, in unserem Garten zu landen, schaltet Mark beim Kochen auch noch die Beleuchtung unter dem Schrank ein. Ich sollte eine Sonnenbrille aufsetzen.

Er kommt zu mir und küsst mich, dann reicht er mir ein großes Glas Wein.

»Überflüssig zu fragen, wie dein Tag war«, sagt er und wendet sich wieder der Herdplatte zu, um in einem Kochtopf zu rühren.

»So wie die ganzen letzten Tage. Gott sei Dank ist die Woche vorüber.«

»Und jetzt kannst du dich entspannen, es ist Wochenende.«

»Ich weiß. Und ich fühle mich, als hätte ich das heute besonders verdient. Ich bin echt geschafft.«

»Ich bin stolz auf dich, Penny, du arbeitest so hart für diese Beförderung. Du wirst sie sicher bekommen.«

»Danke, Schatz, lieb, dass du das sagst. Und wie war dein Tag?«

»Ganz gut. Ich habe eine E-Mail von Nanny bekommen.«

Wow. Eine E-Mail! Marks Nanny Violet passt immer besser ins 21. Jahrhundert.

»Wie geht es ihr?«

»Sie genießt die Reise und lässt dich herzlich grüßen.«

Ich lächle. Letztes Jahr um diese Zeit hätte Nanny Violet beinahe meine Chancen zunichtegemacht, Marks Frau zu werden, und jetzt schickt sie mir herzliche Grüße. Sehr nett. Momentan macht sie eine Kreuzfahrt auf dem Mittelmeer. Klingt himmlisch. Sie ist mit einem alten Freund unterwegs, mit Ted. Nanny Violet betont immer wieder, dass er nur ein Freund ist, aber ich hoffe insgeheim, dass mehr dahintersteckt. Meiner Meinung nach ist man nie zu alt für ein bisschen Romantik, und erst recht nicht sie mit ihren neunundachtzig Jahren.

Kaum zu glauben, dass dies dieselbe Frau ist, die Mark und mich dazu gedrängt hat, innerhalb von drei Monaten eine Hochzeit zu planen, weil sie Angst hatte, das Fest sonst nicht mehr zu erleben. Und nun schippert sie übers Meer und bräunt sich.

»Ist sonst noch was Spannendes passiert?« Ich setze mich und genehmige mir einen extragroßen Schluck Wein.

»Eigentlich nicht. Clive hat mir noch einen von seinen Klienten übertragen, damit sind es diesen Monat schon drei. Ich bin sicher, dass er auf diese Weise sein Golf-Handicap bis zum Sommer stark verbessern wird.«

»Dann brauchst du dieses Wochenende wohl auch dringend Erholung?«

»Allerdings. Ich glaube, ich lasse Golf morgen früh ausfallen und bleibe im Bett.«

»Hm, ich habe auch überlegt, morgen nicht ins Museum zu gehen.«

»Denkst du das, was ich denke?«

Ich würde zu gern ja sagen, aber normalerweise stelle ich in solch einem Fall fest, dass wir beide auf völlig unterschiedlichen Wellen unterwegs sind. Als Mark mir das letzte Mal diese Frage stellte, zog ich rasch meine sexy Dessous an – und er ging in die Küche, um die Speisekarte unseres Lieblingsinders aus der Schublade zu holen.

Ich hatte angenommen, wir würden nach der Hochzeit eine Art Telepathie entwickeln, aber bisher suchen wir noch die entsprechende Wellenlänge. Dieses Mal hoffe ich jedoch stark, dass Mark dasselbe denkt wie ich.

»Den ganzen Morgen im Bett bleiben und kuscheln?«, frage ich vorsichtig.

»Fast«, erwidert Mark.

Das ist doch schon ziemlich gut, oder? Solange Mark den Satz nicht mit den Worten »Drei-Kilometer-Lauf« beendet …

»Ich habe die hier gekauft, wir können also im Bett frühstücken.«

Mark hält eine Tüte mit Croissants hoch. Croissants stehen, was Sie vermutlich nicht überraschen wird, zusammen mit Triple-Cooked Chips bei mir ganz oben auf der Liste.

»Croissants und frischer Kaffee. Das ist fast so gut wie ein Orgasmus.«

»Dabei könnte ich morgen früh vielleicht auch behilflich sein.«

Wir haben also doch an das Gleiche gedacht. Vielleicht sind wir wenigstens ab und zu schon auf derselben Wellenlänge.

»Okay, fertig zum Essen? Dann brate ich jetzt die Steaks.«

»Steaks, Croissants ... Monsieur, Sie verwöhnen mich.«

»Du kannst mich ja dafür morgen verwöhnen, indem du mir das Frühstück ans Bett bringst.«

»Hey, das ist unfair.«

Verdammt, wieso habe ich plötzlich das kürzere Streichholz?

»Dann spülst du heute Abend das Geschirr, und ich mache morgen Frühstück.«

Ich lasse den Blick durch die Küche schweifen. Wie üblich, wenn Mark kocht, hat er jeden Topf und jede Pfanne benutzt, die er finden konnte.

»Okay, ich mache Frühstück.« Das sollte zu schaffen sein. Es ist ja schließlich nicht so, als müsste ich ein komplettes englisches Frühstück zubereiten.

Mark stellt einen Teller vor mich, und der Anblick lässt mir das Wasser im Mund zusammenlaufen: Steak und Chips mit Pfeffersoße. Mein Lieblingsessen.

»Du wirst mich vermutlich morgen früh aus dem Bett rollen müssen. Mein Bauch wird schon richtig dick.«

Ich war die ganze Woche nicht beim Sport und komme mir richtig aufgebläht vor.

»So dick ist er nun auch nicht«, erwidert Mark und setzt sich.

Ich halte damit inne, mein Steak in Stücke zu schneiden. »So dick nun auch nicht? Heißt das, du findest ihn dick?«

»Äh, so habe ich das nicht gemeint.«

»Aber du hast es gesagt, also denkst du es auch.«

Tränen schießen mir in die Augen.

»Penny, du weinst doch nicht etwa? Komm schon, du weißt doch, dass ich es nicht so gemeint habe.«

»Wie denn dann? Du hast mich als fett bezeichnet!«

»Ich habe dich nicht als fett bezeichnet. Jetzt übertreibst du wirklich.«

Mark klingt verärgert, was mich noch mehr aus der Fassung bringt. Eine dicke Träne kullert mir über die Wange und landet in meiner Pfeffersoße.

»Du hast gesagt, mein Bauch sei dick.«

»Nein, *du* hast gesagt, er sei dick. Ich habe lediglich angedeutet, dass er ein bisschen dicker ist als sonst. Aber du bist nicht fett.«

»Du stimmst mir jedoch zu, dass er dicker ist als sonst«, sage ich schluchzend.

»Penny, um Himmels willen, deine Chips weichen auf vor lauter Tränen!«

»Ich weiß, aber ich kann nicht aufhören zu weinen.«

»Du hast eine harte Woche im Büro hinter dir und bist übermüdet, deshalb weinst du.«

»Sag du mir nicht, warum ich weine«, erwidere ich hicksend.

Ich weiß selbst, dass ich überreagiere, aber ich kann ehrlich nichts dafür.

Mark legt seine Gabel fort, kommt zu mir und nimmt mich in die Arme.

»Ich mache morgen Frühstück, ich glaube, du musst mal richtig ausschlafen.«

»Nein, tust du nicht. Ich brauche schließlich ein bisschen Bewegung.«

Mark seufzt laut und geht zurück zu seinem Platz.

»Tut mir leid. Ich mag einfach nicht fett sein.«

»Du bist nicht fett!«, ruft Mark. »Und was willst du eigentlich sagen, wenn du mal schwanger bist?«

»Falls ich *je* schwanger werde.«

Wenn ich diesen Monat meine Periode bekomme, versuchen wir es seit acht Monaten.

Ich lege meine Gabel hin.

»Mark, der wievielte ist heute?«

»Der dreiundzwanzigste.«

Ich stehe auf, um mein Handy aus der Handtasche zu holen.

»Dein Essen wird kalt. Was machst du denn?«

Ich kann jetzt nicht antworten. Ich bin zu sehr mit Rechnen beschäftigt.

Meine Periode ist überfällig, ganz sicher. Bei all dem Stress habe ich gar nicht mehr daran gedacht. Ich öffne meine Kalender-App und fange an zu zählen. Tatsächlich überfällig: drei Tage.

»Was ist los?«, fragt Mark. Die Sorge steht ihm ins Gesicht geschrieben.

»Ich hab meine Periode nicht bekommen«, sage ich, während sich der Gedanke langsam setzt.

»Wie viele Tage bist du drüber?«

Ich sehe Mark in die Augen und entdecke die Hoffnung darin.

»Drei.«

»Drei Tage? Das ist nicht viel, oder?«

»Normalerweise ist mein Zyklus pünktlich wie ein Uhrwerk.«

Ich könnte wirklich schwanger sein. Vielleicht fühlt sich mein Bauch deshalb dicker an als sonst? Und wenn ich darüber nachdenke, habe ich auch ein Spannungsgefühl in den Brüsten.

»Ist es noch zu früh für einen Test?«, fragt Mark.

»Ich glaube, man kann ihn machen, sobald die Periode überfällig ist.«

Ein Lächeln breitet sich auf seinem Gesicht aus.

»Hätten wir doch bloß keinen Wein getrunken, dann könnten wir zum Drogeriemarkt fahren. Glaubt du, die Tankstelle unten an der Straße hat so etwas?«

»Vermutlich nicht, aber wir können morgen früh als Erstes zum Drogeriemarkt fahren«, antworte ich und versuche, unaufgeregt zu klingen. Wir versuchen es jetzt schon so lange, und ich kann noch nicht glauben, dass es geklappt haben soll.

»Stell dir vor, nächstes Jahr um diese Zeit leben wir vielleicht zu dritt in diesem Haus«, sagt Mark.

»Kann sein«, sage ich, und gleich darauf trifft es mich wie ein Schlag. Womöglich bekommen wir tatsächlich ein Baby. Was ist dann mit dem Teambuilding-Event? Mir stockt der Atem. Womöglich kann ich im Juli gar nicht mehr mitfahren. Dieser Feldwebel hat betont, dass keine schwangeren Frauen teilnehmen dürfen, weil viele der Aktivitäten körperlich ziemlich anstrengend sind und ihre Versicherung solche Fälle nicht abdeckt. Aber wenn Giles und Gunther dabei sind, wie sieht das dann aus, wenn ich nicht teilnehme? Ich müsste ihnen sagen, dass ich schwanger bin – und dann kann ich die Beförderung vergessen. Warum habe ich nicht die Revision des Beurteilungsprozesses übertragen bekommen? Dann würde niemand etwas merken!

»Was ist los?«, fragt Mark. »Freust du dich denn nicht?«

»Doch, natürlich. Es ist nur wegen der Beförderung. Was ist, wenn ich die wegen der Schwangerschaft nicht bekomme?«

»Nun, gerade du musst doch wissen, dass man schwangere Frauen nicht diskriminieren darf, und zweitens – wen interessiert's? Wir haben diese Beförderung nie eingeplant und sind nicht auf das Geld angewiesen.«

»Und wenn ich aber befördert werden *will*? Ich weiß, dass ich das schaffen kann.«

»Natürlich könntest du das. Keiner bezweifelt, dass du das Zeug hast, um Karriere zu machen. Ich dachte nur, du wolltest damit bis nach den Kindern warten.«

»Wollte ich auch. Oder will ich auch.«

In meinem Kopf herrscht Chaos.

Mark beugt sich vor und streichelt meine Hand.

»Penny, wir haben vielleicht Phase sechs erreicht!«

Ich muss kichern. Phase sechs. Der Heilige Gral unseres Lebensplans. Darauf habe ich immer gewartet, seit wir in Phase eins eine winzige Wohnung gemietet haben, in Phase zwei in unser Reihenhaus gezogen sind, Mark in Phase drei seine Steuerberaterprüfung abgelegt hat, wir uns in Phase vier verlobt und in Phase fünf letztes Jahr geheiratet haben.

»Vielleicht ist es wirklich so!«

Ich will nach meinem Weinglas greifen und nehme stattdessen das Wasserglas. Nur für den Fall. Ich, Penny Robinson, werde vielleicht Mutter. Wieder muss ich kichern. Der Himmel stehe diesem Kind bei.

Keine Ahnung, wie ich es geschafft habe, letzte Nacht überhaupt zu schlafen. Aber nicht nur das: Ich habe geträumt, ich sei so schwanger, dass Mark mich durch die Gegend schieben musste wie eine riesige Schubkarre.

Nachdem wir am frühen Morgen die Croissants hinuntergeschlungen haben (so viel zum Thema Ausschlafen), ist Mark losgezogen, um einen Schwangerschaftstest zu besorgen.

Ich versuche, nicht Pipi zu machen, bevor er wieder da ist, damit ich dann auf Kommando kann. Aber das funktioniert nicht, ich bin kurz vorm Platzen. Also gehe ich jetzt zur Toilette und werde danach ein großes Glas Wasser trinken. Nachdem ich mich aufs Klo gesetzt habe, schaue ich nach unten, und mich erwartet ein vertrauter Anblick in meinen Höschen: ein winziger Blutfleck.

Zu meiner Teenagerzeit war ich happy über diesen Anblick, wenn sich meine Periode verspätet hatte. Dieser winzige Fleck, der mir zeigte, dass ich nicht schwanger war, obwohl es ehrlich gesagt einer unbefleckten Empfängnis gleichgekommen wäre, so wie mein erster Freund und ich Sex hatten. Aber jetzt fühle ich mich, als hätte mir jemand in den Magen geboxt.

Ist schon verrückt – dein Leben lang wird dir gesagt, dass du aufpassen musst und es »Unfälle« geben kann. Aber wenn du dann versuchst, schwanger zu werden, merkst du, wie viel Glück dazugehört, genau zum richtigen Zeitpunkt Sex zu haben. Und dass dann noch die vielen anderen Dinge perfekt funktionieren müssen, auf die du gar keinen Einfluss hast.

Eine Träne rollt mir über die Wange, und ich frage mich, wie viele Monate ich das wohl noch werde durchstehen müssen. Vergangene Nacht war ich fest davon überzeugt, schwanger zu sein. Doch all die Symptome, das Heulen – es waren nur Vorboten meiner Periode, mehr nicht.

»Penny?«

Mark ruft mich von unten. Wie soll ich ihm das nur beibringen? Er war schon bei Tagesanbruch auf den Beinen und ist zur nächsten Apotheke gerast. Normalerweise ist er nur ein Morgenmensch, wenn es in irgendeiner Weise um Sport geht.

»Ich bin hier oben«, antworte ich.

Ich verlasse das Badezimmer und stoße auf dem Treppenabsatz mit ihm zusammen.

»Es gab so viele verschiedene, und ich wusste nicht, welchen ich nehmen soll. Also habe ich den mitgebracht, der anzeigt, in der wievielten Schwangerschaftswoche du bist. Außerdem habe ich eine Doppelpackung genommen, damit wir das Ergebnis überprüfen können. Ich habe die Apothekerin gefragt, sie hat Vitamine empfohlen, also habe ich …«

»Mark, hör auf. Ich bin nicht schwanger.«

Mark sieht aus, als hätte ich ihm gerade gestanden, dass ich nur zum Spaß junge Hunde ersäuft habe.

»Bist du sicher?«

»Ich habe gerade meine Periode bekommen.«

Mark schweigt, und das macht es nur noch schlimmer. Aber gleich darauf nimmt er mich in die Arme und drückt mich ganz fest. Das ist genau das, was ich jetzt brauche.

»Es gibt immer einen nächsten Monat, Pen.«

Ich versuche, die Tränen wegzublinzeln. Klar, es gibt immer einen verdammten nächsten Monat.

»Es tut mir so leid, Mark«, sage ich.

»Wieso denn? Du kannst doch nichts dafür.«

»Aber ich habe dir Hoffnungen gemacht. Wenn ich gestern nicht nachgerechnet hätte, wären wir gar nicht auf die Idee gekommen. Heute Morgen hätte ich meine Periode gehabt, und alles wäre so wie immer. Und wir hätten uns nicht gestern im Bett schon über passende Namen unterhalten.«

»Dann haben wir eben etwas Wichtiges gelernt. Wir suchen uns keine Anregungen für Namen aus dem *Tatler*.«

»Aber Chandos ist schon toll«, erwidere ich mit leisem Trotz in der Stimme. »Ich kann mir einen Chandos als Gehirnchirurg oder Premierminister sehr gut vorstellen.«

Ein schwaches Lächeln erscheint auf Marks Gesicht, und ich lächle ebenfalls. Dann brauchen wir eben etwas länger, aber wenn der Tag endlich da ist, wird Mark ein wunderbarer Vater sein.

»Da wir jetzt schon mal auf sind – möchtest du etwas unternehmen?«

»Wir könnten Lou besuchen.«

»Bist du sicher, dass du ausgerechnet das heute willst?«

Meine beste Freundin Lou hat im vergangenen Jahr einen süßen kleinen Jungen namens Harry bekommen. Ich sage süß, weil er das zu achtzig Prozent der Zeit auch ist, aber während der übrigen zwanzig Prozent frage ich mich, ob sie ihn nicht besser hätten Damien nennen sollen, so wie der Junge in *Das Omen*.

»Dann sind wir vielleicht dankbar, dass wir noch kein Kind haben.«

»Stimmt. Außerdem wird heute Morgen ein Kricketspiel übertragen. Russell und ich könnten es uns anschauen.«

»Passt doch. Ich rufe sie mal an.«

Vielleicht ist es ohnehin besser, dass ich noch nicht schwanger bin. In Anbetracht der in Aussicht gestellten Beförderung und Henris Hochzeit und all dem anderen. Nach dem Sommer schwanger zu werden passt einfach besser. Mir das zu sagen ist das eine, es auch zu glauben etwas anderes.

Kapitel neun

Prinzessin auf Sparkurs – Frag Penny!

Liebe Penny,
mein Zukünftiger und ich möchten bei unserem Empfang Musik haben und gern einen DJ buchen. Den können wir uns aber nicht leisten, also schlägt mein Verlobter vor, dass wir unsere eigene iPod-Playlist zusammenstellen (à la The Saturdays). Aber ich habe keine Ahnung, wie wir eine Playlist zusammenstellen sollen, ohne uns gegenseitig umzubringen. Irgendwelche Ideen?
Pop-Prinzessin

Liebe Pop-Prinzessin,
einen DJ durch die eigene iPod-Playlist zu ersetzen wird immer beliebter. Es gibt eine gute Methode, diese Playlist zu erstellen: Lege den Einladungen zur Feier eine Karte bei, auf der die Gäste nach einem Song gefragt werden, der sie an dich und deinen Zukünftigen erinnert. Auf diese Weise gefällt jeder Song garantiert mindestens einer Person – und wird für euch beide zu einer Reise in die Vergangenheit.
Ich wünsche euch eine tolle Hochzeit!
Pen xx

»Henri, nun beruhige dich bitte. Wir sind ja gleich da«, sage ich zum vermutlich millionsten Mal, seit ich sie heute Morgen abgeholt habe. Wir gehen die Oxford Street entlang, die ziemlich leer ist, da die Geschäfte noch geschlossen haben.

Okay, ich trage gewissermaßen Schuld an Henris Nervosität, da ich sie quasi entführt und ihr nicht verraten habe, wo wir hingehen. Ich habe sie dazu gebracht, sich einen Tag frei zu halten, und sie dann um 6.15 Uhr mit dem Taxi abgeholt. Dann haben wir einen frühen Zug zur Waterloo Station genommen.

Aber sie braucht sich echt keine Sorgen zu machen. Wir sind unterwegs, um ihr ein Hochzeitskleid zu kaufen, mehr muss sie nicht wissen. Wenn ich ihr vorher mehr verraten hätte, wäre ich von dem Trommelfeuer an E-Mails erschlagen worden.

»Aber ich möchte doch nur wissen, wo wir hingehen. Zu Browns? Oder zu Selfridges? Das ist doch der Weg zu Selfridges, oder?«

Der hoffnungsvolle Ton in ihrer Stimme erinnert an ein Kleinkind, das sich vom Weihnachtsmann ein Fahrrad wünscht. Ich möchte sie nicht darauf hinweisen, dass für ein Kleid von Browns ihr gesamtes Budget draufgehen würde. Andererseits will ich ihre Luftblase nicht zum Platzen bringen, indem ich ihr sage, dass Selfridges ebenfalls nicht unser Ziel ist. Lieber lasse ich sie im Dunkeln.

»Vertrau mir einfach. Ich bin deine Hochzeitsplanerin.«

Diese Formulierung habe ich in letzter Zeit ziemlich oft gebraucht, aber es scheint der einzige Satz zu sein, der sie beruhigt. »Okay, aber es fällt mir schwer, nicht Bescheid zu wissen.«

»Deine Einwände wurden registriert. Schau, wir sind fast da.«

Vielleicht hätte ich für Henri eine Augenbinde besorgen sollen, denn draußen vor dem Laden müssen wir Schlange stehen. Nein, es handelt sich nicht etwa um einen Brautmodenausverkauf bei Next. Wir wollen zu TK Maxx, die neuerdings auch Designer-Brautkleider verkaufen. Ich habe mich bei einer Website angemeldet und bekomme eine Nachricht, wenn neue Ware eintrifft, und da sind wir nun, morgens um acht. Und wir müssen nur eine Stunde mit etwa dreißig anderen Leuten in der Schlange stehen. Ist doch gar nicht so schlecht.

»TK Maxx?«, fragt Henri verwirrt.

Sie sieht die Reihe der Wartenden entlang, mustert die anderen Frauen und zieht ein Gesicht, als hätte ich ihr vorgeschlagen, zu Primark zu gehen. Zu meinem Glück sind alle hier schick genug angezogen, dass Henri nicht ernsthaft die Nase rümpfen kann.

»Ja, sie haben Designer-Brautkleider, die bis zu sechzig Prozent reduziert sind. Sie sind eventuell aus der Vorjahreskollektion, aber genauso schön. Wenn du eines dieser extravaganten Designerkleider mit Federn und Rüschen willst, wovon ich ausgehe, dann sind wir hier richtig.«

Henri zieht einen Schmollmund. Ich habe gelernt, dass das ein gutes Zeichen ist. Wenn sie herumschwafelt, ist sie unbeeindruckt. Aber wenn sie schmollt, dann ist das ihre Art, zu sagen, dass ich recht haben könnte und sie über meine Worte nachdenkt.

»Welche Designer?«

Beinahe hätte ich vor Freude in die Luft geboxt. Henris Interesse wurde erfolgreich geweckt. »Auf der Website habe ich Kleider von Dolce & Gabbana, Armani und Valentino gesehen.«

Ich gebe mir Mühe, mich an weitere Namen zu erinnern, aber Henris Pupillen weiten sich bereits.

»Und die sind alle um sechzig Prozent reduziert?«

»Viele.« Ich nicke.

»Nun, es kann sicher nicht schaden, sie sich einmal anzusehen.«

»Das denke ich auch. Wie wär's, wenn du dich anstellst, und ich hole uns Kaffee und was zu essen?«

»Nein, danke, nicht für mich. Wenn ich ernsthaft versuchen will, mich in Kleidergröße 38 zu quetschen, kann ich mir das nicht leisten.«

Henri ist eine Bohnenstange und passt mit Sicherheit in Größe 36. Ein Brötchen macht da wohl kaum einen Unterschied. Ich werde sicherheitshalber eins mehr kaufen, und wenn sie es wirklich nicht will, esse ich es, während sie Kleider anprobiert.

Wir kommen recht gut voran mit unserer Hochzeitsplanung, die Location und die Kirche sind gebucht. Der Pfarrer hat sogar zugestimmt, dass Archie die Ringe tragen darf, und da Henris Mum direkt gegenüber dem Kricketfeld wohnt, wo der Empfang stattfinden wird, können wir

Archie nach der Trauung in ihrem Haus absetzen – bevor er das Festzelt umreißt und sich aufs Hochzeitsessen stürzt. Jetzt müssen wir nur noch Musik und Catering organisieren. Beides ist ziemlich wichtig, auch wenn Henri das anscheinend nicht realisiert. Sie macht sich nur Gedanken über ihr Kleid, deshalb habe ich entschieden, diesen Punkt als Nächstes anzugehen. Vielleicht hört dann das Piepen meines Handys zu nächtlicher Stunde auf, wenn Henri mal wieder Alpträume darüber hat, dass sie in Unterwäsche zum Altar schreiten muss.

Als ich vom Bäcker zurückkomme, unterhält sie sich angeregt mit zwei Frauen in der Schlange, die auf mich wie Mutter und Tochter wirken. Die drei lachen sogar über irgendetwas. Ich klopfe mir in Gedanken lobend auf die Schulter, während ich Henri ihren Kaffee reiche.

»Danke. Das ist Penny, meine Hochzeitsplanerin«, stellt Henri mich vor.

»Oh, Ihre Hochzeitsplanerin«, gurrt das Mädchen. »Ich hätte auch gern eine gehabt, aber das konnten wir uns nicht leisten.«

»Nun, ich bin sicher, dass Penny nichts dagegen hat, wenn ich das sage: Sie arbeitet mit Bräuten, die ein wenig *sparen* müssen.« Henri flüstert das Wort immer noch.

»Ehrlich? Wow«, staunt das Mädchen. »Vielleicht hätten wir auch so jemanden suchen sollen, Mum?«

Ihre Mutter zieht die Brauen auf eine Weise hoch, die mir das Gefühl gibt, dass ihre bisherigen Erfahrungen bei der Hochzeitsplanung nicht die besten waren.

»Sie können sich ja mal ihren Blog ansehen, *Prinzessin auf Sparkurs*, da finden Sie eine Menge Tipps, wie man bei der Hochzeit sparen kann.«

»Oh, mein Gott, das ist *Ihr* Blog?«, ruft das Mädchen. »Den lesen wir regelmäßig, nicht wahr, Mum?«

»Allerdings. Der Tipp mit den einzelnen Blumen war brillant, das spart uns ungefähr 400 Pfund.«

»Tut gut, zu hören, dass die Leute meine Tipps lesen.«

»Ich lese jeden Post. Ich habe einen RSS-Feed, damit ich nichts verpasse«, sagt die zukünftige Braut.

»Wow.«

Menschen lesen meinen Blog! Im Kopf vollführe ich einen Freudentanz. Es fühlt sich an wie zu den Anfangstagen des Blogs, als ich meine Aufrufe gezählt und gehofft habe, dass auch andere außer meiner Mum und mir meine Posts lesen.

»Es ist so toll, Sie persönlich kennenzulernen! Ich habe Ihnen als CrazyBride geschrieben«, sagt das Mädchen.

»Ich erinnere mich an Ihre Kommentare«, antworte ich aufgeregt. Ob es sich so anfühlt, berühmt zu sein? Ich spüre, dass meine Wangen kribbeln – auf positive Weise.

»Werden Sie auch über die Kleider hier schreiben?«, fragt das Mädchen.

»Ich hoffe schon. Wenn Henri bereit ist, für mich zu modeln.«

Mir entgeht nicht, dass Henri ihr Haar glatt streicht und sich kerzengerade aufrichtet.

»Würden Sie vielleicht auch ein Foto von mir auf Ihre Website stellen? Das wäre so cool!«

Ich kann nicht glauben, dass ich meinem größten Fan begegnet bin.

»Natürlich, mache ich gern.«

Eine Verkäuferin schließt die Ladentür auf.

»Ich halte bei den Umkleidekabinen nach Ihnen Ausschau«, sagt die zukünftige Braut. Während wir uns hinter den beiden her in das Geschäft schieben, drückt ihre Mum meinen Arm und sagt, ich solle so weitermachen.

Zu meiner großen Erleichterung hat die nun folgende Szene gar keine Ähnlichkeit mit der Folge aus *Friends*, in der Monica zu einem Musterteile-Verkauf geht. Die Zahl der Frauen aus der Schlange, die wegen der Brautkleider hier sind, reduziert sich auf zwölf, wenn man einmal durchschaut hat, dass fast alle ihre Mütter dabeihaben. Es gibt zwar ein bisschen Geschiebe, und ich mag auch jemandem auf den Fuß getreten sein, aber insgesamt geht es hier sehr zivilisiert zu.

Am Ende habe ich drei Kleider auf dem Arm, die Henri anprobieren sollte.

Sie selbst ist so überwältigt von dieser Einkaufserfahrung, dass sie die ganze Zeit das Kleid an sich presst, das sie als Erstes gesehen hat. Zu ihrer Verteidigung muss man sagen, dass es wunderschön ist.

Sich im Kabinenbereich aufzuhalten, wenn alle Brautkleider anprobieren, ist ziemlich aufregend. Immer wieder sieht man Freudentränen – oder auch kritische Blicke.

»Ta-daa!«, ruft Henri.

O Gott. Ich schlage die Hand vor den Mund. Henri hat *das* Kleid an.

»Du siehst aus wie eine Prinzessin«, stoße ich hervor.

Das Kleid hat eine trägerlose Korsage, die in einer Explosion aus Tüll und Taft in einen bauschigen Rock mündet. Henri dreht sich im Kreis, und ich entdecke die Schleppe an der Rückseite. Das Kleid hat tatsächlich eine Schleppe! Der Stoff schimmert leicht goldorange, was wunderbar mit Henris kastanienbraunem Haar harmoniert. Vermutlich haben Sie jetzt ein Bild von einem Kleid im Kopf wie aus *My Big Fat Gypsy Wedding*, aber davon ist es meilenweit entfernt.

»Ich glaube, das ist es«, sagt sie aufgeregt.

Ich stehe auf und greife nach dem Preisschild. Es kostet nur 599 Pfund, heruntergesetzt von 1195 Pfund. Sogar mit meinen schwachen mathematischen Fähigkeiten kann ich ausrechnen, dass es ein echtes Schnäppchen ist. Und auch wenn ich glaube, dass Henri woanders ein noch günstigeres Kleid finden könnte, so ist mir doch klar, dass für eine Designerlabel-Queen wie sie nichts anderes in Frage käme.

»Probier aber trotzdem noch das Armani-Kleid an«, rate ich ihr, allein deshalb, weil es von Armani ist und weniger als 600 Pfund kostet. Gott, ich liebe TK Maxx! Ich darf nicht vergessen, einen Blick in die Schuhabteilung zu werfen, wenn wir schon einmal hier sind. Ich meine, wenn etwas um sechzig Prozent reduziert ist, dann kann der Preis doch gar nicht mehr unständig hoch sein, oder?

Als wir den Laden zwei Stunden später verlassen, hat Henri nicht nur das Brautkleid gekauft – das erste, das sie anprobiert hat –, sondern auch drei Kleider für die Brautjungfern. Ich habe ihr abgeraten, Kleider ohne Anprobe zu kaufen, aber sie entgegnete, dass ihre Schwester und ihre Nichte sowieso erst eine Woche vor der Hochzeit in Großbritannien eintreffen, und ihre Freundin Liz würde das anziehen, was man ihr gibt. Bei der hypnotischen Kraft von Henris Augen bezweifelte ich das nicht.

Die Kleider für die Brautjungfern waren auch ein absolutes Schnäppchen, so dass Henri insgesamt, wenn man die Rabatte addiert, 1500 Pfund gespart hat.

Aber nicht nur Henri hat einen Glücksgriff getan. Ich habe ein Paar Kurt-Geiger-High-Heels für unter dreißig Pfund ergattert. Mark wird stolz auf mich sein, da ich nicht die Chloé-Wedges genommen habe, die schlichtweg umwerfend waren und 300 Pfund unter Normalpreis lagen, aber immer noch über hundert Pfund kosteten. Mein Finanzdesaster ist noch nicht lange genug her, als dass ich viel Geld für teure Designerschuhe ausgeben würde.

Henris Kleid ist so voluminös, dass wir uns ein Taxi zur Waterloo Station leisten.

»Vielen Dank, Penny. Wie wunderbar das alles ist! Du sorgst tatsächlich dafür, dass meine Träume wahr werden. Als Nick mir sagte, wir müssten die Hochzeit so planen, dass wir mit … du weißt schon, da war mein erster Gedanke, dass ich kein Brautkleid haben werde, das allen den Atem verschlägt. Aber du hast eins für mich gefunden, Penny. Ich werde eine Prinzessin sein.«

»Eine sparsame Prinzessin«, antworte ich lachend.

»Genau. Dass du tagsüber einem anderen Job nachgehst, ist die reinste Verschwendung, weißt du das eigentlich? Du bist die geborene Hochzeitsplanerin.«

»Danke, Henri. Aber ich arbeite wirklich gern im HR-Bereich.«

Zumindest normalerweise. In letzter Zeit weniger, aber das liegt daran, dass ich mir ein Bein ausreiße, um Giles zu beeindrucken.

»Das weiß ich doch, aber du hast wirklich ein Händchen für Hochzeiten. Ich habe gehört, wie du mit der zukünftigen Braut und deren Mutter über Ideen für einen Schleier gesprochen hast, während ich das Armani-Kleid anprobiert habe.«

Bei all dem Lob werde ich rot. Komplimente anzunehmen fällt mir von Natur aus nicht leicht, dafür bin ich zu britisch.

»Wenn ich Blogs schreibe, bringt mich das auf Ideen. Es ist gar nicht so schwer, man lernt schnell, wo man suchen muss.«

»Aber das ist der Punkt, Penny. Du weißt, wo du suchen musst. Ich wäre in einer Million Jahren nicht darauf gekommen, dass TK Maxx auch Brautkleider verkauft.«

»Das ist auch ziemlich neu …«

»Aber du hast davon gehört. Hast du noch nie daran gedacht, eine eigene Firma zu gründen, statt nur gelegentlich Hochzeiten zu organisieren?«

»Eigentlich nicht. Professionelle Hochzeitsplaner kassieren ziemlich hohe Gebühren, und es kann auch ganz schön stressig sein.«

»Ja, aber du könntest verschiedene Pakete anbieten. Quasi maßschneidern. Die meisten Schickeria-Hochzeitsplaner sind doch nur dazu da, dass alles glattläuft. Aber du bist besonders gut darin, die Traumhochzeit überhaupt erst möglich zu machen: Rabatte aushandeln und preiswerte Lösungen finden. Am Tag selbst musst du vielleicht gar nicht anwesend sein. Du könntest es so gestalten, dass es wie bei einer Hochzeit ohne Hochzeitsplaner abläuft.«

»Vielleicht.« In meinem Kopf schwirrt alles durcheinander bei der Vorstellung, aus *Prinzessin auf Sparkurs* einen Vollzeitjob zu machen. Regelmäßig zu sehen, wie das Gesicht einer Frau zu strahlen beginnt, wenn sie ihr Traumkleid zu einem bezahlbaren Preis findet … Aber dann muss ich an Mark denken. Er betrachtet meinen Hochzeitsblog sehr skeptisch. Sobald er an meine Begeisterung denkt, was

Hochzeiten angeht, fällt ihm vermutlich meine Spielsucht ein, wer könnte es ihm verdenken? Immerhin habe ich 10 000 Pfund beim Bingo verspielt, weil ich das Geld für ein Brautkleid von Vera Wang zusammenbekommen wollte.

Und es ist ja nicht gerade eine Start-up-Idee, mit der man in der Show *Die Höhle der Löwen* antreten könnte, oder? In finanzieller Hinsicht wäre es eine Verschlechterung. Bei 1000 Pfund pro Hochzeit müsste ich im Jahr dreißig Hochzeiten organisieren, um auf mein jetziges Gehalt zu kommen. Das sind dreißig potenzielle Brautzillas – allein die Vorstellung …

»Du solltest darüber nachdenken. Falls du Startkapital brauchst, kann ich bestimmt mit meinem Vater reden. Er ist immer auf der Suche nach Investitionsmöglichkeiten.«

Bisher hat Henri ihren Vater kaum erwähnt. Ich weiß nur, dass sie ihrer Mutter sehr nahe steht und sich ihre Eltern scheiden ließen, als sie noch klein war.

»Ich werde es im Hinterkopf behalten. Ist dein Vater denn schon aufgeregt wegen der Hochzeit?«

»Ich glaube schon. Obwohl es mich ein bisschen nervös macht, dass er kommt. Er steht auf die schönen Dinge des Lebens und wird alles danach beurteilen, wie teuer es aussieht.«

»Hätte er dir nicht etwas Geld dazutun können?«

Henri schüttelt den Kopf. »Als wir uns verlobten, hat er angeboten, sämtliche Hochzeitskosten zu übernehmen, aber ich habe abgelehnt und gesagt, dass Nick und ich die Hochzeit selbst bezahlen wollen. Mein Dad versucht immer, die Scheidung wiedergutzumachen, indem er mir teure Sachen schenkt. Zum Beispiel meine hübschen Schuhe und die Designerkleidung. Solche Dinge schickt er mir regelmäßig, obwohl ich ihn immer dränge, das nicht zu tun, denn ehrlich gesagt würde ich ihn lieber mal zum Mittagessen treffen. Aber er ist ständig außer Landes, und wenn er doch einmal da ist, dann ist er zu beschäftigt.«

Ich glaube nicht, dass es mich stören würde, meinen Vater seltener zu sehen, wenn er mir dafür Miu-Miu-Schuhe schicken würde. Andererseits, wenn ich mich zwischen beidem entscheiden müsste, wäre mir mein Dad wohl doch wichtiger. Da bin ich mir zu neunzig Prozent sicher.

»Allerdings habe ich sein Angebot abgelehnt, bevor Nick mir sagte, dass wir bei der Hochzeit sparen müssen.«

»Hättest du das Geld deines Vaters sonst angenommen?«

»Nein, ich glaube nicht. Aber jetzt habe ich das Problem, dass diese Hochzeit widerspiegeln wird, wie ›erfolgreich‹ Nick ist. Ich möchte nicht, dass mein Dad annimmt, es würde uns finanziell nicht gutgehen.«

Der Zug steht gerade auf einer Brücke über der Themse. Henri schaut aus dem Fenster auf den Fluss, und ich überlege, ob ich ihr erzählen soll, dass es manchmal besser ist, ganz offen zu sein, und wie gut es mir getan hat, Mark und unseren Familien die Wahrheit zu sagen. Aber ich halte mich im letzten Moment zurück. Ich würde mich ihr gern anvertrauen, da ich aus eigener Erfahrung weiß, wie sehr einem das in solchen Situationen hilft. Wir Süchtigen haben unsere Selbsthilfegruppe; aber die uns Nahestehenden müssen genauso viel Mist durchstehen, und an wen können sie sich wenden? Ich albere oft mit Mark herum, dass er seine eigene Selbsthilfegruppe »Mein Ehepartner ist spielsüchtig« gründen sollte.

»Wir werden dafür sorgen, dass dein Vater nicht merkt, wie ›wenig‹ alles gekostet hat«, sage ich.

Henri lächelt mich an, und in dem Moment sehe ich die Traurigkeit in ihren Augen. Das ist der wahre Preis der Spielsucht.

»Danke, Penny. Ich weiß nicht, was ich ohne dich getan hätte.«

In diesem Moment scheinen die nervigen Anrufe und stündlichen E-Mails all das wert zu sein. Sicher, für einen Außenstehenden mag Henri ein paar Brautzilla-Ähnlichkeiten haben, aber andererseits muss man erst einmal eine Braut finden, die nicht an der einen oder anderen Stelle zumindest eine Spur davon hat.

Es ist auch das erste Mal, dass ich mich Henri auf eine andere Art als nur geschäftsmäßig verbunden fühle. Sie ist weit von der selbstbewussten, souveränen Frau entfernt, die sie für gewöhnlich zu sein scheint.

»Es wird eine wunderbare Hochzeit, warte nur ab. Sie wird sogar deinen Vater umhauen.«

Nächste Woche muss ich unbedingt ein paar potenzielle Caterer für Henris Hochzeit aussuchen, denn bisher haben wir nur jede Menge hungriger Gäste. Plötzlich überflutet mich dieselbe Panik, die ich auch bei der Vorbereitung meiner eigenen Hochzeit gespürt habe, aber dann atme ich tief durch. Bei meiner Hochzeit hat alles prima geklappt. Es gibt absolut keinen Grund, warum es bei Henri anders sein sollte. Ich muss nur den Gedanken an ihren Vater aus dem Kopf bekommen; aus irgendeinem Grund hat er sich in einen Schurken aus dieser Serie *EastEnders* verwandelt. Aber ich werde nicht zulassen, dass mir Henris Dad so unter die Haut geht.

Kapitel zehn

Prinzessin auf Sparkurs –
günstige Geschenke für die Gäste, Teil 1

Die preiswerteste Variante für Gastgeschenke sind essbare Kleinigkeiten, die man selbst herstellt. Das ist aber nichts für Bräute mit schwachen Nerven, da man diese Geschenke in der Regel erst einen oder zwei Tage vor der Feier fertigstellen kann – man sollte also jemanden aus der Familie oder dem Freundeskreis damit betrauen. Zu den Favoriten zählen hierbei hausgemachte Karamellbonbons (aber Achtung: Die Herstellung ist ziemlich zeitaufwendig!), Lebkuchenherzen oder Shortbread. Such im Internet nach den preiswertesten Verpackungen und nach Schleifen. Wenn es persönlicher sein soll, kannst du Namensschilder an die Päckchen kleben, dann hast du Platzkarte und Geschenk in einem.
Tags: Geschenke für die Hochzeitsgäste, Essen, essbar, sparen

Nervös betrachte ich mein Outfit und frage mich, ob ich besser etwas anderes angezogen hätte als die Jeans und den schlabberigen Pulli. Normalerweise habe ich nicht so wenig Selbstvertrauen, aber als ich durch das Tor des örtlichen Colleges gehe, fühle ich mich in meine Teenagerzeit zurückversetzt.

Meine kleine Lieblingsdelinquentin hat gestern Abend das Gruppenmeeting geschwänzt. Ich will nicht noch eine Woche verstreichen lassen, ohne dass wir miteinander reden, deshalb habe ich sie überredet, sich heute mit mir zu treffen. Das ist der Grund, warum ich zur Mittagszeit ins College spaziere. Das wäre normalerweise nicht mein Treffpunkt erster Wahl, aber wenn der Prophet nicht zum Berg kommt, muss der Berg eben zum Propheten gehen.

Ein wenig beklommen wandere ich durch die Flure und versuche den Schülern möglichst aus dem Weg zu gehen. Allerdings schenken sie mir ohnehin nicht allzu viel Aufmerksamkeit. Doch es laufen hier so viele junge Mädchen herum, dass ich mich schlampig angezogen, alt und uncool finde.

Als ich Beth auf einer Bank nahe dem Sekretariat entdecke, lächle ich erleichtert.

»Hi, Beth«, begrüße ich sie und winke im Näherkommen unauffällig.

Sie schaut von ihrem Handy hoch und sieht mich entsetzt an, als fürchte sie, dass die Leute mitbekommen könnten, dass ich sie kenne.

»Hey«, erwidert sie, ohne mir in die Augen zu schauen.

»Alles okay?«

»Denke schon.«

Schulterzucken. Himmel, im Vergleich zu ihr war ich für meinen Mentor Josh ein Kinderspiel. Ich bin sofort mit meinen Gefühlen herausgeplatzt.

»Sollen wir uns was zu essen besorgen? Oder hast du schon gegessen?«

»Nein, noch nicht. Wenn du willst, können wir in die Mensa gehen.«

Ich denke an das Essen zu meiner Collegezeit zurück und habe sofort den Geschmack von Pellkartoffeln aus der Mikrowelle und lauwarmen Bohnen im Mund. Mich schaudert's.

»Gibt es Alternativen?« Insgeheim hege ich die Hoffnung, dass Colleges seit meiner Zeit exklusiver geworden sind und sich hier irgendwo ein Costa Coffeeshop versteckt.

»Es gibt noch ein schickes Restaurant.«

Na also! Das klingt doch perfekt.

»Super, sollen wir da hingehen?«

»Es ist ziemlich teuer.«

»Wie teuer?«, frage ich.

»Acht Pfund für drei Gänge. Die Leute aus dem Kurs für professionelles Catering kochen hier.«

»Drei Gänge? Acht Pfund?«, wiederhole ich.

»Hm.«

»Das finde ich nicht so teuer. Wie wäre es, wenn ich dich einlade?«

»Ist okay.«

Ich sehe die Andeutung eines Lächelns in Beths Gesicht, aber es ist nur ein kurzes Aufflackern, bevor sie wieder in ihren verschlossenen Teenagermodus zurückkehrt.

Beth führt uns nach oben zu Räumlichkeiten, die so aussehen, wie sie es genannt hat: ein schickes Restaurant. Wir werden zu einem freien Tisch in der Ecke geleitet.

»Wow«, sage ich und lese ungläubig die Speisekarte.

»Es soll ziemlich gut sein«, sagt Beth. »Ich glaube, viele Köche, die hier gelernt haben, sind danach gleich in Spitzenrestaurants gewechselt.«

»Unglaublich«, staune ich und überlege, ob ich den Lachs mit Thai-Chili-Dressing oder das Schweinefilet in Calvados mit karamellisierten Äpfeln nehme.

»Und, hast du schon weiter darüber nachgedacht, was du nach der Schule vorhast? Willst du dich an der Uni einschreiben?«

»Das ist wohl das, was Mum will«, sagt Beth.

Ich kann es nicht glauben. Sie hat tatsächlich ihr Handy weggesteckt und sieht mich an.

»Willst du es denn auch?«

Beth zuckt mit den Schultern. »Vermutlich. Es ist später einfacher, einen Job zu finden, wenn man einen Uni-Abschluss hat.«

Ich versuche bei dieser Bemerkung nicht zusammenzuzucken. Nachdem ich die vergangenen Wochen damit verbracht habe, die Bewerbungen für das Nachwuchsprogramm zu sichten, bin ich nicht sicher, ob diese Aussage uneingeschränkt zutrifft.

»Welche Kurse würdest du denn belegen?«, frage ich.

»Ich habe noch nicht richtig darüber nachgedacht.«

Gerade, wenn ich das Gefühl habe, Fortschritte zu machen, wird es wieder so mühsam wie Zähne ziehen. Ob ich als Teenager auch so war? Kein Wunder, dass meine Mutter fast verzweifelt ist; zwischen meinem fünfzehnten und achtzehnten Lebensjahr habe ich kaum ein Wort mit ihr gewechselt.

»Welche Fächer hast du jetzt?«

»Englische Literatur, Medienkunde, Geschichte, Psychologie und Politik.«

»Wow. Bist du so eine Art Supergenie?«

»Nein, in dieser Stufe hat jeder fünf Fächer, nächstes Jahr kann ich zwei Fächer weglassen.«

»Und welche lässt du weg?«

»Politik und Psychologie, die sind ziemlich schwierig.«

Der Gedanke, auch nur eines dieser Fächer belegen zu müssen, jagt mir einen Schauer über den Rücken. Ich kann gut nachvollziehen, dass Beth sie streichen wird.

»Würdest du nicht gern eines deiner Fächer an der Uni studieren?«

Wieder zuckt sie mit den Schultern. »Ich mag Englisch.«

»Na also!«, sage ich ein bisschen zu begeistert. »Das ist bestimmt toll. Ein guter, solider Abschluss.«

»Ha, du hörst dich an wie meine Mum.«

»Das passiert wohl, wenn man so alt ist wie ich.«

Beth verkneift sich ein Lachen, und bevor ich mein Talent als Komikerin weiter unter Beweis stellen kann, taucht der Kellner auf und nimmt unsere Bestellungen entgegen. Ich entscheide mich für eine Tarte mit Zwiebeln und Ziegenkäse als Vorspeise, gefolgt von dem Schwein. Das Dessert wollen wir später aussuchen. Kein übles Mittagessen für einen trostlosen Mittwoch. Es schlägt das Sandwich, das ich sonst in der Firmenkantine gegessen hätte, um Längen.

»Hast du dich schon über Studiengänge informiert? Welche Noten du brauchst und welche Kurse sie anbieten?«

Beth zappelt mehr herum als Marks vierjährige Nichte.

»Ein bisschen. Gegen Ende des Halbjahres habe ich ein Gespräch mit unserem Berufsberater, dann sehe ich klarer.«

»Super.« Vermutlich durchschaut Beth meinen Plan und will mir einfach nicht sagen, was sie sich vorstellt.

Ich entscheide mich, das Thema zu wechseln und über das zu sprechen, weswegen wir wirklich hier sind.

»Gelingt es dir, nicht mehr zu spielen?«

Beth zappelt noch mehr herum, was mir deutlich macht, dass ihr diese Frage genauso unangenehm ist wie Gespräche über ihre Zukunft. Aber es hat keinen Sinn, um den heißen Brei herumzureden.

»Ja.«

Ich weiß nicht, ob ich ihr glauben soll. Es gibt Anzeichen, dass sie lügt. Sie lässt den Blick durch den Raum wandern und vermeidet Augenkontakt.

»Du machst also kalten Entzug? Keine Vegas-Spiele mehr?«

Als Mary mir erzählte, dass Beth süchtig nach diesen Spielen sei, hatte ich keine Ahnung, was das ist. Ich dachte sofort an Prinz Harry und Strip-Billard. Wie sich herausstellte, geht es bei Vegas-Spielen aber nicht um das Ablegen von Kleidung, sondern es handelt sich um Kasinospiele, die man am Computer oder auf dem Handy spielt. Anscheinend hegt Beth eine besondere Vorliebe für Einarmige Banditen und Roulette.

Deshalb reagierten auch alle so besorgt, als Beth in ein echtes Kasino ging, wo sie womöglich bar zahlte und es keine »belastenden Beweise« gab. Ich habe natürlich gut reden mit meinem Bingo-Spiel – synthetischer und künstlicher geht es kaum noch. Und ich kann nur ahnen, was für einen Kick es einem verschaffen muss, an einem realen Glücksspielautomaten zu sitzen.

»Echt?«, frage ich noch mal nach. »Überhaupt keine Spiele mehr? Ich rede nicht nur vom Handy. Keine Spiele an Einarmigen Banditen, wenn du ausgehst? Automatenspiele?«

»Automatenspiele? So wie *Wer wird Millionär*? Das sind doch keine Glücksspiele, oder? Alle spielen das.«

Bevor der Dampf aus meinen Ohren entweichen kann, werden die Vorspeisen serviert. Als der Kellner die Teller vor uns stellt, fange ich an zu sabbern.

»Das sieht toll aus«, sage ich.

»Ja«, stimmt Beth zu.

Zumindest scheinen wir beide etwas für gutes Essen übrigzuhaben.

»Noch mal zu diesen Automaten – spielst du daran?«, frage ich und schiebe mir die erste Gabel von dem köstlichen Essen in den Mund.

»Ja, wenn ich im Pub bin. Ich habe bisher nicht gedacht, dass das auch unter Glücksspiel fällt.«

»Alles, wobei man Geld einsetzt und mit der Möglichkeit spielt, mehr zu gewinnen oder am Ende weniger Geld zu haben, gehört zu Glücksspielen.«

»So habe ich das noch nie gesehen«, erwidert sie mit einem Mund voll Pastete auf Toast. Wenn meine Ziegenkäsetarte nicht so köstlich wäre, würde ich Futterneid bekommen.

»Okay, lassen wir das mal außen vor, weil dir nicht klar war, dass es auch zu Glücksspielen zählt. Was ist mit den Einarmigen Banditen?«

»Nur mit meinen Freunden, nicht allein.«

»Warst du noch mal im Kasino?« Nach etlichen Tagen Vorbereitung auf Bewerbungsgespräche mit Absolventen bin ich immer noch im Fragemodus – und ich mache keine Gefangenen.

»Nein.« Sie schüttelt den Kopf. »Ich muss jetzt immer zu einer bestimmten Zeit zu Hause sein, und meine Freunde gehen erst danach ins Kasino.«

»Wissen deine Freunde von deinem Problem?«

»Ich habe kein Problem. Alle spielen doch. Ich bin nur die Einzige, die erwischt wurde.«

»Echt? Alle deine Freunde verspielen 5000 Pfund von der Kreditkarte ihrer Mum?«

»Nein, aber vielleicht verlieren sie einfach nicht so viel wie ich.«

»So viel Glück hat niemand, Beth. Ich vermute, dass sie es ausprobieren, aber nicht so viel spielen wie du. Überleg mal, wie viele Stunden verbringst du jeden Tag mit Spielen?«

Beth zuckt mit den Schultern. »Das hängt ganz davon ab, ehrlich.«

»An einem ganz normalen Tag. In meiner heißen Bingo-Phase habe ich mindestens eine Stunde pro Abend gespielt. Manchmal zwei.«

»Okay. Ich habe normalerweise in den Freistunden gespielt, wenn ich mal zehn Minuten Luft hatte, und in der Mittagspause.«

»Und wenn du mit deinen Freunden herumhängst?« Ich habe den Hauch einer Ahnung, dass Teenager seit Ende der

1990er nicht mehr »herumhängen«, aber ich bin nicht auf dem neuesten Stand, was den Jargon der Jugendlichen angeht.

»Wir haben nicht immer zur gleichen Zeit Freistunden.«

»Dann spielst du also, wenn du dich allein fühlst?«

Wieder zuckt Beth mit den Schultern. Ich beiße mir auf die Zunge, um sie nicht frustriert anzuschreien, und deute das Schulterzucken als ja.

Unser Kellner räumt die leeren Teller ab, und ich warte, bis er weg ist, bevor ich weiterrede.

»Vielleicht sollten wir mal überlegen, warum du angefangen hast zu spielen. Wann hast du es zum ersten Mal getan?«

Ich komme mir vor wie die Kreuzung aus einer Kummerkastentante und einer leicht verlegenen Mutter, aber ich mache mir rasch noch mal klar, dass wir übers Spielen reden und nicht über Jungs.

»Keine Ahnung.«

»Komm schon«, dränge ich mit einem Anflug von Frustration. »Du musst dich doch an den ersten Kick erinnern.«

»Es war an einem Spielautomaten. Auf meinem Computerbildschirm poppte eine Anzeige auf, und ich habe sie angeklickt. Ich wollte schon immer mal nach Vegas und war neugierig.«

»Das ist alles? Sonst war nichts Besonderes an diesem Tag?«

»Ich habe mich gelangweilt, hab auf meinen Dad gewartet. Er sollte mich abholen und kam ein paar Stunden zu spät.«

Endlich habe ich das Gefühl, etwas über sie zu erfahren. Ich vermute, dass die Enttäuschung über ihren Vater sie möglicherweise zum Spielen gebracht hat.

»Spielst du viel, wenn du dich langweilst?«

»Glaub schon.«

»Könntest du dich nicht stattdessen mit Facebook beschäftigen?«

»Ja, auf Facebook habe ich auch Spiele gespielt. *Bejewelled Blitz* und solches Zeug.«

»Und die Vegas-Spiele kamen dir nur wie eine Fortsetzung davon vor …«

»Anscheinend.«

Als unser Hauptgang serviert wird, sind wir tatsächlich auf einem guten Weg.

»Beth, ich weiß, die Frage ist jetzt sehr direkt, aber willst du wirklich mit dem Spielen aufhören? Ist dir klar, wie groß dein Problem ist?«

»Es macht meine Mum wütend.«

»Richtig, aber was ist mit dir? Du könntest dich schwer verschulden, und das hat Auswirkungen auf deine Zukunft. Du hättest dann vielleicht Schwierigkeiten, ein Bankkonto zu eröffnen oder einen Kredit aufzunehmen. Möglicherweise macht es dich sogar anfällig dafür, auf die schiefe Bahn zu geraten.«

Vielleicht übertreibe ich jetzt ein bisschen, aber ich habe über Spielsucht bei Teenagern recherchiert. Man nimmt an, dass sechzig Prozent der Teenager spielsüchtig sind, und diese jungen Leute werden mit einer wesentlich höheren Wahrscheinlichkeit kriminell, um ihre Spielsucht zu finanzieren, als jene, die nicht spielen.

»Ich habe doch niemanden verletzt«, sagt Beth. »Ich habe nur ein bisschen gespielt. Ich wollte meine Mum nicht beunruhigen, und ich habe nicht vor, mit dem Klauen anzufangen, falls du das meinst.«

»Nein, ich sage lediglich, dass es dazu führen kann, wenn du es nicht unter Kontrolle bekommst. Wir müssen dafür sorgen, dass du mit dem Spielen aufhörst. Findest du es nicht hilfreich, zur Gruppe zu kommen und dir die Geschichten der anderen anzuhören?«

»Manchmal ja, aber alle anderen haben Riesenprobleme gehabt, bei mir ist es nicht dasselbe.«

Es kommt mir vor, als würden Beth und ich immer abwechselnd einen Schritt nach vorn und dann wieder zwei zurück machen. Sie war kurz davor, zuzugeben, dass sie ein Problem hat, aber gleichzeitig begreift sie einfach nicht die Auswirkungen ihres Handelns.

Da ich das selbst durchgemacht habe, ist es für mich echt frustrierend. Ich weiß, wie schnell sich diese Gewohnheiten verselbständigen und alles ruinieren. Letztes Jahr war ich kurz davor, Mark zu verlieren, und viele andere Spieler aus unserer Gruppe haben noch viel mehr verloren. Einige ihren Partner, ihr Haus oder die gesamten Ersparnisse, so wie Nick. Aber Beth ist so jung, und sie spürt die Konsequenzen ihrer Spielerei im Grunde nicht. Es war das Geld ihrer Mutter, das sie verloren hat, nicht ihr eigenes.

»Also schön, ich höre damit auf. Keine Einarmigen Banditen oder Spielautomaten in den Pubs mehr. Okay?«

»Das wäre super!«, sage ich in dem vollen Bewusstsein, dass es ein leeres Versprechen ist. Genauso habe ich mich als Teenager auch verhalten. Ich hätte meiner Mum alles versprochen, um endlich meine Ruhe zu haben.

Das Problem mit dem Glücksspiel ist, dass man es nur verdammt schwer aufgeben kann, selbst wenn man will. Und die Versuchung hört nicht auf. Obwohl es mich in ziemliche Schwierigkeiten gebracht hat, finde ich es auch jetzt manchmal noch verführerisch, mich auf eine Bingo-Website zu flüchten und mich in den Spielen und dem Geplänkel der Chatrooms zu verlieren.

»Ich muss los. Meine Englischstunde fängt gleich an. Danke für das Essen.«

Beth steht auf und schnappt sich ihre Tasche.

»Sehe ich dich nächsten Dienstag?«, frage ich hoffnungsvoll.

»Ja.«

Ich schaue Beth nach, wie sie aus dem Restaurant eilt. Der Kellner kommt, um die Teller abzuräumen.

»Das war köstlich«, sage ich.

»Freut mich zu hören. Ich lasse es die Köche wissen.«

»Ja, tun Sie das bitte. Bieten Sie so etwas jeden Mittag an?«

»Dreimal wöchentlich und dann noch dienstag- und donnerstagabends.«

»Auch abends?«

»Ja, aber dann kostet es zwölf Pfund pro Kopf.«

Ich lächle bei der Vorstellung, dass die Schüler das teuer finden. Vielleicht gehe ich das nächste Mal mit Mark hierher, wenn ich mit Bezahlen an der Reihe bin. Nein, das ist nicht knauserig, ich bin nur sparsam. Mark wäre vermutlich unheimlich stolz.

»Super. Sagen Sie … Bieten Sie eigentlich auch Catering an?«

»Ja, ab und zu. Bei Collegefesten zum Beispiel oder bei Bällen und Fundraising-Dinners.«

»Wie ist es mit Hochzeiten?«

Das Essen hier war mindestens so gut wie alles, was ich bisher bei Hochzeiten gegessen habe.

»Kann sein, aber da weiß ich nicht so gut Bescheid.«

»Gibt es jemanden, mit dem ich darüber sprechen könnte?«

»Wenn Sie mögen, hole ich den Tutor.«

»Perfekt.«

»Mache ich sofort. Haben Sie sich schon wegen des Desserts entschieden? Wenn Ihre Freundin nicht zurückkommt, können Sie ihres auch haben …«

Als ich wieder im Bürogebäude ankomme, nach einer etwas längeren Mittagspause als üblich, bin ich absolut vollgefressen. Zum Nachtisch hatte ich Amaretto-Käsekuchen und Mousse au Chocolat. Ich hätte wirklich nur ein Dessert essen sollen …

Rasch rufe ich noch Henri an.

»Henri, ich bin's. Vielleicht habe ich einen Caterer gefunden.«

Sie stößt einen solchen Freudenschrei aus, dass ich den Hörer weit von meinem Ohr weghalte.

»Erzähl es mir«, verlangt sie.

»Wie wäre es, wenn du heute Abend bei mir zu Hause vorbeikommst und ich es dir in Ruhe berichte? Jetzt bin ich nämlich gerade im Büro.«

»Fabelhaft. Wie wäre es um sieben? Ich sterbe vor Neugier.«

»Du wirst alles erfahren«, antworte ich kichernd.

Ich schalte mein Handy aus, biege um die Ecke und wäre beinahe mit Giles zusammengestoßen.

»Ah, Penny, da sind Sie ja. Ich habe schon nach Ihnen gesucht.«

Ich werde rot, weil anscheinend aufgefallen ist, wie lange ich weg war.

»Gibt es ein Problem?«, frage ich.

»Ich hatte gerade ein Telefonat mit einem Ingenieur aus der Konstruktionsabteilung. Er hat den Verdacht geäußert, dass eine seiner Kolleginnen während der Arbeitszeit noch eine andere Beschäftigung ausübt. Ich brauche Sie, um der Sache nachzugehen. Ich bin nicht auf dem neuesten Stand, was die aktuelle Rechtslage für Kündigungen in Großbritannien angeht, deshalb möchte ich, dass Sie das federführend übernehmen. Ich werde das Ganze natürlich beaufsichtigen.«

Ich stehe mit offenem Mund da. Giles' Vortrag hat mich in einen Schockzustand versetzt.

Kapitel elf

Prinzessin auf Sparkurs –
Top-Tipp: Do-it-yourself-Hochzeitsartikel

Es mag sich für euch anhören, als wolle ich einem alten Fuchs neue Tricks beibringen, aber schiebt eure Diy-Hochzeitsartikel nicht bis zur letzten Minute auf. Der Tag vor eurer Hochzeit wird stressig genug sein. Dann muss alles für den Empfang vorbereitet werden, und ihr wollt euch für euren großen Tag herausputzen. Deshalb habt ihr bestimmt nicht noch Lust, spätabends Programmblätter für den Gottesdienst auszudrucken oder Platzkarten zu schreiben. Versucht alles, worum ihr euch selbst kümmert, frühzeitig zu erledigen. Setzt euch Deadlines, und falls ihr das Gefühl habt, etwas nicht rechtzeitig zu schaffen, sucht euch Hilfe. Es ist besser, drei Wochen vor der Hochzeit festzustellen, dass ein zusätzliches Paar Hände gebraucht wird, als einen Tag vorher. Für weitere Anregungen, was ihr selbst machen könnt, schaut mal in meinen Do-it-yourself-Bereich.
Tags: Hochzeit, Organisation, Planung, Top-Tipps

Ich öffne unsere Haustür und höre sofort das Lachen. Misstrauisch richten sich mir die Nackenhaare auf. Wen bespaßt Mark denn da? Ich möchte jetzt nichts anderes, als heiß duschen und mir dann *Keeping Up with the Kardashians* ansehen. Es war ein langer Nachmittag voller Meetings und Nachforschungen über die »Doppelverdienerin«.

»Pen, bist du das?«

Ich will gerade nein sagen und ihn fragen, wer denn sonst noch einen Schlüssel hat, da merke ich, dass ich einfach müde bin und das gemein wäre.

»Yep!«, rufe ich also stattdessen.

Mark kommt aus der Küchentür. Es gibt Momente, da macht mich sein Anblick nach wie vor schwach. Heute Abend trägt er noch sein Anzughemd, aber keine Krawatte mehr und hat ein Geschirrtuch über die Schulter geworfen. Er küsst mich auf den Scheitel.

»Henri ist hier. Ich habe ihr gerade was zu essen gemacht. Ich war nicht sicher, wann du nach Hause kommen würdest, und du bist nicht an dein Handy gegangen.«

»Oh, mein Gott, Henri! Ich habe ganz vergessen, dass ich sie eingeladen habe. Ist sie schon lange hier?«

»Etwa eine halbe Stunde.«

»Mark, es tut mir leid«, flüstere ich.

»Braucht es nicht. Wir haben uns gut unterhalten.«

»Prima.« Ich frage mich allerdings, worüber die beiden geredet haben, aber solange er es mir nicht übelnimmt, dass ich ihn mit einer verrückten Brautzilla allein gelassen habe, kann es mir egal sein.

»Hi, Henri. Entschuldige bitte, dass ich dich habe warten lassen«, sage ich beim Betreten der Küche. Henri stürzt sich gerade auf einen Teller mit etwas, das aussieht und duftet wie Fisch-Pie.

»Oh, kein Problem, Mark hat mich bestens versorgt. Sag mal, ist Mark die Catering-Option für die Hochzeit? Im Ernst, dieses Fisch-Pie ist absolut köstlich.«

»Schön wär's. Ich habe sogar mal überlegt, Mark bei unserer eigenen Hochzeit dazu zu überreden, aber vom Bräutigam ist das wohl ein bisschen viel verlangt.«

»Wirklich schade. Aber auf eurer Hochzeit muss es auch superleckere Sachen zu essen gegeben haben. Mark hat mir davon erzählt.«

»Nur vom Essen?«, frage ich, und meine Stimme klingt ein bisschen nervös.

»Von der Hochzeit im Allgemeinen.«

Ich schaue zu Mark, und er ahnt wohl, was mir durch den Kopf geht.

»Ich habe Henri erzählt, dass du es toll fandest, alles allein zu organisieren, als Überraschung für mich. Und dann habe ich ihr von den vielen Details berichtet, die den Tag so unvergesslich gemacht haben.«

Ich atme erleichtert auf. Für einen Moment dachte ich schon, Mark hätte meinen kleinen Fauxpas mit dem Glücksspiel und den wahren Grund erwähnt, warum der Bräutigam nichts von den Vorbereitungen wissen durfte.

Das wäre Henri möglicherweise allzu bekannt vorgekommen.

»Was für eine hübsche Idee! Ich hätte gern etwas Ähnliches für Nick getan, aber er möchte über alles Bescheid wissen. Dann kann er besser im Auge behalten, was ich vorhabe. Was nicht heißt, dass er mich von etwas abhält«, fügt sie lachend hinzu.

»Natürlich nicht.« Ich verkneife mir das Lachen. Ich kann mir nicht vorstellen, dass irgendein Mann Henri davon abhalten könnte, zu tun, was sie will. Allerdings frage ich mich, ob sie überhaupt weiß, was für eine Wirkung ihr Hundeblick auf ihn hat. Besser, ich behalte das für mich.

»Also, Pen, was ist das große Geheimnis? Henri und ich haben schon geraten.«

Ich schaue zu Mark und frage mich, wer dieser Mann ist und was er mit meinem Ehemann angestellt hat. Henris Zauber wirkt eindeutig nicht nur bei Nick. Mark interessiert sich normalerweise nicht die Bohne für meine Hochzeitsplanungen. »Also, heute habe ich im College zu Mittag gegessen.«

»Was hast du denn da gemacht?« Henri lacht.

Oh, Mist. Ja, weswegen war ich denn wohl da? Bei der vielen Lügerei im vergangenen Jahr sollte man annehmen, dass ich gut improvisieren kann. Weit gefehlt.

»Ich habe … mich mit einem der Tutoren getroffen. Wir überlegen, das College am Projekttag zu unterstützen und Leute aus verschiedenen Branchen dorthin zu schicken, um die Schüler über Berufe zu informieren.«

Wow. Ich habe mich selbst übertroffen, und genau genommen ist das gar keine schlechte Idee. Das würde eine nette kleine Lobeshymne in der Lokalzeitung nach sich ziehen. Die lieben Storys nach dem Motto »Großunternehmen tun Gutes«. Vielleicht sollte ich es Giles vorschlagen, sobald sich die Situation mit der »Doppelverdienerin« beruhigt hat. Ihm würde die Idee bestimmt gefallen; so etwas ist genau sein Fall. Und wer weiß, vielleicht bringt es mich der Beförderung einen Schritt näher.

»Klingt gut, ist das alles Bestandteil der Operation ›Chef beeindrucken‹?«, fragt Mark.

»Was meinst du damit?«, fragt Henri.

»Penny steht kurz vor einer Beförderung.«

»Das ist ja wunderbar! Warum hast du es mir denn nicht erzählt?«

Vielleicht, weil ich bei Henris Gequatsche über ihre Hochzeit gar nicht zu Wort komme? Nein, ehrlich gesagt vergesse ich mein anderes Leben, wenn ich mit Henri über die Hochzeit spreche. Ich liebe diese Planerei so sehr, dass ich das ganze HR-Zeug und die reale Welt außen vor lasse und so tue, als sei ich eine Vollzeit-Hochzeitsplanerin.

»Dafür ist sie zu bescheiden«, antwortet Mark, bevor ich überhaupt etwas sagen kann. Er strahlt und ist offenbar stolz auf mich. Immer wenn ich die Zeit mit etwas anderem verbringe, als auf meine Beförderung hinzuarbeiten, habe ich deshalb ein schlechtes Gewissen.

»Na dann, Penny, viel Glück!«

»Danke. Wie ich also schon sagte«, versuche ich verzweifelt das Thema zu wechseln, da ich nicht länger über die Arbeit nachdenken will, »habe ich im College gegessen, und das Essen war göttlich.«

»Echt?«, erwidern Mark und Henri unisono und in einem Ton, als hätte ich gesagt, ich hätte mir eine Mahlzeit aus kontaminierten Spritzen schmecken lassen.

»Ja, es gibt dort ein schickes Restaurant im ersten Stock, und das Essen wird im Wesentlichen von den angehenden Köchen der Catering-Kurse zubereitet, man bekommt also hervorragende Qualität für wenig Geld. Ich hatte drei Gänge.« Mit den beiden Desserts waren es eigentlich vier, aber das ignorieren wir jetzt mal. Mark muss ja nicht alles wissen. »Und das Ganze für acht Pfund.«

»Wow, da bekommt man aber viel für sein Geld!«, staunt Henri.

»Allerdings. Es gab Schweinefilet in Calvados. Köstlich.«

Wenn ich nicht gerade Fisch-Pie essen würde, könnte ich mich sofort noch einmal darauf stürzen. Wie ich nach dem üppigen Mittagsmenü jetzt schon wieder etwas zu mir nehmen kann, verstehe ich nicht. Eigentlich hatte ich Mark am Nachmittag anrufen wollen, um ihm zu sagen, dass er nicht zu kochen braucht, aber nach meinem Gespräch mit Giles geriet auch das in Vergessenheit.

»Okay, aber was hat das mit meinem Hochzeitsessen zu tun?«, fragt Henri ungeduldig. »Wird das Essen etwa vom College zubereitet?«

»Nein.« Ich schüttele den Kopf. »Ich habe mit dem Tutor des Kurses gesprochen, um zu erfahren, ob sie auch für Hochzeitsfeiern das Catering übernehmen. Das geht aber nicht, aus versicherungstechnischen Gründen. Sie sind nur versichert für Essen, das auf dem Campus verzehrt wird. Wenn du deine Hochzeit also nicht dort feierst, entfällt diese Option.«

»Bitte sag mir, dass diese Geschichte ein Happy End hat, sonst zwinge ich deinen Mann, für uns an dem Tag Fisch-Pie zuzubereiten«, sagt Henri und richtet ihre Gabel drohend auf Mark.

»Der Tutor sagte, dass das College es zwar nicht übernehmen könnte, er aber schon. Anscheinend leitet er nebenbei ein kleines Catering-Unternehmen und setzt oft ein paar der Studenten als Köche ein. Dadurch sind die Kosten ein wenig niedriger als bei einem etablierten Catering-Unternehmen. Er beschäftigt auch Studenten als Servicekräfte.«

»Das klingt ja wie Kinderarbeit«, sagt Mark lachend.

»Er nennt es ›am Lebenslauf feilen‹. Und wenigstens bezahlt er sie und etikettiert es nicht als Praktikum«, erwidere ich.

Mark nickt. Natürlich, er weiß, dass seine Frau immer recht hat.

»Okay, aber bekommen sie das auch hin? Ich meine, mit Studenten …«, erwidert Henri.

»Ich dachte mir schon, dass du skeptisch bist.«

Ehrlich gesagt hatte ich mit viel Skepsis gerechnet, und dass jede Menge Überredungskunst nötig sein würde. Aber sie zieht die Nase weniger kraus, als ich angenommen habe.

»Deshalb schlage ich ein Testessen vor. Wir können mittags hingehen oder dienstag- oder donnerstagabends. Dann können wir auch mit Brett reden, das ist der Tutor.«

»Gute Idee! Morgen also? Können wir gleich morgen gehen?«

»Ähm, ich würde ja gern, aber unsere Freunde Lou und Russell kommen zum Abendessen. Wie wäre es nächste Woche?«

»Meinst du denn, dass wir noch so lange warten können? Es ist schließlich nicht mehr lange hin bis zum großen Tag.«

»Das stimmt natürlich.«

»Vielleicht haben Lou und Russell ja Lust, mitzukommen. Es könnte doch lustig werden«, schlägt Mark vor.

Moment mal, Mark geht davon aus, dass er mit von der Partie ist? Ich habe eigentlich nur Henri und mich gemeint.

»Du willst mit? Aber ... wir werden bestimmt über so langweilige Sachen wie Hochzeiten reden und Details mit dem Caterer besprechen.«

»Unsinn«, erwidert Henri und wedelt wieder mit ihrer Gabel herum, aber dieses Mal weniger bedrohlich. »Es ist gut, wenn alle mitkommen. Wir brauchen so viele Testesser wie möglich! Und eure Freunde haben sicher nichts dagegen.«

»Aber dann müssen Lou und Russell erst einen Babysitter finden. Ich habe ihnen angeboten, dass Harry oben schlafen kann.«

»Pen, du weißt genauso gut wie ich, dass sich Lous Mutter keine Gelegenheit entgehen lässt, auf den Kleinen aufzupassen.«

Ich werfe Mark einen giftigen Blick zu, den er leider nicht sieht, weil er angefangen hat, das Geschirr abzuräumen. Er weiß aber nicht, dass ich mich so selten wie möglich mit Nick *und* Henri treffen will, um meine Nerven zu schonen. Und es gibt ein noch größeres Problem. Nick ist in meinem Entschuldigungsvideo dabei. Ich habe für Mark ein Video aufgezeichnet, in dem ich über meine Spielsucht spreche, und andere Leute aus der Selbsthilfegruppe, einschließlich Nick, haben ebenfalls ihre Geschichte erzählt, damit Mark besser versteht, was ich durchgemacht habe. Womöglich wird Mark Nick erkennen. Deshalb begegnen sich die beiden idealerweise gar nicht. Bisher sind ja nur Henri und Mark beste Freunde geworden, und das ist völlig ausreichend.

»Super, dann wäre das ja geklärt. Sollen wir dort reservieren?«

»Ich denke schon.« Vielleicht kann ich behaupten, ich hätte angerufen und es war kein Tisch mehr frei, aber dazu lässt Henri mir keine Chance.

»Gut, ich rufe direkt morgen früh dort an und reserviere einen Tisch. Wie viel Uhr sollen wir sagen, sieben? Oder besser ein bisschen später? Wegen eurer Freunde mit dem Kind. Die beiden möchten den Kleinen bestimmt erst ins Bett bringen.«

So viel zu Henris Vorstellungen vom Alltag mit einem Baby.

»Ähm, ich will Lou und Russell erst einmal anrufen und fragen, ob das mit dem Babysitter klappt und …«

»Bei dem bewegten Social Life, das die beiden seit der Geburt des Kindes führen, haben sie sonst bestimmt nichts dagegen, erst am Freitag zu kommen«, fällt Mark mir ins Wort.

»Super, dann reserviere ich also sicherheitshalber für sechs Personen um acht Uhr. Oh, ich kann es kaum erwarten!«

Ich schaue zwischen Henri und Mark hin und her und frage mich, was hier während meiner Abwesenheit gelaufen ist. Außerdem ist mir ein bisschen unwohl dabei, die Pläne von Lou und Russell einfach zu ändern, ohne sie gefragt zu haben. Natürlich hat Mark recht, dass die beiden seit Harrys Geburt nicht gerade oft ausgehen. Trotzdem ärgert es mich, dass er und Henri meinen, sie könnten den Abend einfach so umorganisieren.

»Dann rufe ich Lou mal an«, sage ich angesäuert. Ich bin zu müde, um diese Situation kontrollieren zu können. Es hat fast den Anschein, nicht ich sei die Hochzeitsplanerin, sondern Henri. Wenn sie ihre bestimmende Art und die hypnotische Macht über andere in die Hochzeitsplanung stecken würde, hätte sie die ganze Sache im Nu unter Dach und Fach. In Momenten wie diesen finde ich es seltsam, dass sie mich überhaupt braucht.

»Schön, jetzt ist ja alles besprochen. Dann fahre ich mal nach Hause. Mark, ich freue mich so darauf, dass du Nick kennenlernen wirst. Ihr versteht euch bestimmt blendend. Ich weiß einfach, dass ihr jede Menge Gemeinsamkeiten habt.«

Mehr als du ahnst, schießt es mir durch den Kopf.

»Ich freue mich auch drauf«, sagt Mark.

Verdammt, Henri ist eine Hypnotiseurin. Wie oft habe ich schon versucht, Mark mitzuschleppen, damit er neue Leute kennenlernt! Als wir zu Lou gingen, um deren Bekannte aus dem Geburtsvorbereitungskurs kennenzulernen, ist er nur unter großem Protest mitgekommen. Das ganze Wochenende ist er maulend durchs Haus geschlurft, und als wir dann dort waren, hat er sich bestens amüsiert. Die Männer haben die ganze Zeit nur über Sport gesprochen. Ich war diejenige, die sich vor diesem Treffen hätte fürchten müssen. Dieses ganze Gerede über Stillhütchen und Dammnähte hätte mich beinahe dem Kinderkriegen abschwören lassen. Vielleicht bin ich deshalb bisher nicht schwanger geworden. Mein Uterus wurde fürs Leben traumatisiert.

»Sorry noch mal, Henri, dass ich vorhin nicht hier gewesen bin. Ich verspreche, morgen Abend pünktlich zu sein.«

»Mach dir darüber keine Gedanken. Ich freue mich auf morgen. Ich weiß nur noch nicht, was ich anziehe! Du sagtest schick, aber von wie schick reden wir? Das kleine Schwarze oder eine edle Jeans und ein hübsches Oberteil?«

Ich begleite Henri aus der Küche, durch den Flur bis zur Haustür und höre ihrem Geplapper nicht wirklich zu. Sie könnte genauso gut übers Brieftaubenzüchten reden, so abwesend bin ich wegen meiner Müdigkeit. Es überrascht mich, dass ich sie nicht doppelt sehe.

»Ich bin froh, dass wir das geklärt haben. Bis morgen.«

Henri haucht mir zum Abschied Luftküsse auf die Wangen, und ich hoffe, das bedeutet, dass wir ihr Kleidungsproblem geklärt haben.

»Sie scheint nett zu sein«, sagt Mark, als ich wieder in die Küche komme. Ich lasse mich auf einen Stuhl fallen und sehe zu, wie Mark die Spülmaschine einräumt. Normalerweise mache ich das, wenn er gekocht hat, aber man beachte, wie ordentlich er alles sortiert, und er spült sogar die Teller vorher ab, damit keine Krusten dranbleiben. Da kann ich ihn unmöglich unterbrechen.

»Ja, je besser ich sie kennenlerne, desto netter wirkt sie.«

»Sie ist überhaupt nicht so, wie ich sie mir vorgestellt habe. Ich dachte, sie sei übernervös.«

Beinahe hätte ich geantwortet: *Warte es ab,* aber stattdessen murmele ich nur ein zustimmendes Ja.

»Hoffentlich ist dieser Nick in Ordnung. Aber wenigstens wird Russell auch dabei sein.«

Nick. Mein Magen zieht sich unangenehm zusammen. Es könnte etwas damit zu tun haben, dass ich innerhalb von acht Stunden Nahrung zu mir genommen habe, die für drei Tage reicht, aber vermutlich liegt es eher daran, dass ich mich nicht wohl dabei fühle, Mark gegenüber nicht offen zu sein. Natürlich wird er ihn erkennen. Tief in meinem Innern weiß ich genau, dass ich das Vertrauen in der Beziehung zu meinem Mann wichtiger nehmen sollte, aber aus irgendeinem Grund bringe ich es nicht fertig, ihm alles zu erzählen. Wäre es nicht besser, ihm die Wahrheit jetzt zu sagen, damit er Henri gegenüber die Illusion aufrechterhalten kann, wir würden ihr kleines Geheimnis nicht kennen?

»Er ist ein echt netter Kerl«, sage ich und meine das auch so. Schließlich war er im vergangenen Jahr für mich da, als ich ihn gebraucht habe.

Ich öffne den Mund, um es Mark zu erzählen, aber dann schließe ich ihn wieder. Vielleicht mache ich mir ja ganz unnötig Sorgen, schließlich muss ich Mark ständig daran erinnern, wer wer ist, wenn es um die Partner meiner Freundinnen geht. Ist Richie der Typ mit dem Pitbull? Nein, das ist Robert, sage ich dann. Richie ist der mit dem Gemüsegarten. Und ich habe ihn schon kennengelernt?, fragt Mark, obwohl wir vergangenen Monat in deren Haus zum Abendessen eingeladen waren.

Ja, meine Sorgen sind ganz unbegründet. Mark wird sich niemals an jemanden aus einem Video erinnern, das er sich nur einmal angeschaut hat, und dann auch noch unter Zwang und an unserem Hochzeitstag. Da musste er sich auf wichtigere Dinge konzentrieren als auf Nick.

Hoffentlich können Lou und Russell mitkommen. Das würde die Situation entspannen.

»Wieso bis du eigentlich erst so spät von der Arbeit gekommen? Sitzt du immer noch an diesen Bewerbungen?«

»Ich wünschte, es wäre so«, antworte ich seufzend. »Ein Ingenieur hat uns den Tipp gegeben, dass eine seiner Kolleginnen während der Arbeitszeit einer Zweitbeschäftigung nachgeht, und Giles möchte, dass ich der Sache auf den Grund gehe.«

»Na super«, sagt Mark.

Er dreht sich zu mir um, und ich versuche nicht darüber zu lachen, dass er meine Gummihandschuhe trägt.

»Genau. Soweit ich weiß, betreibt diese Frau, Indy, ein Importgeschäft für italienischen Käse.« Ich kann es nicht glauben, aber trotz allem, was ich heute gegessen habe, lässt mir das Wort »Käse« das Wasser im Mund zusammenlaufen. »Es ist nur ziemlich knifflig, ihr nachzuweisen, dass sie tatsächlich dafür arbeitet, während sie im Büro sitzt. Und sie darf nicht ahnen, dass wir ihr auf die Schliche gekommen sind, sonst verwischt sie vermutlich alle Spuren.«

»Klingt ja ziemlich mysteriös.«

»Ist es auch. Giles meint, was der Ingenieur uns erzählt hat, sei ein Grund für eine fristlose Kündigung, deshalb müssen wir sicher sein und Beweise haben, wenn wir sie damit konfrontieren.«

»Giles greift echt hart durch, oder?«

»Stimmt«, bestätige ich, und mir wird ein bisschen flau bei dem Gedanken, dass er sicher nicht erbaut wäre, wenn er von meiner Tätigkeit als Hochzeitsplanerin wüsste. Aber es ist etwas anderes als bei Indy. Ich habe nur eine Kundin, und während der Arbeit arbeite ich kaum für sie.

»Und wann soll die große Konfrontation stattfinden?«

»Vermutlich noch vor dem Wochenende oder direkt Anfang nächster Woche. Giles will das Eisen schmieden, solange es heiß ist.«

»Hoffentlich bringt dir das ein paar Pluspunkte für die Beförderung.«

»Das hoffe ich auch.«

Mark nimmt mich in die Arme. Wieder einmal wird mir klar, dass ich mich glücklich schätzen kann, einen so liebevollen Mann zu haben. Ich habe in letzter Zeit auch nicht annähernd genug Zeit mit ihm verbracht.

»Schaffst du es denn morgen Abend pünktlich, oder musst du wieder länger arbeiten?«

Morgen Abend. Das habe ich fast schon wieder vergessen. Der Gedanke, dass Mark dann vielleicht entdeckt, dass ich ihm nicht alles über Nick erzählt habe, dreht mir den Magen um.

»Es wird schon klappen.« Die Hoffnung stirbt ja bekanntlich zuletzt.

Kapitel zwölf

Prinzessin auf Sparkurs – Top-Tipp: Brot, herrliches Brot

Die wichtigste Erkenntnis in Bezug auf das Essen bei einer Hochzeit ist, dass du nie alle zufriedenstellen kannst. Es wird immer jemand dabei sein, der nur grüne Bohnen oder Fischstäbchen mag. Falls deine Location kalte oder warme Büfetts anbietet, ist das eine tolle Möglichkeit, verschiedene Geschmäcker zufriedenzustellen. Auch ein Braten am Spieß mit verschiedenen Gemüse- und Salatbeilagen kommt gut an. Mach dir also nicht zu viele Gedanken. Hauptsache, dir und deinem Verlobten schmeckt das Essen!
Tags: Essen, Hochzeitsessen, Top-Tipps

»Hey, Süße. Wow, hast du dich in Schale geschmissen!« Staunend betrachte ich meine beste Freundin, die in einem kurzen roten Kleid und Killer-High-Heels über den Parkplatz des Colleges gestöckelt kommt. Man käme nie auf die Idee, dass sie letzten Sommer einen Babybauch vor sich hergeschoben hat. Heiliger Bimbam, wenn man raten müsste, wer von uns Mutter geworden ist, würde man eher auf mich mit meinem gutgenährten Bäuchlein tippen.

Ich fühle mich ein bisschen wie das hässliche Entlein, das versucht, hübsch auszusehen. Da ich wieder so lange im Büro gewesen bin, blieb mir keine Zeit mehr, um zu duschen. Mit seit zwei Tagen ungewaschenen Haaren, die ich nach einer Behandlung mit Trockenshampoo zu einem aalglatten Knoten festgesteckt habe, bin ich also in Skinny Jeans, Spitzentop und Ballerinas geschlüpft. Jetzt wünschte ich, ich hätte mir mehr Mühe gegeben.

»Hallo, Liebes. Ich habe endlich mein Wunschgewicht wieder erreicht und wollte damit ein bisschen prahlen.«

»Du solltest lieber vorsichtig sein, sonst machst du mit Russell nachher das nächste Baby. Sieh ihn doch nur an, ihm hängt ja praktisch die Zunge raus«, antworte ich, hake mich bei Lou ein und gehe mit ihr in Richtung College. Die Jungs werden uns schon folgen.

»Da besteht keine Gefahr. Ein Baby im Haus genügt momentan vollauf, besten Dank auch. Apropos, wie sieht es denn bei dir aus?«, fragt Lou.

Ich schüttele den Kopf.

»Keine Sorge, Pen, es gibt immer einen nächsten Monat.«

Ich beiße mir auf die Unterlippe. Wenn das irgendjemand anderes zu mir sagen würde, bekäme er dafür möglicherweise eine verpasst. Ja, es gibt immer einen nächsten Monat, aber das qualvolle Warten zwischen den Perioden ist schrecklich. Vier Wochen lang zu hoffen, dass ich in den wichtigsten Abschnitt meines Lebens eingetreten bin, nur um dann festzustellen, dass ich – wieder – nicht schwanger bin, zermürbt mich.

»Ja, nächsten Monat«, sage ich in der Hoffnung, dass das Thema damit beendet ist. »Ich freue mich darauf, dass du Henri kennenlernst, sie ist echt nett.«

»Nach allem, was du mir erzählt hast, überrascht es mich, dass du sie nicht Jane vorstellst. Die beiden müssten sich doch prima verstehen.«

»Ich weiß. Mark hat Phil eine SMS geschickt, ob sie auch mitkommen wollen, aber offenbar bewegt sich Jane nur in einem Zehn-Kilometer-Radius um ihren Arzt herum, und bis hierher ist es ihr zu weit.«

»Der reinste Horror!« Lou lacht. »Sie ist doch erst im sechsten Monat, oder?«

»Im siebten, aber sie befürchtet, das Kind könnte früher kommen.«

»Selbst wenn die Wehen einsetzen, hat sie immer noch genug Zeit, in ihr Krankenhaus zu fahren.«

»Ich weiß das, Mark weiß das, und Phil weiß das, aber wir wissen auch alle, wie Jane ist.«

Neurotisch und ein totaler Snob. Sie wäre in Ohnmacht gefallen, wenn Phil ihr vorgeschlagen hätte, im Notfall ins nächstbeste Krankenhaus zu fahren.

»Auch wieder wahr«, stimmt Lou zu.

»Da ist Henri.«

Ich sehe sie schon aus der Ferne in der Lobby stehen, und jetzt fühle ich mich wirklich underdressed. Sie trägt ein blaues Spitzenkleid, das perfekt geeignet wäre für ein schickes Restaurant in London.

Mich beschleicht ein mulmiges Gefühl, denn jetzt naht der Moment, vor dem ich mich fürchte: Mark und Nick werden sich begegnen.

»Hallo, Penny«, begrüßt mich Henri mit dieser Art von Winken, wie wenn man einen Bekannten in der Oper entdeckt oder versucht, diskret zu sein. Das genaue Gegenteil von meinem kräftigen Händeschütteln, das mich wirken lässt wie ein Kleinkind, das sich vor Aufregung fast in die Hosen macht, weil es auf der anderen Seite des Raums Peppa Wutz, dieses Comic-Schweinchen, entdeckt hat.

»Hallo, Henri«, begrüße ich sie, als wir nahe genug sind, um Luftküsse auszutauschen.

Ich ignoriere die Tatsache, dass sie Mark herzlich umarmt. Dann tritt sie vor Lou und Russell, und ich stelle die drei einander vor.

»Nick ist kurz wegen eines beruflichen Telefonats rausgegangen«, sagt Henri. »Er sagte, wir sollen ruhig schon nach oben an unseren Tisch gehen, er kommt dann nach.«

Ich habe irgendwie gehofft, Mark würde die »Kennen wir uns nicht irgendwoher«-Nummer abziehen, bevor wir das Restaurant betreten – falls es eine Szene gibt –, aber daraus wird wohl nichts.

»Großartig«, sage ich.

»Ich kann nicht glauben, dass wir mit einer berühmten Schriftstellerin essen gehen«, sagt Henri.

»Ich würde mich nicht gerade als berühmt bezeichnen«, erwidere ich verlegen.

»Worum geht es denn?« Lou sieht mich mit hochgezogenen Brauen an.

»Penny ist gebeten worden, einen Artikel für *Bridal Dreams* zu schreiben.«

»Oh, mein Gott, Pen, das ist ja riesig!«, ruft Lou.

»Davon wusste ich noch gar nichts.« Mark sieht mich eindringlich an.

»Die Anfrage kam auch erst heute Nachmittag. Weil ich Henri kurz darauf sowieso eine E-Mail geschrieben habe, erfuhr sie als Erste davon.«

»Aber ist das nicht der Wahnsinn, meine Hochzeitsplanerin schreibt für *Bridal Dreams*!«

»Das ist eine einmalige Sache, nicht der Aufregung wert.«

Innerlich vollführe ich tatsächlich einen Freudentanz. *Bridal Dreams*, das Hochzeitsmagazin mit der dritthöchsten Auflage in Großbritannien, möchte, dass ich, Penny Robinson, einen Artikel für sie schreibe.

»Unsinn. Darauf müssen wir gleich anstoßen«, beharrt Henri.

Wir betreten das Restaurant, und ich sehe, wie die Augen meiner Freunde zu leuchten beginnen. Das Ambiente des Restaurants war schon am Mittag nett, aber jetzt empfängt uns eine einladende Kerzenlichtatmosphäre.

»Wolltest du nicht ein Kleid anziehen?«, fragt Henri, als wir uns setzen.

»Echt?«

»Ja, ich habe dich gestern Abend gefragt, und du sagtest, es sei eine gute Gelegenheit, die neuen Kurt-Geiger-Schuhe auszuführen.«

»Du hast neue Kurt-Geiger-Schuhe?«, fragt Lou.

Ich reiße die Augen auf, um ihr zu signalisieren, nicht so laut zu sprechen, da Mark direkt neben mir sitzt. Hoffentlich ist das Rugby / Football / Kricket-Team, über das sie gerade sprechen, interessant genug, dass Mark nichts von den Schuhen mitbekommen hat.

»Ja«, flüstere ich quer über den Tisch. »Aber sie sind von TK Maxx und waren spottbillig.«

»Da ich jetzt wieder in meine Kleider passe, können wir beide doch mal abends losziehen, mit High Heels und allem Drum und Dran«, schlägt Lou vor.

»Klingt gut, vielleicht, wenn es im Job wieder etwas ruhiger zugeht.«

»Ah, der Job stellt sich einem immer in den Weg!«, sagt Lou. »Ich darf gar nicht dran denken, dass ich ab nächsten Monat wieder Vollzeit arbeite.«

»Was machst du denn beruflich, Lou?«, fragt Henri.

»Ich bin im öffentlichen Dienst und arbeite für das Verteidigungsministerium.«

»Das muss aufregend sein, mit all den uniformierten Männern um einen herum«, sagt Henri.

»Um ehrlich zu sein, ich sitze in einem Büro, in dem alle Zivil tragen. Die Jungs in Uniform sehe ich nur …«

Lou bricht ab und starrt mit weit geöffnetem Mund zum Restauranteingang. Ich folge ihrem Blick und sehe, dass Nick auf uns zukommt.

In dem Moment fällt der Groschen. Bei meiner ganzen Sorge, ob Mark Nick erkennen würde, habe ich auch nicht eine Sekunde lang daran gedacht, dass *Lou* ihn erkennen wird. Sie hat nicht nur das Video gesehen, sondern war auch dabei, als wir es gedreht haben.

Ich konzentriere meine gesamte Energie darauf, Lou auf telepathischem Wege klarzumachen, dass sie die Klappe halten soll.

»Hallo, Liebes«, sagt Henri.

»Hallo zusammen«, begrüßt uns Nick und winkt in die Runde.

»Penny hast du ja schon kennengelernt, und das sind ihr Mann Mark und deren Freunde Russell und Lou.«

Nick reicht beiden Männern die Hand, die aufstehen, um ihn zu begrüßen. Ich bekomme Küsse auf beide Wangen, und als er zu Lou geht, um sie auf die Wangen zu küssen, sehe ich ein Aufflackern in seinen Augen, als würde auch er sie erkennen. Seine entspannte Haltung verschwindet, und er wirkt plötzlich nervös.

Ich frage mich, ob Lou wohl etwas sagen wird, aber sie ist schwer damit beschäftigt, ihr Besteck kerzengerade auszurichten.

»Guten Abend, alle zusammen. Ich heiße Billy und bin heute Ihr Kellner. Darf ich Ihnen die Speisekarten reichen?«

Der junge Mann verteilt die Karten und gibt Lou damit die Möglichkeit, etwas anderes anzustarren.

»Weißt du, Nick, Russell und ich sprachen gerade über die Saison der Lions. Bist du Rugby-Fan?«, fragt Mark.

»Und ob! Vor ein paar Jahren bin ich extra nach Südafrika geflogen, um sie spielen zu sehen.«

Mark und Russell sehen in etwa so aus, wie ich gewirkt haben muss, als ich an Henris Füßen die Miu Mius aus der aktuellen Saison entdeckte. Ich ahne den Beginn einer wunderbaren Männerfreundschaft.

»Penny, die Speisekarte ist absolut beeindruckend! Das alles klingt köstlich. Ich werde mit dem Birnen-Walnuss-Salat anfangen. Ich freue mich jetzt so darauf, mit Brett zu sprechen! Denkst du, dass wir bis nach dem Essen warten müssen?«, fragt Henri.

»Ja, er ist jetzt sicher in der Küche beschäftigt, außerdem haben wir nach dem Essen schon etwas mehr Erfahrung mit den Gerichten. Und womöglich schmeckt es dir gar nicht.«

Während Henri anfängt, über die Geschenke für die Hochzeitsgäste zu sprechen – sie denkt an personalisierte Weinkorken, die sie sich offen gesagt niemals wird leisten können –, höre ich ganz leise das Handy in meiner Handtasche klingeln. Normalerweise würde ich es ignorieren, aber ich habe Beth gesagt, dass ich jederzeit für sie erreichbar bin, falls sie in Versuchung gerät, wieder zu spielen. Es ist zwar unwahrscheinlich, dass sie mich tatsächlich anrufen würde, aber man weiß ja nie.

Unauffällig ziehe ich das Handy aus der Tasche und sehe, dass es eine Nachricht von Lou ist. Überrascht schaue ich sie an, aber sie starrt wie gebannt auf ihre Speisekarte. Sie muss ihr Handy unter der Karte liegen haben.

Während ich die Nachricht öffne, lausche ich mit dem linken Ohr, wie Henri über Platzdeckchen mit passenden Servietten redet. Dann lausche ich kurz nach rechts und könnte schwören, dass Nick den beiden anderen Männern gerade vorschlägt, mit ihm zu den Kricketspielen in die Karibik zu fliegen. Im Hinblick darauf, was sich Normalsterbliche leisten können, hat Nick genauso den Bezug zur Realität verloren wie seine zukünftige Frau.

HILFE!!! Ich glaube, ich hatte mal was mit diesem Nick ...

Vor Schreck lasse ich mein Handy fallen, das klappernd auf dem Boden landet. Rasch bücke ich mich, um es aufzuheben, und schicke dabei ein Stoßgebet gen Himmel, dass es nicht kaputtgegangen ist, wie beim letzten Mal, als ich es fallen ließ. Doch das Plastikgehäuse hat keinen Sprung, ich atme erleichtert auf. In dem Moment stoße ich mir den Kopf an der Tischplatte.

»Au!« Fluchend reibe ich über die schmerzende Stelle.

»Ist alles in Ordnung?«, fragt Henri. Alle am Tisch schauen mich an. Abgesehen von Lou natürlich, die sich auf den Ellenbogen stützt und das Gesicht hinter der Hand verbirgt.

»Ja, alles okay«, antworte ich. Wann genau will Lou was mit Nick gehabt haben? Sie ist ihm doch nur einmal begegnet, und da war sie schon im sechsten Monat schwanger. Außerdem war ich dabei. Es mag ja eine Phase in meinem Leben gewesen sein, in der ich seelisch stark belastet war, aber selbst dann hätte ich gemerkt, wenn meine beste Freundin kurzzeitig was mit einem anderen als ihrem Ehemann gehabt hätte.

»Penny, ich kann nicht glauben, dass du beim Essen telefonierst! Wo du dich immer so aufregst, wenn ich mein Handy dann nur anschaue«, sagt Mark lachend.

»Das liegt daran, dass du mit deinem Handy operativ verbunden bist, wenn es um Sportergebnisse geht. Tut mir ja leid, aber dich zu bitten, die Ergebnisse von irgendeinem mittelwichtigen Spiel erst eine halbe Stunde später zu erfahren, ist ja wohl kein übertriebenes Anliegen.«

»Ach, hast du auch diese App?«, fragt Nick auf eine Weise, die mich an Beth erinnert.

»Ich verstehe nur nicht, warum er es in der Sekunde erfahren muss«, erwidere ich.

»Weil es live ist«, antwortet Nick, als würde es sich damit selbst erklären.

»Gib dir keine Mühe«, sagt Mark. »Mit Sport kann Penny nichts anfangen.«

Im Gegensatz zu dieser weitläufigen Überzeugung kann ich sehr wohl mit Sport »etwas anfangen«. Ich kenne die Abseitsregel vom Kricket, und ich weiß mehr über Statistiken, Spieler und Sportfelder, als ich zugeben mag. Ich verstehe nur nicht, warum Männern diese Sachen so wichtig sind. Mark sagt natürlich dasselbe über mich, wenn ich Klatschmagazine kaufe, aber Promis sind doch etwas sehr Reales.

Bevor es ungemütlich wird, kommt Billy, der ganz klar spürt, dass es eine Irritation zwischen der blauen und der rosa Fraktion an unserem Tisch gibt, um uns klugerweise abzulenken.

»Wünschen die Herrschaften vielleicht schon etwas zu trinken?«, fragt er.

»Wir haben noch gar nicht die Weinkarte angesehen«, sagt Henri. »Wer möchte was?«

»Rotwein, ich möchte Rotwein!«, ruft Lou hinter ihrer Speisekarte. »Für mich bitte eine Flasche Shiraz.«

»Nur für dich?«, fragt Russell und lacht nervös. »Dann teile ich sie mit dir.«

»Ich nehme auch Rotwein«, sage ich.

Am Ende einigen wir uns auf einen Rot- und einen Weißwein, und dann bestellen wir das Essen. In Anbetracht dessen, wie unruhig Lou ist, seit das Sicherheitsnetz der Speisekarte entfernt wurde, vermute ich, dass wir bald die nächste Flasche bestellen müssen.

Das Thema »Sport und Frauen« scheint vergessen zu sein und wird ersetzt durch Russells Bericht über die neuesten Entwicklungen im Leben des kleinen Harry, was konkret bedeutet, dass er sich am Sofa hochzieht, um zu stehen. Henri und ich bekommen automatisch einen gerührten Gesichtsausdruck, und selbst Nick und Mark lächeln. Das kann aber auch an Russells witziger Erzählweise liegen.

Als der Wein serviert wird, ist Lou so nervös, dass sie das Glas in einem Zug leert, während der Kellner noch neben ihr steht, und direkt die nächste Flasche bestellt. Mir entgeht nicht der Blick, den Henri und Nick daraufhin wechseln, und ich kann mir gut vorstellen, was sie denken. Irgendetwas in Richtung Alkoholikerin.

»Den freien Abend so gut wie möglich nutzen, das ist richtig, Lou«, sagt Mark. »Ich hab's dir ja gesagt, Penny, Kinder zu haben ist kein Spaziergang.«

»Wie viele Kinder wollt ihr denn?«, fragt Henri und lächelt mich an.

Eins wäre schon mal ein Anfang. »Am liebsten eine ganze Fußballmannschaft, aber zwei oder drei wären auch schon ganz schön.«

»Kannst du dir zwei oder drei Harrys vorstellen?« Russell sieht Lou mit hochgezogenen Brauen an.

Sie lächelt matt und trinkt das halbe Glas Wein, das sie sich aus der nun leeren Flasche eingeschenkt hat.

»So schlimm ist er doch gar nicht«, antwortet sie.

Meistens nicht, füge ich im Kopf hinzu.

»Er ist echt süß«, versichert Russell. »Nur ab und zu ist er ein kleiner Tyrann. Aber ich kann mir ein Leben ohne ihn echt nicht mehr vorstellen.«

Ich muss über Russell lächeln, als ich daran denke, wie sich alles von dem kleinen »Unfall« an entwickelt hat, der sie früher als geplant schwanger werden ließ. Aber so wie ich es mir schon gedacht habe, wurden sie mit der größten Selbstverständlichkeit Eltern.

Henri fragt Russell über seinen »Vater-Kind-Tag« aus, den einen Tag in jeder Woche, den er sich zu Hause um Harry kümmert. Sofort ergreife ich die Chance und beuge mich über den Tisch zu Lou.

»Was läuft hier?«, frage ich.

»Ich muss mal zur Toilette«, sagt Lou so laut, dass es das ganze Restaurant mitbekommt, und steht dabei auf. Der Rotwein ist ihr offenbar in Lichtgeschwindigkeit zu Kopf gestiegen, kein Wunder – auf leeren Magen.

Sie wirft mir einen Blick zu, der signalisiert, dass ich mitkommen soll, und mir wird klar, dass sie ohne mich den Tisch nicht verlassen wird.

»Vielleicht sollte ich auch mal rasch verschwinden«, sage ich und stehe auf.

»Oh, Mädchenausflug zur Toilette. Nehmt mich mit«, zwitschert Henri, steht ebenfalls auf und folgt uns.

Als wir den Toilettenraum betreten, werden wir daran erinnert, dass wir uns doch nicht in einem schicken Restaurant befinden – sechs Kabinen in einer Reihe, mit viel zu viel Neonlicht und weißem Plastik. Henri geht zum Spiegel und holt ihr Make-up aus der Clutch.

Lou und ich verschwinden in die Kabinen. Als Henri anfängt, darüber zu reden, wie gut sich die Männer verstehen, will ich mein Handy aus der Tasche holen und merke, dass es nicht da ist. Offenbar habe ich es auf dem Tisch liegenlassen. Allerdings habe ich eine Quittung und einen Stift.

Wann hattest du denn was mit Nick?, schreibe ich auf die Rückseite.

Dann wedele ich mit der Quittung unter der Kabinenabtrennung und versuche verzweifelt, Pipi zu machen. Unter Druck kann ich nicht gut, aber ich will nicht, dass Henri denkt, es stimme etwas nicht.

Ich spüre, wie mir Zettel und Stift aus der Hand genommen werden.

»Und dann habe ich zu Nick gesagt, wenn du auf Hochzeitsreise nach St. Lucia willst, ist das prima, aber erwarte nicht von mir, dass ich zu irgendeinem Kricketmatch gehe«, fährt Henri fort.

Während ich lautstark mit dem Klopapierhalter hantiere, warte ich darauf, dass die Quittung wieder auftaucht.

Keine Ahnung. Vor Russell. Er kommt mir so verdammt bekannt vor. HILFE!

Ich muss den Text ein paarmal lesen, bevor ich kapiere, was los ist. Lou hatte gar nichts mit Nick. Sie hat ihn nur erkannt. Gott sei Dank. Ich schreibe auf die Quittung, dass sie sich keine Sorgen machen soll, aber bevor ich die Chance habe, ihr den Zettel zu reichen, höre ich, wie ihre Tür aufgeht und sie anfängt, sich mit Henri bei den Waschbecken zu unterhalten. Warum hat sie denn nicht auf meine Antwort gewartet?

»Bist du schon lange mit Nick zusammen?«, fragt Lou.

Ich trete auch aus der Kabine und versuche, mit Lou Blickkontakt herzustellen, aber sie beachtet mich gar nicht. Sie wirkt aufgedreht und angetrunken. Genau genommen hat sie einen derartig glasigen Blick, als stünde sie kurz vor einer Alkoholvergiftung. Ich glaube nicht, dass sich Lou nach der langen Abstinenz während der Schwangerschaft und Stillzeit schon wieder an Alkohol gewöhnt hat.

»Etwa sieben Jahre«, antwortet Henri.

»Teufel, das ist verdammt lange. Und ihr wart die ganze Zeit ein Paar? Ohne Unterbrechungen?«

»Lou!«, sage ich laut. »Bitte entschuldige, Henri.«

»Ist schon gut, Pen. Ja, wir waren quasi die ganze Zeit zusammen, bis auf ein paar Wochen vor etlichen Jahren. Ich weiß, was du denkst.«

Glaub mir, Henri, du hast keine Ahnung, was in Lous betrunkenem Kopf vor sich geht.

»Wir haben uns mit der Hochzeit verdammt viel Zeit gelassen.«

Ich nehme mir Henri als Vorbild, die lacht, und stimme angestrengt mit ein.

»Wir sollten besser wieder zu den Jungs gehen, bevor die sich wundern, wo wir stecken«, sage ich.

Henri geht als Erste hinaus, und ich flüstere Lou zu: »Du irrst dich.«

»Was?«, zischt sie.

»Wie bitte?«, fragt Henri und schaut nach hinten.

»Nichts. Ich hatte nur Toilettenpapier unter dem Schuh kleben«, lüge ich.

Wir kehren an den Tisch zurück, als gerade die Vorspeisen serviert werden.

»Ich sterbe vor Hunger«, sagt Lou und setzt sich.

Ich spreche ein stilles Gebet, dass sie schnell nüchtern wird und nicht mit ihren amourösen Verdächtigungen bezüglich Nick herausplatzt.

»Das sieht fantastisch aus«, sagt Henri. »So etwas würde man normalerweise in einem Restaurant mit Michelin-Stern bekommen. Hoffentlich schmeckt es auch so gut.«

Ich kenne diesen Blick in Henris Augen, den habe ich selbst immer bekommen, während ich meine preisgünstige Hochzeit plante, dieser »Bitte lass es funktionieren, denn etwas anderes kann ich mir nicht leisten«-Blick.

»Oh, das ist wirklich köstlich«, schwärmt Henri, sobald sie den ersten Bissen im Mund hat.

»Allerdings. Wenn der Rest des Essens ebenso gut ist, haben wir unseren Hochzeitscaterer vielleicht gefunden«, pflichtet Nick ihr bei. »Gut gemacht, Penny.«

Ich erröte über das Kompliment. Mark schenkt mir ein Lächeln, und dann sehe ich aus den Augenwinkeln Lou. Sie isst nichts, sondern starrt Nick an.

»Schmeckt es dir auch, Lou?«, frage ich, um sie in die Gegenwart zurückzuholen.

»Ja, bestens, danke. Wie ist dein Essen, Nick?«

»Sehr lecker, danke«, antwortet er.

»Du hast wohl gern noch etwas nebenbei?«

Ich hätte vor Entsetzen beinahe die Gabel fallen lassen.

»Wie bitte?«, fragt Nick und schaut Lou an.

»Ich sagte, du hast wohl gern noch etwas nebenbei«, wiederholt Lou. »Du hast doch noch einen Salat«, sagt sie und zeigt auf seinen Teller.

Alle anderen am Tisch blinzeln Lou an und fragen sich, was das soll.

»Ach ja, richtig, der Salat ist extra«, sagt Nick leicht verwirrt.

»Mark hat gestern von deiner DJ-Nummer bei der Hochzeit erzählt«, sagt Henri und versucht offenkundig, das Thema zu wechseln.

»DJ Loopy Lou«, sagt Lou und wirft sich in eine Pose, die in etwa so aussieht, als würde meine Mutter einen Rapper nachahmen.

Unauffällig versuche ich, Lous Weinglas außer Reichweite zu schieben, aber sie reagiert blitzschnell. Sie reißt es mir aus der Hand, und im nächsten Moment ist die weiße, gestärkte Tischdecke rotweingetränkt.

»Ups«, sagt Lou. Sie greift nach Henris Weißweinglas, um das klassische Gegenmittel einzusetzen, aber ich halte Lous Hand fest und winke Billy, den Kellner, herbei. Nach ein bisschen Wischerei mit feuchten Handtüchern tropft zumindest nichts mehr auf den Boden.

»Die Vorspeise war super, jetzt bin ich gespannt auf mein Hauptgericht«, sagt Mark und legt sein Besteck hin, als habe diese Katastrophe nie stattgefunden.

»Ich auch. Aber ich bin vor allem auf das Dessert gespannt«, sagt Lou.

»Das geht mir auch so. Ich werde Panna cotta mit Passionsfruchtpüree nehmen«, sagt Henri. »Das klingt himmlisch.«

»Was ist mit dir, Nick? Oder lass mich raten, du nimmst die Sahneschnitte«, sagt Lou und schnaubt vor Lachen.

»Lou, Liebes, wolltest du nicht mal zu Hause anrufen, ob bei dem Kleinen alles klar ist?«

»Mum kommt schon zurecht, Russell«, erwidert Lou. »Ehrlich, du machst mehr Aufhebens als ich.«

»Ich denke doch, dass wir sie mal anrufen sollten, nur um sicherzugehen. Ich begleite dich.«

»Es läuft bestimmt gut«, beharrt Lou und schüttelt den Kopf, als sei Russell derjenige, der sich seltsam benimmt.

»Louise, nach draußen«, befiehlt Russell. So autoritär habe ich ihn nicht mehr erlebt, seit Lou und ich betrunken versucht haben, ihm Schmetterlingsclips in die Haare zu stecken. Dabei war es allein Lous Schuld: Sie hat mir erzählt, sie dürfe das, wenn sie allein zu Hause sind.

Sobald Lou verschwunden ist, dreht sich das Gesprächsthema um die Hochzeit von Henri und Nick. Mir wird ganz warm ums Herz, wenn ich sehe, wie vernarrt Nick in Henri ist.

Als Lou und Russell von ihrem Telefonat zurückkehren, sieht Lou sehr viel besser aus. Die frische Luft und ein ernstes Wort haben ihren Zweck erfüllt, und sie ist jetzt mucksmäuschenstill.

Kurz darauf serviert Billy den Hauptgang, und als wir gerade mit dem Essen anfangen wollen, bekomme ich Angst, dass Lous kleiner Ausbruch wieder aufflammt.

»Fish and Chips«, sagt sie und zeigt auf Nicks perfekt angerichtetes Essen.

»Stimmt, Lou«, sagt Nick.

Ich kann ihr ansehen, dass es in ihrem Kopf endlich klick gemacht hat, und jetzt wirkt sie entsetzt. Anscheinend erinnert sie sich wieder, wo sie ihn schon mal gesehen hat – nachdem wir das Video gedreht haben, ist Nick losgezogen und hat für alle Fish and Chips besorgt. Sie öffnet den Mund, aber ich sehe ihr fest in die Augen und schüttele kaum merklich den Kopf. Anscheinend hat sie die Botschaft verstanden, denn sie widmet sich ihrem Lamm. Hoffentlich muss ich nicht den Rest des Abends auf glühenden Kohlen sitzen.

Als wir endlich zu Hause sind, bin ich völlig erschöpft. Es ist fast Mitternacht an einem Donnerstag, und ich habe morgen einen anstrengenden Arbeitstag vor mir. Die gute Nachricht ist, dass Brett und Henri sich prima verstanden haben und Brett das Catering für die Hochzeit übernehmen wird. Ich muss nur noch ein Treffen im Kricketklub vereinbaren, um die Details festzulegen.

»Warum hast du mir nicht gesagt, dass Henris Nick der aus deiner Selbsthilfegruppe ist?«, fragt Mark wie aus heiterem Himmel. Ich höre auf, mir das Make-up vom Gesicht zu wischen, und schaue ihn entsetzt an.

»Du wusstest es? Die ganze Zeit?«

»Natürlich wusste ich es. So schlecht ist mein Gedächtnis für Gesichter nun auch nicht.«

»Ich hätte nicht gedacht, dass du ihn erkennst. Henri soll nicht erfahren, dass ich über Nicks Spielsucht Bescheid weiß.«

»Dann weiß Henri also nicht, dass du auch eine Spielerin bist?«

»Nein.«

»Solltest du ihr nicht sagen, dass du Nick schon kennst? Gerade wir beide wissen doch, wie gefährlich es ist, Geheimnisse zu haben.«

»Schon, aber Nick will das auf keinen Fall, und es ist schließlich sein Geheimnis.«

»Aber Henri weiß von Nicks Spielerei, oder?«

»Ja. Du wirst doch nichts sagen, oder?«

»Nein, aber du hättest mich trotzdem einweihen können. Wir sollten einander vertrauen.«

»Du hast recht, aber ich dachte halt, dass es nicht um mein Geheimnis geht.«

»Ich respektiere deine Loyalität, und ich würde Henri gegenüber nichts erwähnen, aber vielleicht solltest du Nick dazu bringen, es ihr zu sagen. Es ist nicht schön, im Ungewissen gelassen zu werden. Damit kenne ich mich aus.«

»Ich denke darüber nach«, sage ich. Natürlich hat Mark recht. Je besser ich Henri kennenlerne, desto schlechter fühle ich mich dabei, geheime Mitwisserin bei dieser sehr persönlichen Angelegenheit zu sein.

Kapitel dreizehn

Prinzessin auf Sparkurs – Flower Power

Spar die Floristenkosten, indem du eigene Blumen ziehst. Wenn du frühzeitig planst, welche Blumen du zu deiner Hochzeit haben möchtest (die zu der Zeit blühen!), kannst du sie entweder in deinem eigenen oder dem Garten eines Familienangehörigen ziehen. Stell dir ein hübsches, farbenfrohes Bouquet Wicken vor. Diese Option ist jedoch nichts für Bräute mit schwachen Nerven – die Blumen können ja erst am Tag vor der Hochzeit gepflückt und müssen gut versorgt werden. An dieser Stelle erweist sich eine Schwiegermutter mit grünem Daumen als sehr nützlich. Für weitere Tipps schaut euch den *Green Fingered Brides*-Blog an.
Tags: grüner Daumen, züchten, Blumen, Garten

»Hallo«, melde ich mich am Telefon. Mein Herz rast, während ich versuche, durch die Nase zu sprechen, um meine Stimme zu verstellen.

»Hallo, ist da Linda?«, fragt eine Frauenstimme.

»Ja«, lüge ich.

»Hier ist Indy von Bella Cheese Imports. Ich habe Ihrer Nachricht auf dem Anrufbeantworter entnommen, dass Sie eine größere Bestellung aufgeben möchten?«

Ich schaue auf meine Armbanduhr. Es ist 15.42 Uhr. Ich kann nicht glauben, dass sie jetzt zurückruft. Sie ist im Büro, und ich weiß von ihrem Abteilungsleiter, dass sie frühestens um 17.00 Uhr Feierabend macht.

»Genau. Ich war auf Ihrer Website und interessiere mich speziell für den Romano-Käse.« Mir läuft das Wasser im Mund zusammen. Nach Feierabend muss ich unbedingt beim Supermarkt vorbeifahren, um ein bisschen Käse zu kaufen. Hoffentlich hat Mark auch Lust auf eine Käseplatte als Abendessen.

»Das ist eines unserer beliebtesten Produkte. Wenn Sie sagen, Sie möchten eine größere Menge, von wie viel sprechen wir dann?«

Mist. Ich habe nicht die geringste Ahnung.

»Ähm, einen Moment bitte.« Ich lege die Hand auf die Sprechmuschel und zähle bis fünf. »Indy, kann ich Sie gleich zurückrufen? Einer unserer Lieferanten ist gerade gekommen, und momentan bin ich hier allein.«

»Ja, natürlich. Wir reden später.«

»Vielen Dank, Indy.«

Ich beende das Gespräch und fühle mich scheußlich, jemanden so getäuscht zu haben. Aber wir brauchten den Beweis, dass Indy während der Arbeitszeit für ihren anderen Job arbeitet.

Ich gehe zu Giles' Büro, um zu berichten. Nachdem ich geklopft habe, warte ich geduldig.

»Herein«, brüllt er.

Ich gehe in sein Büro und setze mich auf einen der unbequemen Plastikstühle.

»Indy hat mich gerade wegen meiner Käsebestellung zurückgerufen.«

Giles reißt sich die Brille von der Nase, und auf seinem Gesicht breitet sich ein Grinsen aus.

»Ausgezeichnet, damit haben wir den Anruf auf Ihrem Handy, für das wir eine Rufdatenaufzeichnung besorgen können. Und es ist noch nicht einmal vier. Gut, mehr brauchen wir nicht. Höchste Zeit, sie damit zu konfrontieren.«

Ich sehe Giles an. Es ist kurz vor vier Uhr an einem Freitagnachmittag. Was für ein beschissener Zeitpunkt, um jemanden zu feuern.

Für mich persönlich ist es auch deshalb ätzend, weil es mir jede Hoffnung nimmt, mich heute früher vom Acker machen zu können. Da ich gestern Abend erst um Mitternacht im Bett war, habe ich nämlich ein starkes Verlangen danach. Das Essen im College war zwar toll, aber ich bin es nicht gewohnt, auszugehen, wenn ich am nächsten Tag »Schule« habe.

Giles greift zum Telefon und vereinbart, dass wir uns mit Indy und ihrem Vorgesetzten in einem der Besprechungsräume treffen.

»Dann mal los, Penny.«

Ich nicke, befehle meinen Beinen, zu kooperieren, schnappe mir den Stoß Aufzeichnungen, der aus einer Mappe quillt, und folge Giles zum Konferenzraum. Wir setzen uns, und es dauert nicht lange, bis Indy und ihr Vorgesetzter auftauchen und ebenfalls Platz nehmen.

»Hallo, Martin, Indy, danke fürs Kommen«, begrüßt Giles die beiden.

Ich schaue zu Indy, die freundlich lächelt. Sie hat keinen Schimmer, was sie hier erwartet.

»Indy, es ist uns zur Kenntnis gelangt, dass Sie eine eigene Firma haben und während der Bürozeit dafür tätig sind.«

Indy fällt das Lächeln förmlich aus dem Gesicht. Ihr Kinn sackt nach unten und zittert, während sie überrascht die Augen aufreißt. Sie sagt jedoch nichts.

»Sie können sich vermutlich denken, dass wir darüber nicht erbaut sind.«

Ich bin sicher, dass Giles die Situation genießt.

»Wir haben uns den Browserverlauf Ihres Computers angesehen und Grund zu der Annahme, dass Sie den Rechner häufig für persönliche Dinge nutzen. Mitarbeiter aus Ihrer Abteilung haben zudem von langen Abwesenheiten berichtet, während der Sie mit Ihrem Handy telefonieren. Jetzt wäre vielleicht ein guter Zeitpunkt für Sie, etwas dazu zu sagen.«

Indy reibt sich die Augen, vielleicht wischt sie Tränen fort. Sie streicht ihr Haar zurück und versucht sich zu fassen.

»Ich weiß nicht, was ich sagen soll«, antwortet sie und schaut zu Boden. »Ich meine, ich leiste doch gute Arbeit, oder nicht?«

Sie schaut ihren Chef an, und in ihrem Blick liegt Verzweiflung. O Gott. Genauso gut könnte *ich* da sitzen und Giles davon zu überzeugen versuchen, dass meine Hochzeitsplanerei nicht mit meinem Job kollidiert. Tut sie ja auch nicht. Im Gegensatz zu Indy habe ich lediglich ein paar persönliche Anrufe im Büro angenommen und einige von Henris E-Mails beantwortet. Trotzdem beginnen meine Wangen zu brennen, und ich schwitze.

Wenn ich nun genauso wie Indy bin? Wenn es so anfängt? Eine E-Mail hier, ein Telefonat da, und plötzlich starren wir auf eine umfangreiche Datei an Beweisen aus der IT. Mark würde mir nie verzeihen, wenn ich deshalb gefeuert werde.

»Indy, wir waren nie unzufrieden mit Ihrer Arbeit, aber selbst mir ist aufgefallen, dass in letzter Zeit Ihre Konzentration zu wünschen übrigließ. Sie kamen zu spät zu Meetings, was gar nicht zu Ihnen passt, und bei den letzten beiden Deadlines sind Sie erst auf den letzten Drücker fertig geworden«, sagt ihr Vorgesetzter.

»Aber andere Mitarbeiter tauchen manchmal bei den Meetings gar nicht auf.«

»Ich weiß, aber für Sie ist das untypisch. Außerdem, wenn man die belastenden Dokumente hinzunimmt, die Penny und Giles zusammengetragen haben, sind die Beweise erdrückend.«

»Aber ich habe nichts Schlimmes getan. Andere surfen den ganzen Tag auf irgendwelchen Websites. Wieso werde ich herausgepickt?«

Warum sieht sie mich jetzt an? Als könne sie spüren, dass ich regelmäßig im Web surfe. Was ich allerdings von nun an unterlassen werde, jetzt, da ich weiß, dass die IT alles speichert.

»Sie werden nicht herausgepickt, Indy. Das hier ist keine Verwarnung wegen Surfen im Netz, obwohl Sie wissen sollten, dass Ihnen das während der Arbeitszeit untersagt ist.«

»Wenn es also keine Verwarnung ist, was dann?«, fragt Indy mit leiser Stimme.

»Ich fürchte, Indy, dass wir einen Kündigungsgrund haben«, antwortet Giles.

Sie wird noch blasser.

»Wegen ein bisschen Surfen im Netz?«, fragt sie und ringt um Fassung.

»Ich bitte Sie, Indy, wir wissen beide, dass es mehr als das ist. In Ihrem Vertrag steht, dass Sie Nebentätigkeiten angeben müssen. Sie hätten uns wenigstens sagen müssen, dass Sie eine Firma haben, die Käse importiert.«

»Kann ich das nicht jetzt angeben? Ich leite diese Firma in meiner Freizeit gemeinsam mit meinem Mann. Während der Arbeitszeit mache ich nichts, was damit in Zusammenhang steht.«

»Wir haben Aufzeichnungen der IT, die etwas anderes nahelegen«, widerspricht Giles. »Außerdem wissen wir, dass Sie nicht dienstliche Anrufe während der Bürozeiten tätigen.«

»Mein Mum ist krank, und ich habe sie ein paarmal angerufen, das ist alles.«

»Sie haben vor wenigen Minuten mit Penny telefoniert.«

Indy starrt mich an. Giles nickt, was wohl heißt, dass ich etwas dazu sagen soll.

»Ja, ähm …, ich bin Linda, mit der Sie über die Bestellung von Romano-Käse gesprochen haben.«

»Sie sind Linda? Dann wurde mir also eine Falle gestellt?«

Genau das finde ich auch gerade etwas fragwürdig. Aber wir brauchten doch einen Beweis, oder?

»Hören Sie, Indy, ich weiß, dass das hart ist«, versuche ich zu erklären, »aber wir haben durch die IT schon hinreichend Material für einen Kündigungsgrund. Mit dem Anruf wollten wir nur noch überprüfen, ob Sie während der Arbeitszeit auch für Ihre Firma telefonieren.«

»Aber das mache ich doch nicht oft«, rechtfertigt sich Indy. »Die Firma ist nur so schnell gewachsen. Am Anfang war es eher ein Hobby, ein paar Kunden, um die wir uns nach Feierabend gekümmert haben. Doch in letzter Zeit boomt es wie verrückt. Es sollte wirklich nicht meine Arbeit hier beeinträchtigen.«

Dicke Tränen laufen nun ungehemmt, und obwohl ich ihr zum ersten Mal gegenübersitze, möchte ich sie in den Arm nehmen. Aber das wäre natürlich unprofessionell.

Einbezogen zu sein, wenn Mitarbeiter gefeuert werden, ist eine der Kehrseiten meines Jobs. Wie unsympathisch der oder die Betreffende auch sein mag und was er oder sie auch verbrochen hat, ich fühle immer mit. Und dieses Mal ist es noch schlimmer. Ich muss mich immer wieder daran erinnern, dass nicht ich dort sitze. Ja, ich habe meine Arbeit als Hochzeitsplanerin nicht angegeben, aber es ist auch nicht wirklich eine Firma, oder? Ich habe zwei Kunden gehabt, und mehr werden es nicht. Meine Situation ist völlig anders als die von Indy.

Aber als Giles das Kündigungsprozedere darlegt und Indy über ihre Rechte aufklärt, falls sie Berufung einlegen will, wird mir mächtig warm, und es kommt mir vor, als sei ich diejenige, die gefeuert wird. Ich sollte diese Geschichte unbedingt als Warnsignal nutzen und dafür sorgen, dass ich Heiratsplanung und Job strikt trenne. Ich möchte schließlich nicht auf der anderen Seite des Tisches landen und von Giles gefeuert werden.

Kapitel vierzehn

Prinzessin auf Sparkurs – Stuhlhussen: Pro und Kontra

Nun, ich persönlich liebe Hussen, vor allem die mit Schleifen. Es ist wunderschön, wenn alle Stühle gleich aussehen und dabei so edel wirken. Aber wisst ihr was? Sobald sich die Gäste gesetzt haben und dieser Anblick verschwunden ist, nehmt ihr die Hussen gar nicht mehr wahr. Könnt ihr euch etwa noch daran erinnern, ob es bei den Hochzeiten, bei denen ihr gewesen seid, Stuhlhussen gegeben hat? Sie gehören zu den netten Extras, sind aber nicht wesentlich. Und für uns sparsame Bräute gilt: Ihr wollt doch nicht, dass eure Stühle besser angezogen sind als ihr selbst! Was denkt ihr über Stuhlhussen: Sind sie ein »Must-have« für die Hochzeit oder unnötiger Aufwand?
Tags: Stühle, Schleifen, Hussen

»Wir halten Sie ganz schön auf Trab, was, Penny?« Gähnend schaue ich hoch und sehe Giles vor meinem Schreibtisch stehen – ich habe gar nicht mitbekommen, dass er sein Büro verlassen hat. Das liegt vielleicht an den wenigen Stunden, die ich letzte Nacht geschlafen habe, wegen meiner Arbeit an dem Artikel für *Bridal Dreams*.

Ich bin immer noch sprachlos, dass sie mich dafür angesprochen haben. Ab nächsten Monat hat ihre Zeitschrift ein neues Konzept, und dazu gehört, dass in jeder Ausgabe über ein spezielles Thema berichtet wird. Das erste Thema lautet »Vintage-Hochzeiten«, und ich kann es kaum erwarten, bis die Ausgabe erscheint. Für mich ist jedoch noch aufregender, dass der zweite Schwerpunkt »Hochzeiten mit kleinem Budget und Spartipps« lauten wird. Ich schreibe einen Artikel über meinen Blog und nenne meine Top-Ten-Spartipps. Der Artikel war so weit fertig, aber da ich heute Morgen abgeben musste, habe ich vergangene Nacht noch daran herumgefeilt.

Als ich gerade davon träume, die gedruckte Ausgabe in Händen zu halten, steht dann Giles plötzlich vor mir.

»Sorry, Giles, ich habe letzte Nacht schlecht geschlafen. Ich war gerade dabei, das Programm für das Teambuilding-Event noch mal durchzugehen.«

»Ah, genau darüber wollte ich mit Ihnen sprechen.«

Das klingt nicht gut. So hört er sich immer an, wenn er möchte, dass ich Gunthers »Lunchpaket« noch einmal mit diesem furchteinflößenden Feldwebel durchgehe. Die Information, welche Instant-Nahrungsmittel ein Veganer zu sich nehmen kann, kam genauso wenig gut an, wie es die Militärkost bei Gunther tun wird.

»Was ist denn damit?«, frage ich ein bisschen kurz angebunden.

»Nun ja, Gunther kann am 4. Juli nicht.«

Ist das jetzt eine schlechte Nachricht? Unser CEO schafft es nicht, und von nun an besteht meine größte Sorge darin, ob unsere Vertriebsmanager wie in den Vorjahren versuchen werden, Alkohol in die Unterkunft zu schmuggeln. Mit Kater auf Höhlenerkundung zu gehen verschaffte mir die schlimmsten Kopfschmerzen meines Lebens. Aber wenigstens war es in den Höhlen dunkel.

Ich plane gerade, eine Runde durchs Büro zu laufen und die gute Neuigkeit zu verkünden, als mir auffällt, dass Giles weitergeredet hat. »Deshalb müssen wir den Trip verschieben«, hat er wohl gesagt.

»Verschieben?«, wiederhole ich langsam und versuche die Information zu verarbeiten.

»Ja, Gunther sagt, er könne es eine Woche später einrichten.«

Tatsächlich? Das ist ja fantastisch! Scheiß drauf, dass vierunddreißig Mitarbeiter daran teilnehmen werden und wir bereits Kleinbusse organisiert und das Essen bestellt haben, ganz zu schweigen von dem Teambuilding selbst mit dem furchteinflößenden Feldwebel. Aber wenn Gunther eine Woche später kann, dann verschieben wir es eben!

»Ähm, ich glaube nicht, dass es in diesem fortgeschrittenen Stadium sinnvoll ist, das Event zu verschieben. Schließlich haben alle Teilnehmer schon zugesagt. Wir dürfen nicht vergessen, dass die Leute auch ein Leben und Verpflichtungen außerhalb des Jobs haben. Kinderbetreuung zum Beispiel.«

Und ich muss mich in den Tagen um eine verdammte Hochzeit kümmern. Ich glaube nicht, dass Henri sonderlich begeistert ist, wenn ich mich in der Woche vor der Hochzeit »unerlaubt vom Dienst entferne«.

»Ich weiß, Penny. Das Timing ist auch für mich alles andere als ideal. Aber Gunther hat uns gebeten, es zu arrangieren, und da er der CEO ist, müssen wir gewissermaßen tun, was er sagt.«

»Und wenn es nicht verschoben werden kann?«

»Sie werden es verschieben *müssen*, Penny. Gunther will unbedingt dabei sein.«

»Aber wenn …«

»Penny, versuchen Sie es. Möglicherweise ist es gar nicht so schwierig, wie Sie denken. Und davon abgesehen, als HR-Supervisor sind Sie ständig mit Problemen dieser Art konfrontiert und müssen sie jedes Mal lösen.«

Verpasst mir Giles etwa gerade einen Tritt in den Arsch – mach das gefälligst, oder du kannst die Beförderung vergessen? Mag sein, dass er recht hat. Aber ich bin übermüdet und mürrisch.

Ich schaue zu Shelly hinüber. Sie verzieht keine Miene, aber es ist ein Hauch eines Grinsens auf ihrem Gesicht zu erkennen. Im Gegensatz zu meinem nervigen Planungsdebakel läuft ihre Überarbeitung des Beurteilungsprozesses reibungslos. Sie hat mit dem Konstruktionsteam einen Test durchgeführt, und bisher sind die Feedbacks sehr ermutigend.

»Ich setze mich sofort dran«, sage ich.

»Ausgezeichnet. Halten Sie mich auf dem Laufenden.«

»Okay«, versichere ich und seufze.

Gerade als ich das Gefühl habe, etwas erreicht zu haben, muss ich wieder drei Schritte zurückgehen. Das Event war unter Dach und Fach, und jetzt so etwas. Ich mag diesen Feldwebel nicht anrufen, denn – falls Sie es noch nicht gemerkt haben sollten – er macht mir eine Heidenangst.

»Und was tust du jetzt?«, fragt Shelly.

»Ich muss es halt irgendwie verschieben.« Wieder seufze ich.

»Und wenn du einfach sagst, du hättest es versucht, aber es geht nicht?«

»Ich muss mir zumindest Mühe geben.«

Ich blättere durch mein Adressbuch, bis ich die Nummer des Feldwebels gefunden habe, wähle und hoffe, dass er irgendwo bei einer Übung ist und ich nur den Anrufbeantworter erreiche.

Es klingelt, einmal, zweimal. Dreimal. Mein Herzschlag verlangsamt sich, da die Wahrscheinlichkeit steigt, dass er nicht zu erreichen ist.

»Ja, Penny?«

»Oh, ähm … hallo … Baz«, stottere ich in einer Art wie zum letzten Mal als Teenager, als ich versuchte, mit dem heißesten Jungen der Schule zu reden.

»Ich führe gerade eine Orientierungsübung durch, die Verbindung ist also möglicherweise schlecht. Sie rufen doch nicht wegen weiterer Vegetarier an, oder?«

Wenn ich nicht so viel Schiss hätte, würde ich darüber lachen, wie er das Wort Vegetarier betont – als handele es sich dabei um kranke Individuen.

»Nein, nein, dieses Mal geht es nicht um Änderungen beim Essen.«

»Bin verdammt froh, das zu hören. Was ist es dann?«

»Nun, es gibt eine kleine Planänderung.«

»Welcher Art?«, fragt Baz.

Oh, ich höre, wie sich Unmut in seine Stimme schleicht.

»Nun, Sie wissen ja, dass unser Big Boss Gunther ebenfalls teilnimmt.«

»Ist das der, der nur Blätter isst?«

»Der Veganer, genau. Es ist so … er schafft es zu dem Termin nicht.«

»Also …«

»Er möchte, dass wir das Event um eine Woche verschieben. Ich habe bereits gesagt, dass das für Sie wahrscheinlich so kurzfristig nicht geht, und mir ist klar, welcher Aufwand damit verbunden ist.«

»Sie wollen es um eine Woche verschieden? Jetzt noch?«

»Hören Sie, wenn das von Ihrer Seite nicht geht, dann lassen wir es, wie es ist. Aber wenn auch nur eine kleine Chance besteht, es doch zu verschieben, wären wir Ihnen sehr dankbar.«

Ich merke, dass ich das Telefonkabel um meinen Finger drehe, so wie ich es beim Flirten mit meinen Haaren mache.

»Also gut, wenn er nicht kann, dann verschieben wir es eben. Es ist ja völlig egal, dass die anderen Beteiligten den Termin längst eingeplant haben und die ganzen Vorbereitungen schon angelaufen sind.«

»Ehrlich gesagt habe ich im ersten Moment genauso reagiert.«

»Und trotzdem rufen Sie an, um zu fragen, ob wir es verschieben können?«

»Ja«, antworte ich. Und dann wird mir klar, dass ich als künftiger HR-Supervisor mal rasch anfangen sollte, mich durchzusetzen. Feldwebel hin oder her.

»Hören Sie, Baz. Wir bezahlen eine Menge Geld dafür, mit vierunddreißig Leuten bei Ihnen aufzumarschieren. Wir buchen schließlich Ihr Gold-Paket. Und wir sind gern bereit, uns woanders umzusehen. Ich bin sicher, wir finden einen anderen Anbieter, bei dem wir unsere Teambuilding-Maßnahme durchführen können.«

Am anderen Ende herrscht Schweigen, und ich bete innerlich, dass er mir diesen Bluff abkauft.

»Ich werde sehen, was ich tun kann. In einer halben Stunde bin ich wieder im Büro. Dann rufe ich Sie zurück.«

»Großartig. Bis dahin.«

Ich lege auf, und meine Hand zittert. Als ich den Kopf hebe, sehe ich, dass Shelly mich mit großen Augen anstarrt.

»Das war beeindruckend«, sagt sie und tippt dann weiter auf ihrer Tastatur herum.

»Danke«, murmele ich. Das war echt gut, oder? Ich bin selbst beeindruckt.

Jetzt muss ich nur eine halbe Stunde lang die Daumen drücken, bis Baz zurückruft.

Allerdings habe ich mich in die Klemme gebracht, denn wahrscheinlich werde ich nun in der Woche vor Henris Hochzeit zwei Tage nicht da sein. Aber auch wenn mir die Hochzeitsplanung mehr Spaß macht, darf ich nicht vergessen, wie wichtig dieses Event für meine Beförderung ist.

Ob es mir gefällt oder nicht, das ist mein Beruf, von dem Gehalt bezahle ich die Rechnungen.

Als vernünftige Braut wird Henri das verstehen. Und ich fahre ja nur nach Wales. Es ist nicht so, als würde ich nach Timbuktu fliegen oder mich in eine andere Zeitzone absetzen. Sie kann mich jederzeit kontaktieren.

Während ich an meinem Computer E-Mails beantworte, schleicht sich eine Hand zu meinem Handy, um persönliche E-Mails zu checken. Seit Stunden gebe ich mir Mühe, dieser Versuchung zu widerstehen. Ich spähe auf den Posteingang, und mein Herz beginnt zu rasen, als ich sehe, dass ich eine Nachricht von *Bridal Dreams* bekommen habe. Hat ihnen mein Artikel gefallen, oder teilen sie mir mit, dass sie eine qualifiziertere Autorin gefunden haben?

Ich will die Nachricht gerade öffnen, als das Telefon auf meinem Schreibtisch klingelt. Ich fühle mich ertappt bei etwas, das ich während der Arbeit nicht tun sollte.

»Guten Morgen, Penny am Apparat.«

»Penny, hier ist Baz. Gute Nachrichten, wir können es um eine Woche verschieben.«

»Großartig, ich danke Ihnen sehr.«

»Es gibt jedoch ein paar Änderungen«, sagt Baz.

»Ja?«, erwidere ich und mag den Klang des Wortes »Änderungen« nicht.

»Zum einen können wir es nicht in Wales machen, sondern müssen auf unser South-Downs-Zentrum in Sussex ausweichen.«

»Das ist für uns sogar viel näher«, antworte ich und füge in Gedanken hinzu: und bestimmt ein paar Grad wärmer.

»Und es müsste von Donnerstag bis Freitag sein.«

Freitag? Ich muss am Freitag zurück sein, um am späten Nachmittag die letzten Handgriffe beim Einrichten des Festzeltes zu überwachen. Henri bringt mich um, wenn ich dann nicht da bin.

»Äh, besteht die Chance auf einen früheren Termin in dieser Woche?« Ich winde mich auf meinem Stuhl.

»Penny, Sie haben verdammtes Glück, dass ich überhaupt einen Ausweichtermin gefunden habe. Wir sind den Rest des Sommers komplett mit Jugendlichen ausgebucht. Nehmen Sie den Termin, oder lassen Sie es.«

Ich bin hin- und hergerissen zwischen meiner Verantwortung Henri gegenüber und dem Bedürfnis, Giles und Gunther zufriedenzustellen. Am Ende ist es Marks Stimme in meinem Kopf, die mir sagt, was ich tun muss.

»Wir nehmen den Termin«, sage ich energisch. »Danke, Baz. Ich lasse es Sie wissen, falls sich an der Teilnehmerzahl etwas ändert, kümmere mich um die Aktualisierung der Einverständniserklärungen und kläre etwaige Besonderheiten bei der Ernährung.«

Baz' Seufzer zerreißt mir fast das Trommelfell.

»Penny, suchen Sie einfach Leute mit normalen Essgewohnheiten aus. Niemanden mit Allergien, keine Veganer, okay?«

»Ich werde mich bemühen.« Im Kopf stelle ich mir eine entsprechende E-Mail vor: Mitarbeiter für Teambuilding-Maßnahme in den South Downs gesucht. Sie müssen vom 12. bis 13. Juli verfügbar und bereit sein, durch die Hölle zu gehen. Sie befolgen widerspruchslos Befehle und dürfen keine besonderen Ernährungsgewohnheiten oder Allergien haben. Es wird gegen keinerlei Diskriminierungsvorschriften verstoßen.

»Wir sprechen später.«

Das Freizeichen dröhnt mir in den Ohren, und ich lege den Hörer auf.

»Erfolgreich?«, fragt Shelly.

»Ja, der Termin ist zwar nicht gerade ideal für mich, aber ich bin dabei ja auch nicht so wichtig.«

Shelly lächelt mich solidarisch an, und ich stehe auf, um Giles die guten Neuigkeiten zu überbringen.

Ich klopfe an seine Tür und warte.

»Herein!«, brüllt er.

Ich öffne die Tür, und Giles schaut hoch.

»Und, Penny, bringen Sie mir gute Nachrichten?«

»Allerdings, Giles«, antworte ich mit selbstzufriedener Stimme und setze mich ihm gegenüber.

»Ausgezeichnet. Gunther wird sehr froh sein. Bleibt es bei Mittwoch bis Donnerstag?«

»Das ging leider nicht. Es ist jetzt Donnerstag bis Freitag.«

»Oh, das ist für mich nicht ideal.«

Für mich auch nicht!, schreie ich innerlich. Wenn meine Pläne ruiniert werden, warum dann nicht auch seine?

»Mehr konnte ich nicht tun, Baz – ich meine Barry, unser Ansprechpartner – sagt, dass sie während der Schulferien komplett ausgebucht sind mit Jugendgruppen.«

»Na klar. Es wird schon gehen. Vielleicht fahre ich einfach mit meinem Wagen hin und schleiche mich Freitag ein bisschen früher davon. Das ginge doch, oder?«

»Ich bin nicht sicher, wie es bei den anderen Teilnehmern ankommt, wenn bei einem Teambuilding-Event einer der Manager mit dem eigenen Wagen anreist und früher wieder geht. Andere möchten das dann vielleicht auch so machen.«

»Sie haben ja recht, Penny. Aber an dem Samstag heiratet meine Tochter.«

»Ach so«, antworte ich, und mir bricht der kalte Schweiß aus. Was ist, wenn Giles Henris Dad ist? »Wo heiratet sie denn?«

»Ein großes Hotel auf dem Land«, antwortet er grinsend.

Ich seufze erleichtert und hätte beinahe laut gelacht, weil der Gedanke natürlich völlig absurd war.

»Und wie läuft die Planung? Es ist ja nur noch ein Monat bis dahin. Ist alles vorbereitet?«, frage ich leutselig.

»Ich denke schon. Um ehrlich zu sein, bin ich an den Vorbereitungen gar nicht beteiligt. Sie hat sich so eine begehrte Schickimicki-Hochzeitsplanerin aus London genommen, Sie wissen schon.«

Allerdings. Der Typ Hochzeitsplanerin, der über die Pläne der Leserinnen meines Blogs nur lachen würde.

»Hört sich an, als würde es ein großes Fest«, sage ich.

»Das wird es bestimmt. Harriet hat einen ausgezeichneten Geschmack, so wie ihr alter Dad.«

Ich lächle Giles an. Wenn er von ihr spricht, bekommt er einen sanften Zug um die Mundwinkel. Da solche Situationen schnell wieder vorbei sind, versuche ich, die Gelegenheit beim Schopf zu ergreifen.

»Für mich war es die aufregendste Zeit meines Lebens. Die ganze Vorbereitung und Nervosität … Eine magische Zeit.«

»Das kann ich mir vorstellen. Gut, könnten Sie Gunthers persönlicher Assistentin eine E-Mail mit den neuen Daten schicken? Und ich nehme an, dass Sie dann die anderen Teilnehmer über den neuen Termin informieren, um zu prüfen, ob noch alle dabei sind?«

Ich schlucke angesichts der Tatsache, dass ich direkt mit Gunthers persönlicher Assistentin in Kontakt treten soll, denn bisher hat Giles dieses Privileg für sich in Anspruch genommen. Mir wird ganz warm – heißt das etwa, dass er anfängt, mir zu vertrauen?

»Natürlich«, versichere ich. »Ich werde sofort allen eine Mail schicken.«

»Ausgezeichnet.« Die Brille sitzt wieder auf der Nase, und ich bin mittlerweile darin geübt, dass dies mein Stichwort ist, zu gehen.

Jetzt muss ich nur noch Henri die Neuigkeit beibringen. Das Teambuilding-Event endet um fünf am Freitagnachmittag. Wenn wir um fünf auf der Rückfahrt sind, kann ich es bis sieben zum Kricketplatz schaffen. Möglicherweise bin ich dann zwar erschöpft, weil ich mich zwei Tage lang vor dem Feldwebel versteckt habe, aber ich werde da sein, und das ist das Entscheidende. Wenn Giles so pünktlich wegmuss, wird er sicher daran interessiert sein, dass alles zügig beendet wird.

Ich setze mich wieder an meinen Schreibtisch und entwerfe die E-Mail an die teilnehmenden Mitarbeiter. In dem Moment fällt mir die Mail von *Bridal Dreams* wieder ein, und ich rufe sie rasch auf.

Penny,
ich bin begeistert von dem Artikel! Danke für das Zusenden. Wir haben in der Redaktion darüber gesprochen. Wie fänden Sie es, eine regelmäßige Kolumne zu haben, so eine Art Kummerkastentante? Bräute mit kostspieligen Hochzeitswünschen können sich an Sie wenden und sich Tipps für preiswerte Alternativen holen?

Es wären etwa 200 Wörter im Monat, und bei unserem Honorar für freie Mitarbeiter von 25 Pfund pro 100 Wörtern werden Sie dabei nicht reich. Aber wir würden Ihre Bloglinks angeben und so weiter.
Lassen Sie mich wissen, was Sie davon halten. Wenn Sie zustimmen, können wir schon in derselben Ausgabe damit beginnen, in der auch Ihr Artikel erscheint.
Alles Gute!
Jane

Ich muss die E-Mail zweimal lesen, um sicherzugehen, dass ich alles richtig verstanden habe. *Bridal Dreams* will mich, Penny Robinson, als Kummerkastentante. Mir wird ganz schwindelig, und ich möchte es so gern jemandem erzählen! Aber bis zur Mittagspause dauert es noch eine Stunde, und ich wage es nicht, Mark während der Arbeit anzurufen, falls Shelly mithört.

»Du wirkst so glücklich«, sagt sie in diesem Moment.

»Ja, weißt du, es ist toll, wenn sich harte Arbeit auszahlt«, antworte ich.

Shelly nickt, als wisse sie genau, was ich meine.

Ich hole tief Luft und widme mich wieder der E-Mail wegen des Events. Alles wird sich wunderbar fügen. Ich bin jetzt eine Kummerkastentante, eine richtig erwachsene Ratgeberin. Und ich habe mir unnötig Sorgen gemacht wegen der Terminüberschneidung mit Henris Hochzeitsvorbereitungen. Freitagabend werde ich da sein. Im Grunde wird in der Woche vor der Hochzeit gar nicht mehr so viel zu tun sein, denn wenn ich meine Arbeit anständig erledige, ist die Planung zu dem Zeitpunkt quasi abgeschlossen.

Ich muss es Henri also noch gar nicht sagen. Schließlich möchte ich, dass sie so gelassen wie möglich bleibt und dass ihre innere Brautzilla nicht zu viel von ihrem hässlichen Kopf zeigt. Ja, es ist sehr viel besser, es erst zu einem späteren Zeitpunkt zu erwähnen, wenn alles läuft wie ein Uhrwerk.

Kapitel fünfzehn

Prinzessin auf Sparkurs –
Top-Tipp: Vernachlässige deinen Zukünftigen nicht

Als zukünftige Braut passiert es schnell, dass man völlig von den Hochzeitsvorbereitungen vereinnahmt wird. Vor allem, wenn man auf die Kosten achtet und ständig im Netz nach den günstigsten Angeboten surft. Du solltest jedoch unbedingt vermeiden, vor dem Altar plötzlich festzustellen, dass du deinem Zukünftigen schon lange nicht mehr so nahe gewesen bist. Nehmt euch im Vorfeld der Hochzeit Zeit füreinander und vereinbart, bei euren »Dates« nicht über den großen Tag zu sprechen. Genießt stattdessen die Zweisamkeit und erinnert euch daran, warum ihr eigentlich heiratet. Wenn die Planung stressig wird, zeigen euch diese kleinen Verabredungen, dass es die Sache wert ist.
Tags: Romantik erhalten, sich verabreden, vernachlässigen, Top-Tipps

»Bist du fertig, Pen? Ich dachte, wir gehen vielleicht vorher noch was trinken!«, ruft Mark die Treppe herauf.

»Fast!«

Wenn Mark mich sieht, werden ihm die Augen aus dem Kopf fallen. Ich habe mein Letztes gegeben, um mich für unser Date heute Abend in Schale zu werfen. Anfang der Woche hat sich Mark in aller Form bei mir beschwert, dass er mich in letzter Zeit nicht gerade oft zu Gesicht bekommen hat. Das stimmt. Was mein Engagement als Ehefrau angeht, scheitere ich kläglich. Bevor wir verheiratet waren, haben wir festgelegt, an einem Abend der Woche etwas gemeinsam zu unternehmen. Aber in den letzten Wochen habe ich das echt ein bisschen schleifen lassen.

Ich stecke bis über beide Ohren in Arbeit. An den vergangenen Tagen habe ich mit unserem Manager für Arbeitsschutz und Sicherheit zusammengesessen, um die Risiken bei unserem Team-Event durchzugehen, wozu unter anderem Ertrinken, Knochenbrüche, Stürze aus großen Höhen und Klaustrophobie zählen. Jetzt überlege ich, eine Risikobeurteilung für mich selbst beim Erstellen von Risikobeurteilungen aufzusetzen, denn jedes Mal, wenn ich einen Blick darauf werfe, löst das bei mir eine leichte Panikattacke aus.

Außerdem muss ich mich noch um Beth kümmern, meinen spielsüchtigen Schützling. Sie kommt jetzt regelmäßiger in die Selbsthilfegruppe, was gut ist. Aber ich habe immer noch den Eindruck, dass sie mir gegenüber nicht ehrlich ist.

Und schließlich ist da der Blog, und obwohl Henris Hochzeit momentan wenig Zeit in Anspruch nimmt, verbringe ich viel Zeit online. Es ist erstaunlich arbeitsintensiv, sich in der Hochzeitsbranche auf dem Laufenden zu halten. Und im Hinblick auf den Artikel, der in *Bridal Dreams* erscheinen wird, will ich, dass meine Website so professionell aussieht wie möglich. Von der Zeitschrift habe ich die ersten Fragen an die Kummerkastentante bekommen und sehr viel länger als erwartet für die Beantwortung gebraucht, da ich wollte, dass es richtig gut wird.

Ich gehe die Treppe hinunter ins Wohnzimmer, wo Mark auf mich wartet.

»Was hast du denn an?«, fragt er.

Ich drehe mich einmal um die eigene Achse, damit er in den vollen Genuss kommt.

»Wieso? Gefällt es dir nicht?«, frage ich.

»Ähm, Penny, wir wollen zum Bowling.«

»Und genau dafür bin ich angezogen. Hast du nie *Grease 2* gesehen?«

»Nein. Warum in aller Welt sollte ich mir das ansehen? Ich kann nicht einmal glauben, dass sie davon eine Fortsetzung gedreht haben.«

»Doch, haben sie, mit Michelle Pfeiffer, und es wurde ein Renner. Da gibt es eine berühmte Szene, in der sie zum Bowling gehen, und eine der Figuren trägt so eine Hose.«

Für alle außer Mark: Ich trage hautenge Goldleggings wie die von Paulette. Da ich leider keinen rosa Blouson habe, musste eine rosa Strickjacke herhalten.

»Hast du die Sachen nicht für eine Kostümparty gekauft?«

»Was hat das denn damit zu tun?«, erwidere ich schmollend.

»Nun ja, ich dachte, damit sind die Klamotten zwangsläufig ungeeignet für das normale Leben. Ich laufe ja auch nicht in meinem Superman-Kostüm herum, oder?«

»Solltest du aber.«

Ich kann mich gar nicht erinnern, wo Mark das verstaut hat. Aber ich weiß noch sehr genau, wie straff sich der Stoff über seinen Hintern gespannt hat. Hm, vielleicht könnten wir ein Kostüm-Bowling veranstalten.

»Penny, zieh dich bitte schnell um. Wir haben die Bahn sowieso erst in einer Stunde reserviert.«

»Ich fühle mich in diesen Sachen aber wohl«, erwidere ich.

Anderthalb Stunden später fühle ich mich in diesen Goldleggings überhaupt nicht mehr wohl, aber das behalte ich lieber für mich. Niemand hört gern: »Ich hab's dir ja gesagt!« Nicht nur, dass diese Hose meinen Tangaslip in Ritzen zwängen, wo ich ihn nur mit einer Pinzette wieder herausbekommen werde, sondern ich fürchte auch jedes Mal, wenn ich mich bücke, um die Kugel auf die Bahn zu schicken, dass die Nähte platzen.

Dass Mark mein wohlgeformtes Hinterteil bewundert, war ja beabsichtigt, aber nun besteht die Gefahr, dass *jeder* mein wohlgeformtes Hinterteil bewundern wird, wenn es aus dem Schutz der Leggings explodiert.

»Wir sollten das öfter machen«, sagt Mark, nachdem er die Kugel geworfen hat.

»Ja, gute Idee.« Und nächstes Mal ziehe ich mir etwas Geeigneteres an. Und bin hoffentlich fitter. Ich komme tatsächlich ins Schwitzen. Das kann natürlich auch an dem Hitzestau liegen, den diese Elastan-Leggings verursachen, und für einen Juniabend ist es erstaunlich warm. »Wir könnten auch einen Wii-Wettkampf veranstalten, dann brauchen wir nicht aus dem Haus zu gehen«, schlage ich vor. Und dann könnten wir uns wirklich kostümieren – Mark als Superman, und ich ziehe noch einmal mein Prinzessin-Leia-Kostüm an.

»Das stimmt. Aber wie auch immer, es ist einfach schön, mit dir zusammen zu sein.«

»Aber du siehst mich doch dauernd.«

»Schon, aber du sitzt ständig am Computer oder bist kaputt von der Arbeit.«

Als wenn das meine Schuld wäre! Die Kegel sind wieder aufgestellt, und ich bin an der Reihe. Ohne groß zu zielen, lasse ich die Kugel einfach los, um so schnell wie möglich das Gespräch fortsetzen zu können. Überraschenderweise fallen dieses Mal mehr Kegel um.

»Es ist nicht meine Schuld, dass ich momentan im Büro so viel zu tun habe. Du hast mir geraten, für die Beförderung alles zu geben.« Ich bemühe mich, nicht von dem Plastiksitz zu rutschen, als ich mich näher zu Mark setze. Mein Hintern gleitet über den glänzenden Kunststoff, und die verschwitzten Elastan-Leggings haben überhaupt keine Bremsfunktion.

»Ich rede nicht von deinem Job, sondern davon, dass du dich nicht ausruhst, wenn du nach Hause kommst, weil du immer an diesem Blog oder deinem Hochzeitszeug sitzt.«

»Ich muss eine Website aufbauen, bevor die Ausgabe von *Bridal Dreams* mit meinem Artikel erscheint.«

»Du *musst* gar nichts. Du machst es nur zum Spaß.«

Mark steht auf und wirft seine vorletzte Kugel. Mein Herz beginnt schneller zu schlagen, weil ich sauer werde. Es bringt mich zum Kochen, wenn man eine Meinungsverschiedenheit hat und schweigend dasitzen muss, bis der andere zurück ist.

Das einzig Gute daran ist, dass ich dann besser bowle, und bei meinen letzten beiden Durchgängen schaffe ich einen Strike und einen Spare, was bedeutet, dass ich Mark schlage. Vielleicht nicht die beste Strategie, um ihn zu beschwichtigen.

»Sollen wir noch im Pub gegenüber was trinken?«, fragt Mark, nachdem wir fertig sind.

»Ja.«

Ich bin froh, von der Bowlingbahn weg- und aus den stinkenden Schuhen herauszukommen. Erstaunlicherweise sind meine Leggings noch heil, und wenn ich jetzt noch meinen Hintern erlösen könnte, wäre es perfekt.

Der »Pub« ist eines dieser familientauglichen Beefeater-Restaurants, und ich habe mich nicht mehr so zur Schau gestellt gefühlt, seit ich einmal zu Halloween in einem Bustier losgezogen bin, das so gerade das Nötigste bedeckte. Die Tatsache, dass es sich eigentlich um ein Bikinioberteil handelte, gibt Ihnen eine Ahnung davon, wie ich aussah.

Ich bilde es mir ganz sicher nicht ein, dass mich alle anstarren.

»Mark, gucken mich die Leute an?«

»Vermutlich, Penny. Deine Leggings sehen aus, als wären sie aufgesprüht.«

»Danke für deine Ehrlichkeit.«

»Was erwartest du? Ich habe dir gesagt, du sollst dich umziehen, aber du wolltest ja unbedingt als Pauline gehen.«

»Paulette.«

So stelle ich mir unseren gemeinsamen Abend nicht vor. Unser erstes Date seit langem, und wir streiten. Ich wünschte, ich wäre zu Hause geblieben, und das ist doch wirklich der falsche Gedanke, wenn ich mit Mark ausgehe.

»Wie auch immer. Du kannst dich nur glücklich schätzen, dass du so einen süßen Hintern hast.«

»Danke«, antworte ich lächelnd. In dieser Situation nehme ich jedes Kompliment, das ich kriegen kann, gern an.

»Und jetzt setz dich auf diesen Hintern, und ich hole uns etwas zu trinken.«

Als Mark zurückkommt, hat sich meine Anspannung etwas gelöst, und für eine Weile halten wir uns an weniger gefährliche Gesprächsthemen wie unsere gemeinsame Vorliebe für das anstehende Finale von *Big Boss* und überlegen, wo wir im nächsten Jahr Urlaub machen könnten. Ich: Malediven. Mark: Kanada. Kleine Unterschiede, was die benötigte Kleidung angeht, aber wir werden uns sicher noch einig.

»Hast du dir schon überlegt, was du zu Henris Hochzeit anziehen wirst? Ich bringe mein Kleid in die Reinigung und könnte deinen Anzug direkt mitnehmen.«

Da sich Mark so gut mit Henri und Nick versteht, haben sie uns prompt zu ihrer Hochzeit eingeladen, worüber ich mich total freue. Das ist sehr viel besser als bei Laras Hochzeit, wo ich gehen musste, als der Spaß gerade anfing. Was natürlich auch bedeutet, dass ich vor Ort bin, falls es Probleme gibt.

»Ich werde meinen Ted Baker anziehen.«

»Gute Wahl. Du musst ihn aber mal anprobieren, um zu testen, ob er noch passt. Am besten direkt nachher, wenn wir nach Hause kommen.«

»He! Willst du damit andeuten, ich hätte zugenommen?«

»Nein, aber es würde mir gefallen, wenn du ihn anprobierst. Du weißt, wie scharf du in dem Anzug aussiehst.«

»Ah, allmählich verstehe ich, was du vorhast, Mrs. Robinson. Du in deinen Leggings, die nichts der Fantasie überlassen, und ich in meinem Anzug.«

»Schließlich arbeiten wir daran, schwanger zu werden.«

Ich beuge mich vor und gebe Mark einen kurzen Kuss. Das habe ich zumindest vor. Dass er dann viel länger und so heiß ausfällt, war keine Absicht. Verlegen löse ich mich schließlich von Mark, immerhin sind wir mitten in diesem »Familienpub«. Vermutlich sehe ich aus wie eine Prostituierte, also sollte ich mich nicht auch noch wie eine benehmen.

»Ich freue mich darauf, mit dir zu dieser Hochzeit zu gehen. Es ist die erste seit unserer eigenen.«

»Wollen wir hoffen, dass sie einen weniger problematischen Anfang nimmt«, sagt Mark lächelnd.

»Ich glaube, Henri würde Nick tatsächlich umbringen, wenn er bei ihrer Ankunft nicht da ist. Aber diesbezüglich besteht wohl keine Gefahr. Schließlich weiß sie von seiner Spielsucht.«

»Apropos Geheimnisse, die Hochzeit der beiden ist doch die letzte, die du planst, oder?«

»Ja, das habe ich dir versprochen«, antworte ich traurig. Natürlich war es nicht immer leicht und lief auch nicht ganz nach Plan, was meine Regel »Kein Kontakt, wenn ich im Büro bin« betrifft. Aber ich habe es genossen, Henri dabei zu helfen, ihre Träume wahr werden zu lassen.

»Und du lässt dich nicht wieder in die nächste Hochzeitsplanung hineinziehen?«

Es bedarf meiner ganzen Entschlossenheit, das zu verneinen. Ich würde gern pro Jahr eine oder zwei Hochzeiten organisieren, aber ich weiß, dass es nicht geht.

»Gut. Ich habe mich gefreut, Henri und Nick kennenzulernen, aber ich glaube nicht, dass du jedes Mal das Glück hast, auf eine so entspannte Braut zu treffen.«

Wenn du wüsstest, Mark, denke ich nur. Zugegebenermaßen habe ich Mark nicht erzählt, wie viele Mails ich in der Anfangsphase der Planung von Henri bekommen habe.

»Und dann schraubst du das mit dem Blog auch zurück?«

»Wieso nervt dich das eigentlich so sehr? Es ist schließlich sehr viel besser, als zu spielen.«

»Das ist so, als würdest du sagen, kiffen ist immer noch besser als koksen. Ich will ja nur, dass du vielleicht etwas weniger daran arbeitest.«

»Warum?« Ich trinke einen Schluck von meinem Wein.

»Das sollte doch auch nichts auf Dauer sein, oder? Wir sind jetzt seit über einem Jahr verheiratet, und ich habe angenommen, es sollte dir nur den Abschied von der Hochzeitsplanerei erleichtern.«

»So war es anfangs auch. Aber jetzt kann ich nicht damit aufhören, es wächst immer weiter, und angesichts der Kolumne und des Artikels in der Zeitschrift wäre es dumm, gerade jetzt aufzuhören.«

»Findest du nicht, dass es zu viel ist? Sieh uns doch an, es ist ewig her, seit wir das letzte Mal was zu zweit unternommen haben.«

»Wir waren letzten Samstag aus.«

»Zum Abendessen mit meinem Chef und seiner Frau, das gilt ja wohl kaum. Und es war auch nicht gerade das, was ich als angenehme Erfahrung bezeichnen würde. Ich rede davon, dass wir als Paar etwas unternehmen.«

»Jetzt klingst du sehr erwachsen«, sage ich lachend und versuche so, die Stimmung aufzuheitern.

»Penny, ich meine es ernst. Willst du deinen Hochzeitsblog auch dann weiter betreiben, wenn du befördert wirst? Sieh doch nur, wie viel länger deine Arbeitstage geworden sind, dabei hast du noch gar nicht mehr Verantwortung.«

»Aber ich empfinde das mit dem Blog als Entspannung, das ist nicht wie arbeiten. Ich habe abends gern solch eine Beschäftigung. Vergiss nicht, dass du jahrelang abends für deine Steuerberaterprüfung gelernt hast. Du hast nie darüber nachgedacht, was ich in der Zeit machen könnte. Vielleicht vermisst du das Lernen und bist in Wahrheit derjenige, der sich langweilt? Vielleicht solltest du auch einen Blog starten?«

»Vernachlässigter Ehemann dot com?«

»Mark, mach dich nicht lächerlich«, fauche ich.

»Ja, schon gut. Es ist nur ... eine Hochzeit hätte beinahe unsere Beziehung ruiniert. Ich will nicht, dass das noch einmal passiert.«

»Mark ...«

»Wirklich, Penny, du verzettelst dich. Und was ist mit deinem Mentoring? Zweimal bist du diese Woche erst sehr spät nach Hause gekommen, weil du dich mit deinem Spieler-Schützling getroffen hat.«

»Ich kann B. nicht im Stich lassen, Mark.«

»Das sollst du auch nicht. Ich möchte nur, dass du ein bisschen darüber nachdenkst. Momentan nimmst du dir Zeit für Henri und für diese B., aber nicht für mich.«

So habe ich das noch gar nicht betrachtet. Als Mark für die Prüfung gelernt hat, konnte ich ihm das nicht vorwerfen, weil er es ja auch für unsere gemeinsame Zukunft tat. Aber wofür mache ich eigentlich den Blog? Nur als Zeitvertreib? Aus Hilfsbereitschaft?

Ehrlich gesagt weiß ich nicht, warum ich das Bloggen liebe, aber so ist es nun mal. Ich liebe Hochzeiten. Ich dachte, das würde nach meiner eigenen nachlassen, hat es aber nicht. Tatsächlich ist das Bedürfnis, sich mit dem Thema zu beschäftigen, noch stärker geworden. Als würde ich immer klarer sehen, worum es bei einer Hochzeit eigentlich geht. Und an dieser Erkenntnis möchte ich andere teilhaben lassen.

Aber Mark hat wohl recht. Ich mache das sicher nicht, um eine neue Karriere zu starten.

»Du findest also, dass ich den Blog aufgeben sollte?«

»Ich möchte nicht, dass du ihn aufgibst, sondern nur, dass du weniger Zeit dafür opferst. Kannst du dir nicht Unterstützung holen? Wenn das Ganze immer aufwendiger wird, warum nicht auch andere Leute Beiträge dafür schreiben lassen? Ein paar Posts delegieren?«

Ich weiß nicht recht, ob es mir gefällt, mein Baby mit jemandem zu teilen, aber das wäre zumindest ein Kompromiss.

»Das könnte funktionieren.«

»Hör zu, Pen, ich möchte nicht der böse Ehemann sein, aber die letzten Monate in der Firma waren echt hart für mich. Ich hätte dich gebraucht, und du warst nicht da.«

Das wusste ich nicht. Mir ist schon aufgefallen, dass er oft müde ist, auch spät nach Hause kommt und dunkle Ringe unter den Augen hat, aber er hat nie etwas gesagt.

»Was ist denn los?«

»Clive hat mir noch einen seiner Klienten übertragen, und ich ersaufe allmählich in Arbeit. Ich finde einfach nicht heraus, worum es in Wahrheit geht, aber es kommt mir so vor, als solle ich für irgendetwas bestraft werden.«

»Als da wäre?«

»Letztes Jahr ist mir der Fehler bei der Hiscock-Berechnung unterlaufen, das könnte es sein.«

»Aber das würden sie dir doch bestimmt sagen.«

»Clive ist ziemlich nachtragend. Ansonsten kann ich mir nur vorstellen, dass er mich rausekeln will.«

»Mark, das ist doch verrückt! Sie schätzen dich. Sonst würde er uns ja wohl kaum zum Abendessen einladen, oder?«

»Wohl nicht.«

»Du hättest mir das erzählen müssen, natürlich hätte ich mir Zeit für dich genommen.«

»Ich weiß, aber du warst nie da, und wenn doch, dann warst du so erledigt, dass ich mich nicht getraut habe, auch noch meine Probleme anzusprechen.«

Ich fühle mich schrecklich, dass ich davon nichts mitbekommen habe und Mark immer ärgerlicher auf mich geworden ist. Aber das ist typisch für ihn. Er frisst alles in sich hinein, bis es ihn schließlich wie eine Lawine überrollt.

»Du hättest es mir sagen müssen!«

»Du hast ja recht, und es tut mir leid, dass ich so genervt bin wegen deines Blogs. Ich bin stolz auf das, was du tust, ehrlich. Und Henris Hochzeit wird mit Sicherheit toll. Mir ist einfach nur wichtig, dass ich dich auch noch zu Gesicht bekomme.«

»Und ich sollte mich nicht darüber ärgern, dass mein Mann mehr Zeit mit mir verbringen will. Heißt das, du wirst dir weniger Sport im Fernsehen anschauen, wenn ich abends den Computer aus lasse? Wenn wir gemeinsam etwas machen wollen, muss der Fernseher aus bleiben.«

»Geht das nicht ein bisschen …«

»Mark, wenn du meine ungeteilte Aufmerksamkeit möchtest, dann will ich auch deine.«

»Das habe ich mir jetzt wohl selbst zuzuschreiben.«

»Ich denke schon.«

»Entschuldige, Pen, dass ich mich wie ein nerviger Mistkerl aufführe.«

»Und mir tut es leid, dass ich dich vernachlässigt habe.«

Ich küsse ihn erneut. »Was sollen wir nächste Woche an unserem gemeinsamen Abend unternehmen?«

»Alles, woran keine hautengen Leggings beteiligt sind. Seit wir hier sind, wirft man uns seltsame Blicke zu.«

Ich knuffe Mark gegen den Arm.

»Vielleicht das neue japanische Restaurant?«

»Okay.«

»Ich liebe dich, Mark.«

»Ich liebe dich auch, Mrs. Robinson.«

»Wie wäre es, wenn wir dann nach Hause gehen, und du hilfst mir aus dieser Hose?«

»Das möchte ich schon den ganzen Abend.«

Während wir aufstehen, ergreife ich Marks Hand und drücke sie fest. Möglicherweise muss ich zwar meinen Traum aufgeben, den besten Hochzeitsblog aller Zeiten zu unterhalten, aber wirklich wichtig ist das, was ich hier an meiner linken Hand halte.

Kapitel sechzehn

Prinzessin auf Sparkurs – Frag Penny!

Liebe Penny,
ich kann es mir nicht leisten, einen Fotografen zu engagieren, und habe stattdessen einen Verwandten gebeten, bei der Hochzeit zu fotografieren. Jetzt sagen alle, ich sei verrückt und würde das noch bedauern.
Gibt es noch andere Möglichkeiten?
Die Ratlose

Liebe Ratlose,
ich habe auch keinen Fotografen beauftragt, sondern die Fotos vom Bruder meines Mannes machen lassen. Die Bilder sind wunderbar, da er ein ziemlich guter Amateurfotograf ist. Ich bin sicher, dass es mit den Fotos deines Verwandten genauso sein wird. Zusätzlich kannst du auf einer Website zum Austauschen von Hochzeitsfotos einen Account einrichten, das ist kostenlos, und sobald du registriert bist, können deine Gäste später dort ihre Fotos hochladen. Leg einfach eine Karte mit den genauen Angaben zu der Website zu jedem Gedeck. Auf diese Weise bekommst du mit Sicherheit ein paar Knaller.
Viel Glück!
Pen xx

Vor einer Viertelstunde sollte ich mich mit Beth und Cat, Marks Cousine, treffen. Ich dachte, es sei gut für Beth, jemanden kennenzulernen, der noch an der Uni ist und sie vielleicht dafür begeistern kann. Aber es läuft nicht nach Plan, denn ich sitze allein draußen vor dem Coffeeshop. Als ich mich gerade frage, ob ich mich im Tag oder der Zeit vertan habe, bleibt plötzlich eine junge Frau vor mir stehen.

»Hallo, Penny«, sagt sie.

Ich muss zweimal hinsehen. Vor mir steht Cat, allerdings ziemlich verändert, seit ich sie Weihnachten das letzte Mal gesehen habe. Ihr aschblondes Haar ist jetzt schwarz und rot und schulterlang. Ihre Arme sind mit den aufwendigsten Tattoos verziert, die ich je gesehen habe, und wo sie einst niedliche Ohrläppchen hatte, prangen riesige Tunnelpiercings.

»Hi, Cat«, begrüße ich sie in erschrockenem Tonfall.

»Du guckst genauso wie Mum, als sie mich letzte Woche abgeholt hat.«

»Du hast dich auch ziemlich verändert.«

»Hmm, genau das hat Mum auch gesagt.« Cat kichert verschmitzt.

»Darf ich?«, frage ich und zeige auf ihren Arm. Cat nickt, und ich ergreife ihren Arm, um ihn mir genauer anzusehen. Eine beeindruckende Arbeit, ganz in Farbe; es sind Blumen, Menschen und abstrakte Formen, ein echtes Kunstwerk. Aber warum sie so etwas haben wollte, verstehe ich nicht. Sie wird diese Tattoos ihr Leben lang behalten. Ich zucke innerlich zusammen, als ich mir vorstelle, was passiert, wenn sie mal zunimmt oder Winkearme bekommt. Oder, der Himmel bewahre, ein Brautkleid anzieht. Höre ich mich jetzt etwa schon altmodisch an?

»Echt hübsch«, sage ich. Hoffentlich ist es kein Fehler, sie mit Beth, dem beeinflussbaren Teenager, zusammenzubringen. Als Mentorin, die Beth von Glücksspielen fernhält, bin ich eine Niete. Ihre Mutter wird wohl kaum begeistert sein, wenn ich sie jetzt auch noch auf die Idee bringe, sich Tattoos und Tunnelpiercings zuzulegen.

»Ich habe nur Schiss, zu Nanny Violet zu gehen«, sagt Cat.

Da wäre ich gern dabei. Mark hat ein kleines Tattoo auf dem Arm, ein Tribal-Symbol, diese Art von Tattoos, die in den Neunzigern total angesagt waren. Aber vor Nanny Violet verheimlicht er das bis heute. Wenn er sie im Sommer besucht, achtet er darauf, dass die Ärmel seiner T-Shirts lang genug sind, und wenn wir im Urlaub am Strand Fotos machen, muss ich mich so stellen, dass es verdeckt ist.

»Da kann ich dir nur viel Glück wünschen«, antworte ich lächelnd.

In dem Moment kommt Beth auf uns zu. Sie geht langsam, beinahe zögernd. Vermutlich ist sie ein bisschen eingeschüchtert, weil sie Cat noch nicht kennt.

»Hey, Beth«, begrüße ich sie.

»Hey«, murmelt sie.

»Das ist Cat, eine Cousine meines Mannes. Cat, das ist meine Freundin Beth.«

»Freut mich. Penny hat mir erzählt, dass es dich interessiert, wie es an der Uni so ist?«

Beth sieht mich unsicher an, und ich nicke.

»Ja, schon«, antwortet sie.

Ich erschauere. Das hier wird wie Zähne ziehen.

»Ich habe Beth schon mal von meiner Studienzeit erzählt, aber ich glaube, es hat sich seitdem viel verändert. Zum Beispiel die Sache mit Facebook. Wenn wir früher Fotos machten, dann bekamen die nur die Leute zu Gesicht, denen wir einen Abzug zeigten.«

»Mein Gott, Pen, wie alt bist du denn?« Cat lacht.

Ich werfe ihr meinen strengsten Blick zu.

»Ja, es hat sich wohl echt viel verändert. Wir mussten in der Bibliothek Schlange stehen, bis ein Computer frei war und wir ins Internet konnten.«

»Hattet ihr sonst keinen Internetanschluss?«

»Nicht in den Studentenwohnheimen. Ich habe meine E-Mails immer mitten in der Nacht auf dem Rückweg von irgendeiner Party geschrieben, wenn die Computer frei waren. Meine arme Mutter dachte, ich hätte ein Alkoholproblem, weil sie in den drei Jahren nicht eine Mail von mir bekommen hat, die ich nüchtern geschrieben habe.«

»Kein Vergleich mit heute, Beth.«

Jetzt fühle ich mich wie ein Dinosaurier. Es ist nicht einmal zehn Jahre her, seit ich die Uni beendet habe, aber so wie die beiden mich ansehen und die Augen verdrehen, weiß ich, dass ich nichts zu diesem Gespräch beitragen kann.

»Ich hole uns mal was zu trinken. Cat, du könntest doch schon mal erzählen, wo du wohnst und welche Fächer du studierst.«

»Klar. Also, ich lebe mit drei Typen und zwei anderen Mädchen zusammen in leerstehenden Hallen.«

Ich verschwinde in den Coffeeshop. Es gibt zweifellos eine Menge Details, die ich über Cat nicht weiß, und obwohl ich mich ein bisschen davor fürchte, was sie Beth alles erzählen wird, halte ich es für besser, die beiden allein reden zu lassen. Penny, der Dinosaurier, stört dabei nur.

Nachdem ich den beiden ihre Getränke auf den Tisch gestellt habe, verabschiede ich mich mit einer Entschuldigung, und da wir uns im Stadtzentrum getroffen haben, nutze ich die Gelegenheit, in einem Shop für Outdoorausrüstung vorbeizuschauen. Der Teambuilding-Trip rückt rasch näher, und wenn ich nicht in meinen neuen Kurt-Geiger-Schuhen oder den alten, treuen Converse-Sneakern teilnehmen will, fehlt mir noch das passende Schuhwerk. Meine Wanderschuhe habe ich nach dem letzten Wales-Trip weggeworfen und mir geschworen, wenn ich noch einmal an so etwas teilnehmen muss, kaufe ich mir vorher Schuhe, die wirklich wasserdicht sind.

Beim Betreten des Ladens für Outdoorkleidung überkommt mich dieselbe Befangenheit, als würde ich in einen trendigen Laden wie Abercrombie & Fitch gehen. Die Klamotten sind alle so maskulin, dass ich jedes Mal befürchte, aus Versehen in der Männerabteilung unterwegs zu sein.

»Kommen Sie zurecht?«, fragt ein Verkäufer, kaum dass ich die Schwelle überschritten habe. Entweder hat dieser Laden einen bewundernswerten Kundenservice im amerikanischen Stil, oder der Kerl hat nach einem Blick auf mein Sommerkleidchen und die Flip-Flops entschieden, dass ich hier verloren bin.

»Ich brauche Wanderschuhe. Sie müssen bequem und wasserdicht sein.«

»Okay, in dem Fall empfehle ich Ihnen etwas aus Gore-Tex, die sind zwar ein bisschen teurer, aber damit können Sie eine Stunde lang in einer Pfütze stehen, ohne nasse Füße zu bekommen.«

»Nur eine Stunde?« Ich muss an die Risiken bei unserem Überlebenstraining denken.

Ich streife die Gratisstrümpfe über, probiere vier Paar Schuhe an und betrachte mich damit im Spiegel. In Paar Nummer vier sehe ich gar nicht so übel aus. Das könnte echt als Outfit durchgehen: Sommerkleid und Wanderschuhe. Eine Mischung aus Rock 'n' Roll und unterwegs zum Festival. Und sie sind auf alle Fälle bequem.

»Wie viel kosten die?«

»Die liegen bei 149,90.«

Ich schlucke und schaue auf meine Füße. Aber diese Investition für Schuhe würde Mark doch sicher verstehen, oder? Bloß nicht daran denken, wie viele Paar schicke Schuhe ich dafür bekommen würde.

»Ich nehme sie.«

Dann sehe ich mir noch Wanderhosen und Fleecejacken an. Ich befinde mich ganz sicher in der Damenabteilung, denn hier dominieren die Farben Pink und Violett. Am Ende entscheide ich mich für eine flotte türkisfarbene Fleecejacke und eine passende Hose. Wir bekommen im Camp zwar Armeeklamotten, aber ich brauche schließlich etwas für den Abend der Anreise.

Ich trage meine Sachen zur Kasse, wo mich die Wanderschuhe bereits erwarten, und versuche, nicht die Kinnlade herunterklappen zu lassen, als mich der Verkäufer um 210 Pfund bittet.

»Vielleicht sind Sie auch noch an diesen Produkten interessiert, die um die Hälfte reduziert sind?«, sagt der Verkäufer und zeigt auf die Regale hinter sich.

Normalerweise liebe ich diese Angebote hinter der Kasse: hübsche Schals, XXL-Schokoladentafeln, Beauty-Produkte. Aber hier sieht die Auswahl etwas anders aus: Mückenabwehrspray, Wandersocken, Imprägnierspray, Stirnlampe. Ich schüttle den Kopf. Wann soll ich denn irgendetwas davon jemals brauchen?

»Nein danke.«

Ich gebe die PIN in das Kartenlesegerät ein und warte darauf, dass die Anweisung erscheint: »Zahlung erfolgt. Karte entfernen.« Aber die kommt nicht.

»Tut mir leid, aber Ihre Karte wurde abgelehnt.«

»Abgelehnt?«, frage ich überrascht. Ich überlege, was ich in letzter Zeit gekauft habe, aber mir fällt nichts ein. Genau genommen habe ich die Karte seit Monaten nicht benutzt, da ich versuche, vernünftig zu sein und für die Dinge zu sparen, die ich unbedingt haben will. »Können Sie es noch einmal versuchen?«

»Natürlich. Manchmal liegt ein Systemfehler vor.«

Der Verkäufer zieht die Karte heraus und schiebt sie erneut in den Apparat. Wir durchlaufen den Prozess noch einmal und kommen zu demselben Ergebnis. Hinter mir bildet sich bereits eine Schlange, und es ist mir wahnsinnig peinlich, dass es so aussehen muss, als hätte ich kein Geld.

»Keine Ahnung, was da los ist«, sage ich extralaut, damit die anderen Leute es hören.

»Manchmal gibt es Probleme mit der Übertragung, das muss gar nichts mit Ihrer Karte zu tun haben«, sagt der Verkäufer.

»Das würde es erklären.«

Da ich nicht weiß, wie viel noch auf meinem Girokonto ist, bleibt mir nichts anderes übrig, als dem Verkäufer die Karte von unserem Gemeinschaftskonto zu geben. Ich darf nur nicht vergessen, es Mark zu sagen und das Geld wieder einzuzahlen, sobald ich mein Gehalt bekomme. Wir lassen immer etwas Geld auf dem Gemeinschaftskonto für »häusliche Notfälle«: verstopfter Abfluss, hohe Stromnachzahlung oder – was öfter vorkommt – Take-away-Essen vor dem Zahltag. Was denn? Das zählt auch zu Haushaltsausgaben, und es ist ein Notfall, weil wir beide nicht kochen wollen.

Ich marschiere mit meiner großen Einkaufstüte davon und hoffe, dass Beth bei meiner Rückkehr immer noch makellose, tattoofreie Haut hat.

»Und es reicht, wenn du an fünfzig Prozent der Seminarstunden teilnimmst. Es ist also gar nicht so schlecht«, sagt Cat gerade, als ich bei den beiden ankomme.

»Hey, ihr beiden.«

»Hey«, erwidert Cat und schaut mich an. »Wir haben uns schon gefragt, wo du bleibst.«

»Ich musste ein paar Besorgungen machen. Und wie lief es bei euch?«

»Gut«, antwortet Cat. »Ich habe Beth gerade ein bisschen übers Studentenleben erzählt.«

Ich bin nicht sicher, ob es mir gefällt, dass Cat Beth verschwörerisch zuzwinkert und dass Beth sie daraufhin anlächelt. Ich möchte lieber nicht wissen, worüber die beiden gesprochen haben. Für mich zählt nur, ob ich Beths Interesse für ihre Zukunft wecken kann, denn dann konzentriert sie sich hoffentlich auf etwas anderes als auf Glücksspiele.

»Super, ich danke dir sehr, Cat.«

»Gern geschehen«, versichert sie. »Und wenn noch etwas sein sollte, findet Beth mich auch auf Facebook. Ich muss jetzt los, weil ich mit ein paar Freunden verabredet bin.«

»Danke«, sagt Beth.

»Wir sehen uns dann irgendwann bei Nanny Violet«, verabschiede ich mich lachend.

»Ha, ich werde in einer Burka kommen.«

Immer noch lachend drehe ich mich um zu Beth, die aussieht, als hätte sie einen Schlag in den Magen bekommen.

»Beth, was ist denn los?«, frage ich erschrocken.

Ich fürchte, dass sie jeden Moment in Tränen ausbricht. Der Plan bestand zwar darin, sie ein bisschen anzustupsen, damit sie sieht, was ihr die Zukunft bieten kann, aber sie sollte sich danach doch nicht noch schlechter fühlen!

»Ich dachte, das wäre eine Hilfe für dich«, sage ich.

»Es ist nur … ach, egal.«

»Was denn, Beth?«

Sie seufzt auf eine Weise, wie es nur Teenager können.

»Ich werde es nie an die Uni schaffen.«

»Blödsinn, deine Mum hat mir erzählt, dass du eine gute Schülerin bist.«

»Das denkt sie.«

»Wie meinst du das?«

»Versprichst du, es niemandem zu sagen? Auch nicht Mary oder meiner Mum?«

Worauf lasse ich mich wohl bei diesem Versprechen ein? Aber wenn ich ablehne, werde ich es nie erfahren.

»Ich verspreche es«, antworte ich und will ihr gerade das Pfadfinderehrenwort geben, als mir einfällt, dass sie damit vermutlich nicht viel anfangen kann.

»Ich kann nicht an die Uni gehen.«

»Warum nicht?«

»Weil ich es nicht schaffe, Penny.«

»Was nicht schaffst? Den Collegeabschluss?«

Beth nickt niedergeschlagen.

»Und du hast es deiner Mum nicht gesagt?«

»Nein. Im vorigen Halbjahr waren meine Tests noch ganz gut, aber in letzter Zeit habe ich nur schlechte Noten.«

»Wie kommt das?«

Beth zuckt mit den Schultern. »Ich kann mich einfach nicht aufs Lernen konzentrieren.«

»Spielst du vielleicht, wenn du eigentlich lernen solltest?«

Ich deute ihren schuldbewussten Gesichtsausdruck als ein Ja.

»Und ich fühle mich schlecht wegen des Geldes, das ich verspielt habe.«

Nun, das ist etwas, das den Altersunterschied überbrückt.

»Das kenne ich. Mir ging es genauso. Ich fühle mich deshalb immer noch schlecht. Hast du schon mal daran gedacht, dir einen Job für die Sommerferien zu suchen?«

»Ja, aber es gibt kaum welche. Außerdem habe ich keine Erfahrung. Niemand wird mich nehmen.«

»Das stimmt nicht. Könntest du nicht zum Beispiel versuchen, in einem Supermarkt Regale zu füllen? Als ich jünger war, habe ich bei Asda gejobbt, das war toll. Wir Aushilfen waren alle etwa im gleichen Alter.«

»Letzten Sommer habe ich mich oft beworben und seither immer die Augen offen gehalten. Aber die Konkurrenz ist groß, und alle nehmen lieber die etwas älteren, erfahreneren Aushilfen.«

»Spielst du deshalb?«

»Ich bin schlecht in der Schule, weil ich spiele.«

»Warum lässt du es dann nicht?«

»Weil es das Einzige ist, worin ich gut bin.«

»Auch wenn es dein Leben ruiniert? Was hast du denn mal vor? In Vegas als Croupier zu arbeiten?«

»Wow, das wäre toll.«

»Beth!« Verdammt, ich bin ja so was von bereit, Mutter zu werden. »Hör zu. Du bist in einem verletzlichen Alter. Wenn du jetzt dein Leben ruinierst, wird es schwer sein, das wieder in Ordnung zu bringen. Du bist doch ein cleveres Mädchen, warum machst du das?«

»Warum hast du es denn getan?«

»Weil ich eine Idiotin war. Aber als mir klarwurde, welchen Schaden ich damit anrichte, habe ich aufgehört.«

Beth schweigt, und ich glaube, jetzt schmollt sie endgültig. Ich habe versucht, ihre Freundin zu sein. Ich habe versucht, an der Wunderlampe zu reiben und ihr zu zeigen, wie ihre Zukunft aussehen könnte – in Gestalt von Cat –, aber nichts hat funktioniert. Was Beth braucht, ist liebevolle Strenge.

»Wie kommst du überhaupt an das Geld, um zu spielen?«

Beth antwortet nicht und rutscht nervös auf ihrem Stuhl herum.

»Beth?«, frage ich und erschrecke darüber, wie sehr ich wie meine eigene Mum klinge.

»Ich hatte in letzter Zeit ein paar Gewinne. Und momentan gewinne ich auch.«

Wenn Leute so etwas sagen, weckt das in mir immer Zweifel. Niemand gewinnt ständig.

»Kannst du das Geld nicht deiner Mum geben und dann aufhören?«

»Ich glaube nicht, dass ich das schaffe.«

»Du hast noch ein Jahr Zeit bis zum Collegeabschluss, das reicht, um alles aufzuholen, wenn du dich anstrengst.«

»Weiß nicht.«

Ich versuche, innerlich ruhig zu bleiben, um herauszufinden, was ich tun kann. Der Anreiz mit der Uni war offenbar der falsche Weg.

»Und wenn ich dir helfe, einen Job zu finden?«

»Wo?«

»Ich organisiere gerade eine Hochzeit, die in ein paar Wochen stattfinden wird. Einer der Tutoren vom College übernimmt das Catering. Für das Servieren stellt er Studenten ein, und ich könnte ihn fragen, ob er dich auch nimmt.«

»Kellnern?«

»Ja, Kellnern mit Stil.«

»Aber das habe ich noch nie gemacht.«

»Ich bin sicher, dass du es lernen wirst. Hättest du Lust dazu?«

»Wenn ich dafür bezahlt werde.«

»Wirst du. Aber ich helfe dir nur unter einer Bedingung.«

»Und die wäre?«

»Du darfst das Geld dann nicht zum Spielen verwenden.«

»Das ist alles?«, fragt Beth, als vermute sie eine Falle.

»Yep.«

»Du drängst mich nicht weiter dazu, mit dem Spielen aufzuhören?«

»Nein, das wirst du von selbst tun. Du wirst deine Noten verbessern. Das Halbjahr ist noch nicht vorbei. Du wirst wie verrückt für die Prüfungen lernen. Du gibst dein Bestes, und dann wirst du sehen, ob du bestehst. Wenn nicht, wirst du die Klasse eben wiederholen.«

»Aber was ist mit meinen Freunden, wenn ich wiederholen muss?«

»Nun ja, deine Freunde absolvieren vermutlich ihr letztes Jahr auf dem College und gehen dann zur Uni.«

Tränen laufen Beth über die Wangen, und ich fühle mich schlecht, aber es geht nicht anders, ich muss jetzt den bösen Cop spielen.

»Ich wünschte nur, ich hätte nie mit dem Spielen angefangen.«

»Solange du nicht aufhörst, wird deine Lage nicht besser werden. Glaubst du, du kannst es schaffen?«

»Vielleicht.«

»Gut. Ich rufe Brett an und schaue, was ich wegen des Kellnerjobs tun kann.«

Beth heult nun noch heftiger.

»Beth, hör auf zu weinen. Du stehst das durch. Ich helfe dir.«

»Warum bist du so nett zu mir?«, schnieft sie.

»Weil ich weiß, wie schrecklich deine Situation ist, wie sehr dir das schlechte Gewissen zusetzt und wie allein du dich fühlst. Aber du bist nicht allein. Ich bin für dich da.«

Beth wischt die Tränen fort und schaut sich verlegen um.

»Danke, Penny. Es wird alles wieder gut, oder?«, fragt sie und steht auf.

»Du machst das schon. Bis bald.«

Beth winkt mir im Weggehen zu. Vielleicht bin ich endlich zu ihr durchgedrungen. Das erfüllt mich mit Stolz. Ich, Penny Robinson, habe es vielleicht geschafft, dass jemand sein Leben wieder in den Griff bekommt.

Kapitel siebzehn

Prinzessin auf Sparkurs –
günstige Geschenke für die Gäste, Teil 2

Wenn es um Geschenke für die Hochzeitsgäste geht, ist eBay zweifellos der beste Freund der sparsamen Braut. Du findest alles von Organzasäckchen bis zu nostalgischen Süßigkeiten sehr viel günstiger als irgendwo sonst. Mein Top-Tipp lautet, bei eBay kleine Päckchen mit Traubenzuckerherzen in großer Menge zu bestellen sowie personalisierte Aufkleber, vielleicht mit den Namen der Braut und des Bräutigams. Die werden einem als Bögen zugeschickt. Dann brauchst du sie nur noch auf die Päckchen zu kleben und diese in Organzasäckchen zu stecken.
Tags: Süßigkeiten, eBay, Organza, Gastgeschenke

Es ist 10.41 Uhr. Was denken Sie, wie lange ich schon im Büro bin? Ich werde es Ihnen sagen: drei Stunden und fünfundvierzig Minuten. Für alle Schnellrechner: Ich war morgens um sieben hier. Als ich von zu Hause wegging, hatte noch nicht einmal jemand seinen Status auf Facebook aktualisiert. Und was könnte mich zu dieser unchristlichen Zeit aus meinem Bett geholt haben? Meinem Bett, das das gemütlichste auf diesem Planeten ist? Arbeit. Kein besonderes Meeting, kein VIP-Besucher, nur ein ganz gewöhnlicher Arbeitstag.

Ich habe Freunde mit hochkarätigen Jobs, bei denen es nichts Ungewöhnliches ist, morgens um sechs oder sieben schon im Büro zu sein. Wenn sie dann zwölf Stunden später wieder gehen, war es ein guter Tag, oft sitzen sie bis Mitternacht am Schreibtisch. Ich wollte nie solch ein Leben haben. Und doch bin ich jetzt hier. Der Grund ist, dass in einer Woche unser Teambuilding-Trip stattfindet, und ich möchte sichergehen, dass alles bis aufs i-Tüpfelchen organisiert ist. Ich werde zwar im Grunde nur den Freitag nicht im Büro sein, aber ich möchte nicht, dass Shelly dann meine liegengebliebene Arbeit erledigen muss.

Ich stehe von meinem Schreibtisch auf und gehe zu einem der größeren Besprechungsräume. Heute werde ich allen Mitarbeitern, die sich glücklich schätzen dürfen, von mir für den Trip als Versuchskaninchen ausgewählt worden zu sein, eine kurze Einweisung geben. Das ist für mich die Gelegenheit, den Auserwählten (alias Opferlämmchen) mitzuteilen, was ihnen bevorsteht. Sie bekommen Instruktionen zu ihrem Verhalten (keine Knutschereien), der Kleidung, die sie mitbringen sollen oder auch nicht (Bikinis sind out, Thermounterwäsche ist in), und zu dem, was sie erwartet (es wird kalt, nass und qualvoll).

Dieses Briefing wird den Ton für den gesamten Trip vorgeben. Da ich Giles und Gunther ordentlich beeindrucken will, muss ich so professionell und voller Autorität wie möglich wirken.

Zum Glück nimmt keiner der beiden an dem Briefing teil. Gunther kommt erst nächsten Dienstag nach Großbritannien, und Giles hat heute einen Tag Urlaub. Das bedeutet, dass ich alle in Ruhe instruieren kann und dann alles wie geschmiert laufen wird, wenn wir nächsten Donnerstagnachmittag losfahren.

Eine meiner Aufgaben besteht darin, die Leute in Teams einzuteilen. Aber diesen Spaß hebe ich mir für später auf. Zuerst sollen sie erfahren, welches Vergnügen uns erwartet. Das Organisieren dieses beschissenen Events ist eine einzige Last. Aber ich tröste mich in solchen Fällen immer damit, dass es bei allem einen Lichtblick gibt, und der heutige Silberstreif am Horizont besteht darin, dass ich die Teams zusammenstelle. Ich kann also Giles und Gunther in jedes Team stecken – außer in mein eigenes. Ein echter Pluspunkt.

Genau fünf Minuten, bevor alle eintreffen sollen, lade ich meine Präsentation hoch, und nach viel vulgärem Fluchen und Drohen reißt sich der Projektor zusammen und funktioniert. Jetzt müssen nur noch die Teilnehmer kommen.

Es sagt viel über Menschen aus, wie pünktlich sie zu einem solchen Meeting kommen. Als sie langsam eintrudeln, merke ich mir die Reihenfolge, um die Teams entsprechend zu mischen: ein paar Frühankömmlinge, zusammen mit Leuten, die kurz nach elf auftauchen, plus solchen, die mit »sorry, ich bin zu spät« in den Raum gerauscht kommen.

»Also schön, alle zusammen«, sage ich. An dieser Stelle muss ich mir immer verkneifen, die Anwesenden mit »Guten Morgen, alle zusammen« zu begrüßen, so wie wir es bei den morgendlichen Versammlungen in der Highschool gemacht haben. Als ich hier anfing, habe ich Schulungen der Mitarbeiter ein paarmal so begonnen, und in jenem Jahr fiel der Beliebtheitsgrad unserer Abteilung um ein paar Punkte, und es gab Gerede über inkompetente und herablassende Mitarbeiter. Jetzt denken Sie vielleicht, ich sei ein bisschen paranoid und würde mir einbilden, dass das Ganze mit mir zu tun hatte, aber auf der Weihnachtsfeier in jenem Jahr wurde sogar ein Sketch dazu aufgeführt.

»Danke, dass ihr alle hier seid. Nächste Woche werden wir eine Menge eurer Zeit in Anspruch nehmen, es lohnt sich jedoch, jetzt eine halbe Stunde zu investieren, damit alle wissen, was sie bei dem Trip erwartet.

Also, war jemand von euch bei der Armee oder dient als Reservist?«

In der letzten Reihe geht eine einzelne Hand hoch. Perfekt, der Bursche kommt in mein Team.

»Nun, dann weißt du ja, was auf dich zukommt. Aber für uns andere wird es vielleicht ein kleiner Schock. Es gibt fünf Teams mit je sieben Leuten. Dabei werden Abteilungen und Positionen gut gemischt. Das Teambuilding-Event bietet also eine gute Gelegenheit, Kollegen kennenzulernen, mit denen ihr normalerweise nie etwas zu tun habt.«

Du liebe Güte, ich verdrehe innerlich die Augen über meine Worte und sage sie trotzdem. Ich bin die aus der Personalabteilung, die alle am liebsten erwürgen würden.

»Wie ihr aus den medizinischen Fragebögen und Haftungsausschlüssen wisst, die ihr unterschreiben musstet, wird das Ganze körperlich ziemlich anstrengend. Über den genauen Ablauf weiß ich nicht mehr als ihr, aber es heißt, wenn etwas dabei herauskommen soll, muss man auch etwas investieren. Ich möchte, dass ihr eine Beziehung zu eurer Gruppe aufbaut und euch gegenseitig helft.

Jedes Team wird an einen anderen Ort gebracht. Wir bekommen Karten und ein Ziel genannt, das wir erreichen müssen – alle versuchen, dasselbe Ziel zu erreichen. Die Gruppen erhalten anderthalb Stunden Vorsprung, bevor sechs ›Jäger‹ die Verfolgung aufnehmen. Jedes Mal, wenn euer Team gefasst wird, gibt das Strafpunkte. Danach erhaltet ihr erneut eine halbe Stunde Vorsprung, bevor die Jäger euch wieder verfolgen. Wenn ihr es zum Ziel schafft, ohne gefasst zu werden, gibt es Bonuspunkte. Die könnt ihr auch sammeln, indem ihr unterwegs Flaggen einsammelt, die Flaggen-Stützpunkte sind jedoch beliebte Aufenthaltsorte der Jäger. Außerdem gibt es einen Elite-Verfolger, der hinter allen Teams her ist. Er gehörte einer Spezialeinheit an und muss ein unglaublicher Spürhund sein. Wenn ihr euch von ihm nicht erwischen lasst, erhaltet ihr ebenfalls Bonuspunkte. Die gibt es auch für Spezialaufgaben, von deren Erfüllung ihr Beweisfotos machen müsst, wie das

Bauen eines Unterschlupfs, Nahrungsbeschaffung und so weiter.

Ihr werdet als Team und nicht als Einzelkämpfer bewertet, es geht um Zusammenarbeit. Wenn euch die Jäger erwischen und Mitglieder eures Teams fehlen, gibt das Strafpunkte.

Und nun seht euch bitte die Liste an, darauf steht, was ihr mitbringen sollt und was zu tun ist. Falls es Fragen gibt, beantworte ich sie gern.«

Ein Mann hebt die Hand.

»Ja, bitte?« Ich zeige auf ihn.

»Hier steht, dass wir Armeekleidung tragen werden. Das verstößt gegen meine Überzeugung, da ich nicht an die Armee glaube.«

Verwirrt verenge ich die Augen. Ich kann ja nachvollziehen, wenn jemand nicht an den Weihnachtsmann oder Osterhasen glaubt, weil es die beiden gar nicht gibt, aber ich bin ziemlich sicher, dass die Armee existiert. Die Tatsache, dass wir nur knapp zehn Kilometer entfernt von Aldershot arbeiten, dem größten Standort der britischen Armee, ist ein dezenter Hinweis darauf.

»Wenn du sagst, dass du nicht an die Armee glaubst ...«, beginne ich möglichst diplomatisch.

»Ich glaube nicht an das, wofür sie steht, und deshalb möchte ich mich nicht wie einer von denen anziehen.«

»Okay.« Ich bin nun auch nicht gerade eine Freundin von Kriegen und habe an einer Demo gegen den Irakkrieg teilgenommen. Wir übergehen dabei bitte die Tatsache, wie ich dorthin kam: Ich hatte gesehen, dass ein Typ von der Uni, den ich toll fand, um Mitternacht in einen Bus stieg, und dachte, es sei ein Partybus, der irgendwo hinfuhr, wo es aufregender war als auf dem Campus. Irgendwo südlich von Leeds bin ich eingeschlafen und erst bei Tagesanbruch in London wieder aufgewacht.

»Der Gedanke dabei ist, dass wir alle gleich angezogen sind. Alle im Team sind gleich, und wenn du die Uniform nicht trägst, bist du automatisch ein Außenseiter«, erkläre ich.

»Aber was ist mit den Vegetariern oder denen mit Lebensmittelunverträglichkeiten, die müssen doch auch nicht das Gleiche wie die anderen essen, oder?«

Na super. An unserem Firmenstandort arbeiten fünfhundertsechzig Leute, und ich muss ausgerechnet auf Mr. Besserwisser treffen. Der kommt auf keinen Fall in mein Team. Und ich kann ihn auch nicht zu Gunther oder Giles packen.

»Gutes Argument. Aber bedauerlicherweise wirst du die Uniform tragen müssen, da du die Vereinbarung unterschrieben hast, in der du zustimmst, den Anweisungen zu folgen, und eine davon lautet, die Uniform zu tragen.«

So, du seltsamer Vogel. Heutige Lektion: Immer erst lesen, bevor man etwas unterschreibt. Es scheint funktioniert zu haben, denn Mr. Ich-glaube-nicht-an-die-Armee starrt mürrisch zu Boden.

»Weitere Fragen?« Ich schaue in die Runde.

»Dort steht, wir müssen unser Gepäck selbst tragen. Was heißt das?«, fragt eine Frau.

»Wir bekommen Rucksäcke mit unserer Ausrüstung und allem Lebenswichtigen.«

»Wir haben also keine Sherpas oder so?«

»Ähm, wir besteigen keinen Berg im Himalaia, sondern stapfen durch die Natur der South Downs. Ich bin sicher, dass wir keine allzu weiten Strecken zurücklegen und du es auch ohne Lastenesel schaffen wirst.« Ich kreuze hinter dem Rücken die Finger. Baz hat mir eine Generalstabskarte zugeschickt, und ich bin zwar nicht gerade eine Geografie-Expertin, aber die Steigungen schienen sich in Grenzen zu halten.

»Noch jemand?«

Mindestens vier Hände schießen nach oben.

»Bei den Risiken steht, dass wir vielleicht nass werden, aber es wird nirgendwo Badekleidung erwähnt. Sollten wir nicht unter den Neoprenanzügen welche tragen?«

»Nein, da es auch keine Neoprenanzüge geben wird. Jeder von euch bekommt einen Armeeoverall, und den werdet ihr die ganze Zeit anhaben.«

Noch mehr Hände gehen nach oben – jede Frage scheint andere nach sich zu ziehen. Zum Glück sind Giles und Gunther nicht hier, denn das Meeting verwandelt sich in rasendem Tempo in ein heilloses Durcheinander.

»Wie wäre es, wenn ich die Liste einmal durchgehe? Dann haben sich die meisten Fragen vermutlich erledigt. Also, wir haben bereits festgestellt, dass ihr Uniformoveralls bekommt, aber ihr müsst eure eigenen Schuhe mitbringen. Das sollten idealerweise Wanderschuhe und keine Turnschuhe sein, da das Gelände felsig und matschig sein kann. Bringt für unter den Overall Kleidung zum Wechseln mit, vor allem Unterwäsche. Falls diese im Laufe des Tages, ähm, feucht wird.« Oder ihr euch in die Hose geschissen habt, füge ich in Gedanken hinzu.

Kollektives Gemurmel. Ich frage mich kurz, wo wohl die Flaggen plaziert sein werden und ob wir dahin schwimmen oder uns ein Floß bauen müssen.

»Außerdem braucht ihr bequeme Kleidung für die Preisverleihung hinterher.«

Ich verstehe die verwirrten Blicke der Leute. Warum sollen wir bei der Preisverleihung bequeme Kleidung tragen? Müssen wir auf dem Weg zum Podest Ausfallschritte machen?

»Alle persönlichen Dinge, die nicht lebenswichtig sind, bleiben besser am Ausgangspunkt. Wertgegenstände sollten gar nicht mitgenommen werden. Wenn jetzt so weit alles klar ist, würde ich gern mit dem Veranstaltungsprogramm weitermachen.«

Ich ignoriere die Hand von Mr. Besserwisser, die sofort nach oben schießt. Ich frage mich jedoch, wie viel sein Vorgesetzter ihm über den Trip verraten hat, bevor er sich zur Teilnahme bereit erklärte.

»Wir fahren hier am Donnerstag um Punkt 16.00 Uhr mit unseren Kleinbussen ab. Die Leute, die als Fahrer ausgewählt wurden, wissen Bescheid. Um 17.30 Uhr werden wir im Camp in den South Downs eintreffen. Vor dem Abendessen erhalten wir unsere Ausrüstung und eine kurze Einweisung. Dann bekommen wir noch ein paar Tipps von unseren Verfolgern und übernachten in einer großen Hütte, die Frauen in dem einen Schlafsaal, die Männer im anderen – und die Tür zwischen beiden Räumen bleibt zu.«

Gekicher und Grinsen sind die Reaktion darauf, weil natürlich alle an den Manager und seine Sekretärin beim legendären Wales-Trip denken.

»Ich weiß noch nicht genau, wann es am Freitag losgeht, aber wir müssen um 16.00 Uhr wieder am Treffpunkt sein. Um 15.30 Uhr werden die Verfolger abgezogen, und der

Weg zum Ausgangspunkt ist frei. Dann geht's zurück ins Camp, wo ihr euch für die Preisverleihung umziehen könnt. Noch Fragen?«

»Gibt es in der Hütte sanitäre Einrichtungen und Betten?«

»Ähm …« Ich versuche, Zeit zu gewinnen. »Ich weiß, dass es Toiletten gibt. Und da von Schlafsälen die Rede ist, tippe ich auf Feldbetten.«

»Dann ist es also wie Campen?«, fragt ein anderer.

»In etwa«, antworte ich. »Bringt euch für abends Fleecekleidung mit, es könnte kühl werden.«

»Gibt es da frisches Wasser? Ich muss meine Kontaktlinsen herausnehmen«, ruft jemand.

»Ja, man sagte mir, es gebe Wasser und Verpflegung. Irgendjemand hat auch ›Grillen über offenem Feuer‹ erwähnt«, füge ich euphorisch hinzu. Vermutlich habe ich als Kind zu viele Bücher von Enid Blyton gelesen, aber Lagerfeuer haben für mich immer noch etwas Magisches. Ich sehe uns schon um die lodernden Flammen sitzen, in denen Folienkartoffeln backen, während wir Marshmallows rösten. Wenn Mark doch nur mitkommen könnte, es klingt so romantisch.

»Gut, wenn sonst alles klar ist, werde ich jetzt die Teams einteilen. Ich rufe eure Namen auf und nenne dazu eine Zahl, an der ihr erkennt, zu welchem Team ihr gehört.«

Ich lese die ersten Namen vor und vergebe eine Nummer. Dabei nehme ich ein paar kleine Veränderungen vor. Mr. Ich-glaube-nicht-an-die-Armee war doch tatsächlich für meine Gruppe vorgesehen! Jetzt gehört er zu Team Nr. 5 – ich habe ihn gegen einen sehr ruhig wirkenden Mann getauscht.

Nachdem ich fertig bin, schaue ich mich im Raum um, und zum ersten Mal gehen keine Hände nach oben. Ich klopfe mir in Gedanken auf die Schulter. Letztlich bin ich wohl die geborene Organisatorin.

»Schön, jetzt sollten sich die einzelnen Teams kurz miteinander bekannt machen, und dann gehen wir zurück an die Arbeit. Und falls zwischen heute und nächster Woche noch Fragen auftreten, könnt ihr entweder zu mir kommen oder mir eine E-Mail schicken.«

Wir versammeln uns in unseren Gruppen, und mein Team wirkt wie ein wild zusammengewürfelter Haufen. Wenn ich vorausschauender gewesen wäre, hätte ich stärker darauf geachtet, nur Gewinnertypen in mein Team zu wählen. Nicht etwa, dass ich unbedingt gewinnen will. Darum geht es ja schließlich nicht, oder? Es geht um Teambuilding, und es würde verdächtig wirken, wenn mein Team das beste wäre.

»Also, ich bin Penny, wie ihr wisst. Vielleicht sollten wir uns reihum vorstellen.«

»Okay. Dann mache ich mal den Anfang. Ich bin Annie aus der Buchhaltung und freue mich sehr, dass ich dabei sein kann. Ich trainiere schon seit Wochen, um fit zu sein.«

»Super, danke, Annie«, sage ich. Ich hatte schon Angst, dass alle verschlossen sein würden und ich als Einzige rede. Aber Annie macht einen netten, geselligen Eindruck.

Die anderen stellen sich ebenfalls vor, und ich glaube, wir sind doch ein verdammt gutes Team. Es besteht außer Annie und mir aus Martin vom Vertrieb, der einen ziemlich fitten Eindruck macht (was Überleben in der Wildnis betrifft, nicht seinen Geschmack bei Kleidung), Tim mit der Armee-Erfahrung – unsere Trumpfkarte –, Jack und seine Vorgesetzte Tess aus der Konstruktionsabteilung und Matt aus der IT.

Während ich mich von meinen neuen Verbündeten verabschiede, beginnt sich der Raum zu leeren.

Ich packe gerade mein Zeug zusammen, da bemerke ich eine junge Frau, die anscheinend auf mich wartet.

»Hi«, sage ich. »Noch irgendwelche Fragen wegen nächster Woche?«

»Nein«, antwortet sie. »Ich wollte dir nur zu *Bridal Dreams* gratulieren.«

Erschrocken halte ich inne und schaue mich panisch um, wer außer uns noch im Raum ist. Die beiden letzten Nachzügler gehen gerade, und ich wende meine Aufmerksamkeit wieder der Frau zu.

»Woher weißt du das?«, frage ich.

»Ich habe die Zeitschrift abonniert und mein Exemplar bereits per Post erhalten. Als ich es heute Morgen beim Frühstück kurz durchgeblättert habe, fiel mir dein Foto auf.«

»Die Kummerkastentante?«

»Ja, und der Artikel über die Braut mit kleinem Budget. Ich wusste gar nicht, dass du auch Hochzeitsplanerin bist.«

»Bin ich auch nicht. Ich habe das nur ein paarmal gemacht. Wie kann es sein, dass du das Heft schon gesehen hast? Es erscheint doch erst im August.«

»Aber das ist die August-Ausgabe. Die Hefte erscheinen für gewöhnlich sechs Wochen früher.«

»Das ist ja großartig.« Ich bin jetzt kurz vorm Hyperventilieren. Ich weiß noch, dass ich es nicht erwarten konnte, den gedruckten Artikel zu sehen, nachdem ich ihn abgeschickt hatte, aber ich habe keine Sekunde daran gedacht, dass jemand aus meiner Arbeitswelt ihn je lesen würde! Es ist ja nicht so, als hätte ich für das *HR Magazine* geschrieben. Dass es auch in unserer Firma Mitarbeiterinnen geben könnte, die heiraten wollen und *Bridal Dreams* lesen, ist mir keinen Augenblick in den Sinn gekommen.

»Ich liebe diese Zeitschrift und finde es toll, dass du für sie schreibst. Für dich muss ein Traum wahr geworden sein.«

Ich fühle mich eher wie in einem Alptraum und bekomme kein Wort heraus.

»Hör zu, ähm …«, sage ich schließlich.

»Meg.«

»Meg, würdest das hier bitte nicht an die große Glocke hängen? Es müssen nicht alle über mein Hobby Bescheid wissen.«

»Natürlich, Penny. Kein Wort darüber!«, versichert sie und tippt sich an die Nase. »Gut, dann gehe ich jetzt mal zurück an meinen Schreibtisch.«

»Ja, wir sehen uns nächste Woche.«

Ich sehe Meg nach und setze mich dann schnell auf einen Stuhl, bevor ich umkippe. Ich kann nur hoffen, dass sie Wort hält und es nicht Giles gegenüber erwähnt, sonst kann ich mich von der Beförderung und vielleicht auch von meinem Job verabschieden.

Kapitel achtzehn

Prinzessin auf Sparkurs –
Top-Tipp: Nicht vergessen, für die Hochzeitsnacht und den Tag danach zu packen

Ja, ich hatte so etwas geahnt. Am Morgen nach der Hochzeitsfeier stand die Braut, die ungenannt bleiben möchte, vor meinem Hotelzimmer – in ihrem Hochzeitskleid und einem T-Shirt. Sie hatte vergessen, andere Kleidung einzupacken. Nehmt genügend Sachen mit, um euch ein paarmal umziehen zu können. Ihr braucht ein Outfit für den nächsten Tag und vielleicht eines, wenn ihr abends in der Hotelbar noch etwas trinken wollt – vor allem, wenn die Feier nicht in diesem Hotel stattgefunden hat. Und denkt auch an schicke Dessous, falls ihr zu den Paaren gehört, die die Ehe in dieser Nacht vollziehen wollen.
Tags: Hochzeitsnacht, nächster Tag, Kleidung, Packen, Ehe vollziehen, Top-Tipps

Ich bin die Königin des Rucksackpackens, sage ich mir immer wieder, während ich unser Haus betrete. Aber warum habe ich das Packen für den Trip bis zum letzten Abend aufgeschoben? Jetzt komme ich gerade vom Kricketplatz, wo ich den Aufbau des Festzeltes überwacht habe, und muss vor dem Schlafengehen noch packen.

»Ich bin zu Hause, Schatz!«, rufe ich fröhlich und schließe die Haustür hinter mir.

»Prima! Wie lief es mit dem Aufbauen?«

»Echt gut. Die Hochzeit wird wunderbar«, verkünde ich stolz.

Irgendetwas ist heute Abend anders an Mark, aber ich kann nicht genau sagen, was. Er ist vergnügter als sonst, und seine Augen funkeln freudig. Und er zappelt nervös herum, als brenne er darauf, mir etwas erzählen zu können.

»Was ist los mit dir? Alles in Ordnung?«

»Mehr als nur in Ordnung.«

Jetzt strahlt er übers ganze Gesicht.

»Vor dir steht der neue Manager von Brown and Sons.«

»Was?« Jetzt strahle ich auch. »Mark, das ist ja wunderbar! Ich gratuliere dir. Und du hast dir Sorgen gemacht, dass Clive dich feuern will!«

»Ich weiß. Wie sich herausgestellt hat, will er in ein paar Monaten in den Teilruhestand gehen und hat mir deshalb ein paar seiner Klienten gegeben, um zu sehen, wie ich damit klarkomme und ob ich bereit bin für die Beförderung.«

»Das ist toll. Ich bin so stolz auf dich.«

Ich schlinge die Arme um ihn und knutsche ihn kräftig ab.

»Ich habe auf dem Nachhauseweg eine Flasche Champagner gekauft. Ich hole sie schnell.«

»Super«, sage ich – und verziehe das Gesicht, sobald er mich nicht mehr sehen kann. Ich kann Mark unmöglich sagen, dass ich packen muss und keine Zeit zum Feiern habe. Schließlich bekommt er eine solche Beförderung nicht alle Tage. Und das Packen geht bestimmt schnell. Als Mark mit den Champagnerflöten zurückkommt, entscheide ich, am nächsten Morgen extrafrüh aufzustehen und dann zu packen. Es kann doch nicht so schwer sein, ein paar Sachen in einen Rucksack zu stopfen, schließlich muss ich mir keine Gedanken um Knitterfalten machen.

»Den willst du mitnehmen?«, fragt Mark.

»Ja, ich denke schon.«

»Also ... Ich habe diesen Rucksack dabeigehabt, als ich zwölf Wochen durch Asien gereist in. Und selbst da war er nicht ganz voll.«

»Da ich diesen Trip organisiere, muss ich für alle Eventualitäten gerüstet sein. Reservepullis und -unterhosen, zwei Erste-Hilfe-Sets, Notfall-Snickers-Riegel. Alles Lebenswichtige.« Ich zucke lässig mit den Schultern. Mein Rucksack erwies sich direkt als viel zu klein, da hätte ich nie alles reinbekommen, was ich dringend brauche.

Wie sich herausstellt, bin ich doch nicht die Königin des Packens. Es ist nicht etwa einfacher, wenn man nur ein paar

Klamotten in einen Rucksack stopfen muss, es erweist sich vielmehr als schwieriger, denn bei einem rechteckigen Koffer hat man alles schön vor sich und kann die Dinge arrangieren. In diesem Moment sitze ich auf dem Rucksack und zerre am Verschlussgurt. Vermutlich denken Sie jetzt, dass ich doch wissen müsste, was mitgenommen werden soll, da ich die anderen instruiert habe. Aber heute Morgen bin ich auf ziemlich viele Grauzonen gestoßen.

Was genau ist denn nun »unverzichtbar«? Getönte Feuchtigkeitscreme? Es ist kein Make-up und enthält Lichtschutzfaktor, also ja. Unterhemd? Falls es heiß wird und ich etwas ausziehen muss. Reisekopfkissen? Für den Fall, dass das Kissen in der Hütte nicht bequem genug ist. Flip-Flops, um damit duschen zu gehen?

Dann wären da noch ein paar unerlässliche Dinge, die ich aber leider nicht besitze. Erinnern Sie sich daran, dass ich mich gefragt habe, wofür jemand Wandersocken und eine Kopflampe braucht? Nun, wie sich herausstellt, steht beides auf der Liste der Dinge, die wir mitbringen sollen. Ich habe mir ein paar Wandersocken von Mark geborgt, die haben zwar Löcher und sind mir ein paar Nummern zu groß, aber das ist immer noch besser als meine dünnen Baumwollstrümpfe mit Little-Miss-Sunshine-Motiven.

Und was die Kopflampe betrifft, so war das Ähnlichste, was ich finden konnte, eine ausziehbare Taschenlampe, die ich immer im Auto liegen habe. Die kann ich mir zwar nicht vor die Stirn binden, aber wenigstens werde ich nachts den Weg zum Klo finden.

Ich steige von dem Rucksack herunter und betrachte ihn. Besser geht es nicht.

»Hilfst du mir, ihn runterzutragen?«, frage ich.

»Du musst ihn später doch auch allein tragen.«

»Ja, deshalb sollst du ihn ja nach unten bringen, damit ich noch meine Armmuskulatur schone.«

»Okay. Kannst du ihn überhaupt hochheben?«

»Natürlich«, erwidere ich, packe die Tragegurte und versuche ihn hochzuhieven. Okay, ich brauche also beide Hände, um ihn ein paar Zentimeter vom Boden zu heben, und bin nicht sicher, ob ich ihn mir auf den Rücken schwingen kann. Aber hochgehoben bekomme ich ihn, immerhin.

»Na, lass mal«, sagt Mark, ergreift den Rucksack mit einer Hand und wirft ihn sich in einer scheinbar mühelosen Bewegung auf den Rücken. »Verflucht, Pen. Was hast du denn da reingepackt?«

»Ich kann ja ein paar Sachen raustun, wenn wir da sind. Zum Beispiel könnte ich die Snickers schon unterwegs verteilen.«

»Super Idee.«

Als wir die Treppe hinuntergehen, kann ich weder Mark noch seinen süßen Hintern sehen, alles wird vollständig von dem Rucksack verdeckt. Vielleicht habe ich doch zu viel eingepackt.

»Soll ich ihn in den Kofferraum laden?«

»Ja, das wäre super. Danke.«

Dann muss ich ihn nur noch in den Kleinbus schaffen, wo ich dann die Schokoriegel verteilen kann. Das wird das Gewicht drastisch reduzieren.

»Ich hole schnell meine Handtasche.«

Als ich zum Wagen komme, begrüßt mich die strahlende Julisonne. Hoffentlich ist das Wetter am Samstag bei Henris Hochzeit auch so gut. Dass es während unseres morgigen Trips so warm bleibt, kann ich vergessen. Ich habe den

Wetterbericht gesehen, und ich bin Realistin. Aber wenigstens soll es nicht regnen.

»Dann wünsche ich dir viel Spaß«, sagt Mark und klappt den Kofferraum zu.

»Danke, Schatz.«

Er zieht mich an sich für einen Morgenkuss. Hm, frisch geputzte Zähne, schmeckt gut, nach Minze.

»Und denk dran, du hast das Sagen. Und du wirst es gut machen«, sagt Mark.

Ich bin nicht sicher, ob der Feldwebel das auch so sieht.

»Danke, Liebster. Ich versuche heute Abend, dich anzurufen.«

»Super. Und nächste Woche um diese Zeit bist du vielleicht schon HR-Supervisor.«

»Hey, beschreie es nicht! Das werden verdammt lange vierundzwanzig Stunden. Aber falls es klappt, sind wir beide befördert worden!«

»Ja, das wäre echt super. Du machst das schon, Pen. Alles wird wie am Schnürchen laufen.«

»Danke. Und vergiss nicht, ich fahre morgen direkt zum Kricketklub, um die letzten Handgriffe zu überwachen.«

»Okay, ich weiß Bescheid.«

Mark küsst mich noch einmal, und ich steige in den Wagen. Alles wird gut, sage ich mir immer wieder.

Ich wiederhole bis zum Nachmittag stetig mein Mantra. Um 16.00 Uhr vom Büro aus zu starten erweist sich als keine gute Idee. Zu viele Kollegen, die sich über die armen Teufel in Trainingsanzügen amüsieren, weil sie wissen, welcher Horror sie erwartet. Und die Teilnehmer selbst fühlen sich wie vor einer Klassenfahrt und sind viel zu nervös, um tagsüber vernünftig arbeiten zu können.

Ich versuche, sehr beschäftigt zu wirken, dabei schlage ich nur Zeit tot, bis ich Gunther kennenlernen werde. Er soll gegen Mittag hier eintreffen und geht dann mit Giles zu einem Arbeitsessen. Ich muss den beiden ebenfalls eine kurze Einweisung geben, aber ohne das Vergnügen, die Packliste durchzugehen, die ich den beiden schon letzte Woche gemailt habe. Und hoffentlich hat Gunther – der dieses Event ja unbedingt haben wollte – nichts dagegen, in einer Hütte zu übernachten, Armeekleidung zu tragen und sein Gepäck zu schleppen.

Ich gebe meiner Abwesenheitsnotiz gerade den letzten Schliff (immerhin ist das eine Art Visitenkarte!), als mein Handy klingelt.

Auf dem Display sehe ich Henris Nummer.

Ein rascher Blick auf die Uhr sagt mir, dass es 11.41 Uhr ist. Noch knapp zwanzig Minuten bis zu Gunthers Eintreffen. Und wenn er früher kommt? Ich würde nicht den besten Eindruck machen, wenn ich hier sitze und mit dem Handy telefoniere. Andererseits hat der Countdown bis zur Hochzeit begonnen, und ich bin im Begriff, in die finstersten Winkel von Sussex abzutauchen und sie im Stich zu lassen. Wohl kaum das, was eine super Hochzeitsplanerin à la J Lo macht.

»Hallo«, melde ich mich so leise wie möglich, während ich aus dem Büro eile und mich auf die Damentoilette zurückziehe.

»Penny, wir haben einen Notfall. Ich wiederhole, einen Notfall!«

»Okay, Henri, ruhig atmen«, versuche ich sie zu beruhigen. »Ist es so ein Notfall wie letztens, als du versucht hast, mit Papierschnipseln die Anordnung der Tische zu planen? Oder wie bei den zu dünnen Servietten?«

Falls Sie es sich nicht schon denken können, Henri und ich hatten in den vergangenen Wochen eine Menge Spaß – mit panischen Anrufen, E-Mails und sogar Tweets an meinen Blogaccount. Dabei gibt es nichts, worüber sich Henri Sorgen machen müsste. Gestern wurde das Festzelt aufgebaut, und es sieht wunderbar aus. Ich werde am Freitag nicht lange für die Deko benötigen, da an dem Abend nur noch die Wimpel angebracht und batteriebetriebene Lichterketten in Marmeladengläsern auf den Tischen verteilt werden müssen. Der Rest kann ohnehin erst Samstagmorgen erledigt werden. Mit Helium gefüllte Luftballons, die an der Zeltdecke schweben werden, Tischdecken und alles, was aus Papier ist (wie die Platzkarten) herrichten, weil es sonst über Nacht feucht wird. Aber Henri macht sich wegen allem Sorgen. Sie hat mich sogar dazu gebracht, dem Vikar, der sie trauen wird, Vitamin C zu verordnen, damit er nicht krank wird.

»Schlimmer, Penny, schlimmer!«

»Nur die Ruhe.« Ich frage mich, ob die Messer vielleicht nicht das richtige Gewicht haben oder die Erdbeeren zu klein sind für die Pimm's. Bedauerlicherweise leidet Henri momentan unter dem Brautzilla-Virus. Es ist gemein von mir, das zu sagen, aber ich bin froh, für einen Tag von der Bildfläche zu verschwinden.

»Was ist denn das Problem?«

»Das Brautjungfernkleid meiner Schwester. Es passt nicht!«

»Was meinst du damit? Ist es zu groß oder zu klein?«

»Zu eng. Als meine Schwester mir sagte, sie habe immer noch Kleidergröße 38, muss sie die Augen vor der Wahrheit verschlossen haben. Wir bekommen den Reißverschluss nicht zu!«

»Kann man vielleicht irgendwo ein bisschen Stoff rauslassen? Warst du schon beim Schneider?«

»Haben wir versucht. Meine Schwester hat das Kleid angezogen, und die Schneiderin hat nur gelacht. Sie sagte, das Kleid sei überall zu eng, da kann man nicht einfach was rauslassen. Ich kann nicht auf meine Schwester als Brautjungfer verzichten, und wir können nicht einfach schnell noch andere Kleider kaufen, da die Servietten genau diesen Orangeton haben. Die Chancen, in genau der Farbe etwas zu finden, sind gleich null. Und neue Kleider *plus* Servietten zu kaufen, können wir uns nicht leisten. Was soll ich denn jetzt machen, Penny?«

Henris Stimme ist so schrill, dass sie außer mir vermutlich nur Hunde hören können.

»Atmen, Henri, atmen. Wie wäre es mit Brautjungfernkleidern in Braun? Das würde zu den Servietten passen.«

»Das würde aussehen wie ein verdammtes Erntedankfest.«

Ich könnte es mir hübsch vorstellen, aber die erste Regel, die ich als Hochzeitsplanerin lernen musste, besteht darin, dass es nicht meine Hochzeit ist. Und wenigstens der Braut muss alles gefallen.

»Gut, wäre es möglich, noch eines dieser orangefarbenen Kleider in einer anderen Größe zu bekommen? Hast du im Internet nachgeschaut?«

»Ja. Und es gibt keins.«

Na super. Ich höre sie schluchzen.

»Henri, das ist ein kleiner Stolperstein auf dem Weg, wir werden eine Lösung finden. Wir müssen einfach nur ruhig nachdenken.«

»Oh, mein Gott! Du hast keine Lösung parat? Ich dachte, du würdest sofort wissen, was zu tun ist. Ich kann doch nicht hier herumsitzen und warten!«

»Henri, es wird schon alles gutgehen.«

»Nein, bestimmt nicht! Meine Schwester wird nackt hinter mir zum Altar schreiten und …«

»Henri, bleib bitte realistisch. Hast du in dem Geschäft in London angerufen und gefragt, ob sie noch eines dieser Kleider haben?«

»Was? Nein, habe ich nicht, und ich hätte auch keine Zeit, um hinzufahren. Wie soll ich das Kleid denn hierherbekommen?«

»Mark könnte nach der Arbeit hinfahren. Donnerstags haben sie abends länger geöffnet.«

»Das würde er für mich tun?«, fragt Henri schluchzend.

»Bestimmt. Am besten rufst du da an und erkundigst dich. Die können im Computer bestimmt auch den Bestand der anderen Filialen checken, vielleicht gibt es noch ein Kleid in Farnborough oder Guildford.«

»Penny, du bist ein Genie.«

»Halt mich auf dem Laufenden. Falls ich nicht rangehe, bin ich unterwegs ins Camp und rufe heute Abend zurück.«

»Danke. Du bist ein Schatz!«

Ich beendete das Gespräch und schaue auf die Uhr. Noch fünf Minuten bis zu Gunthers voraussichtlicher Ankunft. Ich stelle mein Handy auf stumm und bringe meine Haare in Ordnung, bevor ich die Toilettenräume verlasse.

»Gunther ist gerade eingetroffen«, sagt Shelly, als ich mich an meinen Schreibtisch setze. »Giles hat gefragt, wo du steckst, und ich habe gesagt, dass ich es nicht wisse.«

»Danke, Shelly.« War doch klar, dass sie sich da reinhängt. »Haben sie gesagt, dass ich in Giles' Büro kommen soll?«

»Nein. Ich mach jetzt Mittagspause. Soll ich dir was mitbringen? Du machst ja wahrscheinlich keine Pause, da du früher gehst?«

Ich sehe Shelly an. Natürlich verlasse ich das Büro heute eine Stunde vor dem offiziellen Dienstschluss, aber es ist ja nicht gerade so, als würde ich mir anschließend einen netten Nachmittag machen, oder? Ich werde die folgenden vierundzwanzig Stunden so was von arbeiten! Zusammen mit Kollegen. Trotzdem kann ich ihr gegenüber nicht zugeben, dass ich vorhatte, eine volle Stunde Mittagspause zu machen, also nicke ich nur und bitte sie, mir ein Thunfisch-Salat-Sandwich mitzubringen.

Das Telefon auf meinem Tisch klingelt, und ich sehe, dass der Anruf von Giles kommt.

»Hallo, Giles«, melde ich mich.

»Penny, gut, dass Sie wieder da sind. Könnten Sie kurz in mein Büro kommen und uns auf den neuesten Stand bringen?«

»Natürlich«, antworte ich so begeistert wie möglich.

Auf dem Weg zu Giles' Büro überprüfe ich rasch, ob meine Hose zu ist, mein V-Ausschnitt nicht zu viel zeigt und das Handy nicht in einer meiner Taschen steckt. Bevor dieser Tag vorüber ist, wird es nämlich bei Henri noch mehr Notfälle geben, da bin ich sicher.

Ich klopfe an die Tür. Wie Gunther wohl sein mag?

»Herein!«, brüllt Giles.

Ich betrete das Büro, und beide Männer stehen auf.

»Gunther, das ist Penny Robinson«, sagt Giles und zeigt auf mich, als ständen noch mehr Leute im Raum.

»Hallo, Penny, freut mich, Sie kennenzulernen«, sagt Gunther ohne schwedischen Akzent. Tatsächlich klingt er ziemlich britisch.

»Hallo, Gunther, ich freue mich auch.« Rasch erwidere ich seinen festen Händedruck.

Du meine Güte. Ich habe Fotos von Gunther in Zeitschriften und auf der Website des Unternehmens gesehen, aber mir war nicht klar, dass er so groß ist. Er muss über zwei Meter sein. Hör auf, ihn so anzustarren, Penny, das ist unhöflich. Aber bei der Größe kann jemand begründet als Riese bezeichnet werden.

»Also, Penny, Giles hat mir erzählt, dass Sie bislang ausgezeichnete Arbeit geleistet haben, was die Organisation des Events und die winzigen Änderungen wegen mir anbelangt.«

Ich hätte beinahe gelacht. Winzige Änderungen – wir mussten das Ganze um eine Woche verschieben, was die Zeitpläne von über dreißig Mitarbeitern durcheinanderbrachte und uns am Ende nötigte, wegen Absagen sechs Plätze neu zu vergeben.

Sechs neue Gesundheitsfragebögen und Haftungsausschlüsse. Aber ich bin froh, dass es nur eine winzige Änderung war, ich hätte höchst ungern größere Änderungen vorgenommen.

»Danke, die Organisation hat Spaß gemacht. Ich habe die Logistik und das Management als Herausforderung angesehen.«

Wenn ich diese Beförderung nicht bekomme, werde ich mir einen Job suchen, für den man ein absoluter Dummschwätzer sein muss. Wäre doch schade, wenn ich mir diese Fähigkeit umsonst angeeignet hätte.

»Super. Könnten Sie uns kurz die wichtigsten Details nennen, wir sind nämlich auf dem Sprung ins Chez Vivant zum Mittagessen.«

Reizend. Sie gehen ins Chez Vivant, während ich am Schreibtisch ein Thunfisch-Sandwich esse. Mark hat recht, ich muss diese Beförderung einfach bekommen.

»Okay, Sie haben ja bereits die E-Mail mit der Liste für die Ausrüstung bekommen. Ich nehme an, diesbezüglich ist alles klar?«

Gunthers persönliche Assistentin hat mir bestätigt, dass er die Mail gelesen hat, was bei mir aber immer noch genügend Raum für Zweifel lässt. Ich höre solche Dinge lieber aus erster Hand.

Ich sehe die beiden aufmerksam an, um sicherzugehen, dass keiner ein Gesicht macht, das darauf hinweist, er habe etwas Wichtiges vergessen. Aber glücklicherweise nicken beide.

»Gut. Also, ich habe die Teilnehmer in fünf Gruppen aufgeteilt. Wir fahren in drei Kleinbussen zum Camp, und die Teilnehmer sollten schon während der Fahrt mit ihren Teamkameraden zusammensitzen – um eine erste Bindung herzustellen.«

»Gefällt mir. Das ist gut. Sind wir in Ihrem Team, Penny?«, fragt Giles.

Ich bin doch nicht wahnsinnig!, hätte ich beinahe geantwortet, stattdessen räuspere ich mich. »Nein, und zwar aus folgendem Grund: Ich habe mir überlegt, dass es besser zum Geist des abteilungsüberschreitenden Teambuildings passt, wenn wir drei in verschiedenen Teams sind.«

»O ja, gute Idee. Das haben wir bei dem schwedischen Meditationstraining auch so gemacht«, stimmt Gunther zu.

Puh, ich atme erleichtert auf. Ich hatte schon Sorge, dass die beiden mich die Gruppen umstellen lassen, damit sie in meinem Team sind. Mark hat mich darauf gebracht, dass Giles mich möglicherweise aus der Nähe beobachten will.

Ich fahre fort, Gunther und Giles die geplanten vierundzwanzig Stunden grob zu umreißen. Es wird viel genickt, und zu meinem großen Entsetzen gehört Gunther zu den Menschen, die einen so ansehen, als würden sie wirklich zuhören, statt zu überlegen, was sie gern zum Tee essen möchten. Das ist für mich insofern keine gute Neuigkeit, als ich aufpassen muss, dass mir keine Bemerkung über seine Größe herausrutscht. Wie und wo will er sich zum Beispiel vor den Jägern verstecken?

»Es hört sich so an, als hätten Sie alles unter Kontrolle«, sagt Gunther mit einem forschenden Blick. »Und Sie konnten das mit meinem Proviant klären, ohne dass es allzu große Probleme verursacht hat?«

Selbst wenn ich mich nicht darum gekümmert hätte, würde ich jetzt behaupten, es getan zu haben, denn Gunther wirkt auf mich nicht wie jemand, der ein Nein akzeptiert.

»Barry, der dafür Zuständige, hat mir versichert, dass alles entsprechend geplant ist.« Das war nicht ganz der genaue Wortlaut, aber Gunther hat sicher nichts dagegen, dass ich paraphrasiere.

»Also gut. Giles, wollen wir dann los? Penny, wir sehen Sie später hier?«

»Wir treffen uns um 15.45 Uhr auf dem West-Parkplatz«, erwidere ich und habe mir diese militärische Ausdrucksweise schon viel zu sehr angeeignet.

»Ausgezeichnet. Dann bis später«, sagt Gunther.

Ich gehe zu meinem Schreibtisch zurück, werfe einen Blick auf mein Handy und sehe, dass ich zwei Anrufe verpasst habe. Zwei ist nicht viel, bei einem wirklichen Notfall würde Henri öfter anrufen. Offenbar ist ihr aktuelles Problem auf einer Skala von 1 bis 10 bei Stufe 3 einzuordnen.

Giles und Gunther kommen auf ihrem Weg nach draußen an meinem Schreibtisch vorbei und winken mir kurz zu. Leider laden sie mich nicht im letzten Moment ein, sie zu begleiten.

Ich winke zurück und greife zum Telefon, um Henri anzurufen.

»*What's new, Scooby-Doo?*«, frage ich, weiß der Himmel, warum.

»Vergleichst du mich etwa mit einem Hund, Penny, in der Woche vor der Hochzeit?«

»Nein, natürlich nicht. Henri, ich wollte nur …«

»Schon gut, ich mache doch nur Spaß. Also, ich habe gute Neuigkeiten.«

So erleichtert habe ich vermutlich noch nie aufgeatmet. Für einen Moment dachte ich schon, sie würde ausrasten.

»Also, raus damit«, sage ich und hoffe, dass der Shop in Farnborough das Kleid in Größe 40 hat.

»Nur drei Filialen in Großbritannien haben das Kleid in Größe 40.«

»Aber das ist doch fantastisch. Und welche?«

»Cardiff, Manchester und Brighton.«

»Oh, verdammt«, fluche ich. Na ja, Brighton bedeutet hin und zurück gut drei Stunden. Vielleicht hat Henris Schwester ja Lust auf einen kleinen Ausflug, wo sie schon mal im Lande ist.

»Brighton ist doch perfekt, oder? Du fährst heute Nachmittag sowieso in Richtung Süden und könntest das Kleid prima abholen.«

»Moment mal, Henri. Ich bin in einem Kleinbus voller Kollegen unterwegs zu einem Teambuilding-Event, das ich organisiert habe. Ich kann nicht mal eben ins Zentrum von Brighton fahren und ein Kleid abholen.«

»Es hätte bestimmt niemand etwas dagegen.«

»Henri, ich bin nicht einmal in der Nähe von Brighton! Wir fahren in die South Downs.«

»Aber du musst! Du bist die Einzige, die überhaupt in diese Richtung unterwegs ist.«

»Kannst du nicht morgen hinfahren, oder deine Schwester?«

»Nein, keine Zeit. Heute sind wir zum Haarefärben beim Friseur, morgen sind wir erst im Spa, und dann folgen Maniküre und Pediküre.«

Ich kann leider nicht darauf hinweisen, dass es eine geringfügig höhere Priorität haben sollte, ein Kleid für den großen Tag zu besorgen, als ins Spa zu gehen. Schließlich war ich diejenige, die vor einer Stunde gesagt hat, wir finden schon eine Lösung.

»Könnte der Shop das Kleid per Kurier schicken?«

»So etwas machen sie nicht. Und wenn etwas von einer Filiale zu einer anderen geschickt wird, muss man dafür mindestens zwei Arbeitstage einkalkulieren, und die haben wir nicht mehr. Ich kenne auch niemanden in der Nähe von Cardiff, Brighton oder Manchester, der es mir per Express schicken könnte. Ich habe das alles schon überlegt, ehrlich.«

»Okay, beruhige dich, Henri«, sage ich, da ich an ihrer Stimme höre, dass sie jeden Moment anfängt zu weinen.

»Ich mache dir einen Vorschlag. Ich werde mir auf der Karte anschauen, wie nahe wir bei unserer Fahrt an Brighton herankommen.«

»O Penny, du bist meine Rettung!«

»Ich rufe dich in einer Minute zurück.«

Ich habe gerade aufgelegt, als Shelly wieder ins Büro kommt. Dass sie von der Sache Wind bekommt, ist nun wirklich das Letzte, was ich gebrauchen kann.

»Hier ist dein Sandwich«, sagt Shelly und reicht es mir über das Niemandsland zwischen unseren Computern hinweg, wo wir die Ausgaben von *Marie Claire* und *Heat* aufbewahren, die jedoch jetzt ernste Konkurrenz bekommen haben durch das *HR Magazine*.

Ich sehe mir unsere Route auf Google Maps an und bin gleichermaßen enttäuscht wie erleichtert. Die Hütte, in der wir übernachten, scheint nur etwa zwanzig Minuten außerhalb von Brighton zu liegen. Während ich checke, wo genau in Brighton dieses Geschäft liegt und wie ich am schnellsten dorthin komme, nimmt in meinem Kopf ein Plan Gestalt an.

Dann schnappe ich mir mein Handy und schreibe Henri eine SMS. Ich traue mich nicht, sie anzurufen, für den Fall, dass Shelly zuhört.

Die Sache läuft. Habe ich einen Ansprechpartner in der Filiale, bei dem ich das Kleid abholen kann? xx

Ich drücke auf »Senden« und hoffe, dass ich nicht im Begriff bin, etwas furchtbar Leichtsinniges zu tun.

Kapitel neunzehn

Prinzessin auf Sparkurs –
Frag Penny!

Liebe Penny,
ich würde gern bei meiner Hochzeit eine Fotokabine aufstellen, in der die Leute Fotos von sich machen und sie dann auf Facebook stellen können. Aber diese Kabinen sind so teuer, dass ich mir keine leisten kann!
Amber J.

Liebe Amber J.,
nicht verzweifeln. Besorg dir einfach eine Digitalkamera und ein Stativ und bastle dir Deine eigene Fotokabine. Stelle dort, wo du feierst, einen Tisch vor eine leere Wand, mit Utensilien wie Perücken, Hüten, Brillen, aufblasbaren Gitarren und so weiter. Dann schreibst du entweder eine Gebrauchsanweisung für den Timer oder lässt die Gäste gegenseitig Fotos machen. Von der Speicherkarte kannst du die Fotos dann auf Facebook hochladen. Das ist zwar weniger Hightech als eine Fotokabine, macht aber mindestens genauso viel Spaß.
Penny xx

Wir schaffen es pünktlich ins Camp, was ich beeindruckend finde in Anbetracht der Tatsache, dass ich einen der Kleinbusse fahre. Wir haben den Weg auf Anhieb gefunden, und ich konnte sogar dem Drang widerstehen, klassische Road-Trip-Songs zu grölen wie *Take Me Home, Country Roads*, was ich zu Marks größtem Leidwesen jedes Mal tue, wenn wir länger als eine Stunde unterwegs sind. Niemandem ist schlecht geworden (was ich als Indiz für meinen ausgezeichneten Fahrstil werte), und wir mussten nur eine Pinkelpause einlegen – auf mein Drängen hin.

Ich war ein bisschen enttäuscht, dass die anderen kein Interesse an Spielen wie »Wer bin ich« oder »Ich sehe was, was du nicht siehst« hatten. Ich dachte, es würde Spaß machen, die Teams gegeneinander spielen zu lassen und uns so für den Wettkampf in Stimmung zu bringen, aber niemand hatte Lust. Stattdessen hörten alle die ganze Zeit über Ohrhörer Musik oder surften mit ihren Handys im Internet. Offenkundig freuen sie sich nicht gerade auf den handyfreien Tag morgen. Zu meinem Glück sitzt Annie als Chef-Navigatorin auf dem Beifahrersitz und hat mich, ähm, während der ganzen Fahrt unterhalten. Meine Ohren werden vermutlich noch bis in die Nacht klingeln.

Laut der Infos, die Henri mir geschickt hat, hat das TK Maxx in Brighton bis 19.00 Uhr geöffnet, und gemäß Navi-Berechnung brauche ich vom Camp aus zweiundzwanzig Minuten bis dorthin. Soweit ich weiß, ist für heute Abend nichts Besonderes geplant, abgesehen von dem Grillen über dem offenen Feuer. Es müsste also möglich sein, für eine Stunde zu verschwinden, ohne dass es jemand merkt. Ich hätte nicht gedacht, dass mein Versteckspiel schon heute Abend losgeht, aber es ist bestimmt eine gute Übung für morgen.

Ich steige aus dem Bus und habe sofort Blickkontakt mit einem Mann, der Baz sein muss. Er trägt einen Tarnanzug und einen Oberlippenbart, wie er vielleicht 1980 modern war.

»Hallo, Baz«, begrüße ich ihn. Er schüttelt mir so fest die Hand, dass ich fürchte, er reißt mir den Arm aus der Gelenkpfanne. Ich behaupte immer, dass ich einen festen Händedruck mag, aber das hier ist etwas anderes.

»Penny«, sagt er, und es klingt wie ein Befehl. »Ihre Leute sollen sich teamweise aufstellen, dann bekommen sie ihre Ausrüstung. Anschließend gibt es eine kurze Einweisung, und dann geht's los.«

»Großartig«, sage ich. Kein Herumhängen oder erst mal eine Tasse Tee. Wir sind, wie es in diesem Lied so schön heißt, jetzt in der Armee.

Nachdem sich alle in fast geraden Linien als Teams aufgestellt haben, folgen wir Baz in die Hütte. Sie verströmt die Atmosphäre einer rustikalen Waldhütte, gepaart mit dem penetranten Gestank von Desinfektionsmittel und Schweißfüßen.

»Also, gut zuhören. Ihr braucht eine Menge Zeug. Zuerst schnappt ihr euch einen Bergen.«

Zum Glück hält Baz einen großen Rucksack hoch, denn ehrlich gesagt habe ich gedacht, er würde von einem leckeren Snack sprechen.

»Dann nehmt ihr euch dort drüben von jedem Stapel ein Teil. Die Gegenstände mögen euch nicht nützlich vorkommen, aber jedes davon kann ein entscheidendes Ausrüstungsstück für die morgige Übung sein.

Anprobieren müsst ihr nur Helm und Overall. Alles andere ist in Einheitsgröße. Helme und Overalls liegen auf den Tischen ganz am Ende. Ich werde euch teamweise aufrufen, verstanden?«

Ich blicke in die Runde, und alle nicken eingeschüchtert, denn er wirkt nicht so, als würde er für ein Nein viel Verständnis aufbringen.

»Ich sagte, verstanden?«, wiederholt Baz so laut, dass die Wände wackeln und Staub von der Decke rieselt.

»Verstanden«, antworten alle wie Schulkinder.

Verdammt, Baz ist ein echter Feldwebel.

Als Baz uns sagte, dass er uns ausrüsten würde, war das kein Witz. Ich weiß zwar nicht, wofür ich dieses ganze Zeug brauchen könnte, aber eines steht fest, es bleibt nicht viel Platz für mein »Notwendigstes«. Die getönte Gesichtscreme, die Fußlotion und das Deo werden wohl auf der Strecke bleiben.

Mr. Ich-glaube-nicht-an-die-Armee wirkt zufrieden angesichts der Tatsache, dass wir schlichte khakifarbene Overalls tragen. Ich möchte ihn nicht darauf hinweisen, dass ganz sicher irgendwo auf der Welt eine Armee in diesen Outfits kämpft. Schließlich muss ich die Hauptziele dieses Events im Auge behalten: a) nicht gelyncht zu werden und b) dafür zu sorgen, dass alles glattläuft, damit ich befördert werde. Deshalb muss ich nett zu ihm sein.

»Also gut, Rekruten«, sagt Baz zum leisen Gekicher vor allem der Männer. »Ihr schnappt euch eure Isomatte, den Schlafsack und macht euch hier drinnen euer Bett.«

Ich schaue mich in dem fast leeren Raum um. Alle anderen tun das auch, und dann bleiben ihre Blicke aus irgendeinem Grund an mir haften. Plötzlich erinnere ich mich daran, dass ich hier das Sagen habe.

»Baz, ähm, könnte ich Sie vielleicht kurz sprechen? Unter vier Augen«, füge ich hinzu und ziehe ihn ein Stück beiseite. »Ich dachte, wir wären in Schlafsälen untergebracht?«

»Äh, nein. Sie haben das Versteck- und Fluchtpaket gebucht.«

»Das stimmt, für den Tag«, antworte ich nickend.

»Nun, es beginnt heute Abend. Sie schlafen alle in einem Raum, und zwar auf dem Boden, damit Sie morgen früh unausgeschlafen starten. Das kommt dem Gefühl, die Nacht im Wald verbracht zu haben, am nächsten. Ursprünglich haben wir es so gemacht, dass die Teams sich im Wald einen Unterschlupf bauen und dort campieren mussten. Aber wir haben festgestellt, dass sich manche Teams am Morgen vorzeitig davongeschlichen haben, um sich einen Vorsprung zu verschaffen.«

»Aber hier sind keine Betten.«

»Nein. Sie haben eine Isomatte und ein Dach über dem Kopf, mehr brauchen Sie nicht.«

»Aber wir brauchen getrennte Räume für die Männer und die Frauen!«

»Penny, wir teilen den Raum einfach in der Mitte.«

Mir wird langsam ein bisschen mulmig. Gunther und Giles haben heute Mittag im Chez Vivant gegessen. Wie sollen die beiden damit umgehen, auf einer dünnen Lage Schaumstoff zu schlafen? Und nicht nur das, wie soll ich mit all diesen Männern im selben Raum schlafen? Die Gerüche und Geräusche, die von meinem eigenen Mann ausgehen, sind schon schlimm genug, wie furchtbar muss es sein, zwanzig von der Sorte um sich zu haben?

»Klar«, sage ich und wünschte, ich hätte Ohrstöpsel und eine Nasenklammer eingepackt.

Ich gehe zurück zu den anderen.

»Also, ihr werdet heute Nacht alle in diesem Raum schlafen, auf Isomatten und in Schlafsäcken«, ruft Baz. »Die Frauen auf dieser Seite, die Männer auf der anderen. Ich nehme an, ihr braucht ein bisschen Zeit, um eure Ausrüstung durchzusehen und die Rucksäcke zu packen. Abendessen um 19.00 Uhr.«

Perfekt. Jetzt ist es sechs. Mir bleibt eine Stunde für die Fahrt nach Brighton und wieder zurück. Das klingt machbar.

»Nach dem Essen geben wir euch ein paar Tipps für das Verstecken und Fliehen. Ich empfehle euch, früh schlafen zu gehen, da wir morgen früh um 5.30 Uhr starten, das heißt, dass ihr dann angezogen und ausgerüstet sein müsst. Frühstück findet ihr in eurem Rationspaket.«

Ich entwickle allmählich eine Vorstellung davon, wie dieses Frühstück beschaffen sein wird. Jegliche Hoffnung, ein herzhaftes englisches Frühstück zu bekommen, damit wir gestärkt in den Tag starten, kann ich wohl knicken.

»Es gibt Duschen, falls einige von euch abgehärtet genug sind, sie zu benutzen. Das Wasser wird mit Solarenergie aufgeheizt – wer zuerst kommt, mahlt zuerst.«

Zum Glück habe ich eine Familienpackung Feuchttücher dabei, das wird für einen Tag reichen.

»Gut, dann überlasse ich euch mal dem Packen der Rucksäcke. Denkt dran, dass ihr die morgen den ganzen Tag schleppen müsst, und zwar durch rauhes und teils schwieriges Gelände. Nehmt nur mit, was ihr unbedingt braucht. Also dann.«

Ich schieße fast ein bisschen zu schnell los und sichere mir einen Platz in der Ecke des Frauenbereichs. Ich rolle die Isomatte aus und werfe meinen Schlafsack darauf. Zeit zum Packen des Rucksacks habe ich wohl nachher noch, denn ich muss jetzt unbedingt nach Brighton.

Als ich gerade aus der Hütte trete, ruft jemand meinen Namen.

Ich drehe mich um und sehe, dass es Anthony ist, der Vertriebsleiter.

»Hi, Anthony«, sage ich und hoffe, dass er mir nur rasch zur erfolgreichen Organisation unseres Trips gratulieren will.

»Was die Übernachtung angeht, Penny … Ich halte es nicht für angemessen, dass die Senior Manager wie die anderen Mitarbeiter auf dem Boden schlafen. Immerhin ist Gunther Jacobsen hier!«

»Ich höre aber nicht, dass er sich beschwert«, erwidere ich und blicke sehnsüchtig zum Kleinbus. Jede weitere Minute, die ich hier mit Anthony verquatsche, vergrößert die Gefahr, das Kleid nicht zu bekommen.

»Vielleicht ist es ihm peinlich. Aber wie sollen diese Führungskräfte uns denn bitte mit Respekt behandeln, wenn sie uns schlafen gesehen haben?«

Ich frage mich, was Anthony im Schlaf so macht, dass andere ihn danach nicht mehr respektieren können.

»Anthony, die Hütte hat keine Fenster. Es wird stockdunkel sein, und niemand sieht dich, während du schläfst.«

»Das ist nicht der Punkt. Ich würde lieber im Hotel übernachten.«

Ich auch!, möchte ich schreien. Stattdessen atme ich tief durch. Eigentlich müsste ich ihn darauf hinweisen, dass er eine Einverständniserklärung für diesen verdammten Trip unterschrieben hat und als Manager mit gutem Beispiel vorangehen sollte. Aber ich befürchte, dass das ein bisschen spitz rüberkommen könnte. Ich habe hier die Leitung und sollte Probleme lösen können, ohne die Leute anzuschreien – und zwar in Rekordzeit, damit ich endlich losfahren kann.

»Hör zu, Anthony. Ich denke, dass es für den Respekt eher förderlich ist. Du wirst als einer vom Team angesehen, der sich vor nichts drückt. Wenn du ins Hotel gehst, machst du dich automatisch zum Außenseiter.«

Bei dem Gedanken an ein Hotelzimmer mit gemütlichem Bett, einem Bad und flauschigen Handtüchern fange ich fast an zu sabbern.

»Meinst du?«

»Ich weiß es. Geh zurück in die Hütte, mach dein Bett und quatsche mit denen aus deinem Team. Vielleicht stellst du fest, dass es richtig Spaß macht.«

Anthony sieht mich entsetzt an.

»Okay, vielleicht nicht gerade Spaß, aber es ist möglicherweise weniger schlimm, als du denkst. Und auf dem Boden zu schlafen bewirkt manchmal Wunder für die Haltung.«

»Na, wenn du meinst …« Langsam geht Anthony zurück in die Hütte, und ich klopfe mir im Geist auf die Schulter, weil ich das Problem souverän gelöst habe.

Dann schaue ich auf meine Armbanduhr. Wieso hat das jetzt ganze zehn Minuten gedauert? Es wird allmählich knapp, wenn ich um sieben wieder hier sein will.

»Penny!«

Ich drehe mich um und sehe, dass Gunther vor mir aufragt.

»Wollen Sie fort?«, fragt er, da ich die Tür des Kleinbusses geöffnet habe.

»Nein. Ich dachte, ich hätte mein Handy hier drin liegenlassen.« Übertrieben suchend, schaue ich mich um. »Wohl doch nicht.« Ich tue überrascht, dabei steckt es in einer der Millionen Taschen meiner Wanderhose. »Ich werde es schon finden. Was kann ich für Sie tun, Gunther?«

»Es ist wegen des Proviants.«

Wenn er jetzt mit irgendwelchen Änderungswünschen kommt, raste ich aus. Ich habe unzählige Gespräche mit Giles und Gunthers Assistentin diesbezüglich geführt und dann noch Diskussionen mit Baz – davon habe ich endgültig die Nase voll. »Was ist denn damit?«

»Na ja, ich habe ein Paket mit Vegetarierproviant bekommen.«

»Okay«, sage ich. »Und davon können Sie nichts essen?«

»Nur begrenzt. Das Hauptgericht ist vegetarisches Thai-Curry, und das kann ich nicht essen. Könnten Sie das bitte klären?«

Ich werfe einen wehmütigen Blick auf den Fahrersitz, dann trete ich vom Bus zurück und schlage die Tür zu.

»Natürlich, Gunther.«

»Danke, Penny, ich möchte keine Umstände machen.«

Das sind doch keine Umstände!, sage ich mir.

Ich eile zur Hütte zurück, wo Baz jemandem beim Packen seines Rucksacks hilft.

»Baz, auf ein kurzes Wort«, sage ich.

Er schaut zu mir hoch und seufzt.

»Ich verspreche, dass es sich um eine Ausnahme handelt«, füge ich hinzu.

»Was kann ich für Sie tun?«

»Erinnern Sie sich, dass wir über den Veganer gesprochen haben?«

»Wie könnte ich das vergessen?«

»Nun, wie es aussieht, hat er ein Vegetarierpaket bekommen.«

»Oh, da müssen Sie mit Knobby reden, er ist für den Proviant zuständig. Sie finden ihn da drüben.«

Ich schaue in die Richtung und sehe einen großen, schlaksigen Kerl in Feldhosen, den ich nur ungern fragen möchte, ob er Knobby ist. Es ist eine Sache, ob dich ein furchteinflößender Schlachter »Knubbel« nennt oder eine zierliche Frau.

»Ähm … hi«, begrüße ich ihn also vage. »Baz sagt, dass Sie für den Proviant zuständig sind. Es ist so, dass einer meiner Kollegen Veganer ist, er hat aber ein Paket für Vegetarier bekommen.«

»Stimmt. Ist das denn nicht dasselbe?«

Ich zucke zusammen und frage mich, was diese ganzen Telefonate mit Baz eigentlich gebracht haben. Am liebsten würde ich frustriert meinen Kopf gegen die Wand hämmern.

»Nein … Veganer nehmen überhaupt keine tierischen Produkte zu sich, also auch keine Milch.«

»Ach, richtig. Jetzt fällt mir auch ein, dass Baz so etwas erwähnt hat. Okay, die Straße runter ist ein Tesco Express.

Ich werde kurz hinfahren und einen Becher Instantnudeln besorgen.«

»Ich kann gern selbst fahren«, erwidere ich ein bisschen zu begeistert. Das ist der perfekte Vorwand. Ich hole das Essen und düse schnell weiter nach Brighton. Falls jemand nachfragt, habe ich mich eben auf dem Weg zum Supermarkt verfahren.

»Sicher?«, fragt Knobby.

»Absolut sicher. Ich weiß genau, worauf ich achten muss«, antworte ich und will losstürmen, bevor mich jemand aufhalten kann.

»Was haben Sie da gerade gesagt?«, höre ich Baz in diesem Moment brüllen.

»Wenn ich es recht überlege«, sage ich zu Knobby, »ist es vielleicht doch besser, wenn Sie fahren.«

Ich renne auf die andere Seite der Hütte, wo anscheinend Baz und Mr. Ich-glaube-nicht-an-die-Armee im Begriff sind, aufeinander loszugehen. Ich hätte wissen müssen, dass dieser Typ Ärger macht.

»Was ist los?«, fauche ich.

»Nach draußen«, sagt Baz zu seinem Gegner und ignoriert mich.

Mr. Ich-glaube-nicht-an-die-Armee steht wie angewurzelt, und ich muss ihn aus der Hütte zerren.

»Alle anderen packen weiter, es gibt nichts zu sehen!«, brüllt Baz und folgt uns.

»Was ist los?«, frage ich erneut und stelle mich zwischen die beiden, sobald wir weit genug von der Hütte weg sind.

»Er hat mich einen kriegstreibenden Schlächter genannt«, sagt Baz und zeigt drohend auf den anderen.

Ich sehe den Unruhestifter an.

»Stimmt das?«, frage ich ungläubig.

»Er sollte es nicht hören, aber ja, ich habe es gesagt.«

Baz ist kurz davor, sich abermals auf ihn zu stürzen, aber ich hebe beschwichtigend die Hände.

»Hören Sie, Baz. Er hat das nicht so gemeint. Nicht wahr?«

»Doch, habe ich.«

Jetzt will Baz endgültig auf ihn losgehen, und da ich zwischen den beiden stehe, kommt er mir bedrohlich nahe. Aber ich hatte in diesem Jahr schon ein blaues Auge, das reicht für den Rest meines Lebens.

»Baz, ich kläre das, okay? Du kommst mit!«, brülle ich meinen nervigen Kollegen an und schleife ihn zum Rand des Parkplatzes.

Ich koche vor Wut. Dieser Typ blamiert nicht nur die ganze Firma, sondern ruiniert auch meine letzte Chance, das Brautjungfernkleid noch rechtzeitig zu holen. Denn selbst wenn ich jetzt fahre, hat das Geschäft schon geschlossen, wenn ich in Brighton ankomme.

»Du kannst hier so etwas nicht sagen!«, schreie ich ihn an. »Was ist dein Problem? Du magst ja Pazifist sein, und ich finde auch nicht immer alles gut, was in der Welt passiert, aber trotzdem darfst du dich nicht so aufführen.«

»Wir sind gerade einmal zehn Minuten hier, und er schreit uns schon an und gibt uns das Gefühl, *so* klein zu sein.« Er hält zwei Finger dicht übereinander. »Ich kann Männer wie ihn nicht ausstehen.«

»Was für Männer? Okay, er ist ein bisschen furchterregend, aber das ist nur Show. Er will uns vorgaukeln, wir seien in der Armee. Reines Theater.«

»Ich hasse solche Typen einfach, das ist alles.«

Ich sehe, welche Wut in ihm brennt, seine Augen lodern förmlich. Irgendetwas stimmt nicht. Nach so kurzer Zeit kann er doch unmöglich schon solch einen Hass auf jemanden entwickelt haben.

»Hör mal, ähm … ich weiß deinen Namen nicht.«

»Richard.«

»Hör zu, Richard, hattest du schon immer so eine Abneigung gegen die Armee?«

Nervös verlagert er das Gewicht.

»Meine Freundin hat mich letzten Monat verlassen. Wegen eines Soldaten.«

»Verstehe.«

»Als sie sich von mir trennte, kam er auch, superselbstbewusst in seiner Uniform, hat ihr Zeug gepackt, den großen Macker markiert, und ich habe nichts getan. Ich stand einfach nur da und hab mich nicht gewehrt! Weißt du, an wen er mich erinnert hat? An meinen Dad. Er war auch in der Armee und ein Schwachkopf. Das sind alles Tyrannen und Söldner! Deshalb glaube ich nicht an die Armee.«

Verdammt, ich komme mir vor wie in einer Folge der *Jeremy Kyle Show.*

»Das hört sich so an, als hättest du es in den vergangenen Wochen verdammt schwer gehabt. Warum hast du mir nichts gesagt? Ich bin kein Monster, wir hätten doch jemand anderes mitnehmen können.«

»Nee, mein Vorgesetzter war total begeistert, dass ich mitfahre. Er dachte wohl, es würde mir guttun. Laut meiner letzten Beurteilung bin ich ein wandelndes Pulverfass und kein Teamplayer.«

Unbedingt merken: die Beurteilungen lesen, bevor man Plätze für solche Events vergibt.

»Jedenfalls kannst du dich hier nicht so aufführen. Erstens hat Baz dir nichts getan. Zweitens ist er gar nicht mehr in der Armee, er tut nur so. Und drittens – und das ist der wichtigste Punkt – ist Gunther der CEO unserer Firma. Und vor ihm willst du doch gewiss keinen schlechten Eindruck machen.«

»Du hast recht. Momentan ist einfach alles Mist.«

Oh, mein Gott. Jetzt fängt er allen Ernstes an zu weinen. Es ist schon schwierig genug, richtig zu reagieren, wenn eine Frau weint, ganz zu schweigen davon, wenn ein fast 1,90 Meter großer, erwachsener Mann anfängt zu heulen.

»Vielleicht tut dir der morgige Tag ja gut. Lenkt dich von allem anderen ab. Und wer weiß, womöglich lernst du hier eine andere Frau kennen. Es heißt doch immer, die meisten Beziehungen beginnen am Arbeitsplatz.«

Was rede ich denn da? Ich will auf keinen Fall, dass sich Wales hier wiederholt.

»Danke, dass du versuchst, mich aufzuheitern.«

»Gern geschehen. Hör zu, ich gehe jetzt zu Baz und erkläre ihm die Situation.«

»Okay«, sagt Richard und wischt sich über die Augen.

Ich marschiere rüber zu Baz. Er hat eine Zigarette geraucht, mich und Richard genau beobachtet und mit finsteren Blicken bedacht.

Nachdem ich ihm die Geschichte erklärt habe, murmelt er etwas von »Frauen« und geht zu Richard, um mit ihm zu reden. Eine angespannte Minute der Konversation später klopft Baz Richard auf den Rücken, und die beiden gehen gemeinsam zu der improvisierten Bar.

»Penny!« Giles kommt auf mich zumarschiert.

»Ich wollte Ihnen nur sagen, was für eine ausgezeichnete Arbeit Sie geleistet haben. Dieser Ort ist perfekt. Und nicht nur das, ich habe gesehen, wie Sie kleinere Probleme sofort bereinigen. Sie zeigen alle Eigenschaften von jemandem mit Managementpotenzial. Weiter so!«

Als er weggeht, sehe ich ihm nach und bin platt. Es dauert bestimmt eine Minute, bis in meinem Gehirn angekommen ist, dass ich es bisher nicht vergeigt habe. Noch ist die Beförderung in Reichweite.

Das Handy in meiner Hosentasche vibriert. Henri versucht, mich zu erreichen, aber ich leite den Anruf weiter an die Mailbox. Ich schaffe es einfach nicht, jetzt mit ihr zu sprechen. Erst muss ich mir einen neuen Plan zurechtlegen, wie ich morgen das Kleid holen kann.

Kapitel zwanzig

Prinzessin auf Sparkurs – Lade weniger Gäste ein

Okay, eigentlich versteht es sich von selbst: Wenn du eine Party schmeißt, bei der die Kosten pro Kopf berechnet werden, dann verringern sich deine Ausgaben natürlich, wenn du deine Gästeliste kürzt. Möchtest du wirklich Großtante Margaret dabeihaben, die du schon seit Jahren nicht mehr gesehen hast? Und was ist mit der ehemaligen Arbeitskollegin, die du ab und zu zum Mittagessen triffst? Frag dich mal, ob es dich kränken würde, wenn diese Leute dich nicht zu ihrer Hochzeit einladen würden. Falls die Antwort nein lautet, kannst du diese Namen getrost von deiner Liste streichen.

Tags: sparen, Gäste, ehemalige Freunde

Gestern konnte ich Henri einfach nicht zurückrufen. Stattdessen habe ich mich wie ein feiger Angsthase verhalten und ihr eine Nachricht geschrieben, dass ich schlechten Empfang hätte und mich am nächsten Morgen von unterwegs melden würde.

Es bringt nichts, sie wegen des Kleides zu beunruhigen, sie kann sowieso nichts tun. Es ist besser, sie bewahrt Ruhe und bekommt ihren Schönheitsschlaf. Im Gegensatz zu mir, ich habe nämlich kein Auge zugetan.

Es wäre sicher einfacher gewesen, neben den probenden Bläsern der Londoner Philharmoniker zu schlafen. Die Schnarchgeräusche der vergangenen Nacht erreichten unvorstellbare Dimensionen. Und das lag nicht nur an den Männern. Annie konnte neben mir im Schlaf schnarchen *und* reden. Dann musste dauernd jemand mitten in der Nacht aufs Klo. Die Tür der Hütte ging quietschend auf und wieder zu. Und dann fing es auch noch an zu regnen, mit einem Geräusch, als würde jemand das Dach der Hütte als Trommel benutzen. Erwähnte ich schon, dass ich nicht schlafen konnte?

Als wir dann bei Tagesanbruch aufstehen mussten und ich mich mit Feuchttüchern wusch, fühlte ich mich übernächtigt, nicht in der Stimmung für ein Überlebenstraining und ganz bestimmt nicht in Stimmung für Annie. Wir waren gerade mal fünf Minuten in den Downs unterwegs, da fragte sie mich, was ich von Cumberland-Würstchen halte.

Der heutige Tag beweist endgültig, dass ich kein Morgenmensch bin. Und ich werde mein Bett nie wieder als etwas Selbstverständliches betrachten.

»Lasst uns hier Pause machen«, sagt Tim und versammelt unser Team hinter einem Baum. Wir marschieren jetzt seit Stunden, und mein Rücken macht ernsthaft Probleme. Der Rucksack ist unglaublich schwer, dabei habe ich den Inhalt auf das absolut Notwendige zusammengekürzt; nicht einmal meine Flip-Flops oder den Fleecepulli habe ich eingepackt.

»Wie geht's euch?«, fragt Tim.

»Ist ganz schön heftig«, antwortet Annie und müht sich ab, an ihre Trinkflasche zu kommen, die in einer Seitentasche ihres Rucksacks steckt. Sie sieht aus wie ein Hund, der versucht, sich in den Schwanz zu beißen.

»Hier.« Ich befreie die Flasche aus dem elastischen Fach und reiche sie ihr.

»Jetzt wird es erst so richtig heftig. Die Verfolger starten.«

»Was?«, schreie ich, bevor ich auch nur die Chance habe, meine Gedanken zu ordnen.

Ich schaue auf meine Armbanduhr und stelle fest, dass es erst sieben Uhr ist. Dabei war ich fest davon überzeugt, dass wir seit mindestens drei Stunden herummarschieren.

»Sorry«, entschuldige ich mich verlegen. »Ich dachte, wir wären schon länger unterwegs.«

»Dachte ich auch«, stimmt Tess zu.

»Wo befinden wir uns laut Karte? Sind irgendwo in der Nähe Flaggen?«, fragt Annie.

»Hier ist eine.« Matt zeigt auf eine mit einem kleinen x markierte Stelle auf der Karte.

»Und wo sind wir?«, frage ich.

»Genau hier.« Tim zeigt auf den Punkt.

»Dann sind wir doch fast da. Wir gehen hin und schnappen sie uns«, schlage ich vor.

»Ist das nicht zu riskant?«, fragt Tess. »Die werden uns erwischen.«

Es fällt mir schwer, die anderen ernst zu nehmen. Es ist jetzt heller Tag, und alle haben Tarnfarbe im Gesicht. Als wir das Zeug in der Dämmerung aufgetragen haben, kam es uns nicht so albern vor, aber jetzt sehen wir einfach zum Schießen aus. Es gibt alle Varianten – von Streifen wie bei den amerikanischen Footballspielern bis zu komplett angemalten Gesichtern.

»Wir können sie uns doch holen und dann schnell zurücklaufen.«

Alle Blicke richten sich auf Jack aus der Konstruktionsabteilung, der bisher an diesem Morgen noch nicht den Mund aufgemacht hat.

»Wie meinst du das?«, frage ich.

Ich bin nicht gerade eine überragende Strategin – zu Marks großer Freude, wenn wir Monopoly spielen. Aber in Kombination mit dem Schlafmangel von letzter Nacht ergibt für mich überhaupt nichts mehr Sinn.

»Seht mal hier auf der Karte ... Da ist der zentrale Treffpunkt. Die Verfolger werden sich rings um diesen Punkt aufhalten und uns dort erwarten, weil sie denken, dass wir möglichst schnell das Ziel erreichen wollen. Wir sollten uns deshalb die Flagge schnappen, zum Ausgangspunkt zurückkehren und uns von dort aus zum Ziel vorarbeiten. Es gibt sogar noch eine Flagge, direkt hinter dem Ausgangspunkt.«

»Das ist keine schlechte Idee«, sagt Tim. »Etwas Ähnliches haben wir mal bei einer Übung mit der Freiwilligenreserve gemacht.«

»Also gut, dann ist das wohl die beste Idee.«

»Sind wir dort losgegangen? Und hier liegt die Hütte?«, frage ich.

»Ja, denkst du, wir sollten bis zur Hütte zurückgehen?«, fragt Tess.

»Das ist eine super Idee, Penny.« Matt nickt. »Wir verstecken uns und warten ab. Und erledigen vielleicht ein paar von unseren Aufgaben.«

Ich freue mich diebisch, denn das wäre für mich die perfekte Gelegenheit, nach Brighton zu flitzen. Ich muss nur noch klären, wie ich mich für eine Stunde davonstehlen kann, ohne dass es jemand merkt. Aber kommt Zeit, kommt Rat. Vorerst bin ich froh, dass wir uns in der Nähe der Kleinbusse aufhalten werden, was mich davor bewahrt, nach Brighton zu trampen.

Jetzt sind wir mittendrin in unserem »Versteckspiel«. Es ist hell, und statt über die Felder zu marschieren, schleichen wir uns an der Waldgrenze entlang, spähen ständig über die Schulter und hoffen, keine Verfolger zu entdecken.

Der Ex-Spezialeinheit-Typ hat uns gestern Abend lachend versichert, dass wir alle leicht zu finden sein werden. Er sagte, dass sogar die Bäume Augen hätten, also schauen wir ständig nach oben. Ich rechne damit, ihn irgendwann über mir zu entdecken, wo er auf einem Ast sitzt und wie Robin Hood mit den Beinen schlenkert.

»Müssen wir dieses Feld überqueren?«, fragt Annie, als wir eine Lichtung erreichen.

In ungefähr hundert Metern Entfernung befindet sich ein Waldstück, das uns Deckung geben wird. Aber zwischen uns und dem Wäldchen erstreckt sich auf einem kleinen Hügel ein Feld. Wenn wir es überqueren, kann man uns von weit her sehen.

»Es gibt keine Alternative. Wir werden auf den Ellenbogen robben müssen«, sagt Tim und lässt sich auf den Boden hinunter.

Ich stelle mir vor, dass er über den Boden kriechen wird wie eine verführerische Frau, die eine Katze nachmacht. Stattdessen legt er sich auf den Bauch und bewegt sich mit einer Mischung aus Ziehen und Schieben vorwärts.

Einer nach dem anderen folgen wir Tims Beispiel. Es ist verdammt anstrengend. Das Gras ist feucht vom Tau. Normalerweise mag ich den Geruch von nassem Gras, aber wenn meine Nase nur Zentimeter davon entfernt ist, riecht es widerlich, und meine Ellenbogen und Knie fühlen sich bald an, als würden sie mit jedem Zentimeter, den wir vorrücken, weitere Kratzer und blaue Flecken bekommen.

Als ich endlich das Waldstück erreiche, stehe ich mühsam auf und strecke mich.

»Das ist ja furchtbar. Ich werde auf jeden Fall wieder mit Yoga anfangen«, stöhne ich.

Alle lachen, ich scheine zum Witzbold unseres Teams zu avancieren. Es ist immer schön, wenn man in einer Gruppe eine bestimmte Rolle hat. Lieber wäre mir ja, wenn die Leute *mit* mir statt über mich lachen würden, aber hey, in dieser Situation nehme ich jedes Lachen, das ich kriegen kann.

Wir huschen gerade zwischen die Bäume, als ich spüre, dass mein Handy vibriert.

»Äh, Leute, ich muss mal kurz dem Ruf der Natur folgen«, sage ich. Neben uns ist eine hohe Hecke, hinter der ich mich verschanze.

»Hallo«, melde ich mich leise und zögernd, nachdem ich gesehen habe, dass der Anruf von Henri kommt.

»Penny! Gott sei Dank! Ich habe den ganzen Abend versucht, dich zu erreichen.«

»Schlechter Empfang, tut mir leid«, lüge ich. »Was gibt's denn?«

»Ich wollte nur sichergehen, dass du das Kleid hast.«

Wenn ich richtig sehe, bleiben mir nun drei Möglichkeiten. 1. Ich könnte seltsame Geräusche machen, so tun, als sei die Verbindung zu schlecht, und auflegen. 2. Ich könnte lügen und behaupten, dass ich das Kleid in etwa zwei Stunden haben werde. 3. Ich könnte die Wahrheit sagen.

»Es ist alles unter Kontrolle, Henri.«

Vielleicht lerne ich gerade, wie man sich als Manager verhält. Ich lüge nicht direkt, und die Situation ist unter Kontrolle. Es würde nichts bringen, Henri zu beunruhigen.

»O Penny, was für eine Erleichterung. Dann können wir uns ja jetzt den anderen Problemen widmen. Ich habe gestern Abend mit Brett über die Tischdecken gesprochen und ihn auch nach den Canapés gefragt.«

»Was ist mit den Canapés?« Ich glaube nicht, dass ich die Antwort hören will.

»Nun ja, ich wollte ja bei der Zusammenstellung auf Nummer sicher gehen, du weißt ja, Mini-Roastbeef mit

Yorkshire Pudding und Mini-Fish-and-Chips. Aber irgendwie finde ich, das ist so fantasielos.«

»Aber du hast es selbst ausgesucht«, erwidere ich und zupfe hektisch an meinem Pferdeschwanz, um den Frust abzubauen.

»Ich weiß, aber ich habe mit meinem Dad gesprochen und …«

»Henri, du kannst nicht einen Tag vor der Hochzeit das Menü ändern.«

»Gestern war ja zwei Tage vor der Hochzeit. Aber so ziemlich genau das hat Brett auch gesagt.«

»Und er hat recht. Hör zu, ganz oben bei den zehn Regeln für Hochzeiten steht, dass du den Koch nicht verärgern darfst. Also, Henri, tu das auch nicht.«

»Dafür ist es vielleicht ein bisschen zu spät …«

»Was ist passiert?«, knurre ich ins Telefon.

»Ich habe ihm nur gesagt, dass ich die Braut bin und dass meine Wünsche Priorität haben sollten«, verteidigt sie sich.

Ich schlage mir mit der flachen Hand vor die Stirn. Warum muss das passieren, wenn ich hundert Kilometer weit weg bin?

»Henri, versprich mir, bis morgen früh nicht mehr mit Brett zu sprechen. Falls du Fragen zum Catering hast, wendest du dich an mich, okay?«

»Aber, Penny …«

Ich höre sie schniefen.

»Henri, es ist mein Ernst. Kein Gespräch mit Brett. Ruf mich an.«

Natürlich sollte ich nicht gerade während unseres Teambuilding-Events mit Henri telefonieren. Ich kann es mir nicht leisten, dass etwas schiefgeht oder jemand erfährt, dass ich nebenbei als Hochzeitsplanerin arbeite. Aber mir bleibt wohl keine andere Wahl. Wenn es nach Henri ginge, würde sie Mark das Catering übernehmen lassen, da Brett mit Bräuten nicht sonderlich gut klarkommt. Er hat mir gesagt, das sei einer der Gründe, warum er nur selten für Hochzeitsfeiern kocht.

»Okay«, sagt Henri, und das Schniefen legt sich.

»Gut, also keine weiteren Notfälle. Die Servietten sind alle gefaltet?«

»Ja, ich finde allerdings, dass die Fenster vom Klubhaus ziemlich schmutzig aussehen, und wüsste es zu schätzen, wenn sie sauberer wären.«

Ich überlege, so zu tun, als wäre ich in einem Tunnel, in dem der Empfang abreißt. Aber dann höre ich ihr doch zu, wie sie über die Nachteile von bruchsicherem Glas und die Tatsache sinniert, dass es nun mal schmutzig aussieht. Doch die einzige Lösung würde darin bestehen, die Scheiben auszutauschen, also muss es so bleiben, wie es ist.

Nachdem wir uns verabschiedet haben, rufe ich Brett an, um ihn zu beruhigen, gerade noch rechtzeitig, wie es scheint, denn er war kurz davor, die Brocken hinzuschmeißen. Als ich ihn endlich besänftigt habe, wird mir bewusst, dass sich meine Teamkameraden fragen müssen, wo ich stecke.

»Penny, ist alles in Ordnung?«, ruft Annie in dem Moment.

»Kommt lieber nicht auf diese Seite!«, rufe ich und gehe um die Hecke herum zu den anderen. Sie haben sich hingesetzt und knabbern die Schokoriegel aus ihrem Proviantpaket.

»Ist alles in Ordnung? Du warst über zehn Minuten weg.« Tim sieht mich fragend an.

»Ich kann nur sagen, dass ich an eurer Stelle nicht auf die andere Seite gehen würde.«

Alle verziehen das Gesicht. Perfekt. Ich leide also jetzt unter einem Magen-Darm-Infekt. Wie demütigend ist das denn! Henri Scott, hoffentlich weißt du hinlänglich zu würdigen, was ich alles auf mich nehme, um deine Hochzeit zu organisieren.

»Hoffentlich hast du es vergraben. Dieser SAS-Typ findet uns sonst am Geruch.«

Wenn ich bisher die Übelkeit nur vorgetäuscht habe, so hat sich das nach diesem anschaulichen Bild schlagartig geändert. »Keine Sorge, Tim, das wird niemals jemand finden«, murmelte ich zuversichtlich.

»Da ist die Flagge«, verkündet Annie ein bisschen zu begeistert. Sie will gerade über offenes Gelände darauf zulaufen, als Tim sie am Rucksack zurückhält wie ein Kind im Laufgeschirr.

»Wir brauchen einen Plan. Vielleicht sollte nur einer die Flagge holen«, schlägt Jack vor.

»Aber bekommen wir nicht Strafpunkte, wenn wir dabei erwischt werden, dass einer von uns nicht mit den anderen zusammen ist?«, fragt Tess.

»Ja, aber vergiss nicht, wenn wir alle gehen, steigt die Wahrscheinlichkeit, dass sie uns erwischen«, erwidert Tim.

Wer hätte gedacht, dass dieses Versteckspiel so komplex ist? Als ich das Paket gebucht habe, bin ich davon ausgegangen, dass wir einfach mit unserem Rucksack durchs

Gelände latschen, aber jetzt führen wir uns auf wie eine Tarnkappen-Einheit. Wenn ich nicht dieses verdammte Kleid besorgen müsste, würde es glattweg Spaß machen.

»Okay, also, wer geht?«, frage ich.

Alle sehen mich an.

»Na ja, Penny, du bist die Kleinste«, sagt Tim.

Mit meinen 1,68 Metern bin ich zwar kein Winzling, aber ich weiß, was er meint.

»Du musst einfach wieder robben, Penny.«

»Wie ein Panther.« Ich nicke.

»Leopard, Penny. Es geht nicht darum, Männer aufzureißen«, sagt Tim.

Plötzlich habe ich ein Bild von mir im Animal-Print-Outfit vor Augen, wie ich auf der Jagd nach kräftigen, jungen Farmerhänden durchs Land streife. Ich versuche, das Bild zu verdrängen und mich auf die anstehende Aufgabe zu konzentrieren.

»Du robbst an der Flagge vorbei bis in den Schutz der Bäume und holst sie dir von da aus«, sagt Jack.

»Schieb sie unter dein T-Shirt«, sagt Martin.

»Und schnupper erst dran, ob sie nach Seife riecht«, fügt Tim hinzu.

»Was?« Ich habe ein bisschen Mühe, die Anweisungen zu verarbeiten, mit denen mein Team mich bombardiert.

»Wenn du Seife riechst, ist jemand in der Nähe. Und wer sonst sollte das sein außer einem Verfolger«, erklärt Tim.

»Falls dir Zweifel kommen, steig aus«, sagt Annie und schaut dann in die Runde. »Sorry. Für mich ist das wie bei der Spielshow *Crystal Maze*. Ich kann die Spannung kaum aushalten.«

Jetzt verstehe ich, warum sie mich und nicht Annie ausgewählt haben, obwohl wir beide fast gleich groß sind. Sie ist so durch den Wind, dass sie womöglich einfach losrennt und wir dann alle geschnappt werden.

Ich reiche Annie meinen Rucksack, damit sie darauf aufpasst, und hole tief Luft, bevor ich in Position gehe. Was tue ich nicht alles für mein Team.

Falls ich das Robben übers Feld schon ätzend fand, so ist es noch zehnmal schlimmer, bergauf zu kriechen. Den Grasgeruch ignorierend, schiebe ich mich vorwärts und versuche, nicht daran zu denken, was alles zwischen diesen Halmen lebt. Ich möchte keine Begegnung mit Ameisen, Käfern oder noch größeren Viechern. Als mir der Gedanke an eine Schlange kommt, muss ich mich schütteln und beschleunige das Tempo.

In etwa drei Metern Entfernung von meinem Ziel bleibe ich ruhig liegen und lausche auf Geräusche. Ich mache den Schnuppertest und erstarre vor Angst. Zigarettenrauch, zweifellos. Und dann höre ich das Wort, vor dem ich mich fürchte.

»Erwischt.«

Ich warte darauf, hochgezogen zu werden, aber nichts passiert. Stattdessen höre ich Tumult.

Vorsichtig spähe ich nach oben und sehe ein anderes Team ein Stück hinter der Flagge. Sie wurden erwischt.

Der Jäger ist bei ihnen und hat mir den Rücken zugewandt. Ich ergreife die Gelegenheit. Ich springe auf, schnappe mir die Flagge und schiebe sie in mein T-Shirt. Das Ganze geht schneller, als ich es je für möglich gehalten hätte. Während ich mich wieder auf den Boden fallen lasse, schlägt mein Herz wie verrückt. Ich werde nie den Ausdruck auf Gunthers Gesicht vergessen, der meinen Stunt genau gesehen hat. Er zwinkert mir zu, was wohl bedeutet, dass er die Klappe hält.

Ich kann nicht behaupten, dass mein Rückzug aus der Gefahrenzone völlig geräuschlos war, aber ich schaffe es zu meinem Team, ohne erwischt zu werden. Mein Puls rast, und ich bade in meinem eigenen Schweiß.

Die anderen klopfen mir auf die Schulter und umarmen mich, aber wir halten uns nicht zu lange damit auf, denn der Verfolger wird bald wieder einsatzbereit sein.

»Das ging echt schnell«, sage ich zu Tim und Matt, nachdem sich alle ein bisschen beruhigt haben.

»So sah es auch aus«, antwortet Matt.

»Guckt mal, wir sind da«, verkündet Annie, als wir hinter der Hütte herauskommen.

Ich weiß nicht, ob dieser Plan in meinem Kopf entstanden ist, weil wir so nahe beim Kleinbus sind, aber plötzlich weiß ich, wie ich mich kurzzeitig davonmachen kann, um in Brighton das Kleid zu holen.

»Leute, ich habe eine Idee, wie wir noch mehr Punkte sammeln können«, sage ich. »Es ist jedoch mit einem großen Risiko verbunden, ihr müsst mir also vertrauen.«

Kapitel einundzwanzig

Prinzessin auf Sparkurs –
Top-Tipp: Heirate im Winter

Winterhochzeiten können wunderschön sein, und die Chancen, dass es nicht regnet, stehen dank dem unvorhersehbaren britischen Wetter im Februar oder Dezember auch nicht schlechter als im August. Außerhalb der Saison zu heiraten ist insofern prima, als dann viele Locations preiswerte Hochzeitspakete anbieten. Ich habe schon Angebote gesehen, bei denen du Raummiete, Drei-Gänge-Menü für sechzig Gäste, Hotelzimmer für das Brautpaar über Nacht, Willkommensgetränk und den hauseigenen DJ für unter zweitausend Pfund bekommst. Entscheide dich aber für eine Location, die innen wirklich schön ist, für den Fall, dass es zu kühl ist, um draußen Fotos zu machen.
Tags: in der Woche, außerhalb der Saison, Pakete, Top-Tipps

Es ist kaum zu glauben, aber mein Plan funktioniert. Während ich das Gaspedal durchtrete und den Bus aus dem Camp fahre, staune ich über das, was gerade passiert ist.

Ich habe mein Team davon überzeugt, dass wir mehr Flaggen bekommen können, wenn wir uns trennen. Wir haben ausgerechnet, wie viele Strafpunkte wir bekommen, falls wir erwischt werden, und wie viele Pluspunkte uns die eroberten Flaggen einbringen, und danach haben wir entschieden, dass es das Risiko wert ist.

In genau einer Stunde treffen wir uns wieder. Tim und Matt sind unterwegs zu einer Flagge in südlicher Richtung, und ich bin unterwegs zu einer im Westen. Angeblich. Aber – welcher Schock – wenn ich dort ankomme, werde ich feststellen, dass sie von Verfolgern umlagert ist und ich keine Chance habe, sie zu erbeuten.

Ich habe mein Bluetooth-Headset aufgesetzt, denn jetzt ist ein günstiger Zeitpunkt, um mit Henri zu telefonieren – ich will sichergehen, dass sie sich an das Verbot hält und den Caterer nicht anruft. Außerdem will ich mich davon überzeugen, dass sie sich den Vikar noch nicht zur Brust genommen hat. Es würde zu ihr passen, ihn anzurufen und zu fragen, ob er nicht einen anderen Kragen anlegen kann, der farblich zu den Kleidern der Brautjungfern passt.

»Penny!«

»Hi, Henri, wie läuft's?«

»Wunderbar, wir trinken Champagner und hatten gerade eine Schlammpackung.«

Wie schön, dass wir beide heute Morgen in Schlamm baden. Ich weiß, wo ich jetzt lieber wäre.

»Großartig. Es gibt also keine weiteren …, ähm, Notfälle?«

»Nein, alles prima. Ich glaube, wir haben es geschafft, Penny. Wir haben eine wunderbare Hochzeit geplant, und jetzt können wir uns entspannen.«

Wenn Henri, dieses Abbild an Gelassenheit und Ruhe, mich doch nur sehen könnte, wie ich in einem Armeeoverall und mit Tarnfarbe im Gesicht mit dem Kleinbus durch das ländliche Sussex rase. Ich muss alles andere als entspannt aussehen.

»Ausgezeichnet. Lass mich wissen, wenn du mich brauchst.«

»Mach ich, bis heute Abend, Penny.«

Ich beende das Gespräch und hole tief Luft. Wenn ich dieses Kleid geholt habe, war es das. Dann stürze ich mich wieder ins Teambuilding. Henri wird mich nicht wegen weiterer Notfälle anrufen, und ich kann mich darauf konzentrieren, diesen Tag hinter mich zu bringen. Bisher läuft es doch echt gut. Bin ich etwa nicht perfekt für die Beförderung geeignet?

Jetzt muss ich nur die richtige Straße finden, was mir dank Navi gelingen sollte. Ich war in meinem Leben nur einmal in Brighton, beim Junggesellinnenabschied meiner Schwester. Damals bin ich mit dem Zug angereist, was mir jetzt nicht hilft. Außerdem habe ich nur die West Street und die »Lanes« gesehen. Wobei »sehen« leicht übertrieben ist, da ich sturzbetrunken war und mich an rein gar nichts erinnern kann. Die West Street hat allerdings viel von mir zu sehen bekommen, da ich gestürzt bin, mein Höschen entblößt und mich dann übergeben habe.

Ich schaffe es ins Stadtzentrum und parke den Bus in einer Nebenstraße. Bevor ich aussteige, fällt mir ein, dass ich mit meiner Verkleidung unmöglich in ein Geschäft marschieren kann. Vermutlich würde ich sofort verhaftet, weil sie mich entweder für einen Ladendieb halten oder denken, ich sei irgendwo ausgebrochen.

Mit Spucke und einem zerknüllten Tempo reibe ich so viel Tarnfarbe wie möglich aus dem Gesicht, schlüpfte aus der oberen Hälfte des Overalls und binde sie mir um die Taille. Zum Glück trage ich ein ärmelloses T-Shirt, und da wir in Brighton sind, wird dieses Outfit wohl durchgehen.

Ich steige aus, füttere die Parkuhr mit Münzen und laufe dorthin, wo der TK Maxx sein muss. Unterwegs gibt es ein paar Ablenkungen in Form von Bench und Superdry, und ganz in der Nähe muss ein Peter Andre Coffeeshop sein. Ich kann mich an diese Straße aus dem Fernsehbericht über die Eröffnung erinnern. Zum Glück lässt mir die Parkgebühr in Hypothekenhöhe keine Zeit für Umwege.

Ich fühle mich wie Anneka Rice bei *Treasure Hunt*. Mein Bluetooth-Headset ist zwar nicht ganz so cool wie das, was sie im Hubschrauber trug, aber zumindest ähnlich. Ich habe auch keinen hautengen Pilotenanzug an, aber zumindest einen Overall. Ich bin ja so etwas von Anneka Rice.

Vermutlich bin ich schon armeemäßig auf diese Mission konzentriert, denn ich stürze sofort zum Kundendienstschalter, statt erst in die Schuhabteilung zu gehen.

Die seltsamen Blicke anderer Kunden ignoriere ich. Natürlich ist mein Outfit ein bisschen merkwürdig, aber hallo, ich dachte, in Brighton ist so ziemlich alles erlaubt.

»Guten Tag, meine Freundin Henri Scott hat ein Kleid zurücklegen lassen; das möchte ich gern abholen.«

»Ich sehe mal schnell im Lager nach.«

Ich schaue auf meine Armbanduhr und erschrecke. Seit ich die anderen verlassen habe, ist eine halbe Stunde vergangen. Ich halte den Blick starr nach vorn gerichtet und ignoriere die Angebote um mich herum. Ich bin dem Kleid jetzt so nahe, dass ich mich auf keinen Fall von Schnäppchen ablenken lassen darf.

»Wie, sagten Sie, lautet der Name?«

»Henri Scott«, wiederhole ich.

»Tut mir leid, unter dem Namen wurde nichts zurückgelegt. Sind Sie sicher, dass es in dieser Filiale von Brighton ist?«

»Es gibt noch andere?«

Oh, mein Gott. Daran habe ich gar nicht gedacht.

»Ein paar Straßen weiter ist noch eine.«

Ich versuche, ruhig zu atmen, um nicht zu hyperventilieren.

Ich kann jetzt nicht durch Brighton laufen, ich muss zurück zu meinem Team.

»Was für ein Kleid war es denn?«

»Ein dunkeloranges Brautjungfernkleid Größe 40.«

»Oh, das Kleid haben wir. Vielleicht ist es unter einem anderen Namen reserviert.«

»Möglicherweise unter meinem? Penny, Penny Robinson.«

»Ich schaue noch einmal nach.«

Ich drücke alle Daumen und Zehen, dass sie mit dem Kleid zurückkommt. Andernfalls werde ich Henri eine Menge erklären müssen.

Die Verkäuferin kommt tatsächlich mit dem Kleid auf dem Arm zurück, und wenn nicht diese breite Theke zwischen uns wäre, hätte ich sie umarmt.

»Da haben wir es«, sagt sie und scannt das Preisschild ein.

Ich atme unglaublich erleichtert auf, bezahle und eile aus dem Geschäft.

Eine Aufgabe erledigt.

Ich überlege gerade, wie ich auf kürzestem Weg zurück zum Bus komme und ob mir noch Zeit bleibt, bei McDonald's reinzuschauen, als ich mit jemandem zusammenstoße.

»Tut mir furchtbar leid«, entschuldige ich mich höflich und merke in dem Moment, wen ich vor mir habe.

Der Mann murmelt ebenfalls eine Entschuldigung, und ich hoffe, mich unerkannt davonmachen zu können. Aber als ich gerade auf Zehenspitzen davonschleiche, ruft der Typ hinter mir her.

»Hey!«

Wenn ich nicht eine gutbefahrene Straße überqueren müsste, wäre jetzt rennen angesagt. Aber der Liste von Dingen, die an diesem Tag schieflaufen, möchte ich nicht auch noch einen Verkehrsunfall hinzufügen. Wie sollte ich das irgendjemandem im Camp erklären? Ich bin nicht sicher, ob sie mir abkaufen würden, dass ich mich verlaufen habe und im Zentrum von Brighton rausgekommen bin.

»Ich dachte, Sie hätten mich nicht erkannt«, sage ich zu dem Verfolger, der früher zu einer Spezialeinheit gehörte.

»Mit dem Overall und der Tarnfarbe im Gesicht sind Sie wohl kaum zu übersehen.«

Ich reibe mir instinktiv durchs Gesicht, und meine Hand ist sofort voller Schmiere. Kein Wunder, dass mich in dem Geschäft alle angestarrt haben.

Ich kann nicht glauben, dass er mich den ganzen Weg bis nach Brighton verfolgt hat. Er soll ja gut sein, aber dass er *so* gut ist …

»Ein bisschen Frustshoppen?«, fragt er und deutet auf die Plastiktüte in meiner Hand.

»Ähm, nein, es ist ganz anders«, erwidere ich matt. Aber ich kann ihm nicht sagen, was wirklich los ist, denn diese Info landet dann womöglich bei Giles oder Gunther, und dann wüssten die beiden, dass ich desertiert bin.

»Hören Sie, ich will genauso wenig wie Sie, dass jemand erfährt, dass ich hier war, okay?«

Ich verenge die Augen und sehe den Verfolger verwirrt an. Und dann dämmert es mir. Er hat mich gar nicht verfolgt, sondern hat sich genauso wie ich heimlich von der Truppe entfernt.

Ich wäge kurz ab, wer von uns mehr zu verlieren hat, und entscheide, zu pokern.

»Ich sage Ihnen was. Niemand erfährt etwas von mir, wenn Sie mir einen Gefallen tun.«

Fünfundzwanzig Minuten später habe ich dank des Ex-Spezialeinheit-Verfolgers gelernt, wie ein Gepard zu kriechen. Momentan verstecken wir uns in der Nähe der Flagge, die ich für mein Team holen sollte. Der Elite-Verfolger wird für mich eine Ablenkung inszenieren, während der ich mir schnell die Flagge schnappen kann.

Er hält Wort, und nachdem er mit den Fingern auf die Augen gezeigt hat, was offenbar ein hochentwickeltes militärisches Handzeichen ist, kriecht er in Lichtgeschwindigkeit los.

Ich deute das als Signal, mich ruhig zu verhalten, bis die Ablenkung anfängt.

Zwei Minuten später höre ich die Verfolger laut lachen und nehme das als mein Stichwort, mir die Flagge zu schnappen und loszurennen. Ich finde, dass Mr. Ex-Spezialeinheit mir zumindest einen Vorsprung schuldet.

Mit fünf Minuten Verspätung komme ich bei unserem Treffpunkt an – und niemand ist zu sehen. Ich will schon heulen bei der Vorstellung, dass sie alle geschnappt wurden, da höre ich ein »Psst«.

Ich schaue hoch, und da, oben im Baum, sitzt mein Team. Meine Freude, sie wiederzusehen, ist geradezu lächerlich groß. Ich lasse ein Stück der Flagge aus meinem Overall lugen.

»Penny!«, sagen sie und springen herunter. Sie müssen die Bonusaufgabe erfüllt haben: ein Lager oben im Baum aufschlagen.

»Wir haben uns solche Sorgen gemacht, dass sie dich erwischt haben«, sagt Annie.

»Und wir haben deinen Chef gerade gesehen.«

Mir gefriert das Blut in den Adern. Giles darf nicht wissen, dass ich nicht bei der Gruppe war.

»Keine Sorge, wir haben ihm gesagt, du hättest eine Magenverstimmung.«

Ich könnte Tim küssen. Zehn von zehn Punkten für so viel Initiative.

»Danke, super Idee!«

Ich schaue auf meine Armbanduhr. Es ist kurz nach zwölf, in dreieinhalb Stunden müssen wir am Treffpunkt mit den anderen Teams sein.

»Ich hab riesigen Hunger«, sage ich, und mir fällt ein, dass ich gar nicht mehr dazu gekommen bin, mir in Brighton einen Hamburger zu holen. Der Zusammenstoß mit dem Verfolger hatte das ad acta gelegt.

»Als du weg warst, haben wir entschieden, uns keine warmen Mahlzeiten mit dem Feldkocher zuzubereiten. Die Verfolger könnten den Rauch sehen«, sagt Tim.

»Stimmt.« Mit Bedauern denke ich an die Fleischbällchen in meinem Proviant, die bestimmt so gut schmecken wie die von Ikea. Die ich allerdings seit dem Pferdefleischskandal nicht mehr gegessen habe.

»Stattdessen können wir ja die Cracker mit Leberwurst und die Kekse essen.«

»Super«, sage ich und hole etwas aus meinem Paket, das sich Biscuit Browns nennt. Nicht der appetitanregendste Name. Dann drücke ich aus der Tube einen Streifen Leberwurst darauf und beiße ab. Die Kekse schmecken so scheußlich, wie ich befürchtet habe, glauben Sie es mir.

Wir marschieren gerade einen bewaldeten Hügel hinauf, als sich der Himmel plötzlich verdüstert.

»Wird das Blätterdach dichter, oder verdunkelt sich tatsächlich der Himmel?«, frage ich und hoffe, dass meine Uhr nicht stehengeblieben ist und bereits die Nacht hereinbricht. Müde genug wäre ich ja.

»Das sind Wolken«, antwortet Martin.

In dem Moment ertönt ein Geräusch, als würden sich die Bäume bewegen. Aber es sind nicht die Bäume, es ist Regen. Starker Regen.

»Verdammt, ich habe meine Regenjacke nicht eingepackt«, fluche ich.

»Keine Sorge, in deinem Rucksack ist ein Regenumhang«, sagt Tim.

Sprachlos sehe ich zu, wie er ein Plastikteil aus seinem Rucksack zieht.

Ich wühle in meinem Gepäck, finde ein ebensolches Teil und ziehe es mir über den Kopf. Leider erst, als ich schon ziemlich durchnässt bin.

»Für heute Nachmittag war kein Regen angekündigt«, schimpfe ich und bin sauer auf die BBC-Website, die ich seit Wochen im Auge behalte.

»Ist vielleicht nur ein kurzer Sommerregen«, sagt Annie, die, wie ich am heutigen Tag herausfinden konnte, eine unerschütterliche Optimistin ist.

Aber in diesem Fall liegt Annie falsch. Es ist kein leichter Sommerregen. Zwei Stunden später kauern wir immer noch unter einer Hecke. Bei dem Wetter hat keiner von uns Lust, wie eine große Katze zu kriechen.

Mittlerweile bleibt uns aber nur noch gut eine Stunde, um zum Treffpunkt zu gelangen. Wenigstens haben wir es geschafft, uns nicht schnappen zu lassen und einen Unterschlupf zu bauen, von dem wir ein Foto gemacht haben. Irgendwann hörten wir Schritte und dachten, man hätte uns entdeckt. Wir hielten den Atem an und klammerten uns aneinander, als hinge unser Leben davon ab, bis sich die Schritte wieder entfernten.

»Wir müssen es versuchen«, sagt Tim. »Es wird nicht schön, aber am Ziel erwarten uns eine heiße Dusche und trockene Klamotten.«

Ich kann mich nicht daran erinnern, dass Baz etwas von heißen Duschen gesagt hat, aber Tim hat recht. Wir müssen weiter. Ich ziehe den Umhang aus und stopfe ihn in eine Seitentasche meines Rucksacks. Wird schon schiefgehen.

Annie schenke ich ein solidarisches Lächeln, als sie es mir nachmacht, und werfe mich dann auf den Boden, als würde ich ins eiskalte Wasser eines Pools eintauchen. Wenn das Robben vorher schrecklich war, so ist es jetzt die Hölle. Bisher habe ich mir die Ellenbogen am harten Boden aufgescheuert, aber jetzt finde ich keinen Halt mehr, weshalb ich doppelt so viel Kraft aufwenden muss, um überhaupt vorwärts zu kommen. Nicht einmal der Duft des Sommerregens macht es erträglicher.

Wir schaffen es über das Feld, an dessen Ende wieder eine Hecke verläuft.

»Bleibt unten und dicht zusammen«, flüstert Tim.

Wir tun wie befohlen und folgen auf schmerzenden Knien der Hecke, aber das ist immer noch besser, als auf dem Bauch zu robben. Und dann gelangen wir an einen Fluss.

»Heiliger Bimbam, was machen wir nun?«, frage ich und höre mich an, als sei ich *Batman und Robin* aus den 1960ern entsprungen. »War der auf der Karte nicht eingezeichnet?«

»Doch«, antwortet Matt und kratzt sich am Kopf. »Aber ich dachte, es sei nur ein schmaler Bach.«

»Na ja, der Regen hat ihn wahrscheinlich anschwellen lassen«, sagt Martin.

Wir starren eine Weile auf den Bach Schrägstrich reißenden Strom, bevor einer von uns wieder etwas sagt.

»Wir müssen da rüber«, stellt Tim fest.

»Aber ist das nicht gefährlich?«, fragt Annie.

»Ja, ich glaube, man soll einen Fluss bei Regen nicht durchqueren. Das habe ich mal im Fernsehen gesehen«, melde ich mich zu Wort.

»Man soll bei starkem Regen keine Furten mit dem Wagen durchqueren. Aber das hier ist nur ein Fluss«, sagt Tim. »Kommt schon.«

Er zieht seinen Rucksack aus und watet, ihn über dem Kopf balancierend, in den Fluss. Obwohl ihm das Wasser bis an die Oberschenkel reicht, zuckt er nicht einmal zusammen.

»Jetzt kommt schon!«, wiederholt er, als er auf der anderen Seite ist.

Ich schaue auf das Wasser, das etwa drei Meter breit ist. Man könnte beinahe rüberspringen. Aber dann fällt mir ein, dass ich im Weitsprung in der Schule nie gut war, also mache ich es so wie Tim, allerdings begleitet von viel Gekreische. Selbst Mitte Juli ist das Wasser eiskalt, und meine wunderschönen wasserfesten Schuhe, die bisher erstaunlich gute Arbeit geleistet haben, laufen voll.

»War ja gar nicht so schlimm«, lüge ich, als ich auf der anderen Seite ankomme. Ich habe das Gefühl, ich *müsse* lügen, damit das Team nicht aufgibt.

Die anderen Männer waten los, dann springt Tess wild entschlossen ins Wasser, und bald sind alle außer Annie drüben.

»Na komm, Annie!«, rufen wir. »Es ist nicht so schlimm, wie es aussieht. Los.« Ich halte ihr meine Hand hin, und sie schließt für einen Moment die Augen, bevor sie einen Schritt ins Wasser macht. Nach ein paar Schritten kann sie meine Hand ergreifen, und wir ziehen sie zu dritt heraus.

»Gut gemacht, Annie, das war super«, lobe ich sie.

»Wirklich super«, sagt eine Stimme. Wir drehen uns um, und da steht der Ex-Spezialeinheit-Jäger. »Am Ende erwische ich doch immer alle«, sagt er und zwinkert mir zu.

Das ist ein echter Dämpfer, nachdem wir so weit gekommen sind, ohne erwischt zu werden. Ich schaue auf meine Uhr. Nur noch dreißig Minuten, bis die Verfolger abgezogen werden.

»Bin ich der Erste, der euch erwischt?«, fragt der Verfolger.

»Ja«, antworte ich niedergeschlagen.

»Nun, dann könnt ihr stolz auf euch sein. Ihr habt als Team anscheinend sehr gut zusammengearbeitet.«

Bei diesen Worten sieht er mich so durchdringend an, als würde er sich über mich lustig machen. Aber er hat genauso viel zu verlieren wie ich, wenn jemand von unserem kleinen Ausflug nach Brighton erfährt.

Nie zuvor hat es sich so gut angefühlt, sauber zu sein. Abgesehen von der eiskalten Dusche habe ich es unter Zuhilfenahme der Feuchttücher geschafft, den größten Teil des Schlamms zu entfernen. Zurückgeblieben sind jedoch jede Menge roter Flecken, die sich über Nacht wunderbar blau verfärben werden – gerade rechtzeitig zur morgigen Hochzeit. Jetzt weiß ich, warum es hieß, wir sollen uns für die Siegerehrung bequeme Klamotten anziehen. Mir tut jeder einzelne Muskel weh. Erst gab es die Teampräsentationen, und ich wurde per geheimer Abstimmung zum motivierendsten Teamführer gewählt. Ich fühlte mich deswegen ein bisschen schlecht, immerhin bin ich zwischendurch abgehauen. Aber zum Glück wurden wir nicht Gesamtsieger. Das Team von Richard alias Mr. Ich-glaube-nicht-an-die-Armee hat gewonnen. Sie konnten sich den ganzen Tag ihren Verfolgern entziehen, erbeuteten eine Flagge und erfüllten alle Bonusaufgaben. Jede Wette, dass der Ex-Special-Agent wünscht, er hätte weniger Zeit mit Shoppen verbracht und mehr mit Verfolgen.

»Penny, ich möchte Ihnen zu der ausgezeichneten Veranstaltung gratulieren«, sagt Gunther, nachdem er sich mit Giles zu mir gesellt hat.

»Das waren tolle vierundzwanzig Stunden, und ich denke, wir sollten grünes Licht geben, diese Veranstaltung zweimal jährlich mit wechselnden Teams durchzuführen«, ergänzt Giles.

Ich versuche, ein Lächeln in mein Gesicht zu zaubern, und muss aufpassen, dass mir nicht vor Entsetzen die Augen übergehen, als ich Giles' Sonnenbrand sehe. Ich kann nur vermuten, dass er sich bei der Gesichtstarnfarbe für Tony-the-Tiger-Streifen entschieden hat, denn an den Stellen ist sein Gesicht weiß, während der Rest rot ist.

»Großartig«, stoße ich hervor und denke mit Schaudern daran, wie das auf den Hochzeitsfotos seiner Tochter aussehen wird.

»Gute Arbeit«, sagt Giles und geht in Richtung der Kleinbusse.

»Ach, Giles, viel Spaß bei der Hochzeit Ihrer Tochter!«

Giles dreht sich um, winkt und schenkt mir ein breites Grinsen.

Ich kann immer noch nicht glauben, dass es mir gelungen ist, ein erfolgreiches Team-Event zu organisieren. Ich wurde nicht gelyncht, und die Teilnehmer lächeln sogar.

Jetzt muss ich nur noch morgen die Hochzeit über die Bühne kriegen, und dann bin ich im Traumland.

Als ich im strömenden Regen zum Kleinbus laufe, schicke ich ein Stoßgebet gen Himmel, dass das malerische White Hartnell davor verschont bleibt.

Kapitel zweiundzwanzig

Prinzessin auf Sparkurs –
Hochzeitsversicherung: Pro und Kontra

Wenn du eine Hochzeit planst, willst du nicht daran denken, dass dein großer Tag möglicherweise nicht stattfindet. Aber es kann immer etwas schiefgehen. Ich rede gar nicht von dem Untergangsszenario, dass du und dein zukünftiger Bräutigam euch trennt. Es kann aber eine familiäre Katastrophe eintreten, oder die Location geht pleite. Bevor du jedoch eine Versicherung abschließt, sieh dir die Kosten für Location und Lieferanten an und rechne aus, wie viel du im Notfall jeweils zahlen müsstest. Ich habe bisher erst eine Person getroffen, die ihre Hochzeit absagen musste, aber so etwas kommt vor. Wenn eine Versicherung nur vierzig Pfund kostet, ist es das wert? Was meinst du, Freund oder Feind?
Tags: Versicherung, Untergangsszenario

Den Kleinbus anderthalb Stunden lang durch Serpentinen zu steuern gehört sicher zu den wertvollsten Fahrstunden, die ich je erhalten habe. Außerdem wurde der Regen immer stärker. Ein paarmal kamen wir auf Aquaplaning ins Schlittern, und wenn du die Verantwortung für ein Fahrzeug mit fünfzehn Leuten hast, bekommst du mächtig Angst. Beinahe hätte ich die Ersatzunterhose gebraucht, die ich für Notfälle eingepackt habe.

Nachdem ich meine Kollegen am Firmenparkplatz abgesetzt und mich auf überrascht emotionale Weise von meinem Team verabschiedet hatte, bin ich zum Haus von Henris Mum gerast. Ich habe es nicht mehr geschafft, Henri vor der Probe in der Kirche zu treffen, hoffe aber, dass sie dort jetzt fast fertig ist.

Anscheinend haben die Stunden im Spa ihre Brautzilla-Anwandlungen wieder abklingen lassen, denn ich habe von ihr keine Anrufe, E-Mails oder Textnachrichten mehr bekommen. Die Ironie daran ist, dass es am Tag vor ihrer Hochzeit wie aus Kübeln gießt – das nenne ich mal einen echten Notfall.

Hoffentlich klart es so schnell wieder auf, wie der Regen eingesetzt hat. Andernfalls werden die Hochzeitsfotos auf dem wunderschönen Dorfrasen alles andere als märchenhaft aussehen.

Ich parke neben dem Ententeich gegenüber vom Haus. Heute ist es allerdings schwierig, zu erkennen, wo der Teich anfängt und wo die Straße aufhört. Und ich bin in den letzten Stunden schon zu nass geworden, als dass ich jetzt beherzt aussteigen kann. Also versuche ich herauszufinden, ob jemand zu Hause ist. Aber je länger ich im Wagen sitze, desto stärker beschlagen die Scheiben. Ich zähle bis zehn, da der Regen jedoch immer noch nicht nachlässt, sprinte ich zum Haus. Nachdem ich sechsmal geklingelt und energisch geklopft habe, versuche ich mein Glück beim Kricket-Klubhaus.

Als ich meine Begegnung mit dem Kricketball hatte, bin ich danach über gepflegtes Grün spaziert. Heute sinke ich bei jedem Schritt in den matschigen Boden ein und habe das Gefühl, den Rasen zu ruinieren. In Erinnerung an meine heutige Kriechaktion schüttelt es mich. Ich frage mich, ob ich Schlamm jemals wieder so distanziert wie früher betrachten kann.

Im Klubhaus ist Licht, und ich sehe Michelle, die Frau des Mannschaftskapitäns, mit einem Wischmopp in der Hand. Das trägt nicht gerade dazu bei, meine Nerven zu beruhigen.

»Hi, Michelle«, begrüße ich sie und trete ein.

»Ah, Penny. Gott sei Dank, dass Sie da sind!«

»Ist alles in Ordnung?« Ich versuche zu lächeln, da diese Frage sich eigentlich erübrigt. Dann schaue ich mich um, wofür sie den Wischmopp brauchen könnte, da der Boden trocken und sauber aussieht.

»Nein, ich fürchte nicht. Was ist mit Ihrem Gesicht passiert?«

»Mein Gesicht?« Ich fasse automatisch an meine Wange.

Michelle kommt auf mich zu und betrachtet mich aus der Nähe.

»Sieht ziemlich lädiert aus.«

»Das ist nur Farbe.« Das Gesicht ist vermutlich der einzige Teil meines Körpers, der nicht lädiert ist. Hoffentlich bekomme ich die Farbe bis morgen ab. Sie passt nicht sonderlich gut zu meinem Kleid.

»Oh, für einen Moment dachte ich, Ihnen sei etwas Schreckliches zugestoßen. Jedenfalls, es gibt ein Problem mit dem Festzelt.«

»Was für ein Problem?«, frage ich unwillig. »Ist es undicht?«

»Ja und nein, das Wasser scheint an den Seiten hereinzukommen.«

Als ich über den aufgeweichten Rasen gelaufen bin, ist mir gar nicht in den Sinn gekommen, dass das Wasser von dort aus ins Zelt eindringen könnte. Wir haben festen Boden ausgesucht und einen Teppich darauf legen lassen statt diese Kokosnussmatten – aus Angst, Henri würde mit ihren Pfennigabsätzen darin hängenbleiben. Und der Boden soll wasserdicht sein.

»Das kann doch gar nicht sein«, sage ich kopfschüttelnd.

»Max versucht gerade, die Ränder mit Sandsäcken abzudichten. Ich fürchte, der Teppich ist stellenweise pitschnass.«

»War Henri schon hier?«

»Sie ist heute Morgen kurz vorbeigekommen. Da regnete es aber erst seit zwanzig Minuten, und wir dachten, es sei nur ein kurzer Schauer. Das Festzelt wurde erst später geflutet. Ich glaube nicht, dass sie damit hätte umgehen können.«

»Ganz sicher nicht«, bestätige ich. »Michelle, ich habe ein schlechtes Gewissen, dass Sie jetzt extra gekommen sind und versuchen, die Katastrophe zu verhindern.«

»Machen Sie sich darüber keine Gedanken. Freitagabends haben wir immer geöffnet, weil die Mannschaft gern noch etwas trinkt.«

Heute wollte ich nur die Wimpel aufhängen und kurz kontrollieren, ob alles in Ordnung ist, und dann morgen noch die Luftballons füllen und die Tische decken. Insgeheim habe ich immer befürchtet, dass ich doch länger bleiben muss, um Henri zu helfen, dachte aber, es ginge dabei um so etwas Banales wie einen abgebrochenen Fingernagel – was nicht heißen soll, dass Henri das als banal ansehen würde.

»Ich will es mir mal ansehen.«

Ich gehe über den unter Wasser stehenden Weg zum Festzelt und darf gar nicht daran denken, wie viele Paar Schuhe hier morgen ruiniert werden. Ganz zu schweigen davon, dass Henri mit ihrem Kleid durch die Pfützen fegen wird. In Rekordgeschwindigkeit öffne ich den Reißverschluss am Eingang und verschließe ihn wieder.

Der arme Max stapelt überall an den Rändern Sandsäcke. Es ist das erste Mal, dass ich diese Dinger am Ort einer Hochzeitsfeier sehe.

»Hi, Penny, was für ein Mist! Aber wir tun unser Bestes.«

»Max, das machen Sie wirklich großartig, vielen Dank.«

»Bevor Sie weitergehen, sollten Sie die Schuhe ausziehen.«

Ich schaue an mir hinunter und stelle fest, dass ich jede Menge Schlamm mit hereinschleppe. Und der Teppich sieht auch ohne meine Abdrücke schon schlimm genug aus. Ich gehe zu Max und helfe ihm. Michelle packt auch mit an, und schon bald haben wir die Ränder abgedichtet.

»Hoffentlich funktioniert das. Aber ich weiß nicht, was wir mit dem Teppich machen sollen.«

Ich schaue auf meine Armbanduhr. Es ist schon nach sieben. Die Wahrscheinlichkeit, dass ich jetzt noch jemanden bei dem Zeltverleih erreiche, ist sehr gering. Ich versuche es trotzdem und hinterlasse eine Nachricht auf dem Anrufbeantworter.

Dann untersuchen wir den Schaden genauer. Die Sandsäcke leisten gute Arbeit. Wenn Henri doch nur eine Vintage-Hochzeit feiern würde, dann könnten wir die Dekoration in Richtung »Schwere Zeiten« abwandeln! Aber Sandsäcke und Märchenhochzeiten beißen sich irgendwie.

Ich hole mein Handy aus der Tasche. Die Situation schreit nach Verstärkung durch meinen wunderbaren Ehemann. Mark ist superpragmatisch und wird uns schon aus der Patsche helfen. Als ich auf der Mailbox lande, schmelze ich wie gewöhnlich beim Klang seiner sexy Stimme dahin und hinterlasse ihm eine Nachricht:

»Hi, Schatz, ich bin's. Wir haben ein Riesenproblem mit dem Zelt. Es steht unter Wasser. Ich könnte deine Hilfe echt gut gebrauchen. Kannst du herkommen? Ruf mich doch mal zurück. Bis später.«

Ich lege auf und frage mich, wo er steckt. Ich habe ihm zwar gesagt, dass ich vermutlich erst spät kommen werde, aber müsste er nicht trotzdem zu Hause sitzen und danach schmachten, dass ich wenigstens anrufe? Hoffentlich meldet er sich bald, denn ich brauche jemanden, der mir sagt, was ich tun soll.

»Oh, mein Gott.«

Ich schaue zum Eingang und erwarte eigentlich, Janice aus *Friends* zu sehen, aber stattdessen ist es Henri mit ihrer Mutter und Nick.

»Henri, es ist nicht so schlimm, wie es aussieht«, sage ich und gehe mit beruhigend ausgestreckten Händen auf sie zu, als würde ich versuchen, eine blutrünstige Meute in Schach zu halten.

»Im Zelt sind Sandsäcke«, sagt sie in wimmerndem Ton.

»Ich weiß. Aber beruhige dich«, sage ich noch einmal. »Zieh die Schuhe aus und sieh dich um. Dann wirst du erkennen, dass es halb so schlimm ist.«

Das ist gelogen. Die Zeltränder sind matschig, und in der Luft liegt ein leicht modriger Geruch.

Henri macht ein Gesicht, als halte sie mich für geistesgestört.

»Ich habe versucht, beim Zeltverleih anzurufen, um herauszufinden, ob sie den Teppich noch austauschen können.«

»Aber unser Budget ist erschöpft! Wir haben kein Geld für einen anderen Teppich.«

»Henri, Liebling, ich kann den Teppich bestimmt mit der Kreditkarte bezahlen, und das gleichen wir dann nächsten Monat wieder aus«, sagt Nick, geht zu ihr und nimmt sie in die Arme.

Tränen laufen Henri übers Gesicht. Wir waren so dicht dran an ihrer Traumhochzeit, und jetzt fällt sie vor unseren Augen buchstäblich ins Wasser. Als ich Mittwochabend hier war, sah alles wunderschön aus, und jetzt wirkt es wie ein Pfadfindercamp, in dem etwas schiefgelaufen ist.

»Meine Hochzeit«, jammert Henri. »Sie ist ruiniert. Dann können wir es auch lassen. Wieso sagen wir nicht einfach alles ab? Es interessiert doch sowieso niemanden.«

Sie setzt sich an einen Tisch, stützt den Kopf in die Hände und weint. Bevor Nick überhaupt eine Chance hat, seine Verlobte von dieser verrückten Idee abzubringen, setzt sich Henris Mutter zu ihr.

»Henri, sag das nicht. Es ist doch nur ein bisschen Regen. Das hat noch niemandem geschadet.«

Sie ist offenkundig mutiger als ich, denn ich hätte mich nicht getraut, ihr das zu verkaufen. Und drei Stunden sintflutartige Regenfälle würde ich auch nicht als ein bisschen Regen bezeichnen.

»Aber was wird Daddy sagen?«, fragt Henri zwischen zwei Schluchzern.

»Dein Vater kann von mir aus sagen, was er will«, erwidert ihre Mutter und macht eine wegwerfende Handbewegung.

»Wie war die Probe?«, flüstere ich Nick zu. Mein Gefühl sagt mir, dass dort auch nicht alles nach Plan lief.

»Gut, abgesehen davon, dass Henris Vater nicht aufgetaucht ist. Er sagte, ihm sei im letzten Moment etwas dazwischengekommen.«

»Oh.«

»Ja, oh. Und jetzt das hier. Ich weiß nicht, wie viel sie noch verkraftet.«

Mein Handy klingelt, und mein erster Gedanke ist, dass das Mark sein muss. Doch obwohl er es nicht ist, bin ich nicht enttäuscht, denn dieser Anrufer ist fast genauso gut. Es ist die Zeltvermietung.

»Hallo«, melde ich mich und seufze erleichtert.

»Hi, Penny, hier ist Frank von Visions Marquee Hire, ich habe gerade Ihre Nachricht abgehört.«

»Danke, dass Sie zurückrufen. Was können wir denn nun machen? Ist es möglich, den Teppich morgen früh noch auszutauschen? Es hieß zwar, er sei wasserdicht, aber er hat sich total mit Wasser vollgesogen.«

»Der Regen ist einfach zu stark. Keiner hätte das verhindern können.«

»Uns ist klar, dass wir einen neuen Teppich bezahlen müssen, aber wie stehen überhaupt die Chancen, morgen früh einen zu bekommen?«

»Tut mir leid, aber da kann ich nichts machen. Alle unsere Zelte stehen unter Wasser. Unser größtes Zelt ist an einen Stammkunden vermietet, und dessen Teppich müssen wir als Erstes austauschen. Sorry, Penny, aber ich kann Ihnen nicht helfen. Und Sie hatten sowieso einen besonderen Rabatt.«

Er hatte uns einen Sonderpreis gemacht, weil ich als Gegenleistung ein Interview mit ihm auf meinen Blog gestellt habe. Das Thema lautete, wie man bei einer Hochzeit mit Festzelt sparen kann.

»Aber wir sind doch bereit, für den neuen Teppich zu zahlen«, starte ich einen letzten Versuch.

»Tut mir leid, Penny. Wir haben nicht genug Leute. Wir könnten erst nach dem Mittagessen anfangen.«

»Aber das ist zu spät«, flüstere ich.

»Vielleicht trocknet der Teppich bis morgen ja wieder.«

Ich lege auf und versuche, nicht zu schreien. Es ist nicht sinnvoll, Henri noch mehr aufzuregen.

»Nun, das war nicht ganz die erhoffte Nachricht«, sage ich.

»Hör doch, Liebes, der Regen hat aufgehört«, sagt Nick euphorisch.

Tatsächlich, das Pat-pat-pat auf dem Zeltdach ist verstummt. Henri schaut hoch, und die Tränen scheinen zu versiegen.

»Vielleicht ist das Schlimmste jetzt vorbei«, sagt Nick.

»Aber der Boden ist pitschnass, der trocknet doch nie«, sagt Henri. »Ich werde mein Kleid ruinieren.«

»Du lässt es einfach von den Brautjungfern anheben«, sagt Nick und zwinkert ihr zu. Ganz schlechter Zeitpunkt für diese anzügliche Geste, mein Lieber.

»Aber was ist mit meinen Schuhen? Die sind elfenbeinfarben!«, schreit Henri. »Und vermutlich bleibe ich damit im Schlamm stecken!«

»Dann zieh Gummistiefel an. Hör zu, Henri, ich würde dich in allem heiraten. Für mich ist das nicht wichtig.«

Henri schüttelt den Kopf. »Alles ist ruiniert. Wirklich alles.«

»Nein, Henri, das stimmt nicht. Ich habe ein paar Ideen, mit denen es doch noch funktionieren kann.«

Kurze Zeit später habe ich Henri fortgeschickt, damit sie noch ein paar wichtige Accessoires für ihr morgiges Outfit besorgt. Ich will nicht behaupten, dass sie begeistert war, aber sie hat schließlich aufgehört zu weinen und zugestimmt, dass die Hochzeit stattfindet. Das nenne ich einen Schritt in die richtige Richtung.

Nick, sein Trauzeuge Tom und ich sind zum nächsten Baumarkt gefahren. In einem Wahnsinnstempo haben wir Picknickdecken, Windrädchen, leere Sandsäcke, unbehandelte Holzbretter und weiße Farbe in den Einkaufswagen gepackt.

Jetzt sind wir wieder im Zelt, das nicht besser aussieht als vorher, eher schlimmer. Plötzlich kommen mir Zweifel, ob mein Plan, das Ganze in eine Country-Chic-Hochzeit zu verwandeln, funktionieren wird. Aber wenn es schiefgeht, hat es uns gerade mal 148 Pfund gekostet, und es kann nicht schäbiger aussehen als jetzt. Die Hochzeit abzusagen wäre in jedem Fall teurer geworden.

»Also, wo fangen wir an?«, fragt Max.

Ich schiebe mein Handy in die Tasche – nicht, dass ich alle paar Minuten daraufsehen würde. Aber Mark hätte schon längst zurückrufen müssen.

»Das Wichtigste zuerst. Wir müssen die Tische umstellen. Die Gäste müssen gemütlich zusammenrücken!«

»Unter diesen Umständen sollten sie dankbar sein, dass sie im Trockenen sitzen«, sagt Nick.

»Stimmt«, antworte ich kichernd.

»Gute Neuigkeiten!«, ruft Henris Mum vom Zelteingang aus. Sie ist vermutlich die einzige Frau, an der Gummistiefel zu einem eleganten Sommerkleid toll aussehen.

Ich schaue sie hoffnungsvoll an.

»Der Bauer hat die Heuballen und bringt sie morgen früh, kurz nach acht. Ich hoffe, das ist nicht zu früh?«

»Nein, das ist prima. Ich bin sowieso hier.«

»Gut. Und nun verrate ich euch, was mich das Heu kostet.«

»Lass mich das übernehmen«, sagt Nick und zückt seine Brieftasche.

»Ich fürchte, Geld reicht nicht aus, Nick. Ich habe zugestimmt, mich von ihm zum Abendessen ausführen zu lassen.«

»Teufel, das nenne ich aufregend!«, entfährt es mir. »Gut, dann müssen wir jetzt die Tische zusammenstellen, damit wir Platz für das Heu haben.«

Zu viert sind wir schnell fertig. Dann nehmen wir die Holzschilder in Angriff. Mit Farbe beschriften wir die Bretter – »Just Married«, »Henri and Nick 4ever«, »Hier entlang zu den Frischvermählten« – und legen sie zum Trocknen auf die Tische.

Mit den leeren Sandsäcken ziehen wir uns anschließend ins Klubhaus zurück, wo jetzt ziemlich viele Leute sind. Bald darauf habe ich die meisten Mitglieder der Kricketmannschaft bezirzt, aus den Sandsäcken Dreiecke auszuschneiden, aus denen wir Wimpel machen. Die befestige ich dann an dem gröbsten Zwirn, den ich im Baumarkt finden konnte, und wissen Sie was? Es sieht gar nicht schlecht aus. Die Idee ist, sie hinter die geblümten Wimpel zu stecken, die Henri gemacht hat.

Morgen früh kommen Nick und Tom, um mir zügig zu helfen, oder zumindest werde ich zügig sein. Tom hat gerade eine zweite Runde Schnaps für die beiden bestellt, und es sieht so aus, als hätten sie eine harte Nacht vor sich.

Als ich endlich zu Hause ankomme, bin ich erschöpft. Es ist erst elf Uhr, aber ich bin seit fünf Uhr morgens auf den Beinen, und letzte Nacht habe ich auch nicht gerade viel geschlafen. Ich habe den ganzen Tag unter Strom gestanden, jetzt ist sämtliche Energie verbraucht.

Im Haus ist es dunkel, abgesehen vom Licht im Flur, das Mark angelassen hat. Er ist anscheinend früh schlafen gegangen. Ich putze mir rasch die Zähne und wasche die letzten Farbreste aus dem Gesicht, dann schleiche ich ins

Schlafzimmer, wo ich Mark schnarchen höre. Vielleicht hatte er einen anstrengenden Tag in der Firma und ist deshalb superfrüh ins Bett gegangen. Als ich liege, bin ich zu müde, um mir noch weiter Gedanken über die morgige Hochzeit zu machen. Jetzt kann ich ohnehin nichts mehr ändern.

Kapitel dreiundzwanzig

Prinzessin auf Sparkurs –
Frag Penny!

Liebe Penny,
ich wollte schon immer eine Swingband bei meiner Hochzeit haben. Jetzt habe ich mir die Websites von Bands angesehen, die man mieten kann, und sie liegen preislich alle außerhalb meiner Möglichkeiten. Irgendwelche Tipps?
Vintage Babe

Liebes Vintage Babe,
ich liebe Swingbands! Versuche, eine Amateurband bei dir im Ort zu finden. Die wirst du zwar auch bezahlen müssen, aber das ist längst nicht so teuer wie eine Profiband. Falls du in einer Universitätsstadt lebst oder es bei dir in der Nähe ein College gibt, lohnt es sich, nachzufragen, ob die vielleicht eine eigene Band haben.
Pen xx

Ich schaue auf meine Armbanduhr, und mir wird ganz warm ums Herz. In dieser Minute, ein paar hundert Meter die Straße hinunter, heiraten Henri und Nick. Ich hatte eigentlich vorgehabt, dort zu sein, um sicherzugehen, dass alles planmäßig läuft, aber ein Blick auf das Zelt heute Morgen sagte mir, dass meine Fähigkeiten hier dringender gebraucht werden.

Im Unterschied zu dem scheußlichen Wetter gestern ist es heute recht sonnig, wenn auch ein bisschen frisch, was bedeutet, dass die Fotos im Freien schön werden, aber keine Chance besteht, dass das Zelt schnell trocknet.

Die Heuballen sind pünktlich gebracht worden, und wir haben sie in einer Ecke auf dem feuchten Boden gestapelt. Sie sehen aus, als gehörten sie dorthin. Die Tische sind gedeckt, mit Windrädchen in Vasen neben den Lichterketten geschmückt, Holzschilder und Wimpel hängen. Ich bin davon überzeugt, dass wir das Thema gut umgesetzt haben, und drücke die Daumen, dass die Gäste es genauso sehen. Das Einzige, was der Sache einen Dämpfer versetzt, ist, dass der Rasen zwischen Zelt und Klubhaus aussieht wie nach einem besonders wilden Festival. Der Bauer hat zwar sofort angeboten, loses Heu auf dem Stück zu verteilen – was Henris Mum vermutlich noch ein Abendessen kostet –, aber ich befürchte, dass trotzdem etliche Schuhe ruiniert werden.

Glücklicherweise nicht meine. Ich trage leuchtend rote Cowboystiefel. Die waren eine teure Investition, die Mark bisher nicht überzeugte, weil ich sie erst einmal getragen habe. Aber jede Wette, dass er schwer beeindruckt sein wird, wenn er mich nachher sieht.

Als ich heute Morgen um sechs aufgestanden bin, hat er so tief geschlafen, dass ich es nicht übers Herz gebracht habe, ihn zu wecken. Nach dem Duschen habe ich nur schnell T-Shirt und Jeans angezogen, meine Kleidung für später eingepackt und bin los. Vor einer halben Stunde habe ich ihm eine Nachricht geschickt, dass ich es nicht in die Kirche schaffe, damit er mich dort nicht sucht.

Ich fülle die letzten Ballons mit Helium, und jetzt muss ich nur noch den Kanister im Klubhaus verstecken. Die Gäste sollen schließlich nicht denken, er sei Teil des Unterhaltungsprogramms. Ich habe sogar der Versuchung widerstanden, es selbst auszuprobieren. Vermutlich macht es sowieso nicht so viel Spaß, wenn niemand dabei ist, um mitzulachen. Ich binde die letzten Ballons zusammen, bringe sie in eine Ecke des Zelts und klemme die Bänder unter einem Sandsack fest – die erweisen sich am Ende sogar noch als praktisch.

Schließlich ist alles fertig, jetzt fehlen nur noch die Gäste. In einer Stunde wird es hier von Menschen nur so wimmeln, und ich hoffe, alle kapieren das »Motto«, das wir im letzten Moment hergezaubert haben. Es mag zwar keine klassische Märchenhochzeit sein, aber ich habe es zumindest geschafft, dem Ganzen einen klassischen Touch zu verleihen – wenn auch einen rustikalen.

Henri ist nicht sicher, was ihr Vater dazu sagen wird, und nach all den Geschichten, die ich über ihn gehört habe, wird er kein Blatt vor den Mund nehmen, falls es ihm nicht gefällt. Nun, ich werde es bald erfahren.

Das Klubhaus sieht ebenfalls toll aus. Michelle hat super Arbeit geleistet, als sie es heute Morgen auf Vordermann gebracht und dafür gesorgt hat, dass es nicht mehr nach verschwitzten Männern riecht wie noch gestern Abend. Und da die Sonne durch die Fenster hereinscheint, wirkt es freundlich und gemütlich. Ich weiß jedenfalls, wo ich sein werde, wenn es heute Abend langsam kühl wird. Dass die Bar hier drin ist, nehme ich als zusätzlichen Pluspunkt.

»Irgendwelche Änderungen bezüglich der voraussichtlichen Ankunftszeit?«, fragt Brett, als ich meine Nase in die Küche stecke. Keine Ahnung, wie er gemerkt hat, dass ich hier bin, denn er hat den Blick nicht von dem abgewendet, was auch immer er da gerade macht.

Ich bin beeindruckt, wie er es geschafft hat, diese kleine Küche in einen Raum zu verwandeln, in dem ein Chefkoch arbeiten kann. Soweit ich allerdings weiß, wurde fast alles heute Morgen bei Brett zu Hause vorbereitet und muss jetzt nur noch aufgewärmt und angerichtet werden.

In diesem Moment beschäftigt er sich mit der Vorspeise aus mediterranem Gemüse und gegrilltem Halloumi auf Ciabatta. Es sieht köstlich aus.

»Nein, ich habe nichts mehr gehört. Sie müssten sich jetzt gerade das Eheversprechen geben. Der Trauzeuge will mir Bescheid sagen, sobald sie die Kirche verlassen haben.«

»Gut. Wir sind hier eigentlich fertig. Die Begrüßungsgetränke und Canapés können sofort im Zelt serviert werden, und eine halbe Stunde später ist dann auch das Essen so weit.«

Ich finde es ein bisschen schade, dass wir die Begrüßungsgetränke drinnen servieren müssen, wo doch jetzt die Sonne scheint, aber Bilder von Glastonbury und von Menschen, die in den Schlamm stürzen, tauchen vor meinem geistigen Auge auf. Stattdessen setzen sich die Gäste hoffentlich Cowboyhüte auf und posieren vor den Heuballen, um witzige Fotos zu machen.

Das Handy in meiner Hand summt, und ich sehe, dass es eine Nachricht von Tom ist. Die Trauung ist vorbei, was bedeutet, dass jetzt Fotos geschossen und die Gäste dann in etwa zwanzig Minuten langsam hier eintrudeln werden.

»Okay, das ist unsere Zwanzig-Minuten-Vorwarnung«, sage ich zu Brett.

Er nickt und fährt fort, die Vorspeisen mit Balsamico zu beträufeln. »Beth, geh bitte mal ins Zelt zu Sandra, sie zeigt dir, was du mit den Getränken machen sollst«, sagt er.

Ich verlasse mit Beth zusammen die Küche. Sie sieht ganz anders aus in ihrer schwarz-weißen Uniform, das Haar ordentlich zurückgebunden.

»Ich bin so nervös, Penny! Wenn ich nun jemanden mit Essen bekleckere?«, fragt sie.

»Das passiert schon nicht.«

»Aber wenn doch? Ich bin manchmal so ungeschickt.«

»Du schaffst das.« Ich reibe ihr aufmunternd den Arm. Ja, sage ich zu mir selbst, während sie zum Getränkestand geht. Es wird alles gut klappen.

Ich schaffe es gerade noch, in mein hübsches dunkelblaues Kleid zu schlüpfen, bevor die ersten Gäste eintreffen. Zum Glück sieht die Kombination mit den Cowboystiefeln nicht völlig idiotisch aus. Es sind zwar nicht ganz die nudefarbenen Kurt-Geiger-High-Heels, die ich ursprünglich anziehen wollte, aber wenigstens fließen später keine Tränen wegen im Schlamm ruinierter Schuhe, was unweigerlich der Fall gewesen wäre.

Endlich kann ich einen Blick auf Henri werfen. Ich hätte nicht gedacht, dass sie noch besser aussehen könnte als in dem Moment, als sie das Kleid zum ersten Mal anprobierte, aber irgendwie ist es so. Sobald sie das Zelt betritt, lässt sie den Kleidersaum fallen, den sie zur Vorsicht draußen angehoben hat, und ich erhasche einen Blick auf ihre wunderschönen braunen Cowboystiefel von Judy Rothchild R. Soles.

Henris Mutter trägt ein umwerfendes aquamarinblaues Kleid und einen Hut, mit dem sie glatt eine Sonnenfinsternis herbeiführen könnte. Und dann ist da noch Nick, der seine Braut glücklich anstrahlt. Was für ein schöner Anblick.

Ich entdecke meinen eigenen Mann zwischen anderen Gästen. Ich sehe ihn jeden Tag in Anzug und Krawatte, wenn er zur Arbeit geht, aber wenn er den Anzug trägt, den er bei unserer Trauung anhatte, bekomme ich sofort wieder weiche Knie. Er ist aus dunkelblauer Schurwolle, vermutlich ein bisschen zu warm für eine Hochzeit im Juli, aber er bringt seine Augen zum Funkeln. Euphorisch laufe ich zu ihm, und angesichts dessen, was ich während der vergangenen Tage erlebt habe, kommt es mir vor, als hätte ich ihn eine ganze Woche nicht gesehen.

»Hallo, Schatz.« Ich begrüße ihn mit einem Kuss und schlinge die Arme um seinen Hals.

»Hey«, antwortet er.

Mir fällt auf, dass er meine Umarmung nicht erwidert, also lasse ich ihn los. Mich so auf ihn zu stürzen ist wohl auch nicht angebracht. Es ist ihm unübersehbar peinlich, da wir uns in der Öffentlichkeit befinden und er hier nur Nick, Henri und mich kennt.

»Tut mir leid, dass ich es nicht in die Kirche geschafft habe, aber du glaubst nicht, was hier los war. Das Zelt ist gestern regelrecht überflutet worden. Die reinste Katastrophe. Ich habe versucht, dich zu erreichen, um zu fragen, ob du vielleicht mit anpacken kannst.«

»Ich bin früh ins Bett gegangen.«

Wenn man bedenkt, dass ich vermutlich die anstrengendsten achtundvierzig Stunden meines Lebens hinter mir habe, könnte er ruhig etwas mehr Interesse an den Tag legen.

»Möchtest du gar nicht wissen, wie das Teambuilding-Event gelaufen ist?«

Bevor Mark antworten kann, kommt Henri zu uns.

»Penny, das hier ist toll geworden!«, sagt sie und begrüßt Mark und mich mit Luftküsschen auf beide Wangen.

»Danke, ich finde auch, es ist wirklich nicht übel.«

»Du siehst atemberaubend aus, Henri. Bitte entschuldige mich, ich besorge mal etwas zu trinken«, sagt Mark.

Ich folge ihm mit den Augen und frage mich, ob ich es mir nur einbilde oder er tatsächlich ein bisschen kühl wirkt. Das letzte Mal haben wir bei unserem Telefonat am Donnerstag nach dem Grillen miteinander gesprochen, und da gab es auch nicht den Hauch einer Verstimmung. Vielleicht ist er einfach sauer, dass ich ihn in der Kirche allein gelassen habe, wo ihn Fremde doch nervös machen. Das wird es sein. Heute Abend muss ich mich um ihn kümmern und darf mich nicht zu sehr auf die anderen Gäste konzentrieren.

»Und? Wie fühlt es sich an, Mrs. Eves zu sein?«, frage ich.

»Wunderbar. O Penny, ich wünschte, du wärst dabei gewesen, es war so schön! Sogar Nick hat geweint.«

Daran zweifle ich keine Sekunde.

Henri sieht ziemlich cool aus. Sie hat einen riesigen Cowboyhut auf dem Kopf, und der passt sogar besser zu ihrem Kleid als die Tiara. Was ich ihr natürlich nicht sagen werde, da diese Tiara ein Vermögen gekostet hat und ein Geschenk ihres Vaters ist. Apropos.

»Hat mit deinem Dad alles geklappt? War er pünktlich zur Trauung in der Kirche?«

Ich gehe davon aus, dass sie nicht so vergnügt wäre, wenn er immer noch mit Abwesenheit glänzen würde.

»Ja, alles bestens, abgesehen davon, dass er aussieht, als hätte er eine Rolle in *The Only Way Is Essex*.«

Ich versuche mir vorzustellen, was sie damit meint, als sie sich zu mir beugt und flüstert: »Er war zum Spray-Tanning.«

»Oh«, sage ich kichernd. Beim Gedanken an meinen Dad in Papierunterhosen in einer Kabine muss ich mich schütteln. Es gibt eindeutig Dinge, die nicht für Väter gedacht sind.

»Komm doch kurz mit, damit ich euch vorstellen kann. Er wird sich bestimmt freuen, dich kennenzulernen. Er sagte nämlich, dass er es hier toll findet. Ich glaube, es gefällt ihm wirklich!«

»Wunderbar.« Ich lächle erleichtert, dass es mir gelungen ist, ihren Vater zu beeindrucken.

»Mal sehen …«, sagt Henri und schaut sich suchend um. Ich tue das auch und überlege, wer in Frage kommt. Er müsste leicht zu erkennen sein, da er den gleichen Anzug wie Bräutigam und Trauzeuge trägt. »Ah, da ist er ja.«

Ich folge Henris ausgestreckter Hand mit den Augen, bis hinter die Tanzfläche und zu den Heuballen. Aber Henri zeigt auf Giles. Giles ist mein Chef. Er kann es nicht sein, da er ja auf der todschicken Hochzeit seiner eigenen Tochter irgendwo auf dem Land ist.

»Lass uns rübergehen«, sagt Henri.

»Nein!«, widerspreche ich ein bisschen zu schroff und bin vor Entsetzen wie erstarrt. »Mir ist gerade eingefallen, dass ich noch mal zu Brett muss, um sicherzugehen, dass mit dem Essen alles klappt.«

»Ach so, na gut«, sagt Henri. »Dann mache ich euch eben später miteinander bekannt. Oh, da ist Tante Ginny.«

Als sich Henri gerade abwenden will, ziehe ich ihr den Cowboyhut vom Kopf.

»Sorry, Henri. Aber deine Tiara sah so toll aus zu dem Kleid, dass du sie noch ein bisschen vorzeigen solltest.«

»Danke, Pen.«

Ich setze mir den Hut auf und ziehe ihn so tief wie möglich ins Gesicht. Was zum Teufel soll ich jetzt machen? Es ist erst vier Uhr nachmittags, und ich werde noch mindestens sieben Stunden bei dieser Feier sein. Wie zur Hölle soll ich Giles so lange aus dem Weg gehen?

Und was macht er hier überhaupt? Er ist doch bei der Hochzeit seiner Tochter Harriet! Und wer in aller Herrgotts Namen ist Harriet? Und wenn er wirklich Henris Vater sein sollte, bin ich dann etwa die Top-Hochzeitsplanerin, die sie engagiert hat? Wenn ich nicht so in der Klemme stecken würde, müsste ich laut lachen.

Denk nach, Penny, denk nach. Was sind meine Alternativen? Ich könnte a) die Hochzeit verlassen und meinen Job behalten; b) bleiben und hoffen, dass Henri mich nicht als ihre Hochzeitsplanerin vorstellt; oder ich könnte c) Giles den ganzen Tag aus dem Weg gehen.

Aus den Augenwinkeln erblicke ich Mark, und so gern, wie ich ihn ins Vertrauen ziehen würde, weiß ich auch so, was er sagen würde: sofort die Hochzeit verlassen. Aber das kann ich unmöglich tun. Dann hätte ich das Gefühl, Henri im Stich zu lassen – als Hochzeitsplanerin und als Freundin.

Bleibt also nur zu hoffen, dass ich Giles nicht in die Arme laufe. Immerhin sind hier über hundert Menschen, und bei Hochzeiten unterhält man sich für gewöhnlich nicht mit jedem. Ich schaffe es bestimmt, ihm aus dem Weg zu gehen.

»Penny!« Ich drehe mich um und stehe vor Nick.

»Nick, herzlichen Glückwunsch.« Ich stelle mich auf die Zehenspitzen, um ihn auf die Wange zu küssen.

»Danke, Penny. Das hier ist wirklich toll geworden.«

»Findest du? Ohne deine und Toms Hilfe heute Morgen hätte ich es nicht geschafft«, erwidere ich lächelnd. »Ähm, Nick … Ich bin ein bisschen verwirrt – jemand hat mir erzählt, der Name der Braut sei Harriet.«

»Das stimmt auch, aber nicht viele nennen sie so, nur Familienangehörige und vor allem ihr Vater. Es hat in der Kirche bestimmt einige überrascht, als der Vikar sie so angesprochen hat.«

»Aber warum nennt sie sich Henri?«, frage ich, während meine letzte Hoffnung schwindet, mir nur eingebildet zu haben, dass Giles dort drüben steht.

»Das fing schon an, als sie noch ein Kind war. Viele haben sie Harry gerufen, und irgendwie wurde dann später Henri daraus.«

»Oh.«

»Es ist schon ein bisschen seltsam, aber für mich ist sie einfach Henri. Wie dem auch sei … ich glaube, alle können sich jetzt zum Essen hinsetzen.«

»Wunderbar.« Abgesehen von ein paar Canapés habe ich seit dem Frühstück nichts gegessen, und mein Magen knurrt schon seit fast einer halben Stunde. Ich schaue Nick an, er sieht mich an, und ich frage mich, warum er mir das überhaupt gesagt hat. Da dämmert es mir plötzlich: Als Hochzeitsplanerin ist es meine Aufgabe, die Gäste zu Tisch zu bitten. Aber das kann ich unmöglich tun, weil Giles dann weiß, dass ich das alles hier organisiert habe, und dann – wird die Welt, wie ich sie kenne, aufhören zu existieren.

»Ähm, Nick, es ist am besten, wenn Bräutigam oder Trauzeuge die Gäste bitten, Platz zu nehmen. Das ist weniger formell, und nach meiner Erfahrung setzen sich die Leute dann auch schneller in Bewegung, weil sie auf den Bräutigam eher hören als auf jemanden, den sie nicht kennen.«

Hoffentlich kauft Nick mir das ab, aber es klingt doch eigentlich ganz plausibel.

»Okay, Penny.« Er langt hinüber und schnappt sich ein Messer vom nächsten Tisch. »Also gut, alle miteinander! Bitte schenkt mir kurz eure Aufmerksamkeit.«

Ich zucke zusammen und ziehe den Cowboyhut so tief in die Stirn, wie es nur geht. Ich hatte nicht gemeint, dass er es bekanntgibt, wenn ich noch neben ihm stehe. Dann hätte ich es genauso gut selbst tun können. So viel zum Thema »untertauchen«.

»Wenn ich euch alle bitten dürfte, Platz zu nehmen … Das Essen wird gleich serviert.«

Murmelnd schieben sich die Gäste an den Tischen vorbei und suchen nach der Platzkarte mit ihrem Namen darauf. Ich weiß genau, wo mein Platz ist, und bedauerlicherweise gucke ich von dort direkt zu Giles am Tisch des Brautpaares.

»Mark, Schatz«, flüstere ich und stelle mich hinter seinen Stuhl. »Würde es dir etwas ausmachen, mit mir den Platz zu tauschen, damit ich den Zelteingang im Auge behalten kann?«

Mark seufzt und wirft mir einen strengen Blick zu, bevor er einen Stuhl weiter rutscht. Man könnte meinen, ich hätte ihn gebeten, mir eine zu scheuern. Vielleicht unterschätze ich ja die feste Bindung, die er bereits mit dem Stuhl eingegangen ist, auf dem er ganze zwei Minuten gesessen hat.

»Soll ich dir jetzt erzählen, wie es beim Teambuilding-Event gelaufen ist?«, frage ich und streiche Butter auf eine Scheibe Baguette.

»Kommt drauf an. Wirst du mir erzählen, wie es war, oder deine Version der Ereignisse?«, antwortet er und lehnt sich dabei dicht zu mir.

Wo zur Hölle kommt das denn her? Für einen Moment bin ich so baff über Marks Ton, dass es mir die Sprache verschlägt. Als endlich wieder Gefühl in meinen Kiefer zurückgekehrt ist, unterhält er sich bereits mit dem Mann neben ihm.

»Sind Sie die Hochzeitsplanerin?«, fragt die Frau neben mir.

»Ja, die bin ich«, antworte ich und versuche, ein Lächeln zustande zu bringen.

»Henri hat mir gesagt, dass sie mich zu Ihnen an den Tisch setzen würde, aber ich wusste nicht, dass wir sogar nebeneinandersitzen. Ich plane nämlich gerade meine eigene Hochzeit, müssen Sie wissen.«

»Ach, wirklich? Ich gratuliere.«

Normalerweise höre ich interessiert zu, wenn mir jemand von seinen Hochzeitsplänen berichtet, aber während diese Frau mir von einer Feier auf einem Schiff später in diesem Jahr vorschwärmt, höre ich ihr kaum zu. Sie könnte mir genauso gut erzählen, dass sie in Lady Gagas Fleischkostüm zum Altar schreiten wird. Zu meinem großen Glück will sie wie die meisten Bräute einfach nur berichten. Wenn ich also ab und zu mit dem Kopf nicke und lächle, wird sie gar nicht merken, dass ich mit den Gedanken woanders bin.

Schließlich hört die zukünftige Braut auf zu reden und sagt etwas zu dem Mann, der auf der anderen Seite neben ihr sitzt und vermutlich ihr Verlobter ist. Rasch wende ich mich Mark zu.

»Ist alles in Ordnung?«

»Was meinst du, Penny?«

»Ich weiß nicht. Deshalb frage ich ja«, flüstere ich.

Wir lehnen uns beide zurück, da Beth die Teller mit der Vorspeise vor uns stellt. Ich lächle ihr ermutigend zu und beuge mich dann wieder schnell zu Mark.

»Hier ist nicht die Zeit und der Ort, um das zu besprechen«, sagt er.

»Um *was* zu besprechen?«, flüstere ich frustriert.

Ich merke, dass die anderen Paare am Tisch schon auf uns aufmerksam werden. Seit das Essen serviert wurde, sind die Gespräche leiser geworden, was es noch offensichtlicher macht, dass Mark und ich streiten.

»Wir reden später darüber«, beharrt er. »Und nimm diesen albernen Hut ab, während du isst.«

Ich starre Mark mit offenem Mund an. So hat er noch nie mit mir geredet. Ich bin derart fassungslos, dass ich stumm den Hut vom Kopf nehme und neben mir auf den Boden lege.

Was auch immer ich Mark angetan habe, muss ihn sehr verärgert haben.

Kapitel vierundzwanzig

Prinzessin auf Sparkurs –
Es ist deine Hochzeit!

Die goldene Regel beim Planen einer Hochzeit lautet, dass es an diesem Tag nur um dich und deinen Zukünftigen geht. Es geht nicht darum, was deine Mum oder deine Schwiegermutter am besten finden, und auch nicht darum, dass es größer und spektakulärer werden muss als die letzte Hochzeit, bei der du gewesen bist. Im Endeffekt musst du das tun, was dich glücklich macht. Wenn dir eine Zuckerwattemaschine wichtiger ist als ein Abendbüfett – dann bitte. Wenn du keine Geschenke für die Gäste oder keine Blumendeko möchtest oder irgendetwas anderes, das die Mütter für unerlässlich halten – streich es! Du willst DEINEN perfekten Tag organisieren, und deine Vorstellung davon wird sich wahrscheinlich von der aller anderen unterscheiden, aber das ist okay. Hauptsache, du bist zufrieden, denn das ist entscheidend.
Tags: entspannte Braut, Vorstellungen der Eltern ignorieren

Als das Dessert serviert wird, koche ich mittlerweile. Mark hat während des ganzen Essens kein einziges Wort zu mir gesagt. Wie peinlich. Hier sitze ich, die Hochzeitsplanerin, und kann mit meinem Mann nicht einmal eine zivilisierte Unterhaltung führen.

Das Essen hat er mir damit total verdorben. Genießen konnte ich nichts davon und habe meinen Hauptgang nicht einmal aufgegessen, weil ich den Appetit verloren habe. Zum Glück kehrte er wenigstens zum Dessert zurück.

Nachdem alles abgeräumt ist, löst sich die Tischordnung auf, und die Gäste finden sich in immer wieder neuen Gruppen zusammen, um sich zu unterhalten. Henri sitzt auf dem Schoß ihres Mannes und posiert mit ihren Freundinnen für Fotos. Ich nehme also an, dass es bis zu den Reden noch ein bisschen dauert.

»Mark, kommst du bitte mal für einen Moment mit nach draußen?«, frage ich.

Ich halte das nicht länger aus. Nie und nimmer kann ich ruhig sitzen bleiben, mir Reden darüber anhören, wie verliebt Nick und Henri doch sind, und gleichzeitig spüren, wie wütend mein Mann aus unerfindlichen Gründen auf mich ist.

Ich schaue Mark an und versuche Henris Hundeblick nachzuahmen. Ich habe genau aufgepasst, wie sie das macht.

»Na schön!«, sagt er viel zu laut und wirft seine Serviette auf den Teller.

Ich traue mich nicht, den Cowboyhut wieder aufzusetzen, also wende ich beim Hinausgehen das Gesicht vom Tisch mit dem Brautpaar ab.

Wir treten an die frische Luft, und Mark flucht, weil er prompt im Matsch landet. Zu jedem anderen Zeitpunkt hätte ich jetzt darauf hingewiesen, wie praktisch meine Cowboystiefel sind und dass sie offenbar doch keine sinnlose Anschaffung waren. Aber das würde wohl kaum die Stimmung verbessern.

Es fühlt sich an, als befände sich plötzlich ein eiserner Vorhang zwischen uns.

»Was ist los, Mark?«, frage ich, sobald wir die Veranda des Klubhauses erreicht haben.

»Ich bin von dir enttäuscht, Penny.«

»Wieso? Was habe ich getan?« Während des gesamten Essens habe ich mir den Kopf darüber zerbrochen, aber mir ist nichts eingefallen, was ihn in diese üble Stimmung versetzt haben könnte.

»Das weißt du genau. Du hast mir vor unserer Hochzeit versprochen, nie wieder etwas vor mir zu verheimlichen. Das war die Abmachung. Und ein Jahr später bist du schon wieder bei deinen alten Tricks.«

Das einzige Geheimnis, das ich im Moment habe, betrifft Giles, aber das kann er nicht meinen, denn es muss etwas sein, was sich vor der heutigen Trauung ereignet hat. Sein untypisches Verhalten gestern Abend, meine Anrufe zu ignorieren, war vermutlich der erste Hinweis darauf.

»Und was verschweige ich dir angeblich?«

»Du kannst es also nicht einmal zugeben! Oder hast du mehr als ein Geheimnis vor mir und willst auf Nummer sicher gehen?«

Mir sträuben sich die Nackenhaare, und ich werde vor Wut rot.

»Verdammt, Penny, ich kann in dir lesen wie in einem offenen Buch. Du weißt, dass ich wütend auf dich bin, weil ich herausgefunden habe, dass du wieder spielst!«

Mir klappt buchstäblich die Kinnlade herunter. Habe ich richtig gehört? Ich spiele wieder? Wie abstrus! Ich war nicht einmal in der Nähe eines Lotterieloses, und bei dem verregneten Ausflug ans Meer mit Mark habe ich am Pier nicht ein einziges Mal an dem Automaten mit Pferderennen gewettet.

»Wovon redest du? Ich habe seit über einem Jahr nicht mehr gespielt, und das weißt du auch.«

»Nein, Penny, das stimmt nicht. Ich dachte, du wärst ehrlich zu mir. Eigentlich hätten bei mir die Alarmglocken läuten müssen, als du mir das mit Nick verheimlichst hast. Ich hätte mich fragen müssen, was du mir sonst noch verschweigst, wo dir das anscheinend so leicht fällt.«

Ich kann nicht glauben, was ich da höre.

»Ich komme mir vor wie der letzte Idiot. Dabei habe ich mir einbildet, ich hätte die beste Frau der Welt. Du hattest ein großes Problem mit dem Spielen und hast dich dem gestellt. Ich war so verdammt stolz auf dich, dass du es geschafft hast, damit aufzuhören, und sogar Mentorin geworden bist! Und dann erfahre ich, dass alles nur ein Haufen Lügen ist.«

»Es sind keine Lügen«, erwidere ich, während mir eine abtrünnige Träne über die Wange kullert. »Ich habe seitdem nicht mehr gespielt. Und ich habe keine Ahnung, wie ich dir beweisen soll, dass ich die Wahrheit sage.«

Mark lacht und fährt sich durchs Haar, was ich zu jedem anderen Zeitpunkt vermutlich ziemlich sexy gefunden hätte. Aber jetzt möchte ich ihm am liebsten die Hände wegschlagen und ein bisschen Vernunft in ihn hineinprügeln.

»Lustig, dass du von Beweisen redest, ich habe nämlich welche.«

Mark langt in seine Tasche und zieht ein zusammengefaltetes Stück Papier heraus. Ich frage mich noch, was das sein könnte, als ich in einer Ecke das vertraute Logo unseres Kreditkartenanbieters entdecke.

»Bitte sehr, Penny. Da hast du deinen Beweis.«

Er faltet das Blatt auseinander, und ich entreiße es ihm. Es ist meine vierteljährliche Kreditkartenabrechnung. Während ich die Daten überfliege, sehe ich eine Menge Transaktionen. Tatsächlich ist die Karte bis zum Limit ausgeschöpft.

Mir wird ganz elend, so wie damals, als ich den Stand der Ersparnisse für die Hochzeit auf dem Kontoauszug und die vielen Abbuchungen von Carnivore Services sah, der Firma, die die Bingo-Website unterhält, auf der ich gespielt habe. Nur dass dieses Mal dort nicht Carnivore Services steht, sondern Bill Hall, eines der größten Wettbüros der Stadt.

»Ich verstehe das nicht«, sage ich ungläubig. »Ich habe nicht gewettet. Mark, ich schwöre bei Gott, dass ich es nicht getan habe!«

»Es ist deine Kreditkarte, Penny. Dein Name steht oben.«

»Aber ich war das nicht. Ich schwöre!«

Ich versuche mich daran zu erinnern, wann ich die Karte zum letzten Mal benutzt habe, und mir fällt ein, dass es in dem Geschäft für Outdoorausrüstung war, wo sie abgelehnt wurde. Das lag also gar nicht an einem technischen Problem, sondern daran, dass ich mein Limit erreicht hatte.

»Ich wünsche mir einfach nur, dass du ehrlich zu mir bist«, sagt Mark.

»Das bin ich. Du musst mir vertrauen. Ich habe das nicht getan.«

»Ein anderer Spieler hat also deine Kreditkarte gestohlen und verzockt jetzt das ganze Geld. Was für ein Zufall!«

»Mark, hör zu. Ich habe dir letztes Jahr versprochen, dass ich mit dem Spielen aufhöre, und das habe ich auch getan. Ich habe seither nicht einmal mehr an einer Tombola teilgenommen. Du musst mir einfach glauben.«

»Warum sollte ich? Das letzte Mal hast du mich monatelang angelogen, Penny. Was ist jetzt bitte schön anders?«

»Dass ich dir bei unserer Hochzeit versprochen habe, keine Geheimnisse mehr vor dir zu haben. Und die gibt es auch nicht. Aber statt mir zu vertrauen und im Zweifelsfall an meine Unschuld zu glauben, ziehst du voreilige Schlüsse. Vielen Dank.«

Tränen brennen mir in den Augen, und nur der Zorn, als Lügnerin bezichtigt zu werden, bewahrt mich davor, ganz zusammenzubrechen.

»Versetz dich doch mal in meine Lage. Du hast das mit Nick verheimlicht, was mich glauben lässt, dass du auch noch andere Sachen vor mir geheim hältst. Wem würdest *du* denn glauben? Den Fakten, die du schwarz auf weiß hast, oder jemandem, der dich in der Vergangenheit schon mal belogen hat?«

Ich öffne den Mund und mache ihn wieder zu. Was soll ich dazu auch sagen? Mein Mann glaubt mir ja doch nicht.

»Und wie erklärst du dir die Sache dann, wenn du es nicht gewesen bist, Penny? Kreditkartenbetrug?« Mark lacht verbittert.

»Keine Ahnung. Das werde ich herausfinden.«

»Ah, da bist du ja!« Tom, der Trauzeuge, kommt über den aufgeweichten Rasen auf uns zu.

»Natürlich, überleg dir ein paar Lügen, denk dir eine Geschichte aus. Und gib mir einfach Bescheid, wenn du so weit bist«, zischt Mark und stürmt davon. Ich möchte ihm nachlaufen, ihn durchschütteln und anschreien. Aber wozu soll das gut sein?

Also stehe ich immer noch da, als Tom bei mir ankommt. Sobald er mein Gesicht sieht, bleibt er abrupt stehen.

»Hi, Tom.« Ich setze ein unechtes Lächeln auf, das vermutlich ziemlich albern aussieht, weil mir immer noch Tränen über die Wangen laufen.

»Ja, äh …«, sagt er und zappelt nervös herum. »Hochzeiten … Die bringen einen immer zum Weinen.«

Jetzt muss ich lachen und verschlucke mich fast an den Tränen.

»Ja, sie bringen das Schlimmste im Menschen zum Vorschein«, antworte ich und schiebe die Kreditkartenabrechnung in meine Handtasche. »Also, was kann ich für dich tun?«

»Es soll jetzt mit den Reden losgehen, und ich muss wissen, in welcher Reihenfolge die normalerweise gehalten werden. Und soll ich die Redner vorstellen?«

»Also gut«, sage ich und schalte wieder in den Arbeitsmodus der Hochzeitsplanerin. »Zuerst kommt der Vater der Braut, dann der Trauzeuge und dann der Bräutigam. Ich weiß, dass Henri Geschenke als Dankeschön für die Mütter vorbereitet hat, die kann sie überreichen, wenn der Bräutigam mit seiner Rede beginnt. Und ja, am besten wäre es, wenn du alle ankündigst.«

»Okay, danke, Penny. Kommst du rein? Meine Rede ist ziemlich witzig. Du solltest sie nicht verpassen.«

Ich lächle Tom an, der mich offenbar aufheitern möchte. Dann schaue ich in die Richtung, in die Mark davongestürmt ist, und mir wird klar, dass ich nichts tun kann. Er muss sich erst wieder beruhigen, und ich muss in Erfahrung bringen, was passiert ist.

»Dann wollen wir mal«, sage ich und gehe mit Tom zurück zum Zelt. Ich wische die Tränen fort und hoffe, dass die Wimperntusche so wasserfest ist, wie auf der Packung behauptet wird.

Tom als Schutzschild benutzend, schleiche ich an meinen Platz zurück und hoffe, dass Giles mich nicht entdeckt.

Bei einer Hochzeit zu sein, sich die Reden anzuhören und die ganze Zeit nicht hinzugucken hat etwas Surreales. Ich halte den Kopf halb gesenkt und betrachte die Tischplatte. Da Mark nicht mehr da ist, habe ich den Cowboyhut wieder aufgesetzt, und da ein paar andere Gäste auch so herumlaufen, fällt es zum Glück nicht ganz so auf.

Als Erstes musste ich Giles' Rede über mich ergehen lassen, was einfach grauenhaft war. Nicht die Rede, sondern meine Anstrengungen, dass er mich nicht sieht, denn er war zum Sprechen aufgestanden. Ich spähte ein paarmal unter der Krempe hervor und stellte fest, dass Henri recht gehabt hatte. Er muss sich mit Selbstbräuner eingesprüht haben.

Vermutlich hat er versucht, die Sonnenbrand-Tigerstreifen zu kaschieren. Aber der Schuss ging nach hinten los, denn jetzt wirkt er wie das Männchen mit weißen Rallyestreifen aus der Orangensaftwerbung.

Seine Rede war sentimental, drehte sich ausschließlich um Ereignisse aus Henris früher Kindheit. Am besten gefiel mir die Anekdote darüber, als sie auf der Party eines Botschafters waren und Henri herumlief und alle Kellner fragte, wo denn der Ferrero Rocher sei. Aber das meiste von dem, was Giles über seine Tochter erzählte, passt überhaupt nicht zu der Henri, die ich kenne.

Toms Rede war, wie angekündigt, ziemlich witzig, und ich bin froh, dass ich sie nicht verpasst habe. Nick wirkte währenddessen sehr verlegen, und falls Henri noch nicht alles über den Mann wusste, den sie gerade geheiratet hat, so weiß sie es spätestens jetzt.

Nun bleibt nur noch Nicks Rede, die bestimmt voller wunderbarer Geschichten ist und mich zum zweiten Mal an diesem Tag zum Weinen bringen wird.

»Ich möchte euch allen danken, dass ihr gekommen seid, um bei einem der glücklichsten Ereignisse in meinem Leben dabei zu sein«, sagt Nick. Henri beschwert sich über das »einem der«, und Nick korrigiert zu »dem glücklichsten«.

»Also, wie gesagt«, fährt Nick fort, »dieser Tag wäre in jedem Fall etwas ganz Besonderes, aber er wird es umso mehr, weil ihr alle ihn miterlebt. Also nochmals danke.

Und da wir gerade beim Thema Danken sind, übergebe ich jetzt an meine wunderschöne Frau Henri, die ebenfalls ein paar Worte sagen möchte.«

Alle applaudieren, während Henri aufsteht.

»Ich möchte mich Nick anschließen, wie sehr ich mich darüber freue, dass ihr alle hier seid. Das bedeutet uns wirklich viel.«

Henris Stimme zittert, und ich frage mich, ob das der Grund ist, warum die Braut normalerweise keine Rede hält. Während Henri der Reihe nach ihrer Mum, ihrer frischgebackenen Schwiegermutter und den Brautjungfern dankt, sehe ich Tränen in ihren Augen glitzern.

»Und dann gibt es noch einen Menschen, dem ich ganz besonderen Dank aussprechen möchte. Ohne sie wäre diese Hochzeit nie zustande gekommen, oder wir würden jetzt zumindest knietief im Wasser stehen.«

O nein. Mir gefriert das Blut in den Adern. Sie meint doch nicht etwa mich … Ich kann unmöglich nach vorn gehen. Ich schließe die Augen und bete, dass sie irgendjemand anderen meint oder mich einfach nur dankend erwähnt.

»Ich danke Penny. Wo steckt sie? Ah, da ist sie ja. Wir haben hier eine Kleinigkeit für dich.«

Ich bin wie auf meinem Stuhl festgeklebt, und selbst wenn ich aufstehen wollte, ginge das nicht, weil meine Beine wie Wackelpudding sind. Alle um mich herum klatschen, und schließlich bleibt mir doch nichts anderes übrig, als mich zu erheben. Jetzt kann ich nur noch hoffen, dass sich Giles heute ins Koma trinkt und sich am Montag an nichts mehr erinnern kann oder dass ihm das Bräunungsspray auf die Augen geschlagen ist.

Henri schickt ihre Nichte zu mir, die mir einen Blumenstrauß und eine kleine Schachtel überreicht. Ich verstecke das Gesicht hinter den Blumen und forme mit den Lippen ein »Danke« in Richtung Henri.

Ich frage mich, wie viel sie für den Blumenstrauß bezahlt hat, denn er war nicht im Budget vorgesehen, aber als ich die leuchtend bunten Blumen genauer ansehe, kommen sie mir irgendwie bekannt vor, und dann entdecke ich die kleine Karte, auf der steht: »Mit Liebe aufgezogen im Garten der Scotts.« Die Blumen sind aus dem wunderschönen Garten von Henris Mum. Was für eine tolle Idee und clevere Art, Geld zu sparen. Am Ende hat Henri doch etwas von mir gelernt!

Ich öffne die Schatulle, in der ein Armband liegt. Ein wirklich hübsches Armband von Goldsmiths. Ich muss lächeln, denn das bedeutet, dass Henri immer noch meinen Blog liest. Vor kurzem habe ich nämlich darüber geschrieben, dass man dort seine Tesco-Klubkarten-Punkte einlösen kann.

Als Henri ihre tränenreichen Worte beendet hat, reicht sie das Mikrofon wieder an Nick. Ich weiß nicht, was er in seiner darauffolgenden Rede gesagt hat, denn ich bin zu sehr damit beschäftigt, das Armband zu betrachten. Gedankenverloren versuche ich zu verarbeiten, was alles in der vergangenen Stunde passiert ist.

Ganz oben auf meiner Liste steht, herauszufinden, wie das Dilemma mit meiner Kreditkarte erklärt werden kann.

Kapitel fünfundzwanzig

Prinzessin auf Sparkurs –
kleine Gäste: Pro und Kontra

Die Entscheidung, ob Kinder zur Hochzeit eingeladen werden, kann ein brisantes Thema sein. Es ist schön, an diesem Tag ein paar Kinder herumlaufen zu sehen, aber wenn all deine Freunde Kinder haben, sind plötzlich scheinbar mehr Kinder als Erwachsene bei deinem Fest. Bei meiner Hochzeit habe ich die Verwandten ihren Nachwuchs mitbringen lassen und die Freunde gebeten, ihren zu Hause zu lassen. Ich glaube, die meisten Eltern freuen sich über einen kinderfreien Tag, weil sie dann entspannt feiern können, ohne die ganze Zeit Angst zu haben, dass ihr Kind während der Trauungszeremonie in der Kirche herumbrüllt und / oder beim Empfang Chaos anrichtet. Findest du, dass zu Hochzeiten viele Kinder gehören?
Tags: Kinder, kontroverse Entscheidungen

Sobald die Reden vorbei sind, stürme ich nach draußen. Ich brauche dringend frische Luft. Für einen Moment frage ich mich, ob ich Mark wohl finden kann, aber ich bin immer noch sauer auf ihn, weil er mir nicht glauben will.

Ich schlendere über das matschige Grün zum Ententeich und setze mich unweit der Stelle, wo ich das berühmte Veilchen kassiert habe, auf eine Bank. Dann schaue ich hinüber zum Zelt und verspüre eine Welle von Stolz, dass ich das geschafft habe. In dem Zelt sind zwei Menschen am glücklichsten Tag ihres Lebens, feiern eine wunderschöne Hochzeit, und ich bin dafür verantwortlich. Allerdings weiß ich auch, dass dieses Glück nicht immer anhält, denn sofort kommen wieder Gedanken an Mark und die Kreditkarte hoch.

Ich hole die Kreditkartenabrechnung aus meiner Tasche und starre darauf. Da steht es schwarz auf weiß, zwanzig Pfund hier, zwanzig Pfund da, zusammen kommt es auf ein paar tausend. Aber es wurde nicht alles diesen Monat abgebucht, sondern zieht sich schon eine ganze Weile hin.

Ich rufe auf meinem Handy die Website von Bill Hall auf, die ich noch nie besucht habe, nicht einmal in meiner Bingo-Phase. Bill Hall ist auch eher bekannt für Sportwetten, was also soll ich da?

Ich scrolle die Seite rauf und runter. Die Wetten für das heutige Kricket-Testspiel sind aufgeführt, Rugby-League-Spiele und das heutige Rennen von Doncaster nach Kempton Park. Wenn Mark auch nur einen Blick auf die Seite geworfen hätte, wäre ihm sofort klargewesen, dass ich das nicht gewesen sein kann.

Und dann fällt mir plötzlich etwas ins Auge, und ich weiß, was los ist.

»Penny, ist alles okay?«

Ich finde Beth auf einem der überzähligen Heuballen hinter dem Zelt sitzend. Sie trägt immer noch ihre schwarzweiße Uniform. Nur dass sich jetzt ein paar Flecken darauf befinden und sich ein paar Strähnen aus ihrem Pferdeschwanz gelöst haben. Wenn ich nicht in der Stimmung wäre, sie zu ermorden, weil sie heimlich meine Kreditkarte benutzt hat, wäre ich stolz auf sie, weil man ihr ansieht, dass sie einen Tag harter Arbeit hinter sich hat.

»Hi, Beth. Nein, nichts ist okay.«

»Was ist denn los?«

Sie richtet sich wachsam auf.

»Mark und ich haben uns gestritten«, antworte ich und versuche, meinen Ärger in Schach zu halten.

»Oh.« Sie sieht mich verwirrt an. »Passiert das öfter?«

»Nein. Wir zanken höchstens mal ein bisschen, aber das tun wohl die meisten Paare. Dieses Mal ist es richtig ernst. Er ist wütend auf mich. Er glaubt, dass ich wieder spiele.«

»Hat er denn recht?«

»Nein, natürlich nicht.«

»Und wie kommt er dann darauf?«

»Er hat meine Kreditkartenabrechnung aufgemacht und gesehen, dass ich eine Menge Zahlungen an Bill Hall habe.«

Beth starrt auf den Boden. Ich hatte gehofft, nicht mehr sagen zu müssen – dass sie vielmehr gleich gesteht, meine Kreditkarte benutzt zu haben, aber ihr Schweigen ist geradezu unheimlich.

»Beth, hast du mir etwas zu sagen?« Ich klinge genau wie meine Mutter früher, wenn sie versuchte, meine Teenagergeheimnisse aus mir herauszupressen.

Beth schweigt immer noch, aber Tränen laufen ihr über die Wangen.

Wenn sie es nicht von allein zugeben will, werde ich wohl die ganze Miss-Marple-Nummer durchziehen müssen.

»Du hast meine Kreditkarte benutzt, stimmt's?«, sage ich langsam. »Du hast meine Daten geklaut, und so konntest du weiter spielen. Nach allem, was ich für dich getan habe, Beth. Ich habe mein Bestes gegeben, um dich davon wegzubringen. Ich habe dir sogar diesen Job besorgt.«

Mir ist klar, dass wir direkt hinter dem Zelt sitzen und ich nicht zu laut sprechen sollte. Aber ich bin zu wütend, um meine Stimme unter Kontrolle zu haben.

»Wann hast du das eigentlich getan?« Ich sehe sie an, aber ihr Blick ist weiter auf ihre Schuhe geheftet.

»Ich konnte einfach nicht anders.«

»Wann hast du meine Kreditkartendaten gestohlen?«

»Als ich zum Kuchenessen bei dir war.«

»Das ist Monate her. Und die ganze Zeit hast du dich mit mir in der Gruppe getroffen und gleichzeitig mein Geld ausgegeben und in meinem Namen Schulden gemacht? Hast du eine Ahnung, wie viel ich zurückzahlen muss?«

»Es tut mir leid, Penny. Es tut mir so leid! Du bist immer nur nett zu mir gewesen, und ich mach so etwas.«

»Hättest du mir jemals davon erzählt?«

»Ja. Ich meine, ich wollte ja auch alles zurückzahlen. Von meinen Gewinnen.«

Ich lache laut auf. Gütiger Gott, Spieler klingen so was von erbärmlich, wenn sie auf der Jagd nach dem großen Gewinn sind! Ich muss es wissen, ich war auch schon mal so.

»Du hast meine Ehe in eine Krise gestürzt. Mark glaubt, dass ich ihn belogen habe.«

»Das habe ich nicht gewollt! Ich war nur so wütend, als wir uns getroffen haben, weil ich fand, dass ich keine Hilfe brauche. Und als ich dann bei dir zu Hause war, da hast du so nett getan und mir Kuchen serviert, aber hinter deinem Rücken habe ich über dich gelacht.«

Na wunderbar. Genau das wollte ich hören. Jetzt fühle ich mich sehr viel besser, Beth.

»Ich habe mir deine Kreditkartendaten gemerkt und geglaubt, ich würde dich nie wiedersehen. Ich dachte, du würdest mich genauso aufgeben wie alle anderen auch.«

»Und wieso hast du gedacht, ich würde es nicht merken?«

»Ehrlich gesagt konnte ich gar nicht glauben, dass du die Spielerei so einfach aufgegeben hast. Irgendwie habe ich gehofft, du würdest immer noch spielen und es deshalb gar nicht merken.«

»Das reicht jetzt«, sage ich und stapfe von Beth fort.

»Warte, Penny!«, ruft sie und kommt hinter mir her. Ich weiß gar nicht, wo ich eigentlich hinsoll, Hauptsache weg von hier.

»Penny, hör zu. Ich habe deine Kreditkartendaten gestohlen, bevor ich dich richtig kannte. Bevor du all diese netten Dinge für mich getan hast wie noch nie jemand zuvor. Und ja, du hast mir diesen Job besorgt, davon wollte ich dir das Geld zurückzahlen.«

»Und wie weit kommst du damit? Was hast du heute verdient, fünfzig Pfund? Meine Kreditkartenabrechnung beläuft sich auf über zweieinhalb*tausend* Pfund. Um das zurückzuzahlen, musst du eine Menge Schichten als Kellnerin übernehmen. Ganz davon zu schweigen, dass du deiner Mum auch fünftausend Pfund schuldest. Früher oder später wirst du für dein Handeln Verantwortung übernehmen müssen, Beth. Ich glaube nämlich, dass dir die Konsequenzen dessen, was du tust, überhaupt nicht bewusst sind. Dabei ruinierst du das Leben anderer Leute.«

Dicke Tränen laufen ihr jetzt über die Wangen, und ich frage mich, ob ich meine Wut auf Mark an ihr auslasse. Vielleicht ein bisschen, aber ich habe getan, was ich konnte, um diesem Mädchen zu helfen, und wie dankt sie es mir? Hoffentlich versetzt ihr die ganze Sache einen solchen Schreck, dass sie endlich mit dem Spielen aufhört – jetzt hat sie sich nämlich in echte Schwierigkeiten gebracht.

»Du wolltest es mir also erzählen?«, frage ich.

»Irgendwann«, sagt Beth.

Das ist die Beth, die ich kenne, die aussieht wie eine schuldbewusste Lügnerin.

Ich drehe mich um und will erneut davonstürmen, was aber nicht so leicht ist, wenn man Cowboystiefel mit glatten Sohlen trägt.

»Es tut mir leid, Penny!«, ruft sie mir nach.

Es tut ihr leid? Was bringt das? Mark ist zutiefst verletzt, und ich habe mehrere tausend Pfund Schulden. Plötzlich klingt das Wort »Sorry« aus dem Mund eines Teenagers alles andere als aufrichtig.

Ich stürme zur Vorderseite des Zelts, und wenn ich vorher wütend war, dann koche ich jetzt richtig. Wie hat Beth jemals glauben können, damit durchzukommen? Und nun, da ich die Wahrheit kenne, bin ich zudem noch zorniger auf Mark.

Ich bin so beschäftigt mit dem Streit, den ich im Kopf mit ihm führe, dass ich gar nicht merke, wie ich auf den Eingang des Zelts zusteuere.

»Penny.«

Wie angewurzelt bleibe ich stehen. Diese Stimme gehört Giles.

»Penny Robinson, was machen Sie denn hier?« Ich schaue hoch und vermeide es zum ersten Mal an diesem Tag nicht, ihm in die Augen zu sehen. Mit offenem Mund starre ich ihn an und weiß nicht, was ich sagen soll. Ob ich einfach sagen soll, dass Nick und ich uns schon länger kennen, was nicht völlig gelogen ist? Ich könnte aber auch aus meinen Fehlern lernen und die Wahrheit sagen.

Aber bevor ich eins von beidem tun kann, kommt Henri anstolziert, beide Hände voll mit bauschigem Hochzeitskleid, und noch ehe ich mich's versehe, ist die Katze aus dem Sack.

»Daddy, wie schön, dass du Penny, die Hochzeitsplanerin, endlich kennengelernt hast! Hat sie nicht wunderbare Arbeit geleistet? Wir konnten uns so glücklich schätzen, dass sie uns als Klienten genommen hat! Sie ist so gut, dass sie sogar für *Bridal Dreams* schreibt.«

»Tatsächlich?« Giles sieht mich fragend an.

Als wäre es nicht schon schlimm genug, als Hochzeitsplanerin entlarvt zu werden. Die Bemerkung, dass ich für *Bridal Dreams* schreibe, fühlt sich an, als sei mein Schicksal damit besiegelt.

Trotz meines Schweigens halte ich Giles' Blick stand und sehe, wie seine Augen vor Entsetzen immer größer werden, als ihm dämmert, was los ist. Ich muss an Indy und ihr Käsegeschäft denken und weiß genau, was jetzt kommt.

»Oh, sieh nur, da ist Tante Rose, ich muss zu ihr«, sagt Henri und schießt in ihren Cowboystiefeln davon.

Ich schaue mich um, ob irgendwo vielleicht auch eine lange verschollene Tante von mir herumsteht, die ich angeblich schnell mal begrüßen muss, aber leider Gottes gibt es nichts und niemanden, zu dem ich mich verdrücken könnte.

»Also, Penny, Sie sind die Top-Hochzeitsplanerin? Sie sind die Organisatorin, die Henri unter 24/7 auf ihrer Kurzwahltaste hat? Die sich vom Teambuilding-Event weggeschlichen hat, um das Kleid für die Brautjungfer zu besorgen …«

»Giles, es ist nicht so, wie Sie denken«, sage ich. Nach allem, was ich heute schon erlebt habe, fühlt es sich an, als würde mich diese Konfrontation endgültig fertigmachen, und ich gebe mich nicht sonderlich wehrhaft.

»Lassen Sie uns nicht jetzt darüber reden. Es ist die Hochzeit meiner Tochter, die Sie, wie ich zugeben muss, hervorragend organisiert haben. Aber, Penny, Sie kennen meine Haltung gegenüber unangemeldeten Nebentätigkeiten. Ich erwarte Sie am Montagmorgen um Punkt neun in meinem Büro.«

»Ja, Giles«, antworte ich.

Er eilt zu Henri und Tante Rose, während ich zurückbleibe und mit dem Kopf gegen die Zeltwand schlage. Gestern um diese Zeit glaubte ich, die Beförderung im Sack zu haben, nachdem das Teambuilding-Event so super gelaufen war. Aber so wie es jetzt aussieht, werde ich Montag gar keinen Job mehr haben.

Falls es in Ihrem Leben jemals einen Moment gab, in dem Sie sich gefragt haben, wie Sie nur in einen solchen Schlamassel geraten konnten – ich habe diesen Moment jetzt. Ich, Penny Robinson, habe alles kaputt gemacht.

Kapitel sechsundzwanzig

Prinzessin auf Sparkurs – die Speisung der Fünftausend

Gut möglich, dass deine Mum dir gesagt hat, es müsste später am Abend noch ein großes Büfett geben. Aber bevor du dich darauf einlässt, solltest du gut überlegen, wie dein Zeitplan aussieht. Wenn du am Nachmittag heiratest, wird das Hochzeitsessen nicht vor fünf Uhr serviert, was wiederum bedeutet, dass es bei drei Gängen nicht vor sieben vorbei ist. Es lohnt also in jedem Fall, sich Gedanken über ein Abendessen zu machen – haben die Gäste überhaupt schon wieder Hunger, wenn sie gerade erst das Menü verputzt haben? In solchen Situationen leisten Schinken-Sandwiches und Käseplatten gute Dienste. Oder du machst es wie Marie-Antoinette und servierst Kuchen!
Tags: sparen, Abendbüfett

Ich stehe draußen vor dem Zelt, und so wie ich es sehe, bleiben mir nur zwei Alternativen: Ich verabschiede mich von Henri, oder ich bleibe und betrinke mich. Wie Bridget Jones entscheide ich mich für Wodka. Nachdem ich mir an der Bar zwei große Wodka Cranberry bestellt habe, gehe ich in dem Moment zurück ins Zelt, als Henri und Nick ihren ersten Tanz zu *It Had to Be You* beenden. Erinnern Sie sich, wie ich mich bezüglich Nick verplappert und Henri dann vorgeflunkert habe, Nick plane eine Überraschung für sie? Nun, das kommt jetzt als Nächstes, und dafür möchte ich unbedingt einen guten Platz haben, also stelle ich mich neben die Tanzfläche.

Das Lied ist zu Ende, und zu Henris großer Verlegenheit geht Nick auf die Bühne.

»Meine wunderbare Frau wollte bei unserer Hochzeitsfeier gern eine Band haben, womit man immer auf der sicheren Seite ist. Da ich aber auch weiß, wie gern Henri unvergessliche Partys schmeißt, wollte ich noch etwas anderes. Henri, ich hoffe, du verzeihst mir. Legt los, Jungs.«

Henris verwirrte Miene bringt mich zum Lächeln, bis ich Giles vor der Bühne stehen sehe, der Fotos schießt. Rasch führe ich das Wodkaglas an meine Lippen.

Dann halte ich den Atem an, als Nick seine Version von *Can't Take My Eyes off You* zum Besten gibt. Singen kann er. Mir graut ein bisschen davor, dass später auch die Hochzeitsgäste ans Mikro treten werden – Nick hat nämlich eine Karaoke-Party organisiert. Ich habe ihm mehrfach gesagt, dass Karaoke bei einer Hochzeitsfeier entweder top oder ein totaler Flop wird. Dazwischen gibt es nichts. Aber wenn ich Nick da oben so sehe, mit der Band im Hintergrund, scheint er es wirklich hinzubekommen. Als ich ihm sagte, dass er sich eine Überraschung für Henri ausdenken müsse, kam ihm sofort diese Idee.

In der Zeit, während Henri ihrem Nick mit einer so aufreizenden Version von *Don't Cha* der Pussycat Dolls ein Ständchen bringt, dass sowohl ihre Grandma als auch ich heiße Ohren bekommen, habe ich meine beiden Wodka geleert.

Es freut mich, dass die Karaoke-Idee so gut ankommt und reger Andrang williger Teilnehmer herrscht. Auf der Suche nach mehr Wodka laufe ich zum Klubhaus. Morgen werde ich die Sauferei bereuen, aber in meiner jetzigen Stimmung ist mir das egal.

»Penny.«

Ich sehe Mark vor mir stehen, jedenfalls nachdem ich meine Augen mit ein bisschen Anstrengung dazu überredet habe, sich zu fokussieren.

»Ich will dich jetzt nicht sehen«, sage ich mit leicht schleppender Stimme.

»Pen, Beth hat mir alles erzählt.«

»Wie schön. Dann weißt du ja jetzt, dass ich nicht spiele.«

»Ja, und es tut mir leid. Ehrlich. Als ich diesen Kontoauszug vor mir hatte, habe ich einfach rotgesehen und …«

»Und was? Hast voreilige Schlüsse gezogen, ohne mir auch nur eine Chance zu geben, alles aufzuklären. Tut mir ja echt leid, Mark, aber es hat mich sehr verletzt, dass du mir nicht einmal zuhören wolltest. Wir sollen uns gegenseitig vertrauen, aber das tun wir nicht. Du vertraust mir nicht.«

»Pen …«

»Ich will nichts hören, dafür bin ich zu sauer.«

»Pen, wie kann ich es bloß wiedergutmachen?«

»Ich weiß nicht, ob du das überhaupt kannst.« Jetzt weine ich. Klar bin ich melodramatisch, und Mark hat sich entschuldigt. Der vernünftige Teil meines Gehirns sagt mir, dass ich mich an seiner Stelle vermutlich genauso verhalten hätte, aber der irrationale, wodkagetränkte Teil will nichts davon hören.

Ich gehe zum Zelt zurück, setze mich hin, höre zu, wie eine Frau *Dancing Queen* vernichtet, und frage mich, was ich tun soll. Auf jeden Fall sollte ich nicht hier sitzen und ignorieren, dass mein Leben gerade in Stücke bricht.

Ich entdecke Henri auf der Tanzfläche, wo sie einen Shimmy hinlegt, und gehe zu ihr, um mich zu verabschieden.

»Aber wir haben noch gar nicht zusammen getanzt«, sagt Henri und zieht einen Schmollmund. Doch nicht einmal ihr Hundeblick kann mich überreden. Während der vergangenen drei Tage habe ich kaum geschlafen, ich bin erschöpft und emotional ausgelaugt.

»Du hast bestimmt keinen Mangel an Interessenten, die mit dir tanzen wollen«, antworte ich.

»Aber du kannst noch nicht gehen!« Henri hält mich am Arm fest.

Ich frage mich, wie lange wir dieses Kasperletheater noch spielen werden.

»Doch, ich kann, und ich werde«, sage ich trotzig.

»Aber du gehst doch nicht etwa, wenn Mark da oben steht und Karaoke singt«, sagt sie und zeigt zur Bühne.

»Ha«, erwidere ich müde. »Du musst ihn verwechseln. Mark würde in einer Million Jahren nicht …« Ich verstumme, als ich ihn frech wie Oskar dort oben sehe. Wenn ich nicht so wütend auf ihn wäre, würde ich dahinschmelzen, so gut sieht er aus. Die Anzugjacke aufgeknöpft, das Haar ein bisschen strubbelig. Er hält das Mikro in einer Hand und dreht sich der Band zu, um mit ihr zu reden.

Was in aller Welt macht er da? In den acht Jahren, seit ich ihn kenne, habe ich ihn höchstens mal auf einer Bühne gesehen, wenn er im Job irgendeine todlangweilige Präsentation hielt. Und er hat niemals bei Karaoke mitgemacht, nicht einmal in Spanien, als wir total betrunken waren und ich ihn zu einem Duett von *You're the One That I Want* überreden wollte. Am Ende musste ich es dann mit einem glatzköpfigen Typen aus Glasgow singen. Er war definitiv nicht derjenige, den ich wollte, und Mark hat sich den Rest des Urlaubs totgelacht.

»Den nächsten Song widme ich meiner Frau Penny«, sagt Mark, während er die Augen gegen das helle Licht abschirmt und die Tanzfläche nach mir absucht. Henri macht es ihm leicht, indem sie mich einfach nach vorn schubst. Um mich herum höre ich eine Menge Ahs und Ohs.

Ich stehe da, gucke dumm aus der Wäsche und frage mich, was er wohl singen wird. Alle erwarten jetzt ein romantisches Ständchen, wie Henri und Nick es einander gebracht haben, aber auf meiner Liste der vermuteten Titel steht ganz oben *I Hate You So Much Right Now* oder wie auch immer dieses Lied heißt. Jedenfalls wäre es mein Favorit, wenn ich für ihn singen würde.

Die ersten Töne erklingen, und ich bin immer noch nicht schlauer. Dann wird mir auf einmal bewusst, dass ich Mark noch nie singen gehört habe. Das klingt seltsam, ich weiß, aber es stimmt. Abgesehen von den Konzerten der Foo Fighters oder der Killers, bei denen wir alle mitgegrölt haben und man sowieso nichts hört, hat Mark noch nie in meiner Gegenwart gesungen. Er singt nicht unter der Dusche, nicht beim Autofahren, nie. Er ist einer von diesen Leuten, die den Takt nur schweigend mit dem Kopf mitnicken oder mit dem Fuß tippen.

Als er die ersten Zeilen singt, bin ich verwirrt. Wenn ich mich nicht täusche, singt er *Don't Stop Believin'* von Journey. Soll das eine Metapher für unsere Ehe sein? Fragend sehe ich zu ihm hoch, aber er starrt so angestrengt auf die Textzeilen, dass er es gar nicht mitbekommt.

Es hat offenbar seinen Grund, dass ich Mark nie zuvor habe singen hören – er ist nicht mit einer einschmeichelnden Stimme wie Nick gesegnet. Aber er schmettert den Text voller Überzeugung hinaus. Ich schaue mich um, aber niemand scheint die schiefen Töne oder das schwankende Tempo zu bemerken, alle stimmen mit ein und wiegen sich im Takt.

Ich wende mich wieder Mark zu und lächle, da ich weiß, dass sich dieser Moment niemals wiederholen wird. Es muss ihn umbringen, dort oben vor all diesen Leuten zu stehen, sich die Kehle aus dem Leib zu singen und mich zu bitten, an unsere Ehe zu glauben. Mir wird ganz warm ums Herz. Bei einigen der höheren Töne schließe ich die Augen und mache es wieder gut, indem ich ihn bei seinem Luftgitarrenspiel während des Bassolos laut anfeuere.

Als das Lied zu Ende ist, springt Mark von der Bühne. Er umfasst meine Taille, zieht mich an sich und küsst mich so leidenschaftlich wie schon lange nicht mehr. Ich weiß nicht, ob es daran liegt, dass ich ihn dort oben gesehen habe, aber ich erwidere diesen Kuss, als hinge mein Leben davon ab. In dem Moment erkenne ich, dass Mark und ich unsere Probleme in den Griff bekommen werden.

»Eigentlich sollte es *Faithfully* von Journey sein«, flüstert Mark mir ins Ohr. »Es geht darin um Vertrauen, aber die Band hatte die Noten nicht.«

»So war es sehr viel besser«, sage ich. »Und keine Sorge, Mark, ich verliere nicht den Glauben an unsere Ehe.«

Hier, in Marks Armen, verspüre ich ein klitzekleines Stück Hoffnung, dass in meinem Leben vielleicht doch nicht alles den Bach hinuntergeht.

Kapitel siebenundzwanzig

Prinzessin auf Sparkurs –
Erfahrungsbericht: Country Chic

Henri und Nick mögen ja ursprünglich eine klassische Märchenhochzeit geplant haben, aber nach einem kleinen Wasserschaden verwandelten wir das Fest rasch in eine Party mit Country Chic. Henri rockte in ihrem TK-Maxx-Kleid voll ab, das übrigens bei jedem Motto toll ausgesehen hätte. Elfenbeinfarbene Pumps wurden durch wunderschöne braune Cowboystiefel von R. Soles ersetzt, und die Tiara wich einem Cowboyhut. Henri sah nicht nur toll aus, sondern es war auch praktisch, bei all dem Matsch rund ums Festzelt. Die Gäste hatten einen Riesenspaß mit den Cowboyhüten und den Heuballen, und es entstanden viele witzige Fotos. Für dieses Ambiente braucht ihr: Sandsäcke, Heuballen, ein paar Cowboyartikel und handgemalte Holzschilder.
Tags: Country Chic, Cowboyhüte, Henri und Nick

Als ich aufwache, trage ich immer noch das blaue Kleid und liege auf meiner Bettdecke. Den Kopf habe ich in Marks Halsbeuge geschmiegt.

Wir haben heute Nacht zu Hause nicht mehr geredet. Ehrlich gesagt habe ich geweint wie ein Baby. Ich habe geheult, weil ich meinen Job vermasselt habe, weil ich Mark nichts von Giles erzählt habe und weil ich erschöpft war. Vor allem aber, weil ich nicht sicher war, ob Mark und ich einander je wieder vertrauen können.

»Bist du wach?«, fragt Mark und setzt sich auf.

»Ja, schon seit einer Ewigkeit.«

»Also, womit fangen wir an?«, fragt er.

»Keine Ahnung.«

Mark strubbelt sich durchs Haar. An jedem anderen Sonntag, an dem er so verschlafen und sexy aussieht, würden wir jetzt sofort an Phase sechs unseres Lebensplans arbeiten. Aber heute nicht.

»Ich werde mit Beth über einen Rückzahlungsplan für das Geld reden«, sage ich, weil ich weiß, dass er sich wegen der Schulden genauso große Sorgen macht wie ich. Beth hat quasi unsere gesamten Ersparnisse verspielt.

»Mach dir darüber keine Sorgen. Gestern Abend hat Beth mir noch gesagt, dass sie mit ihrem Dad gesprochen hat und er die Schulden begleichen will.«

»Ihr Dad?«

»Ja, anscheinend. Du kannst sie ja nachher mal anrufen.«

Ich nicke und hoffe, Beths Offenheit gegenüber ihrem Vater ist der erste Schritt, dass sie sich ihre Probleme eingesteht.

»Also ein Problem weniger«, seufze ich. Damit müssen nur noch mein Job und unsere Ehe gerettet werden.

»Warum hast du meine Kreditkartenabrechnung aufgemacht?«, frage ich. »Hast du mir misstraut?«

»Nein, es war aus Versehen. Unsere Abrechnungen kamen mit derselben Post, und ich habe versehentlich deine geöffnet. Und als ich dann die Abbuchungen von Bill Hall sah, habe ich angenommen …«

»Das kann ich verstehen, Mark. Es war eine logische Reaktion. Ich habe zwar seit einem Jahr nicht mehr gespielt, aber die Versuchung bleibt.«

Die Worte hängen seltsam in der Luft.

»Ich frage mich nur, ob du mir je wieder vertrauen kannst. Vielleicht habe ich dich letztes Jahr zu sehr hintergangen.«

»Penny, sag so etwas nicht.«

»Aber es ist doch wahr, Mark. Ich möchte nicht, dass du immer sofort das Schlimmste annimmst, wenn es mal Probleme gibt.«

»Tut mir leid, Pen. Ehrlich. Und ich vertraue dir, ganz sicher.«

Er zieht mich in seine Arme.

»Wir sind erst seit einem Jahr verheiratet und haben schon schreckliche Auseinandersetzungen.«

»*Eine* Auseinandersetzung, Pen.«

»Trotzdem. Vielleicht hätten wir nicht heiraten sollen, vielleicht war es die falsche Entscheidung.«

»Dann hast *du* jetzt ein Problem, Penny Robinson. Ich habe dich gewarnt, dass ich nichts von Scheidungen halte, du wirst mich also nicht mehr los.«

Jetzt muss ich gleichzeitig lachen und weinen.

»Gut, wenn ich dich sowieso nicht mehr loswerde, dann verrate ich dir jetzt das einzige Geheimnis, das ich momentan vor dir habe.«

»Du hast also tatsächlich ein Geheimnis?«

»Ja und nein. Ich habe auf dem Hochzeitsempfang herausgefunden, dass Henris Dad mein Chef Giles ist.«

»Giles? Dein neuer Big Boss?«

»Yep, Giles, mein neuer Big Boss, der nichts von unangemeldeten Nebentätigkeiten hält. Jetzt weiß er von der Hochzeitsplanerei, meinem Zeitschriftenartikel … von allem eben.«

Mark stößt einen leisen Pfiff aus.

»Wenn in deinem Leben etwas schiefläuft, dann aber mit Karacho.«

»Bist du nicht sauer? Sagst du jetzt etwa nicht, dass du mich gewarnt hast? Du warst ja schon immer gegen die Hochzeitsplanerei.«

»Ich will nicht lügen, begeistert war ich davon wirklich nicht. Aber dass Giles Henris Vater ist, kann man nur als fürchterliches Pech bezeichnen.«

»Ich weiß. Aber was soll ich jetzt tun?«

»Uns wird schon etwas einfallen.«

»Du änderst deine Meinung also nicht, was eine Scheidung angeht?«

»Nö, davon halte ich einfach nichts, Mrs. Robinson. Wir finden gemeinsam eine Lösung.«

Ich schmiege mich in Marks Arme, und obwohl ich nicht weiß, was mich morgen erwartet, so ist doch eines sicher: Mit Mark an meiner Seite fühlt sich alles gleich sehr viel leichter an.

Als ich Montagmorgen zur Arbeit gehe, zitterte ich am ganzen Körper. Ich weiß, was ich zu tun habe, bin mir nur nicht sicher, ob ich es wirklich durchziehen werde.

Mark und ich haben den ganzen Sonntag diverse Möglichkeiten in Betracht gezogen und verschiedene Szenarien durchgesprochen.

Giles geht an meinem Schreibtisch vorbei in sein Büro, er würdigt Shelly und mich keines Blickes, zu ihrer großen Enttäuschung. Sie senkt den Blick wie ein gescholtener Welpe, der nicht versteht, was er angestellt hat.

»Penny!«, brüllt Giles kurz darauf aus seinem Büro.

Ich lächle Shelly zu. In wenigen Minuten wird sie erfahren, dass sie befördert wird.

»Kommen Sie rein und schließen Sie die Tür«, sagt Giles, sobald ich die Türschwelle erreiche.

»Giles …«

»Lassen Sie mich zuerst reden, danke«, sagt er kühl. »Ich bin sehr enttäuscht von Ihnen. Ich hatte bereits entschieden, Sie zu befördern, weil ich glaube, dass Sie das Zeug zu einer guten Managerin haben.«

Obwohl sich das auf die Vergangenheit bezieht, überkommt mich Stolz bei dem Lob.

»Aber dann musste ich erfahren, dass Sie lügen und nebenbei als Hochzeitsplanerin arbeiten. Und das nach der Geschichte mit Indy! Sie kennen die Vorschriften, wenn jemand einen Nebenjob nicht angibt.«

»Ich weiß, ich …«

»Unterbrechen Sie mich nicht. Gestern habe ich mit Henri gesprochen, die mir sagte, wie sehr sie Sie angefleht hat, ihre Hochzeit zu organisieren, und dass es Ihre letzte sein würde. Was mich zu der Überzeugung bringt, dass Ihre Firma mit dem gestrigen Tag zu existieren aufhörte, stimmt's?«

Ich will antworten, aber anscheinend war es eine rhetorische Frage.

»Gunther konnte Sie vergangene Woche gar nicht genug loben, er ist von Ihnen begeistert. Er hat sogar vorgeschlagen, Sie in das firmeneigene Managementprogramm zu stecken.«

Mir wird ganz elend, und ich weiß nicht, ob ich das Mark je erzählen soll. Andererseits darf es zwischen uns keine Geheimnisse mehr geben, gleichgültig, wie groß oder klein sie sind.

»Das berücksichtigend, habe ich entschieden, dass wir Sie zwar nicht befördern, Sie jedoch Ihren bisherigen Job behalten können und ich keine Schritte gegen Sie einleiten werde.«

Ich öffne den Mund und schließe ihn wieder.

»Danke, Giles«, sage ich schließlich.

»Also gut. Machen Sie die Tür hinter sich zu«, sagt er und setzt seine Brille auf.

»Tut mir leid, Giles, aber ich habe auch etwas zu sagen. Danke für Ihr Verständnis und dass Sie so vieles berücksichtigt haben. Und danke, dass Sie mir gesagt haben, dass ich das Zeug zur Managerin habe. Das erleichtert mir das, was ich vorhabe. Ich kündige. Ich habe es hier schriftlich bei mir, dass ich zum nächstmöglichen Termin kündige –

das wäre Ende August abzüglich meiner restlichen Urlaubstage.«

Ich lege das Schreiben auf den Tisch und schiebe es rüber zu Giles.

»Nicht nötig, Penny. Ich habe doch gesagt, dass Sie Ihren Job behalten können.«

»Aber das ist es eben, Giles. Während der vergangenen Monate habe ich viel über mich gelernt. Ehrlich gesagt glaube ich, dass ich hier im Leerlauf fahre, und zwar schon eine ganze Weile. Die Möglichkeit einer Beförderung hat mich noch mal motiviert. Aber wissen Sie was? Ich möchte die Beförderung gar nicht. Ich habe herausgefunden, dass ich es wunderbar finde, Hochzeiten zu planen, und dass ich gut darin bin. Ich liebe es, Probleme zu lösen, und ich liebe die Menschen. Viel von dem, was ich in der HR-Abteilung gelernt habe, ist mir dabei nützlich.«

Giles hat seine Brille wieder abgenommen, und eine Art Lächeln umspielt seine Lippen.

»Henri und ich haben uns gefragt, ob Sie womöglich diesen Schritt machen werden.«

»Ehrlich?«

»Ja. Die Hochzeit am Samstag war großartig organisiert, und Henri hat mir verraten, mit welchem Budget Sie das Fest auf die Beine gestellt haben. Jeder kann sehen, dass Ihnen das nur gelingt, weil Sie eine Leidenschaft dafür hegen.«

»Sie halten mich also nicht für verrückt, weil ich kündige?«

»Nein, im Gegenteil, ich finde Sie mutig. Es gibt Leute wie mich, die wie Zahnräder in einem großen Getriebe sind, aber andere haben mehr Tatendrang für etwas Eigenes, und, Penny, genau den habe ich in Ihnen gesehen. Und ich glaube, Gunther geht es genauso.«

Ich atme erleichtert auf. Seit ich diesen Entschluss gefasst habe, war mir mulmig bei der Vorstellung, Giles meine Kündigung zu geben. Eine eigene Firma zu gründen ist natürlich ein Risiko, aber Marks Beförderung hilft uns finanziell, und ich kann mir immer noch einen Teilzeitjob suchen – bei dem sie nicht so streng sind, was mehrere Jobs angeht –, während ich *Prinzessin auf Sparkurs* so richtig in Gang bringe.

»Danke für Ihr Verständnis, Giles.«

»Viel Glück, Penny. Und falls ich je der nächsten Mrs. Bishop begegnen sollte, rufe ich Sie an.«

Mich schaudert es bei dem Gedanken, wer Giles heiraten sollte.

»Ich bin noch bis zum 19. August hier«, sage ich und stehe auf, bevor er wie immer das Gespräch für beendet erklären kann.

»Sehr gut.«

Ich verlasse Giles' Büro, solange ich dazu noch in der Lage bin. Meine Beine sind wie Wackelpudding. Ich brauche eine Minute, bevor ich mich wieder an meinen Schreibtisch setzen kann, also wanke ich nach draußen und rufe Mark an, um ihm zu sagen, dass ich es getan habe. Aber noch bevor ich dazu Gelegenheit habe, klingelt mein Handy.

»Hallo«, melde ich mich.

»Penny? Hier ist Jane, von *Bridal Dreams*. Wie geht es Ihnen?«

»Gut, danke«, sage ich mit leichtem Zittern in der Stimme. Ich habe auf *Bridal Dreams* gesetzt, um *Prinzessin auf Sparkurs* vermarkten zu können. Und jetzt ruft sie mich bestimmt an, um mich schon nach einem Monat zu feuern. Das ist so typisch. Der Fluch, der auf Penny Robinson liegt, schlägt wieder zu.

»Großartig. Hören Sie, ich habe gerade einen Anruf von einer befreundeten Literaturagentin bekommen. Sie hat mich um Ihre Kontaktdaten gebeten, und ich wollte fragen, ob es in Ordnung ist, wenn ich die weitergebe.«

Ich bin zu perplex, um etwas sagen zu können.

»Penny?«

»Ja, ich bin noch dran. Natürlich, das ist in Ordnung. Wissen Sie, warum sie mit mir sprechen will?«

»Sie findet Ihren Blog toll und glaubt, dass es einen Markt für ein Sachbuch zu Hochzeiten mit kleinem Budget gibt, das Sie schreiben sollen.«

»Was? Oh, mein Gott!«

»Ich habe mich auch gefreut, deshalb habe ich Sie sofort angerufen. Dann gebe ich Ihre Daten mal weiter. Bis bald.«

Jane legt auf. Ich starre mein Handy an und frage mich, ob ich das alles träume. Passiert das hier gerade wirklich?

Es gibt einen Menschen, dem ich das unbedingt erzählen will.

»Mark, du rätst nie, was mir gerade passiert ist. Sitzt du gut?«

Während ich Mark von den Ereignissen berichte, überlege ich, in welche Phase unseres Lebensplans ich eigentlich gerade eintrete, da *Prinzessin auf Sparkurs* nie in unserer Planung vorgesehen war. Aber vielleicht haben mir die vergangenen Monate beigebracht, dass man nicht alles planen kann, und vielleicht ist das Leben genau aus dem Grund so aufregend.

Danksagung

Zunächst will ich mich bei jenen Menschen bedanken, deren Hochzeiten mich zu Elementen in diesem Buch inspirierten: AnnMarie, Christie und Simon und meine Schwester Jane, ihr wisst, welche Teile ich meine!

Hannah Ferguson und alle bei Marsh Agency verdienen ein dickes Dankeschön. Es war ein tolles Jahr – mögen noch viele folgen.

Dank auch dem Team bei Quercus – es war schön, mit euch zusammen an dem Buch zu arbeiten, vom Anfang bis zum Ende. Ich möchte meiner früheren Lektorin Jo Dickinson sowie Kathryn Taussig dafür danken, dass sie die Knoten in meinem Manuskript entwirrt haben. Besonderer Dank gilt auch Lauren Woosey, Caroline Butler und Iain Millar für eure harte Arbeit an diesem Buch und an *Sag einfach nur ja.*

Ich war überwältigt von der Unterstützung durch meine wunderbaren Freunde und meine Familie. Ich danke euch nicht nur dafür, dass ihr meine Bücher kauft, sondern auch dafür, dass ihr meine persönliche PR-Abteilung seid. Meine virtuellen Freunde in Form vom Team Novelicius verdienen auch dafür eine Erwähnung, dass sie fabelhafte Motivatoren sind.

Wie immer hätte ich das Buch nicht schreiben können ohne die Liebe meiner Familie. Meinem Mann Steve danke ich dafür, dass er ein großartiger Sklaventreiber ist und dafür sorgt, dass ich meine Bücher auch beende. Meinem Hund Rex danke ich, dass er mir gestattet, mit ihm lange Spaziergänge zu machen, damit ich die Falten aus der Handlung ausbügeln kann. Und ich danke meinem kleinen Sohn Evan. Wir wollen mal darüber hinwegsehen, dass er mir das Schreiben des ersten Entwurfs bei Morgenübelkeit nicht gerade leicht gemacht hat, und uns lieber darauf konzentrieren, wie süß er geschlafen hat (oft in meinen Armen), als ich es überarbeitet habe.

Zu guter Letzt möchte ich meinen wunderbaren Leserinnen, Bloggern und Tweetern danken, die Spaß an meinen Büchern haben. Wenn du beim Schreiben einen schlechten Tag hast, gibt es nichts Schöneres als einen Tweet, der dir sagt, dass dein Buch jemanden zum Lächeln gebracht hat.

Zwölf Fakten über Anna Bell

Was ist dein Trostessen?
Bohnen auf Toast. Ich habe ein Jahr in den USA gelebt, und nach einem Jahr ohne dieses Essen habe ich es nie wieder als selbstverständlich angesehen.

Was ist dein alkoholisches Lieblingsgetränk?
Wenn es kalt genug für einen Pulli ist, dann muss es ein Baileys sein. Und wenn kein Baileys-Wetter ist oder ich abends losziehe, dann geht nichts über eine gekühlte Flasche Prosecco, um den Abend einzuleiten.

Hund oder Katze?
Immer Hund. Ich habe einen großen, süßen Labrador, den ich über alles liebe.

Was hält dich gesund?
Ausgedehnte Spaziergänge mit meinem Mann und dem Hund. Wenn ich schreibe, ziehe ich mich oft für lange Zeit zurück. Mein Mann zerrt mich dann nach draußen an die frische Luft. Das bedeutet nicht nur, dass ich mal das Haus verlasse, sondern ich bin hinterher oft auch viel produktiver.

Was würde die Leserinnen überraschen, über dich zu erfahren?
Da ich Chic-Lit-Autorin bin, würde es die Leserinnen vermutlich überraschen, wenn sie hören, dass ich Kuratorin in einem Militärmuseum gewesen bin. Ich kenne mich ziemlich gut mit Kanonen und militärischem Gerät aus. Es war ein toller Job, bei dem ich mit den seltsamsten und wunderbarsten Dingen zu tun hatte. Ich hoffe, dass ich dieses Wissen eines Tages in ein Buch einfließen lassen werde.

Stadt oder Land?
Nachdem ich meine Teenagerzeit in einem Nest auf dem Land verbracht habe, dachte ich immer, die Stadt sei mein Lieblingsort. Aber seit ich Vollzeitschriftstellerin bin, haben sich meine Prioritäten geändert, und jetzt ist es mir wichtiger, für meine Spaziergänge mit dem Hund die Natur direkt vor der Haustür zu haben, als von der Hektik der Stadt umgeben zu sein.

Was liest du am liebsten in den Ferien?
Ich finde, beim Lesen in den Ferien geht es darum, seinen Lastern zu frönen. Ich nehme in der Regel zwei Arten von Büchern mit: ein tolles Chic-Lit-Buch, bei dem man einfach weiß, dass es gut sein wird, wie eine Sophie Kinsella, und einen Thriller von einem Autor wie Dan Brown oder Sam Bourne.

Wovor hast du Angst?
Ich habe eine irrationale Angst vor Feuerwerken. In der Bonfire Night findet ihr mich im Haus verschanzt, weit weg von den Fenstern, so wie ein Haustier.

Süß oder herzhaft?
Das hängt von meiner Stimmung ab. Eigentlich süß, weil ich nie ein Stück Kuchen ablehnen würde, aber eine leckere Käseplatte kommt direkt dahinter.

Liest du erst das Buch, bevor du dir den Film ansiehst?
Wenn ich beides mache, muss es zuerst das Buch sein. Ich hasse es, ein Buch zu lesen, nachdem ich den Film gesehen habe, denn dann sehe ich ständig die Schauspieler vor mir. Das raubt mir meine Fantasie, und in einem Buch steckt immer so viel mehr an Handlung.

Abends zu Hause bleiben oder ausgehen?
Mein jüngeres Ich wäre vermutlich entsetzt, dass ich mich fürs Zuhausebleiben entscheide. Ob ich Freunde zum Abendessen da habe oder im Pyjama auf dem Sofa herumgammele, ich bin sehr viel lieber zu Hause.

Was liest du gerade?
Freya North. Freyas Debütroman *Polly* war mein Einstieg in die Chic-Lit und der Grund, dass ich angefangen habe, dieses Genre zu lesen. Auf ihre Werke ist immer Verlass, und ich habe ihr komplettes Repertoire gelesen.

Der dritte Teil von Anna Bells witzig-romantischer Trilogie rund um den schönsten Tag im Leben.

Anna Bell

Ich würd's wieder tun

Roman

Penny hat es tatsächlich gewagt: Sie hat ihren alten Job gekündigt und will jetzt als selbständige Hochzeitsplanerin voll durchstarten. Als Expertin für Low-Budget-Hochzeiten, die trotzdem viel hermachen, hat Penny bald alle Hände voll zu tun. Zwar ist es nicht immer einfach, die ausgefallenen Wünsche der Bräute zu erfüllen, aber sie hat eine Menge kreativer Ideen und bisher noch jede Herausforderung gemeistert. Als sie auch noch feststellt, dass sie schwanger ist, scheint ihr Glück perfekt. Doch dann taucht eine hinterhältige Konkurrentin auf, die vor nichts zurückschreckt, um Pennys Karriere als Hochzeitsplanerin zu zerstören.

»Witzig, einfühlsam und fabelhaft geschrieben.«
Daily Express

KNAUR